Gallmeister

PLEIN NORD

DU MÊME AUTEUR

Le Radeau des étoiles, 2022 ; totem n°279

Andrew J. Graff

PLEIN NORD

Roman

Traduit de l'américain
par Juliane Nivelt

Gallmeister

FICTION

Titre original: TRUE NORTH

Original publishers : Ecco, an imprint of HaperCollins Publishers, New York

ISBN 978-2-35178-335-1
ISSN 1956-0982

Photo de l'auteur © Scott Huck
Illustration de couverture © Giordano Poloni
Conception graphique : Aurélie Bert

À la rivière et à la famille

JANVIER 1993

À SAISIR ! Woodchuck Rafting Co., entreprise très établie. Rafts, matériel, navettes et entrepôt inclus. Équipe de guides dévoués et pérennes. Le vendeur sera présent toute la durée de la saison 1993 (de mai à septembre) pour apprendre les bases au nouveau propriétaire/gestionnaire prêt à VIVRE UN RÊVE ! Amenez toute la famille. L'opportunité d'une vie. Incroyable !

MAI

I

Ils y étaient presque. Leur nouvelle cabane dans les bois. Sam Brecht gara le Winnebago Brave de sept mètres flambant neuf sur le bas-côté de la County Road A. Darren avait besoin d'uriner. Sam mit pied à terre avec son fils et prit une profonde inspiration. Ici, même les fossés sentaient bon, une odeur fidèle à ses souvenirs, sableuse et sucrée, relevée d'une touche de pin. Aussi loin au nord, les pins étaient partout, des pins blancs, des pins gris et des épicéas le long des clôtures affaissées et des pâturages abandonnés qui, Sam le savait, seraient envahis de verges d'or et de carottes sauvages d'ici à la fin de l'été. Le couchant pourpre et orangé formait un contraste parfait avec le rempart de pins verts. Le soleil se lèverait au-dessus d'eux aussi. De nouveaux horizons.

Sam foula l'herbe haute avec Darren. À l'âge de dix ans, le garçon n'avait jamais vécu ailleurs qu'en ville et, au début, il s'était senti gêné à l'idée de se soulager sur le bas-côté. Après avoir traversé Green Bay, Sam avait décidé de montrer l'exemple. Le camping-car avait beau être pourvu de toilettes, Darren refusait de les utiliser pendant qu'ils roulaient. Tant qu'à s'arrêter, avait pensé Sam, autant économiser de l'eau.

— Lâche tout !

Darren s'exécuta en souriant. Le déménagement lui ferait du bien. Sam lui avait offert une boussole verte pliante qu'il portait suspendue à son cou. Lorsqu'il se pencha en avant, la boussole se balança à l'extrémité du cordon. Sam avait tellement de choses à montrer à son fils, ainsi qu'à ses petites sœurs. Il remonta son jean et boucla sa ceinture.

— Tu vois les jeunes pousses là-bas ? Ce sont des carottes sauvages. Si tu les déterres, tu trouveras des carottes au bout. Ton grand-oncle Chip, de Woodchuck, m'a appris ça quand j'étais gosse. J'ai hâte que tu fasses sa connaissance.

Darren fit la moue, haussa les sourcils et regarda les pousses en tirant sur son jogging.

Swami passa la tête par la fenêtre côté passager.

— Vérifie qu'il n'a pas de tiques.

— Pas de fiques ! cria Dell, leur fille de trois ans, debout sur le seuil du camping-car, les mains sur les hanches.

Elle avait les mêmes cheveux blond cendré que sa mère. Darren était roux, comme son père. Le bébé arborait une touffe blond vénitien.

Darren secoua la tête et se dirigea vers la portière en ajustant son jogging.

— Non, Dell. Tiques avec un “t”. “T”, tiques.

— Pas de tiques ! cria Dell.

Elle s'entraîna à prononcer le son “t” pendant que Darren la poussait à l'intérieur du camping-car.

Swami jeta un nouveau coup d'œil par la fenêtre, une expression agacée sur le visage, le bébé serré contre sa poitrine pour l'allaiter.

— Dépêche-toi, Sam. Les enfants ont besoin de manger et de dormir.

Sam opina, prit une profonde inspiration et gravit le fossé qui sentait si bon. Il espérait qu'un jour Swami s'attarderait dans ces champs avec lui, à humer l'herbe et les pins, à s'émerveiller à ses côtés. Ils pourraient être amoureux à nouveau, ainsi qu'ils l'étaient à l'été 1979, quand ils étaient tous deux guides de rivière en Virginie-Occidentale. Ce voyage équivalait un peu à une dernière chance, plus encore que Swami n'en était consciente. Quand il pensa à ce qui était en jeu, Sam fut tenté de retenir son souffle, comme s'il nageait dans des eaux trop profondes et que le fond limoneux avait disparu. Pour se rassurer, il se rappela qu'ils s'étaient rencontrés près d'une rivière ; peut-être une autre rivière contribuerait-elle à les rapprocher.

Sam contourna le véhicule au point mort. Le moteur neuf ronronnait sans à-coups. Sam était heureux d'avoir au moins une chose qui fonctionnait dans sa vie. Il passa les mains sur le capot tiède et chassa quelques moustiques morts de la peinture immaculée. Un fini incroyable. Sam l'adorait. Darren l'adorait. Dell l'adorait. DeeDee l'adorait, bien qu'elle soit incapable de parler ou de tenir sa propre tête. Le Brave marron clair arborait deux bandes bleue et verte. Une décalco rose fluo en forme d'éclaboussure courait le long de chacun de ses flancs. Une décoration tout droit sortie d'une publicité pour chewing-gums. Au volant du Brave, Sam se sentait plus jeune, plus athlétique, un champion de ski extrême dévalant l'autoroute en pantalon bariolé. Il était parti de Chicago, traversant Milwaukee et Green Bay avant de s'engager sur la Highway 41 pour atteindre le bout des doigts du

Wisconsin, en passant par la paume et le pouce, plein nord, le nord géographique, ainsi qu'il l'avait expliqué à Dell. Darren avait montré à sa petite sœur où se trouvait le nord sur sa boussole, le N majuscule.

— Qu'est-ce qu'il y a, au bout des doigts ? avait demandé Dell à son père.

— Marigamie County. Du ciel, des forêts, des rivières.

— Et des cerfs ?

— Plein de cerfs.

— Des bébés ?

— Plein de bébés cerfs.

Dell avait souri.

Sam se hissa sur le siège conducteur. Swami donnait le sein à la petite dernière.

— Tu veux que j'attende ? demanda-t-il.

Ils avaient des sièges-autos et, la plupart du temps, Sam insistait pour qu'ils s'en servent. Swami secoua la tête.

— Non, merci. J'ai ma ceinture et le bébé est serré contre moi. (Elle semblait tendue, ainsi qu'elle l'était toujours lors des tétées, comme si le monde extérieur la dérangeait, Sam inclus.) Les enfants vont être épuisés.

Sam passa la première.

— C'est parti ! Cap sur notre cabane dans les bois ! lança-t-il aux enfants, la voix chargée d'espoir.

En réalité, la cabane était un terrain de camping où ils comptaient s'installer de mai à août. Swami ignorait qu'il avait réservé leur emplacement jusqu'au mois d'octobre, la date de fermeture – une simple précaution, évidemment.

— Cap sur notre cabane dans les bois ! répéta Darren à tue-tête.

Sa petite sœur lui fit aussitôt écho. Assis à la table pliante de la cuisine, ils mangeaient les crackers aux graines de lin que Swami leur avait distribués.

— Ce ne sera pas vraiment chez nous, vous savez. (Swami regarda Sam droit dans les yeux.) On va juste camper là-bas quelques semaines, le temps de trouver une solution plus permanente.

Sam grimaça. Swami n'aimait pas qu'il raconte n'importe quoi aux enfants, mais il était incapable de résister à leur enthousiasme. Il adorait voir leur visage s'illuminer quand ils l'interrogeaient sur la durée de leur séjour dans le Nord, les bébés cerfs et la rivière, ou qu'ils lui demandaient si le courant pouvait vraiment briser un raft en deux. Pour toute réponse, Sam haussait les épaules en écarquillant les yeux. Qui pouvait le dire ? Peut-être. Sûrement.

— Tu leur donnes de faux espoirs, disait Swami. Si ce n'est pas vrai, mieux vaut se taire.

Elle avait étudié la géologie à l'université. Elle s'y connaissait en strates, les conditions dans lesquelles elles se formaient et celles dans lesquelles elles ne se formaient pas. Sam était un professeur d'arts plastiques doté d'un diplôme en céramique. Il s'y connaissait en argile.

— N'empêche. (Il se tut le temps de déchiffrer un panneau sur le bas-côté.) On pourrait vivre dans les bois pour toujours, si on le voulait.

— On ne le fera pas.

— Mais on pourrait le faire.

Swami le toisa en silence avant de reporter son attention sur la route.

Les virages déserts étaient bordés de pins gris et blancs. Des cornouillers jaillissaient des fossés et du sumac recouvrait les falaises sablonneuses. La ceinture de sécurité de Sam claquait dans la brise qui s'engouffrait par la fenêtre ouverte. Il espérait que le déménagement aurait l'effet escompté. Il en avait désespérément besoin.

— Swami ?

Il attendit qu'elle se tourne vers lui, penchée au-dessus du bébé.

— Je t'aime.

Quelque chose se radoucit dans son cou. Elle regarda par la fenêtre.

— Merci.

La County Road A semblait plus étroite dans le noir, une ligne jaune délavée, un bas-côté herbeux, des cèdres qui défilaient dans le faisceau des phares. Sam négocia une série de virages paresseux. Ils n'étaient plus très loin à présent. Dell et Darren allumèrent la lumière dans la cuisine. Sam, Swami et DeeDee demeurèrent dans la pénombre de la cabine.

— Hé, Dell ? lança Sam.

La fillette leva les yeux de la brochure touristique que Darren avait trouvée dans une station-service à Crivitz. Sam l'avait parcourue tandis qu'il faisait le plein, trois pages de falaises, de ponts et de ruisseaux, de personnes juchées sur un tracteur, une motoneige ou un cheval.

— Quoi, papa, quoi ?

— Tu veux qu'on aille à la ferme aux cerfs de ton oncle Chip cette semaine ?

— C'est quoi, une ferme aux cerfs ? demanda Darren.

— Quoi, papa ? hurla Dell.

Son vocabulaire était plus étendu que celui de Darren à son âge, mais elle peinait à contrôler sa voix. Soit elle chuchotait des secrets, soit elle s'époumonait.

— C'est comme une ferme pédagogique, mais avec des cerfs. On peut acheter des sachets de granulés à vingt-cinq cents pour les nourrir. Vous voulez nourrir les cerfs ?

Darren acquiesça, le menton en avant.

— Youpi ! s'exclama Dell.

— Ne l'excite pas avant l'heure du coucher, dit Swami.

Le bébé s'était endormi dans ses bras. Elle s'appelait Deidra – DeeDee – en l'honneur de la mère de Swami. Un prénom que Swami avait mis quatre semaines à choisir. Elle disait vouloir apprendre à connaître l'enfant. Apprendre à connaître une enfant sans prénom risquait d'être difficile, avait répondu Sam, qui se surprenait encore à appeler DeeDee "le bébé". À présent, DeeDee arborait une expression béate, la bouche entrouverte, une poupée de chiffon au ventre plein de lait.

— Je ne l'excite pas. Je veux juste qu'elle voie un bébé cerf. Mon oncle a des cerfs sur sa propriété, mais je ne suis pas sûr que la ferme soit encore ouverte au public. J'y allais quand j'étais gamin.

— Vais tir bébé cerf ! répéta Dell, euphorique.

— Oui, Dell, répondit Sam. Ne crie pas, ma chérie.

— Pas "tir", rectifia Darren. "Tenir". "Nir".

— "Nir" ! hurla Dell.

Swami décocha un regard noir à Sam. Embarrassé, il se concentra sur la route. La lune était suspendue dans le ciel qui, encore rouge quelques instants plus tôt, s'était assombri. Sam s'enfonça dans son siège. Il savait ce que signifiait cette expression. Tu n'assures pas un clou. C'était du moins ainsi qu'il l'interprétait. Les regards assassins étaient apparus peu de temps après le premier contrat de Sam au lycée. Ils s'étaient intensifiés avec l'arrivée du premier bébé, le manque de sommeil, la multiplication des motifs de désaccord, la mauvaise humeur et l'anxiété grandissante de Sam. Sitôt qu'elle haussait les sourcils, Sam se raidissait. Les disputes avaient été trop nombreuses. Il s'était promis qu'il n'y en aurait plus. Un nouveau départ. Leur cabane dans les bois. Il entendit les enfants chahuter et sentit peser le regard de Swami sur lui.

— Maman, Dell m'a pincé ! cria Darren.

— Non ! cria Dell.

Dans le rétroviseur, Sam vit Darren donner un coup à Dell avec la brochure touristique. Dell voulut mordre son frère, la bouche grande ouverte, pareille à un requin. Swami poussa un soupir agacé, Darren cogna Dell de nouveau, Dell se mit à pleurer, le bébé à brailler. Sam prit une profonde inspiration, s'apprêtant à réprimander les enfants.

Soudain, un cerf surgit sur la route.

Lorsque l'animal apparut dans le faisceau des phares, Sam agrippa le volant, le pied sur la pédale du frein. La gueule du cerf s'entrouvrit, son corps comme étiré alors qu'il bondissait en plein dans la trajectoire du Brave, un œil blanc et noir écarquillé qui roulait étrangement dans son orbite, vers l'arrière puis le bas, sur les phares du véhicule qui fonçait droit sur lui.

Les crackers des enfants glissèrent sur la table. Avec sa main libre, Swami s'appuya sur le tableau de bord. Des poêles dégringolèrent d'une étagère. C'étaient soit eux soit le cerf. Sam en était conscient et au lieu de se déporter, il cueillit l'animal en plein flanc, le regardant valdinguer dans les airs. Il sentit l'impact autant qu'il l'entendit et, le cœur serré, il s'immobilisa sur le bas-côté étroit et caillouteux.

Le phare avant gauche était fracassé. Le capot fumait. Quand Sam voulut consulter la jauge de température, il vit l'aiguille taper dans le rouge avant de retomber, inerte. Il coupa le moteur.

Dell sanglotait, mais elle semblait plus secouée que blessée. Elle était juste tombée de la banquette, ainsi qu'elle se laissait parfois glisser de sa chaise. Le choc n'avait pas été très violent. Debout, Darren était cramponné à la table.

— Qu'est-ce qui s'est passé ?

Swami pinça les lèvres et secoua la tête. DeeDee se mit à pleurer et Swami la berça en se tournant vers les enfants.

— Va relever Dell, Sam !

Sam pivota sur son siège et entreprit d'enjamber la console centrale au moment où Darren bondissait pardessus sa sœur pour gagner l'avant du véhicule.

— Je veux voir !

Le regard rivé sur le pare-brise, il empêchait Sam de passer.

— Recule, Darren.

— On a heurté une voiture ?

Ses yeux étaient aussi écarquillés que ceux du cerf.

— Sam ! s'énerva Swami.

— J'essaye ! hurla-t-il en retour, un pied suspendu au-dessus de la console.

Le plancher était jonché de cartes et de crackers. Une canette de soda avait explosé par terre.

— Recule, Darren !

Dell pleura de plus belle, des sanglots stridents. DeeDee s'égosillait aussi. Darren tendait le cou en direction du pare-brise. Le Brave fulminait. Swami fulminait. Sam fulminait. Il se pressa au-devant de son fils et prit sa fille dans les bras.

Elle n'était plus qu'un paquet larmoyant. Il la cala contre son épaule.

— Là, là.

Des murmures réconfortants qu'il destinait autant à Dell qu'à lui-même.

Debout sur la console, Darren demandait à sa mère de le laisser regarder dehors ; en même temps, Swami disait quelque chose à Sam, Dell tressaillait en hoquetant et Sam n'en pouvait plus, de même qu'il n'en pouvait plus de ses cours, des rondes dans le réfectoire, du mauvais café dans la salle des profs, de son salaire et de sa vie. Sentant un brouillard brûlant monter dans sa gorge, il ouvrit la portière et s'échappa dans la fraîcheur de la nuit.

La lune était grosse et ronde et les étoiles scintillaient dans le ciel. Sitôt qu'elle remarqua la pénombre et l'air fragrant, Dell cessa de pleurer. Elle leva la tête en reniflant et contempla les cèdres sombres. Elle écouta le chant des grenouilles. Elle regarda la lune et l'éclat des phares, les joues striées de larmes.

— Tu as mal ? Tu es blessée ?

Elle secoua la tête, s'essuyant le visage sur le T-shirt de son père. Le Brave émit un sifflement sonore suivi d'un ultime jet de fumée.

— Il est cassé, papa ?

Sam s'approcha du capot et émit un grognement.

— Oui, ma chérie. Il est cassé.

Ils restèrent silencieux quelques instants, à scruter le véhicule cassé, enveloppés par un nuage de caoutchouc brûlé.

— Répare-le, papa.

Sam détailla la carrosserie abîmée, le phare avant fracassé. Dans l'habitacle, il entendit Swami remuer et la vit essayer de retenir Darren, le bébé serré contre sa poitrine. Darren décampa et Swami faillit le poursuivre avant de se rappeler DeeDee. Sam était conscient qu'elle ne pouvait pas le voir, dehors avec DeeDee, hors de portée du seul phare encore fonctionnel. Elle ferma les yeux et se laissa retomber contre le dossier de son siège.

— Répare-le, papa, répéta Dell.

À quelques mètres de sa femme, si proche mais si loin, pendant que leur maison potentiellement permanente expirait sur le bas-côté d'une route sombre, Sam ne pouvait se résoudre à répondre à sa fille. Il n'était pas certain d'en être capable. Parce que sa famille ignorait qu'il n'aurait peut-être plus de poste à la rentrée. Une semaine après avoir acheté Woodchuck, il avait appris que le budget dédié aux arts plastiques était "en cours de révision". Les ateliers peinture et ferronnerie seraient peut-être supprimés. Sam sentit un nuage familier s'insinuer dans son corps, une ombre sinistre constituée de peur et de frustration que les regards de Swami avaient tendance à amplifier. Le nuage s'épaississait chaque fois que Sam devait réconforter ses enfants, parce qu'ils attendaient de lui la confirmation que, d'une façon ou d'une autre, les choses allaient s'arranger et qu'ils seraient heureux.

Sam regarda Dell et hocha la tête. Puis il regarda sa femme sur le siège passager. L'espace de plusieurs respirations, il ferma les yeux à son tour.

En janvier, quand Sam avait parlé d'acheter l'entreprise de rafting en eaux-vives de son oncle dans le nord du Wisconsin pour la première fois, Swami faisait la vaisselle.

Derrière la fenêtre, la nuit hivernale était froide et l'eau du robinet lui réchauffait les mains. Swami était enceinte de huit mois.

Sam avait brandi une annonce en provenance de l'agence immobilière Thunderwater Realty. Son oncle Chip, dont il n'avait plus de nouvelles depuis longtemps, la lui avait envoyée. Dehors, la neige tombait dru. Le Nouvel An était passé depuis trois semaines et demie, mais les haies étaient encore décorées de guirlandes de Noël, Sam ne s'étant pas donné la peine de les retirer. Swami s'était immobilisée. Sam était coutumier de ce genre d'idée farfelue. Il passait son temps à rêvasser, à la recherche d'une "nouvelle vision", au lieu de vivre dans le présent et d'essayer d'améliorer leur existence telle qu'elle était. Les myrtilles, par exemple. L'automne précédent, Sam était allé visiter un verger avec ses élèves. À son retour, il avait ébauché un plan pour monter une ferme-cueillette. Il avait tout noté, gribouillant ses calculs de professeur d'arts plastiques dans les marges. *On n'aura qu'à semer au printemps. Trouver un terrain et s'installer dessus. Les fermes-cueillette sont rares dans les environs de Chicago, parce que le sol est trop alcalin. J'ai fait des recherches et, si on mélange du soufre à la terre une ou deux fois par saison, on devrait récolter plus de quatre kilos de baies par plant.* Ensuite, il avait écarquillé les yeux, comme si ce qu'il s'apprêtait à lui révéler allait la bouleverser. *Dix mille dollars par demi-hectare, Swami.*

À l'époque, elle n'avait pas su quoi lui répondre. Elle l'ignorait encore aujourd'hui. Après la naissance de Darren, elle avait perdu toute patience vis-à-vis des rêveries de Sam. Et Sam avait perdu toute patience vis-à-vis des refus répétés de sa femme. Elle le regardait traîner les poubelles jusqu'au trottoir, lever les yeux au ciel et secouer la tête. Il lui battait froid pendant des jours. Au début de leur relation, Swami acceptait plus facilement de rentrer dans son jeu. Si elle ne le prenait jamais au sérieux, elle s'efforçait de lui faire plaisir. L'été qui avait suivi la première année de Sam au lycée, autour d'une bière, il avait parlé d'emménager sur les rives de la New River, en Virginie-Occidentale. Ils pourraient vivre dans un van à Fayetteville, vendre des poteries sur le bas-côté en hiver, descendre la rivière en été. Swami lui avait pris la bouteille des mains et l'avait portée à sa bouche, déclarant qu'elle serait son modèle. Ils avaient éclaté de rire, puis ils s'étaient tus et avaient fait l'amour. Depuis, bien des choses avaient changé. Swami n'essayait plus de faire plaisir à son mari. Ils ne pouvaient pas passer leur temps à rêver d'une vie meilleure.

Swami frotta une planche à découper sous le jet d'eau tiède. Elle avait mal au dos. Bientôt, elle irait s'asseoir, laissant Sam prendre le relais.

— Réfléchis-y, dit-il. C'est tout ce que je te demande. On pourrait y aller en été, histoire de relancer l'entreprise. Ce sera un investissement. Ensuite, on revendra. En fait, je pense à notre avenir.

— Et l'année scolaire de Darren, tu y penses ? Et ton travail ? Tu ne peux pas partir en mai.

— Je prendrai des vacances. On s'arrangera pour que Darren termine l'année scolaire en avance, pour une fois. Ce sera pédagogique. Mon oncle vend l'entreprise pour une bouchée de pain. J'en ai déjà discuté avec lui.

Swami fit volte-face.

— Tu lui as déjà parlé ?

— Je voulais connaître tous les détails avant de t'en parler.

Sam voulut ajouter quelque chose, mais Swami secoua la tête et reporta son attention sur l'évier. Elle entendit Sam danser d'un pied sur l'autre. Après un temps, il gagna le salon, où Dell le supplia de lui lire une histoire. C'était l'heure du coucher. Darren bouquinait au lit. Dell s'était déjà brossé les dents. Swami regarda les guirlandes par la fenêtre et vida l'évier en écoutant Sam bâcler son histoire : il allait trop vite et ne s'appliquait pas le moins du monde.

— Tu sautes des passages, papa, protesta Dell. Lis tout.

Le lendemain matin, Swami téléphona à sa mère.

— Ma chérie, soupira-t-elle. J'ai vu ton père faire la même chose. Un rêve après l'autre. Ne laisse pas le rêve prendre le dessus. Tu n'avais que sept ans, mais tu t'en souviens encore. Ne laisse pas la Californie t'arriver, à toi aussi.

Swami s'en souvenait. Une expérience sympathique, jusqu'à ce qu'elle ne le soit plus. Quand Swami était âgée de sept ans, son père avait convaincu sa mère de vendre leur maison et d'emménager à Encinitas. Il rêvait de faire du surf et voulait que sa famille sente le soleil dans son dos. Au lieu de quoi, il les avait rendus pauvres. Ils étaient rentrés à Chicago sans le sou. Swami espérait que la vie serait différente avec Sam. Hélas, ce n'était pas le cas. Sam voulait partir. Il avait besoin de partir. À trente-cinq ans, il commençait à s'étioler et ne ressemblait en rien à l'homme qu'elle avait rencontré en Virginie-Occidentale, aussi heureux qu'un chien mouillé lorsqu'il s'ébrouait pour sécher ses cheveux. Peut-être qu'un été sur l'eau lui ferait du bien. Il aurait peut-être moins de mal à garder les pieds sur terre l'hiver prochain. Un “oui” équivaudrait peut-être à un incendie contrôlé visant à empêcher la survenue d'un feu plus ravageur encore. Rien à voir avec la Californie. Juste un boulot d'été.

— Écoute, dit sa mère au terme d'une longue conversation. Si j'étais toi, je mettrais le holà tout de suite. J'ai été complaisante avec ton père quand j'étais enceinte de toi, je l'ai laissé s'abonner à des magazines de surf qui nous ont menés à un taudis au-dessus de nos moyens. On a mis vingt ans à reconstruire ce qu'on avait abandonné.

— Mais on a vu des lions de mer.

Swami s'efforçait de rester positive.

— Non. Tu vas avoir un bébé. Dis-lui que c'est hors de question.

Swami l'entendit secouer la tête à l'autre bout de la ligne. Elle la secouait encore le jour où, quelques mois plus tard, ils entreprirent de charger le camping-car neuf. Le mot *Brave* était inscrit en lettres bleu canard sur la carrosserie. Swami ne comprenait pas vraiment pourquoi elle avait accepté le projet de Sam, quasiment sur un coup de tête. En février, deux semaines après la naissance de DeeDee, quelque chose dans le miracle de ses yeux gris avait temporairement ouvert Swami à d'autres possibilités. Quelque chose dans le visage endormi de son nouveau-né l'avait autorisée à dire "oui". Sam l'avait aussitôt embrassée sur la bouche.

Il avait retrouvé sa joie de vivre et, le soir, après avoir mis les enfants au lit, il s'affairait à planifier le voyage, à commander de l'équipement spécialisé dans des catalogues, une nouvelle pagaie, un casque, des gilets de sauvetage pour chaque membre de la famille. Le jour où il était descendu d'un camping-car flambant neuf dans leur allée, les bras grands ouverts, irradiant la fierté, Swami s'était empressée de ramener le bébé à l'intérieur, le temps de prendre quelques respirations profondes. Peut-être sa mère avait-elle raison. Sam avait vendu sa voiture et utilisé une partie de leurs économies pour régler les apports, promettant qu'à leur retour en automne, il vendrait le Brave et verserait l'argent sur leur compte. Il avait évoqué une remise d'impôts qui couvrait la dépréciation – en gros, la moitié du camping-car est gratuite, s'était-il exclamé, rayonnant. À l'automne, ils disposeraient d'un supplément de revenus grâce à la saison de rafting. Swami avait continué de prendre des respirations profondes pendant plusieurs jours, le bébé plaqué contre sa poitrine.

Avant le départ, elle fit un dernier tour de la maison, jetant un œil dans chaque recoin pendant que Sam vérifiait que les vélos étaient solidement accrochés à l'arrière du camping-car. Il semblait nerveux, impatient d'arriver. Quant à Swami, elle renâclait à partir, angoissée par ce qu'ils abandonnaient. Les lys qui poussaient le long des fondations avaient des feuilles et commençaient à bourgeonner. Quel dommage de les rater cette année.

— J'ai mis toutes les plantes d'intérieur dans la baignoire, dit-elle à sa mère en lui tendant les clés.

Sa mère prit le trousseau, croisa les bras et gratifia Sam d'un regard sévère alors qu'il se glissait derrière le volant. Sans rien remarquer, il passa la tête dehors et agita la main, un capitaine penché au-dessus du bastingage. Le père de Swami tapa dans ses mains et salua les enfants, qui l'observaient par la fenêtre latérale.

— Le rêve ! (Il avait encore un long catogan gris.) Si seulement je pouvais vous accompagner !

— Tu viendras nous rendre visite, papa, répondit Swami. Tu connais le camping où on va.

— Bien sûr, dit-il.

— Peut-être, rectifia la mère de Swami.

Elle se tourna vers sa fille en essayant de sourire et son visage se radoucit. Swami l'étreignit.

— Souhaite-moi bonne chance, chuchota-t-elle dans ses cheveux teints et parfumés.

Sa mère lui rendit son étreinte, avec juste un soupçon de ses anciennes peurs dans les yeux.

— Appelle-moi si besoin.

— Je n'hésiterai pas.

— Papa, on a renversé un cerf ! cria Darren, bousculant son père dans l'obscurité.

— Quoi, papa ? Quoi ? demanda Dell.

Sam secoua la tête et dit à Darren d'attendre une seconde – une réponse automatique lorsqu'il se sentait submergé. Il essaya d'entendre les grenouilles à nouveau et serra Dell dans ses bras. La confiance qu'elle lui témoignait, son amour inconditionnel, lui donnaient souvent envie de pleurer. Dell, un miracle scintillant aux cheveux parsemés de paillettes. Il l'aimait tellement.

— Papa, y a une voiture, dit Darren.

Sam regagna la route et regarda les phares en approche balayer le cadavre du cerf cinquante mètres plus loin. Un pick-up équipé de pneus tout-terrain. Le véhicule ralentit, contourna l'animal et s'immobilisa dans un sifflement de freins. Sam leva les yeux sur la fenêtre ouverte côté passager. Deux hommes, grands adolescents ou jeunes adultes, étaient assis à l'intérieur, un énorme chien entre eux. La radio beuglait dans la cabine, qui puait la bière.

— Vous avez zigouillé le cerf là-bas ? demanda le conducteur.

Il s'agissait plus d'une déclaration qu'une question.

Avec un sourire, le passager prit la canette coincée entre ses jambes et la porta à sa bouche. Le chien, un gigantesque husky sibérien, se repositionna sur la banquette.

— Effectivement, répondit Sam.

— Quoi, papa ? demanda Dell.

— Rien, ma puce, répondit Sam à sa fille. (Puis, s'adressant aux hommes :) On est un peu dans le pétrin. Vous savez s'il y a un dépanneur, dans le coin ?

Le conducteur étudia le capot fumant du Brave.

— Merde ! s'exclama-t-il en grimaçant. Vous avez complètement plié votre caisse !

Sam crut détecter une pointe de reproche dans ses paroles, comme s'il était le propriétaire négligent d'un cheval blessé. Il ignorait quoi répondre. Darren lui demanda ce que l'homme voulait dire.

— Écoutez, reprit le conducteur en ajustant sa casquette. J'ai des chaînes à l'arrière. Vous allez où ?

— À Thunderwater, répondit Sam. Mais vraiment, vous n'avez qu'à m'indiquer un dépanneur en ville.

Le conducteur saisit une grosse lampe torche dans la boîte à gants et mit pieds à terre. Il farfouilla sur le plateau et réapparut avec deux bières. Devant son sourire chaleureux, Sam se détendit quelque peu.

— Je suis votre seule chance, à cette heure-ci, dit le conducteur. Un rafraîchissement ?

— Quoi ?

— Vous en voulez une ?

L'homme lui tendit une canette.

— Merci.

Sam ne voulait pas se montrer malpoli, même s'il buvait rarement désormais. Swami n'aimait pas l'alcool, hormis le cidre artisanal ou le vin rouge, et encore, jamais plus d'un verre. Sam avait la canette dans une main, sa fille dans l'autre. Dell contemplait la scène en silence, clignant ses yeux humides.

L'homme se tourna vers Darren.

— Tu veux bien me tenir ça, mon petit pote ?

Il tendit sa canette ouverte à Darren, retourna sa casquette et rampa sous le Brave avec la lampe torche. Il portait une salopette Carhartt constellée de taches et des bottes maculées de boue. Sam espérait qu'il était garagiste. Darren observait son père, un sourire inquisiteur sur le visage, les doigts serrés autour de la canette d'un inconnu.

Le passager monta le volume de la radio. Un morceau de Def Leppard, *Pour Some Sugar on Me*. Il secoua la tête en rythme avec la musique avant d'ouvrir une nouvelle bière.

— Vous allez garder le cerf ? cria-t-il par la fenêtre.

Sam ne comprit pas la question.

— Le cerf que vous avez renversé. Vous comptez le garder ? Je m'appelle Pete. Lui, c'est Randy. Et elle, c'est Bear. Une bonne chienne, croisée husky.

Il caressa le poil épais de l'animal, puis il passa la main par la fenêtre pour serrer celle de Sam. Il avait la peau mate et semblait un peu plus âgé que le conducteur. Il portait une chemise en flanelle. Deux longues nattes noires dépassaient de son chapeau à motif camouflage. Après s'être présenté, Sam répondit à Pete qu'il ne voulait pas du cerf mort. L'énorme chienne se lova contre son maître, réclamant une autre caresse. Pete s'exécuta. Elle était imposante, plus grosse et plus grande qu'un husky normal. Sam vit Dell la dévorer des yeux dans le clair de lune.

— Et Bear a été croisée avec quoi ?

Pete haussa les épaules.

— Un loup. Oh, le jeu de la radio !

Il vida sa bière et monta le volume de nouveau. À force de secouer la tête, il perdit le contrôle et recracha de la mousse avant d'entonner le refrain. Puis il baissa le son en laissant échapper un petit rire.

— Faut boire chaque fois que le chanteur prononce les mots "Sticky sweet", expliqua-t-il. Hé, Randy !

Couché sous le Brave, Randy ne répondit rien.

— Le type dit que… c'est quoi votre nom, déjà ? Sam dit qu'il veut pas du cerf.

Randy cria quelque chose et Pete se pencha par la fenêtre.

— Je dis qu'il faut qu'on charge le cerf ! Sam n'en veut pas !

À cet instant, Swami passa la tête dehors.

— Sam ?

Elle était inquiète. Sam le perçut dans sa voix. Et il comprenait son angoisse.

Randy émergea de sous le Brave et s'épousseta avec sa casquette.

— On va vous dépanner, déclara-t-il. Y a un châssis solide, là-dessous. Belle bête, putain. (Il caressa le capot.) Vous venez de l'acheter ?

Sam opina.

Randy émit un sifflement admirateur et reprit sa bière à Darren.

— J'espère que t'as pas tout bu, mon petit pote ?

Sam entendit Swami prendre une profonde inspiration.

Darren était incapable de détacher son regard des deux hommes, pétrifié par la peur, l'admiration ou la fascination. Un aspect jusqu'alors inconnu de la galaxie était en train de lui être révélé. Il arborait la même expression le jour où il avait vu le squelette du tyrannosaure au musée de Chicago.

— Sam.

La voix de Swami, à la fois sévère et inquiète.

Pete et Randy se tournèrent vers elle.

Sam hocha la tête. Il ignorait comment accélérer le processus.

— Voici ma femme, Swami. Et eux, ce sont Dell et Darren. Vous pensez pouvoir nous dépanner jusqu'où, exactement ?

— Swami, répéta Pete avec lenteur.

Il marqua une pause, comme s'il ajoutait le prénom à une liste de possibilités. Sa galaxie à lui aussi était en pleine expansion.

— Vous venez d'où ?

— Chicago.

Pete arbora un air impressionné. La chienne se contenta de les observer.

— Bienvenue dans les Northwoods.

Il prononça le "th" de "North" comme un "t". Si Dell s'était permis une telle maladresse, Darren l'aurait aussitôt corrigée.

— Swami, vous voulez un rafraîchissement ? demanda Randy.

Sachant qu'elle ne répondrait pas, Sam dit à Randy qu'il partagerait sa canette avec elle. Randy haussa les épaules et avala une gorgée de bière. Sam se sentait incroyablement vulnérable, à la merci de la nuit, avec le camping-car qui fumait, la frustration de Swami et ces deux gars du cru. Il ne pouvait imaginer la réaction de sa femme si elle apprenait la vérité sur l'éventuelle suppression de son poste à la rentrée. Sam avait peur de la lui avouer. Il espérait que l'entreprise de rafting servirait de transition, d'amortisseur financier. Il voulait sauver sa famille. Il voulait sauver son mariage. Mais il n'était pas certain d'en être capable et maintenant, il se maudissait de les avoir fourrés dans cette situation. Cet été, il lui faudrait un miracle.

— Nom de Dieu, s'exclama Randy en abaissant sa canette. Vous avez vu cette lune ? La vache !

La chienne aboya. Sam tendit le cou. Dans le camping-car, il vit Swami l'imiter, son profil découpé sur la lumière du plafonnier. Darren leva les yeux. Dell demeura silencieuse. La lune était incroyablement grosse, pleine et brillante. Suspendue au-dessus des arbres telle la paume luisante d'une main. Sam prit une profonde inspiration. Si seulement cette main pouvait les tenir, les guider, prendre les rênes. L'espace d'un instant, il eut l'espoir fou que tout s'arrange.

— OK alors ! (Randy jeta sa canette vide sur le plateau du pick-up et en saisit aussitôt une pleine.) On y va. Je vous emmènerais bien chez Smitty, mais il est fermé jusqu'à la semaine prochaine. À moins que vous connaissiez un autre garagiste ? Smitty est ici, à Thunderwater.

— À quelle distance se trouve le parc national ? demanda Swami.

Randy secoua la tête. Il semblait un peu plus sobre que Pete et Sam lui en était reconnaissant.

— Ils ferment le portail à dix heures.

— Et Woodchuck Rafting ? demanda Sam. Vous savez où c'est ?

— Si je sais où c'est ? s'esclaffa Randy. Je bosse là-bas ! Pete et moi, on est juste sortis acheter des bières. Pete travaille sur le barrage en amont. La rivière est haute. Vous avez prévu de faire une descente demain ?

— Euh... (Sam hésita, préférant ne pas tout révéler sur sa situation dans l'immédiat.) Oui, oui.

Il ne s'agissait pas vraiment d'un mensonge. Sam était déterminé à naviguer sitôt qu'il le pourrait.

Lorsqu'elle apprit où travaillait Randy, Swami garda le silence.

— Cool, dit Randy. Je vais fixer les chaînes. Ensuite, vous n'aurez qu'à allumer vos clignotants, et zou. Woodchuck n'est pas loin. Mais je vous préviens, les gars font un feu de joie ce soir, du coup je vais vous déposer dans le champ plutôt qu'à côté de la grange. Votre famille passera une nuit plus calme.

— Ça boit sec ! lança Pete.

Sam acquiesça.

— On a juste besoin d'un endroit où dormir.

Randy dressa le pouce et monta dans son pick-up. Sam rejoignit Dell et Darren sur le bas-côté. Ils regardèrent Randy manœuvrer son pick-up, dévalant le fossé, remontant de l'autre côté. Avec l'aide de Pete, il sangla la carcasse de l'animal au hayon puis, revenant se garer devant le Brave, il s'occupa des chaînes. Entre-temps, Sam monta dans le véhicule, installa Dell dans le siège-auto et boucla la ceinture de Darren.

— Je ne veux pas que ces hommes nous dépannent, siffla Swami au moment où il se glissait derrière le volant.

Le bébé s'était rendormi. Swami l'avait couché dans le siège-auto à ses pieds.

— On a besoin d'eux. Ils vont rouler lentement. Et je peux utiliser les freins.

— Ces types travaillent à Woodchuck ?

Sam hésita.

— L'un d'eux, en tout cas. Tu sais bien comment sont les guides. On n'en a pas fréquenté depuis un moment, c'est tout. De toute manière, les proprios, c'est nous, maintenant. Mon oncle Chip nous attend. Tout va bien se passer.

Sa canette froide et intacte serrée entre les cuisses, Sam attendit que Randy démarre. Il alluma les clignotants, les chaînes se tendirent et, après une légère secousse, ils retrouvèrent la route et commencèrent à rouler. Pete se pencha à la fenêtre et fit signe à Sam de les dépasser en riant. Swami regardait droit devant elle, l'air crispé, les doigts serrés autour de la poignée du siège-auto. Le pick-up de Randy zigzaguait paresseusement entre la ligne centrale et le bas-côté, relié au camping-car par une chaîne rouillée, pareil à un vieux remorqueur. Dans la lumière des clignotants, chaque défaut du véhicule était visible, la rouille, la peinture à la bombe, les endroits où la sous-couche apparaissait. La fenêtre arrière donnait sur un râtelier où étaient rangés une pagaie et un fusil. Le carreau était décoré d'autocollants divers : Metallica, la silhouette scintillante d'une pin-up et le logo de la NRA* aussi gros qu'une soucoupe. La chienne leur jetait sans arrêt des coups d'œil, ses grosses pattes avant sur le dossier. Une douzaine de canettes vides cliquetaient sur le plateau, avec une tronçonneuse et le cadavre du cerf, sa patte arrière tendue, ses bois trapus recouverts de velours. Horrifiée, Swami resta bouche bée toute la durée du premier kilomètre.

* National Rifle Association. (Toutes les notes sont de la traductrice.)

Pas de doute, Randy roulait lentement. À une lenteur surréaliste.

— C'est encore loin ?

Swami fermait les yeux de toutes ses forces.

— Pas trop, répondit Sam.

— Je peux regarder le cerf ? demanda Darren.

— Quel cerf ? demanda Dell.

— Ne débouclez pas vos ceintures, dit Sam.

Le pick-up diesel gravit une colline escarpée, sifflant et recrachant un nuage de fumée noire. Lorsqu'il descendit l'autre versant, ses feux arrière baignèrent le visage de Swami d'un éclat rouge. Après un temps, ils dépassèrent une rangée de petites maisons qui menaient en ville. Sam reconnut les maisons, mais elles avaient vieilli. Leur peinture s'était écaillée. Les porches s'étaient affaissés. Dans les allées, les pick-up rouillaient, affalés sur leurs ressorts. Sam repéra plusieurs pancartes plantées dans un jardin. Certaines indiquaient CLINTON/GORE en lettres délavées. Une des pancartes arborait un ruban noir : ON NE VOUS OUBLIERA PAS, SHÉRIF PATCHER, MARIGAMIE CO. SHÉRIF, 1957-1993. D'autres pancartes, plus brillantes et moins patinées, proclamaient : FINI LA CHOUINE, PLACE À LA MINE !

Thunderwater avait toujours été une ville ouvrière et sa petite collection de maisons carrées traînait comme la queue d'un chien sur la berge, en aval de l'usine à papier qui leur avait donné naissance. Les choses avaient changé depuis son enfance. La ville semblait fatiguée. Comme si elle traversait une passe difficile, ou que la rivière l'avait inondée. Puis il aperçut la rivière, son éclat noir entre les arbres. La rivière n'avait pas changé, ni le vaste promontoire rocheux sur la rive opposée. Au sommet de la falaise, les pins masquaient une poignée d'étoiles. Et il y avait la lune, gigantesque, plus ancienne et plus permanente que tout le reste.

Après un dernier virage, l'entrée officielle de la ville apparut, pourtant Sam ne poussa pas de cri de joie, ainsi qu'il l'avait imaginé. Les enfants ne tapèrent pas dans leurs mains et Swami resta de marbre. Ses yeux étaient clos, les enfants silencieux. Un lampadaire solitaire éclairait un grand panneau décoloré entre deux poteaux. On pouvait y distinguer des pins, une rivière, un minuscule barrage et un gigantesque brochet aux trousses d'un Spinnerbait. Sous le poisson, une succession de lettres jaunes :

BIENVENUE À THUNDERWATER. POPULATION 284.

2

Sam avait envisagé d'épouser Swami pour la première fois en 1979, lors d'un déjeuner pluvieux sur les rives de la New River. À l'époque, ils étaient encore étudiants et, cet été-là, ils suivaient tous les deux une formation pour devenir guides à Valley Rafts, une jeune entreprise avec une poignée d'embarcations en néoprène et des gros gilets de sauvetage orange fluo. Un sandwich au jambon détrempé à la main, Sam grelottait à cause du froid et de l'adrénaline, assis sous une canopée verdoyante de chênes dégoulinants. Swami – après deux semaines de formation, il connaissait son prénom, Swami de l'Illinois, au casque vert vif, aux couettes blond cendré et aux yeux aussi bleus que les rafts – lui avait lancé un regard depuis sa place sur les graviers mouillés avant de prononcer un seul mot :

— Bien.

Elle lui avait souri et Sam avait eu un peu moins peur de la rivière qui avait manqué le tuer. Il avait eu un peu moins peur de la vie et il avait souhaité que cette femme le regarde en disant "bien" jusqu'à la fin des temps.

Pendant la première semaine de formation, les rafts étaient pilotés par des guides expérimentés qui leur montraient les différentes sections de la rivière en interrogeant les stagiaires sur le nom des rapides. Ils leur enseignaient divers coups de pagaie, comment pousser, comment tirer. Ils leur apprenaient à lancer les cordes, à faire les nœuds et à effectuer des sauvetages en "conditions réelles" : chacun leur tour, les stagiaires devaient se jeter à l'eau, enlacer des fausses victimes et attendre que l'équipe sur le rivage les tire à terre. Le matin et l'après-midi, les rafts glissaient et tournoyaient, luttant pour franchir les vagues vertes et escarpées entre les collines vertes et escarpées. Sam pagayait, mangeait et nageait. Juste avant le coucher du soleil, il s'enveloppait dans son sac de couchage humide et mémorisait le nom des rapides. Thread the Needle comportait quelques remous inoffensifs. Lower Kaymour comprenait un rouleau mortel du nom de Teacher's Pet. Un guide à la barbe éclatante prénommé Lucas, qui gardait toujours un sachet de bonbons dans son casque, avait déclaré : "Si tu tombes à l'eau dans Kaymour, nage à gauche ou meurs." Peaches, un autre guide, avait dit : "Nage à droite à Pig Farmers et à Beury's Hole." Goddess, une des légendes de Valley Rafts, cinquante ans et deux nattes argentées, les avait prévenus de ne pas s'aventurer trop à droite à Beury's. "Sinon, vous serez aspirés sous Vulture Rock. Fin de l'histoire."

Derrière ces conseils, Sam percevait une espièglerie de vétéran. Lucas et Peaches prenaient plaisir à les effrayer en se comportant comme des vieux briscards revenus de tout. Mais personne ne se permettait de plaisanter au sujet de Keeny's, un rapide qu'ils évoquaient avec révérence. Keeny's était le gardien de la rivière. Des rochers immergés gros comme des maisons à éviter absolument, une sorte de passoire surnommée Meat Grinder qui laissait passer l'eau, pas les arbres ni les rafts ni les corps. Un jour, alors qu'ils remontaient la gorge sinueuse après une descente, Lucas s'était assis à l'arrière du bus avec les stagiaires. Sam avait posé son casque sur ses genoux humides. Lucas avait ouvert une bière et entrepris de dévorer un reste de sandwich au saucisson, leur montrant différents endroits derrière la fenêtre – ici, un certain Rob vendait des stères de bois ; là, on pouvait chasser le cerf, à condition de s'adresser à la bonne personne.

— Vous connaissez la différence entre un guide et un yéti ? L'un est gros et poilu et pue la poubelle tiède, le second est une créature mythique.

Lorsqu'il s'était esclaffé, le bus avait fait une légère embardée, et Lucas avait recraché sa gorgée de bière. Une ou deux rangées plus loin, quelqu'un lui avait demandé s'il avait déjà vu un guide franchir Meat Grinder. Son visage s'était figé. Il avait arrêté de mâcher et fait rouler sa langue dans sa bouche avant d'acquiescer.

— Une fois.

Puis il avait gagné l'avant du bus pour s'asseoir avec Peaches et Goddess.

Toute la durée de la deuxième semaine, il plut. La rivière enfla et devint enragée, laiteuse et imprévisible, une créature nouvelle. Les rafts la dévalaient jour après jour, de minuscules bouchons reliés entre eux par une corde invisible, s'éloignant et se rapprochant à mesure qu'ils slalomaient dans le courant et bondissaient par-dessus les vagues. Un matin, Goddess constitua un équipage uniquement composé de filles. Leur raft s'élança devant celui de Sam, qui regarda leurs casques aux couleurs vives s'élever et s'abaisser entre les crêtes blanches des vagues alors qu'elles pagayaient à l'unisson, concentré sur la fille coiffée d'un casque vert. Lorsqu'il l'avait remarquée, elle séchait ses nattes à côté d'un raft échoué. Il ne voulait pas la dévisager, mais il ne pouvait s'en empêcher. Quelque chose dans l'éclat de ses yeux. Elle semblait si sûre d'elle parmi les montagnes, avec sa peau criblée de taches de rousseur et brûlée par le soleil, son rire et ses mouvements aussi fluides que la rivière. Elle s'appelait Swami. Quand Sam la regardait, il avait l'impression qu'une vague gigantesque était sur le point de l'engloutir.

Les guides et les stagiaires reconnaissaient en Swami des bribes de ce que projetait Goddess, une certaine grâce ou présence sur la rivière, une sorte d'évidence sur l'eau. Un soir, Sam et plusieurs stagiaires décidèrent de regarder une vidéo pédagogique dans l'entrepôt. Ils traînèrent un raft devant la télé et s'installèrent sur les boudins, une bière à la main. Ils apprirent que même les guides expérimentés tels Peaches, qui avait plusieurs saisons à son actif, n'étaient pas immunisés contre la panique. Si une vague déroutait son embarcation, Peaches surcompensait. On pouvait le voir hurler trop de commandes et se contredire, pareil à un pilote de course cherchant à contrôler un dérapage. Lorsque Goddess s'engageait dans le même passage, les orteils à peine calés sous le barrot, les yeux aussi brillants que les éclaboussures, ses nattes lançaient des éclairs argentés dans le soleil. Avec délicatesse, elle traçait un chemin invisible dans des rapides classe 5, entourée d'explosions d'écume. Elle semblait aussi calme qu'une femme dégustant un muffin sur un banc.

— Comment fait-elle ? demanda Billy, un stagiaire de Caroline du Sud qui parlait avec un accent. Merde, alors.

Il sirota sa bière, baigné par l'éclat bleu du téléviseur.

Quand Sam était en cours, il se sentait compétent. Il adorait le concept du coup de pinceau assuré, quelque chose qu'il recherchait constamment et atteignait parfois. La plupart du temps, il finissait par essayer de contrôler ses tableaux et, s'il n'y parvenait pas, ceux-ci tombaient à plat. Jusqu'ici, il naviguait comme il peignait.

Dan, un étudiant méthodiste surnommé Preacher*, abaissa sa canette et braqua un doigt sur le téléviseur.

— C'est le numineux.

Il repassa la vidéo au ralenti, égrenant un plan après l'autre : à l'écran, Goddess affrontait une vague de plus de trois mètres.

— Le numi… quoi ? demanda Billy.

— Le numineux. La présence divine. Le buisson-ardent. L'océan. Une femme nue. Moïse. Ça.

Avec sa bière, Preacher adressa un salut à Goddess. Ils rembobinèrent la cassette. La regardèrent à nouveau. Sam saisit l'importance de la créativité sur l'eau. Mais pas seulement. Il fallait du sang-froid, aussi. Les meilleurs guides, qu'ils aient une barbe ou des nattes argentées, savaient conserver leur sang-froid en toutes circonstances. Ils chevauchaient les cascades. Sam termina sa bière, se leva et se rendit au Coal Chute, le restaurant bar de Valley Rafts, au pied de la colline.

— Comment tu t'y prends pour faire ce que tu fais ? demanda-t-il à Goddess, conscient qu'il s'appuyait un peu trop lourdement au comptoir.

La guide était en train de dîner. À l'extrémité du comptoir, Swami était assise à côté d'une fille à dreadlocks

* Le Prêtre.

prénommée Laura. Sam essaya de se montrer poli, conscient de déranger Goddess en plein repas, mais l'alcool rendait sa voix pâteuse, ses paroles trop emphatiques. Le barman se mit à essuyer un verre, un sourire narquois aux lèvres. Tout le monde savait que Goddess, à l'instar de la rivière, était bienveillante jusqu'à ce qu'elle ne le soit plus. On racontait qu'un jour un client aux prises avec une violente gueule de bois avait refusé d'écouter ses conseils, sous prétexte qu'elle était une fille. Pendant neuf ou dix kilomètres. Soudain, Goddess avait ralenti, tiré le raft à terre et entraîné l'homme dans la forêt. D'après les témoins de la scène, à son retour, l'homme était livide et ensuite, il avait suivi religieusement chacune des instructions de Goddess.

— J'ai écouté ce que tu as dit sur les angles, la propulsion, la marche arrière, les lignes de courant, poursuivit Sam. Je ne suis pas venu ici juste pour boire et dormir sous une tente. C'est peut-être ce que tu penses, mais ce n'est pas le cas.

Occupée à manger une cuisse de poulet, Goddess posa lentement le pilon sur son assiette. Elle s'essuya la bouche et avala une gorgée de bière. Puis elle scruta Sam, juste assez longtemps pour qu'il se sente gêné. Lorsque son regard croisa celui de Swami, il se sentit rougir. Elle baissa les yeux sur son assiette de tacos, esquissant un sourire.

— Tu as regardé la cassette ? demanda Goddess.

Sam acquiesça.

— Qu'est-ce que tu as appris ?

— J'ai appris que vous ne dessalez pas. Moi, si. Je panique.

Goddess arbora une expression moqueuse. Elle regarda Sam, Swami et Laura.

— Vous voulez connaître le secret des bons guides ?

Ils hochèrent la tête.

— Un bon guide tient sa ligne dans les creux. L'espace d'une demi-seconde, le raft est submergé, vous êtes dans l'eau jusqu'au cou et vous percez la crête d'une grosse vague. Imaginez que la vague est l'est et l'ouest. Votre raft est le nord et le sud. Si vous ne perdez pas le nord durant cette demi-seconde ; si, au lieu de paniquer, vous gardez votre pagaie fermement plantée dans l'eau, alors vous deviendrez de bons guides.

— Mais comment éviter la panique ? demanda Sam.

Goddess l'observa avant de reporter son attention sur sa bière. Alluma une cigarette.

— Seule la rivière peut t'apprendre ça. Pas moi. Tu te souviens de ton premier bac arrière, la manière dont ces forces invisibles sont apparues pour te propulser sur l'eau ?

Sam s'en souvenait. Il se rappelait avoir tiré de toutes ses forces pour orienter la proue dans le courant, le tourbillon en aval de son raft, la manière dont celui-ci avait bondi sur l'eau, pareil à un voilier prenant une risée.

— Tu auras la même sensation. Un jour, tu seras face à une chute ou un rouleau, et tu te rendras compte que tu es calme. Le temps ralentira et tu verras à travers les obstacles. Tu auras l'impression de découvrir un chemin qui était là depuis le début, simplement tu ne l'avais pas encore remarqué.

Ils restèrent parfaitement immobiles. Après un temps, Sam porta sa bière à sa bouche et Laura brisa le silence.

— Tu parles toujours comme ça ?

Goddess s'esclaffa en recrachant un nuage de fumée.

— J'ai passé de nombreuses années seule sous une tente dans la forêt.

— La rivière me l'apprendra, dit Sam.

— La rivière et le temps. (Goddess éteignit sa cigarette, laissa un billet de dix dollars sur le comptoir et se leva.) À ce propos, c'est l'heure d'arrêter de boire. Essayer de dormir. La pluie en amont atteindra la gorge demain. Va y avoir des remous, les plus gros que vous ayez jamais vus.

Sam la regarda s'éloigner. Se tourna vers Swami. Repoussa sa bière à moitié vide.

Ce soir-là, Swami fut incapable de trouver le sommeil. Elle sortit de sa tente, aspira une bouffée d'air nocturne et s'éloigna du camp. Les grenouilles étaient de plus en plus bruyantes. Il était soit très tard soit très tôt et la brume qui s'était amassée sur les arbres commençait à goutter, un microclimat sous la canopée. Swami avait choisi une filière scientifique. Son enfance dans le sud de la Californie et son adolescence sur les rives du lac Michigan avaient réveillé son intérêt pour l'écotone entre l'eau et la terre. Elle aimait les plages et les marais, la façon dont la rivière sculptait la roche. Ici, les vipères cuivrées prenaient le soleil sur les berges et les vallons étaient plantés de pins, de chênes et de lauriers. La New River était la deuxième rivière la plus vieille du monde. Swami aimait l'idée de naviguer dessus. Et les guides étaient intéressants, hirsutes, crasseux, passionnés. Elle les trouvait beaux, ainsi qu'elle trouvait belle toute créature sauvage, admirant sa liberté de loin.

Lorsqu'elle avait appelé sa mère pour lui raconter son job d'été, cette dernière avait déclaré que les guides lui rappelaient les surfeurs et promis de lui envoyer une bombe lacrymo. Swami avait passé la plus grande partie de sa vie dans le Midwest, mais elle tenait son prénom d'une célèbre plage de surf en Californie du Sud. En 1964, son père, en proie à une crise de la quarantaine précoce, avait emmené sa famille à Encinitas. Ou plutôt, il l'avait prise en otage, selon la formule de sa mère. Swami avait sept ans, la preuve que les rêves de plage de son père dataient d'avant sa naissance. Il avait acheté un combi Volkswagen flambant neuf, traversé les plaines, les montagnes, les déserts, et garé le véhicule devant un petit deux-pièces à trois rues de l'océan. Il prétendait avoir une "vision". Il voulait que Swami grandisse en courant sur le sable tassé, à collectionner des coquillages dans un seau, entourée par le chant des mouettes et les aboiements des otaries. Il avait travaillé dans une boutique de surf pendant six mois, jusqu'à ce que leurs économies s'amenuisent, de même que la patience de sa femme. Alors ils avaient rebroussé chemin, franchissant les déserts, les montagnes et les plaines. Swami se souvenait de ce trajet plus nettement que le précédent, le silence de ses parents tandis qu'ils parcouraient le continent en sens inverse.

Swami remonta la piste embrumée qui menait à un promontoire surplombant Keeney's Rapid. Elle balaya brièvement le sol avec sa lampe torche avant de laisser ses yeux s'habituer à l'obscurité. Pas de serpent en vue.

Elle retira ses sandales et s'avança sur la roche, qui renvoyait la chaleur de la journée. Swami avança précautionneusement dans le clair de lune – les montagnes noires, les étoiles scintillantes, la rivière qui rugissait au-dessous. Une deuxième rivière constituée de brume serpentait au fond du canyon. Quelque part au loin, le sifflement d'un train s'éleva, son écho résonnant sur la peau ridée des Appalaches ravagées par le charbon.

Swami ferma les yeux et prit une profonde inspiration, absorbant les étoiles, les rochers, les grenouilles arboricoles. Elle s'assit en tailleur et contempla la rivière. L'eau choisissait toujours la voie la plus simple, si elle rencontrait une berge, elle se redressait et coulait en aval à nouveau. Elle cédait à ce qui était. Quelque chose enfla à l'intérieur de Swami. Une épiphanie qu'elle avait sur le bout de la langue. Elle aurait voulu dire que les grenouilles cédaient, elles aussi, au jour, à la nuit, tout comme la terre cédait à son orbite. Les montagnes cédaient aux continents qu'elle avait traversés avec ses parents taciturnes. Swami soupira. Elle aurait aimé ressembler à la rivière et prendre la vie comme elle venait, à l'instar de son père. Mais la plupart du temps, elle essayait de passer en force, comme sa mère. Swami pagayait dur, trop parfois. Son problème n'était pas qu'elle était incapable de tenir sa ligne. Son problème était qu'elle était incapable de lâcher prise. Dans le raft, Goddess lui avait expliqué qu'elle luttait avec les éléments et faisait plus d'efforts que nécessaire.

Swami entendit une branche craquer dans son dos. Le faisceau d'une lampe torche apparut, l'aveuglant de son éclat.

— Désolé ! cria une voix d'homme.

Swami se protégea les yeux.

— Éteignez votre lampe torche.

— Je ne m'attendais pas à croiser quelqu'un ici.

C'était Sam, du bar.

— Moi non plus, répondit-elle sur un ton plus sec qu'elle ne l'avait voulu.

Elle avait l'impression qu'il avait fait irruption dans sa chambre au moment où elle s'apprêtait à s'endormir ou, pire encore, qu'il s'était assis face à elle à la bibliothèque et avait entrepris de manger des chips – sa bête noire.

Sam se dandinait d'un pied sur l'autre.

— Tu peux t'asseoir, si tu veux.

Aussitôt, il vint s'installer près d'elle, les jambes croisées, son sac sur le dos.

— Je suis venu voir ce dont parlait Goddess. Sacré truc.

Swami l'observa. Il portait une chemise en flanelle, un short et des tongs. Elle pouvait sentir son déodorant. Il avait pris une douche et paraissait plus sobre que tout à l'heure.

— Moi aussi.

— Alors, elle raconte quoi, la rivière ?

— À mon avis, mieux vaut qu'on évite de parler.

— Pas faux. Toi, c'est Swami, non ?

Elle se contenta de le regarder.

— Moi, c'est Sam.

— Sam.

— Ouais.

— Chut.

Il hocha la tête. Une couche de brume fraîche s'accumulait dans le canyon. Elle roula sur le sommet d'un énorme rocher, effleura la rivière et bifurqua. Swami eut un petit sourire intérieur dans le scintillement des étoiles. Elle avait aimé dire à Sam de se taire. Et elle avait aimé sa réaction. À nouveau, elle huma la rivière, les rochers, le déodorant de Sam.

— Tu sais. (Il plongea la main dans son sac à dos et produisit une poignée de bretzels.) Je crois que la brume m'enseigne plus de choses que la rivière.

— Quoi ? s'offusqua Swami.

Elle fut submergée par une bouffée d'irritation, comme lorsqu'une connaissance recevait une meilleure note qu'elle. Sam mâcha un bretzel et l'avala.

— La brume, répondit-il. Sa manière de bouger. Ça semble important, non ? Dans mon cours de céramique...

— Tu manges des bretzels ou je rêve ? demanda Swami, incrédule.

Sam regarda le sac, puis Swami.

— Tu en veux ?

Mais elle était déjà debout, à épousseter son short.

— Des bretzels !

Elle alluma sa lampe torche et braqua le faisceau sur lui. Soudain, elle se figea. Il y avait sa chemise en flanelle. Les bretzels. La roche grise. Et quelque chose d'autre. Elle éteignit sa lampe torche.

— Sam, ne bouge pas ! Ne bouge pas d'un millimètre.

— Pourquoi tu es si contrariée ?

— Sam, tu as un serpent sur les genoux.

Silence.

— Pardon ?

— Je vais rallumer ma lampe torche une seconde, OK ?

— OK.

Elle s'exécuta et vit Sam qui tenait son sachet jaune de bretzels en l'air, une expression perturbée sur le visage. Un serpent à motif diamants était à demi lové sur ses genoux.

— Swami ? siffla Sam dans l'obscurité.

— C'est un mocassin à tête cuivrée.

Aussitôt, l'air sembla s'alourdir. Il n'y avait pas pire serpent à avoir sur les genoux. Lors de leur première soirée au camp, Peaches avait donné un cours sur les différents serpents de la région. Le venin du mocassin à tête cuivrée entraînait la nécrose. Sauf que Peaches n'avait pas employé ce terme. Il avait expliqué qu'après une morsure de mocassin, "votre jambe deviendra aussi dure et gonflée qu'une bite. Et après, elle tombera, raide morte".

— Je fais quoi, Swami ?

Les serpents n'étaient pas agressifs à moins d'être provoqués. La meilleure option consistait probablement à rester immobile. Attendre que le reptile s'en aille de son propre gré. C'est du moins ce que Swami conseilla à Sam, qui secoua la tête avec raideur.

— Je suis plus chaud que la roche. Le serpent risque de passer la nuit sur moi. Je ne vais pas pouvoir garder les bras tendus comme ça jusqu'au matin.

Swami ralluma sa lampe torche. Le serpent n'avait pas bougé. Sa tête se trouvait à moins d'un centimètre de la cuisse gauche de Sam.

— Arrête de triturer ta lampe, s'il te plaît.

— Tu veux que je tente un truc, genre taper du pied ou le repousser avec une fougère ?

— Non, non, non.

Swami éprouvait la même sensation qui la saisissait parfois à l'arrière du raft, quand un rocher se profilait droit devant et qu'elle devait prendre une décision éclair pour éviter l'obstacle.

— Swami ? demanda Sam d'une voix altérée.

— Je suis là.

— Mes bras. Je n'ai plus la force de les lever.

À présent, il tenait son sachet de bretzels au-dessus de sa tête. Ses bras étaient parcourus de tressaillements et le sachet tremblait dans ses mains. Sans prendre le temps de réfléchir, Swami se positionna derrière lui et enroula les bras autour des siens. Elle resserra son étreinte et sentit Sam se détendre légèrement.

— Ça te soulage un peu ?

— Oui.

Ils restèrent un très long moment sans parler. Sam, Swami et le serpent, à patienter ensemble sur un promontoire surplombant la brume et la rivière, agrippés à un sachet de bretzels sous le ciel étoilé.

— Tu viens d'où, Swami ?

Elle lui raconta son enfance. La Californie. L'université. Sa mère agent immobilier, son père coiffé d'un catogan. Elle apprit que Sam venait du Michigan. Il avait perdu son père dans un accident de voiture quand il était encore jeune et sa mère lui avait donné la montre paternelle. Sam aimait les cours d'arts plastiques. Il aimait vernir des pots. Quand ils eurent épuisé tous les sujets de conversation, ils reportèrent leur attention sur le paysage, s'écoutant respirer l'un l'autre, sentant la tiédeur de leurs corps si proches. Swami soutint Sam pendant ce qui lui parut une éternité. Il commençait à dodeliner de la tête. Lorsque le ciel s'éclaircit, il eut un léger sursaut.

— Swami ?

— Chut, je suis là.

Elle ne voulait pas qu'il se réveille trop brusquement. Il releva la tête alors que la lumière du jour se faisait plus vive. Swami baissa les yeux et constata que le serpent avait disparu.

Un oiseau pépiait dans un arbre. Sam gémit et Swami laissa retomber ses bras. Il frissonna dans la lumière bleutée. Assis côte à côte, ils ignoraient comment parler de ce qui venait d'arriver. Swami sentait encore le poids du corps de

Sam contre le sien. La rivière rugissait à leurs pieds, obstruée par une épaisse couche de brume. Goddess avait vu juste : la pluie était là, gonflant les remous de la gorge.

— Bon, dit Swami.

Sam hocha la tête. Ils rassemblèrent leurs affaires et rebroussèrent chemin.

Plus tard ce matin-là, Sam et Swami firent tous deux une mauvaise chute. Leurs rafts se retournèrent au niveau de Keeny's, juste au-dessus de Meat Grinder. Swami vit Sam se faire aspirer hors de l'embarcation avant de tomber à son tour. Elle émergea en toussant et voulut s'agripper au raft. Le courant lui arracha la poignée de la main et les deux minutes suivantes consistèrent en un tourbillon de lumière et d'obscurité tandis qu'elle nageait de toutes ses forces. Des cordes de sauvetage jaunes se matérialisèrent au-dessus de sa tête. Des sifflets déchirèrent l'air. L'incident coupa l'appétit à tout le monde, hormis Peaches. Sam, Swami et Laura s'adossèrent à un raft sur le gravier humide. Sam agrippait son sandwich au saucisson d'une main tremblante.

— Je ne sais pas si je vais pouvoir remonter dans un raft, dit-il. Je ne pense pas que ce soit un sport pour moi. J'aurai essayé, au moins.

Swami fut frappée de constater à quel point elle ne voulait pas qu'il parte. Refuser de remonter dans un raft équivalait à un abandon. On était viré de la formation. Telle était la règle. Laura fit une tentative pour réconforter Sam.

— Tu as dessalé au pire endroit possible, là où l'eau est la plus haute. Et tu es encore là, dit-elle sur un ton encourageant. Plus ou moins.

Preacher s'assit par terre à côté d'eux. Il s'appuya au boudin le plus proche et leur montra sa main tremblante.

Son visage était livide. Ses yeux ne se fixaient sur rien. Trop d'adrénaline. Son débit était lent, son haleine acide.

— J'ai passé la dernière demi-heure à vomir et à pleurer derrière le bus, là-bas. Si un seul d'entre vous abandonne, j'abandonne aussi. Donc, vous ne pouvez pas abandonner, parce que j'ai besoin d'argent.

— Vingt rapides, dit Laura. On n'a plus que vingt rapides à franchir. Ensuite, on aura droit à deux jours de pause. Ce soir, je vous offre une bière.

Sam observa ses amis. Swami comprit qu'il avait peur. Pourtant, Laura avait raison, il n'était pas mort. Il avait juste fait une mauvaise chute. “On vit tous entre deux chutes”, avait dit Peaches.

Sam acquiesça.

— OK. Vingt rapides.

Preacher sembla se vider de son air.

— Moi qui pensais partir en disant que c'était ta faute, lâcha-t-il avec un grand sourire.

— Bravo, Sam et Preacher, dit Laura.

Elle donna une légère poussée à Preacher, qui tomba à la renverse et ne se releva pas.

Swami ne prononça qu'un seul mot.

— Bien.

Elle était sincère. Sam regarda Swami. Swami regarda Sam. Elle ne détourna pas le regard et lui non plus.

3

SAM fut réveillé par le cliquètement de canettes au-dehors. Il se redressa dans les rayons qui filtraient entre les stores, veillant à ne pas déranger sa famille assoupie sur le seul matelas deux places du camping-car. Ils devaient dormir en chien de fusil pour tenir dans le lit. Dell avait la bouche grande ouverte, ses cheveux blonds plaqués sur le visage malgré l'air frais. Swami serrait DeeDee contre sa poitrine. Darren était lové contre sa mère. Sam jeta un œil par la fenêtre et descendit du lit en silence. Il chaussa ses tongs, s'enveloppa dans une épaisse couverture en flanelle et grelotta, surpris d'avoir si froid en cette fin mai. Tout était silencieux. Il était heureux d'être là. Puis il entendit les canettes à nouveau.

Il sortit du Brave et longea une clôture en bois délimitant un parking envahi par les mauvaises herbes près d'une vieille grange. Une moto boueuse était appuyée contre la porte, une Honda blanche aux pneus usés et à la selle déchirée. Tout autour de lui s'étalaient des tapis de luzerne lustrés par la rosée et cernés par l'orée distante des bois. Le soleil s'élevait au-dessus des arbres, baignant le ciel orangé d'un éclat doré. Une allée mal entretenue reliait la route à la grange solitaire. C'était la première fois que Sam la revoyait depuis son enfance. Le bâtiment aux fondations en pierre était coiffé d'un toit en tôle arrondi. La peinture des lattes rouges et délavées était écaillée. Au sommet de la façade en bois, un panneau décrépit indiquait : WOODCHUCK RAFTING CO. Le logo semblait représenter une grosse marmotte souriante et casquée assise dans un raft. Sous le panneau, une grande porte coulissante était verrouillée avec une chaîne. À l'évidence, des travaux seraient à prévoir, mais Sam le savait déjà au moment de s'engager. Il était partant. Avec Swami, ils allaient ressusciter cette entreprise. Alors l'éventuelle suppression de son poste n'aurait plus d'importance. Ils crouleraient déjà sous le cash gagné ici même, parmi la luzerne parfumée. Plein nord, tout au bout des doigts du Wisconsin. *Oui.*

Sam entendit un bruit dans la grange. Quelque chose de lourd heurta la porte coulissante, si violemment qu'elle s'écarta de son rail, tendant la chaîne qui la maintenait fermée. Quelqu'un gémit. La porte reprit sa place. Sam s'immobilisa. Il regarda le camping-car, puis la grange.

— Il y a quelqu'un ?

Sa question fut accueillie par un silence. Il était sur le point de parler à nouveau quand une voix s'éleva. Sèche, vieille et triste.

— Tu sais que je suis là, Randy. Je suis enfermé à l'intérieur.

Sam fit un pas en avant et souleva la chaîne. À cet instant, une pale jaune s'insinua dans l'ouverture, exécuta un puissant mouvement de levier et repoussa la porte, qui coulissa en arrière dans un chuintement de roues.

Un homme gigantesque à la barbe grise sortit d'un pas chancelant, faisant crisser des canettes au sol. Il avait les bras grands ouverts, comme s'il s'apprêtait à enlacer quelqu'un.

Sam fit un bond en arrière et trébucha dans les mauvaises herbes. Le géant s'avança dans la lumière, tanguant d'un côté puis de l'autre avant de perdre l'équilibre et de s'écrouler la tête la première dans l'allée. Lorsqu'il entendit le choc de l'impact, Sam comprit la situation dans laquelle se trouvait l'homme. Ses bras étaient scotchés au manche d'une pagaie jaune et bleue, comme s'il avait été crucifié sur une seule planche.

— Ouh là.

L'homme leva la tête et la laissa retomber. Il haleta, soulevant un petit nuage de poussière.

— Ouh là, j'ai vraiment mal.

Sam, qui s'était redressé, se précipita pour l'aider. À la dernière minute, il se ravisa.

— Vous, euh… Vous allez me frapper ? articula-t-il avec difficulté, penché au-dessus du géant.

L'homme fit claquer ses lèvres gercées et gratifia Sam d'un regard méfiant, les yeux rougis et brillants. Il secoua la tête.

— T'es pas Randy. C'est la seule personne que je frapperai. J'ai tellement soif.

— Je vais essayer de vous aider à vous asseoir, d'accord ?

L'homme opina. Sam tira sur la pagaie, un geste qui arracha un gémissement de douleur au géant. Une bosse commençait à se former sur son front. Heureusement, il n'y avait pas de sang. L'homme s'affaissa, laissant pendre ses mains aux extrémités de la pagaie. Il plissa les yeux dans le soleil de plus en plus haut, puis il reporta son attention sur Sam. Tout à coup, il sembla pris d'un haut-le-cœur, comme s'il était sur le point de vomir. Il déglutit.

— Vous êtes là pour la descente en raft ? Bienvenue à Woodchuck Rafting. Ne vous inquiétez pas pour moi. Un simple canular.

— Je m'appelle Sam.

— Sam ? (Le visage de l'homme s'illumina.) Sammy Brecht ? Sammy !

— Mon Dieu, murmura Sam.

C'était évident à présent, malgré les kilos en trop, les rides et la grosse barbe hirsute.

— Oncle Chip.

Sam entendit claquer la portière du Brave derrière lui. Il se retourna et vit Swami se diriger tout droit sur lui, ses deux filles serrées contre la poitrine. À son expression, il devina qu'elle avait des questions importantes à lui poser.

Quand l'homme aperçut Swami et les enfants, il s'agenouilla péniblement. Sam l'aida à se mettre debout. Swami le toisa en silence. Dell s'agrippa à sa mère, les yeux écarquillés. La tête du bébé dodelina, à l'instar de celle de Chip. Darren se rua dehors et absorba la scène, bouche bée.

– Swami, les enfants, dit Sam. Je vous présente oncle Chip.

L'homme se dressa de toute sa hauteur et regarda alentour, comme pour s'assurer qu'il ne risquait pas de trébucher à nouveau. Il était taillé comme un ours – un ours gigantesque et grisonnant. Son ventre bronzé dépassait d'un débardeur crasseux et ses épaules semblables à des boulets de canon étaient recouvertes de poils argentés.

— Propriétaire et gérant de l'entreprise Woodchuck Rafting depuis vingt-cinq ans. (L'homme les salua de la tête.) Mes amis m'appellent Chip. T'as amené toute l'équipe, à ce que je vois.

Il avait mauvaise haleine et articulait avec difficulté. Il se tourna vers Darren.

— Dis-moi, gamin, t'aurais pas un couteau, par hasard ?

Darren acquiesça et fit volte-face.

Swami resserra son étreinte autour de ses filles et observa les champs. Chip s'absorba dans la contemplation du sol et respira. Le silence était tel qu'ils entendirent Darren farfouiller dans le tiroir à couverts.

— Alors. (Chip cligna ses yeux vitreux.) Vous avez fait bon voyage ?

Dans le Brave, des couverts s'écrasèrent au sol. Swami poussa Dell vers Sam et se mit à courir dans l'herbe, le bébé dans les bras.

— Écoute, oncle Chip, chuchota Sam.

— Je suis vraiment ravi de vous voir. Des beaux jours en perspective pour Woodchuck. Je suis tellement fier. (Il regarda Sam droit dans les yeux.) Je suis désolé d'avoir raté l'enterrement de ta mère. Je voulais venir, mais entre ton beau-père et moi, c'était…

L'enterrement avait eu lieu quatre ans plus tôt et Sam n'était pas d'humeur à évoquer les vieilles blessures familiales. Il secoua la tête pendant que son oncle parlait.

— Oublie ça. Écoute, oncle Chip…

— Appelle-moi “Chip”. On est associés, maintenant.

— Chip, écoute. J'ai besoin que cette journée se déroule bien. La nuit a été longue et j'aimerais vraiment que ma femme soit emballée par Woodchuck. Pourquoi es-tu scotché à une pagaie ?

Chip plissa les yeux.

— Qu'est-ce qu'elle a contre Woodchuck ? demanda-t-il sur un ton suspicieux.

— Quoi ? Rien du tout, mais ce déménagement lui a demandé beaucoup d'efforts et ce serait bien si les choses se déroulaient de manière un peu plus… fluide.

D'un geste, il désigna Chip et la propriété délabrée.

Chip pivota de sorte à poser le bras sur l'épaule de son neveu.

— Reçu 5 sur 5, mon pote. (Son haleine fétide était tiède.) On va l'amadouer. Attends un peu qu'elle rencontre le reste de l'équipe. (Chip adressa un clin d'œil à Dell.) Woodchuck est destiné aux familles avant tout. Tu vas être content de l'avoir acheté. Tes gamins vont adorer. Ta femme va adorer. Tante Mary aussi adorait, avant de partir.

Sam le dévisagea.

— Tante Mary n'est pas là ?

Chip secoua la tête.

Darren et Swami émergèrent du camping-car. Swami enjoignit à Darren de ne pas courir.

— Papa a acheté une marmotte* ! s'exclama Dell.

— Non, non, papa n'a pas acheté de marmotte. Changeons de sujet.

Le garçon tendit un couteau à pain à son père et Chip se pencha en avant.

— Ce bras-là en premier, supplia-t-il. Je ne le sens même plus.

* En anglais, *woodchuck* signifie “marmotte”.

Sam glissa le couteau entre le bras poilu de son oncle et la pale.

— Ouh là, ça fait mal, dit Chip.

Sam attaqua l'adhésif avec précaution.

— Depuis combien de temps tu es dans cette situation ?

Il ignorait s'il faisait référence à la pagaie ou à l'état de décrépitude dans lequel se trouvaient Chip et sa propriété. Avant, la pelouse était bien tondue, les clients affluaient, son oncle était bronzé et athlétique. C'était du moins ainsi que Sam s'en souvenait.

Chip contempla le ciel.

— On est samedi ?

— Oui.

L'adhésif commençait à céder.

— Juste une nuit, alors. (Chip se tordit le cou pour regarder Swami.) On a fait un petit feu de joie hier soir, rien de bien méchant. Pour fêter l'ouverture de la saison. Les guides peuvent se montrer potaches. Mais ce n'est pas toujours comme ça. On est très famille, par ici. Qu'est-ce qu'il est mignon, ce bébé ! Il a quel âge, un an ? Un an et demi ?

— Elle a trois mois, répondit Swami.

— Ah.

Enfin, l'adhésif céda. Chip poussa un gémissement de douleur tandis qu'il étirait son corps et laissait retomber son bras libre. Il haleta en se massant le cou, son autre bras toujours scotché à la pagaie.

— Sam, j'ai besoin d'une arrivée d'eau, dit Swami.

Sam se tourna vers Chip.

— De l'eau, insista Swami. Un tuyau. J'ai besoin d'eau pour le camping-car. (Elle serrait à nouveau Dell dans ses bras.) Les enfants doivent prendre le petit déjeuner.

— Il n'y a pas de puits, ici, répondit Chip. Mais il y a un frigo dans le loft avec des bidons que Randy remplit chez sa mère. C'est de la bonne eau. Très bonne, même. Fraîche.

— Sam, je peux te parler une seconde ? demanda Swami.

Sam tendit le couteau à Chip et s'approcha de sa femme.

À cet instant, une Jeep jaune vif pourvue d'arceaux turquoise bifurqua dans l'allée défoncée. Le moteur de la voiture vrombit, une femme blonde coiffée de gigantesques lunettes de soleil à son bord. Elle cahota sur le gravier et s'immobilisa entre la grange et le camping-car dans un nuage de poussière.

— Salut, tout le monde ! lança la femme sur un ton enjoué.

Elle remonta ses lunettes sur son crâne. Elle semblait avoisiner la trentaine. Elle portait des sandales turquoise, un minuscule short de course et un crop top tie and dye très près du corps. Une trentaine de bracelets cliquetaient à son bras et des étoiles étaient tatouées sur une de ses cuisses. Elle leur tendit les bras, un sourire radieux aux lèvres. Sam détecta un soupçon d'huile de patchouli.

— Les amis ! Oh, non… (Elle fronça les sourcils en voyant Chip, qui était occupé à libérer son autre bras.) Pas encore.

— Salut, Moon. (Le visage de Chip se fendit d'une oreille à l'autre.) Ravi que tu sois là. (Il reporta son attention sur l'adhésif.) C'est Randy. Je lui ai dit qu'il avait pas intérêt, mais il m'a pas écouté.

La femme étreignit Chip si fort qu'il grimaça.

— Je suis désolée d'avoir raté le feu de joie. J'ai crevé dans l'Iowa et des fermiers super sympas m'ont aidée. On a mangé les carottes de leur potager et chanté des ballades folks toute la nuit. Ils avaient un violon et j'ai joué de la cloche.

Elle sortit une pierre rose de sa poche. Ensuite, elle déposa un baiser sur le front de Chip et appuya doucement la pierre à l'endroit où elle l'avait embrassé. À l'évidence, il s'agissait d'un gros cristal.

Chip s'immobilisa le temps de recevoir sa bénédiction, puis il se libéra de la pagaie et la jeta dans les broussailles.

— Les gars, dit-il. Je vous présente Moonwind, notre guide principale.

— Vous pouvez m'appeler Moon.

— Moon, je te présente les nouveaux propriétaires. Sam et…

— Swami. Mais le vrai patron, c'est Sam. Les enfants et moi ne ferons que passer.

Sam se tourna vers sa femme, qui ne lui rendit pas son regard.

— Ravie de vous rencontrer, dit Moon. Et moi qui vous avais pris pour de simples clients. Chip, qu'est-ce qu'on fait aujourd'hui ?

— On a seize clients, dit Chip. D'après Pete, le débit était à 85 hier.

— Joli.

Moon remonta ses bracelets sur son poignet puis, sans crier gare, elle serra Sam, Swami, Dell et le bébé dans ses bras. L'odeur de patchouli était entêtante et l'étreinte sembla durer une éternité.

— Vous projetez une super bonne énergie, vous savez. (Elle avait les rides du sourire et ses yeux bleus étincelaient.) Pour la chance.

Elle appuya successivement son cristal sur le front de Sam, Dell, Swami et Darren. Swami parvint à éloigner DeeDee avant que Moon ne l'atteigne. Darren se frotta la peau en faisant la moue. Il observa ses doigts et les renifla. Aussitôt, Dell imita son grand frère.

— Les gars, dit Moon. Cette saison va être idyllique pour vous.

— Sam, dit Swami. On peut parler ?

Sam hocha la tête et regarda Chip.

— Je ne savais pas qu'une descente était programmée ce matin.

Chip se massa les poignets.

— La première de la saison. Rien d'extravagant, mais on va s'en contenter. On a de la concurrence, maintenant. (Il observa le soleil en plissant les yeux.) Les clients seront là d'ici une demi-heure. Ouh là, j'ai besoin d'eau.

— Moon ! s'écria une voix enjouée.

Randy émergea de derrière la grange au pas de course, chaussé des mêmes bottes de travail que la veille. Ce matin, il portait un maillot de surf bleu et un T-shirt fripé arborant le logo de Woodchuck.

— Randy !

Moon semblait enchantée.

— Je t'avais prévenu, Randy.

Chip se rua en direction de l'homme plus jeune, de plus en plus vite, un taureau en pleine charge. Randy prit ses jambes à son cou et Chip s'élança à ses trousses. Ils disparurent derrière un vieux lilas au coin de la grange ; des baskets miteuses étaient accrochées aux branches, des canettes vides coincées dans les fourches.

— Ne lui fais pas trop mal, Chip ! (Moon s'esclaffa.) J'ai besoin de lui sur la rivière, aujourd'hui !

Randy fonça dans le champ de luzerne et bondit par-dessus les herbes hautes en caquetant. Chip le pourchassa en vociférant, le couteau à pain scintillant dans le soleil.

Swami prit une profonde inspiration.

— Moon ?

Sa voix était calme, mais Sam perçut l'exaspération dans ses yeux. Son expression disait : "Je vais parler et vous allez vous taire." Un regard que Sam admirait, fut un temps. Un jour, elle l'avait adressé à un péagiste qui refusait les pièces de cinq cents. Ils avaient payé avec des pièces de cinq cents. Aujourd'hui, Sam avait affronté ce regard trop souvent et se sentait rapetisser sitôt qu'il le voyait, peu importe à qui celui-ci était destiné.

— Le Governor's State Park est loin d'ici ?

— À trois minutes. (Moon désigna la route d'un geste du menton.) Vous allez là-bas ? (Son visage s'illumina.) J'y ai loué un emplacement pour tout l'été !

— Vous pourriez nous tracter ? Moi, les enfants et le camping-car ? Tout de suite ?

Moon pencha la tête. Sam grimaça.

— Si votre Jeep est trop fragile, vous n'avez qu'à utiliser le pick-up de Randy, ajouta Swami.

— La première descente de la saison va avoir lieu ce matin. On a des rafts à gonfler et des pagaies à préparer.

Pendant que Moon parlait, Swami secouait lentement la tête.

— Sam gonflera les bateaux. Mes enfants et moi, on va aller au parc.

"Mes enfants." Un choix de mots délibérément blessant. Vu la tournure que prenait la matinée et l'aspect décrépit de Woodchuck, Sam songea qu'il valait peut-être mieux que Swami s'éloigne, le temps qu'il reprenne la situation en main.

Moon regarda Sam, qui opina.

— Je me charge des rafts. Et si Randy est d'accord pour te prêter son pick-up…

Randy avait atteint l'extrémité du champ et se trouvait à la lisière des bois. Penché en avant, Chip haletait, les mains sur les genoux.

— Je vais chercher le pick-up. (Moon haussa les épaules et monta dans sa Jeep.) À tout de suite.

Swami toisa Sam d'un air fatigué avant de se diriger vers le camping-car, ses filles dans les bras, Darren sur les talons. Il lança un dernier regard à son père, immobile dans le soleil qui s'élevait au-dessus des champs verdoyants. Sam entendit le pick-up de Randy démarrer derrière la grange. Puis il entendit Randy s'esclaffer dans la luzerne. Enfin, il entendit Dell demander à sa mère, qui la secouait dans ses bras tant elle marchait vite, si papa avait vraiment acheté une marmotte, et quand est-ce qu'elle pourrait la voir.

Le pick-up de Randy s'éloigna en bringuebalant, laissant Swami seule et satisfaite de l'être sur un terrain de camping boisé dans Governor's State Park. Moon avait proposé de l'aider à s'installer, mais Swami lui avait assuré qu'elle s'en sortirait, préférant prendre son temps pour découvrir les lieux. Dell escaladait la table de pique-nique et Darren examinait les buissons et le foyer.

— Attention, Dell, dit Swami.

À plat ventre sur le plateau, sa fille scrutait l'herbe à travers les fentes des lattes.

— Oui, maman.

Swami se força à expirer. Voilà qui était mieux. Les routes menant au parc et les allées entre les emplacements étaient goudronnées. Les sanitaires étaient pourvus de lavabos, de douches et de toilettes modernes. La pelouse était tondue et des panneaux rutilants se dressaient à chaque intersection : PLAGE, DOUCHES, BUREAU DES RANGERS. La propreté du parc aidait Swami à oublier le chaos de la matinée. Elle tressaillit en pensant à ce qu'avait appris Darren ce matin. Sam avait souvent évoqué le Woodchuck de son enfance, les familles épanouies qui bronzaient après une journée passée sur l'eau, les lilas et les échinacées autour de la grange rouge vif, les guides souriants et "l'argent qui affluait comme l'eau de la rivière". Swami poussa un profond soupir. Elle monta dans le camping-car et s'adossa contre l'évier minuscule. Elle était ici maintenant, du moins jusqu'à ce que le Brave soit réparé. Un véhicule terrifiant à conduire, néanmoins elle était fière d'être arrivée jusqu'ici. Elle avait manœuvré le volant monstrueux en criant des instructions à Moon par la vitre – "Plus loin, encore un peu !" Darren s'était agrippé au dossier de son siège pour regarder par-dessus son épaule, les yeux écarquillés. Swami sourit. Il n'avait pas encore pris la mesure de sa mère.

Le terrain de camping comprenait une place de parking et un grand cercle gravillonné, entourés de peupliers, de cèdres, de sapins et de buissons, soit des framboisiers, soit des mûriers. L'emplacement 22 rappelait un jardin de taille raisonnable dans un quartier boisé. Swami entendit ses voisins s'agiter au loin, une portière de camping-car, des casseroles et des poêles, des enfants. Entre les arbres, elle pouvait apercevoir la surface scintillante du lac Timbrel. Elle tapa dans ses mains.

— Les enfants. (Elle parlait sur le même ton qu'elle avait employé avec Moon lorsqu'elle garait le Brave.) Maillots, vélos et seaux ! On va au lac !

— Je veux prendre le petit déjeuner avant, dit Darren, occupé à farfouiller dans les feuilles avec un bâton.

Allongée sur la table, Dell leva les yeux.

— Moi aussi, je veux le tit déjeuner, maman.

Elle omettait systématiquement de prononcer le "pe" de "petit", accompagnait systématiquement ses requêtes d'un sourire angélique et oubliait systématiquement de prononcer le mot magique.

— Allez vous changer, on emportera des barres de céréales.

Dell poussa un cri de joie, Darren un gémissement déçu.

— Je veux des œufs.

— Oui, des œufs ! renchérit aussitôt Dell.

— Des barres de céréales, rétorqua Swami. Ouste.

Darren lâcha son bâton et se dirigea vers le camping-car d'un pas traînant. Dell se laissa glisser de la table, s'avançant à cloche-pied.

Le chemin qui menait au lac était goudronné et le soleil projetait des ombres sur l'asphalte. Juchés sur leurs vélos, les enfants faisaient des embardées ici et là, pareils à des abeilles. Dell s'aidait avec les pieds, s'arrêtant et redémarrant de manière erratique. Darren décrivait de grandes boucles fluides, torse nu, sa serviette de bain drapée autour du cou, les extrémités voletant sous ses aisselles. Swami observa son dos osseux tandis qu'elle marchait derrière lui. Lorsqu'elle le vit rentrer le menton au moment d'accélérer, elle sourit.

Il grandissait si vite. Elle se souvenait encore du jour où elle l'avait ramené chez eux, le déposant sur une couverture près de Sam dans le jardin de la maison qu'ils louaient. Elle se souvenait encore de l'odeur de sa peau. L'univers s'était soudain réduit aux dimensions du bébé. Un être minuscule dans un pyjama trop ample, avec ses yeux gris qui regardaient droit devant lui. Swami se rappelait lui avoir tapoté ses fesses et mangé une pomme. Elle pouvait encore percevoir le goût du fruit, les rayons du soleil, le sourire de Sam.

À présent, Darren avait dix ans, il était maigre et osseux, magnifique avec ses cheveux ébouriffés par le vent tandis qu'il virevoltait en jetant des coups d'œil sur les emplacements qu'ils dépassaient. Swami aussi regardait, comme on regarde furtivement le garage entrouvert d'un voisin. Sur un des emplacements, un jeune couple gloussait dans une tente minuscule pendant que leurs maillots mouillés séchaient sur des pierres. Plus loin, un couple âgé bouquinait devant un café sous l'auvent de leur camping-car. Une famille avec des enfants en bas âge s'affairait à préparer le petit déjeuner. Le mari cherchait les céréales, un bébé en larmes dans les bras. Sa femme lui expliquait que l'eau dans la glacière avait gâché les céréales tout en s'élançant aux trousses d'une enfant qui courait dans l'herbe, nue comme un ver.

Une main dans son dos, Swami tentait de faire repartir Dell qui s'était arrêtée net.

— Maman, elle est toute nue ! s'exclama-t-elle, comme si la scène qui s'offrait à ses yeux était absolument merveilleuse.

Swami lui donna une petite poussée pour l'encourager à avancer et Dell rattrapa Darren, qui patientait au détour d'un virage en faisant du sur-place. Dell pédalait sur une des premières créations de Sam. Il l'avait fabriquée peu de temps après leur mariage : un vélo de trente centimètres sans pédales ni tube supérieur. À l'époque, Sam et Swami se disputaient déjà. Dell commençait à peine à ingérer des aliments semi-solides. C'était l'été et Sam était en vacances. Selon Swami, il dormait plus qu'un homme adulte normalement constitué et passait ses journées dans la remise, à triturer des vélos ou à bricoler des sculptures pour la pelouse. Ils avaient entamé une thérapie de couple et la draisienne n'avait pas tardé à être mentionnée.

— À votre avis, comment votre réaction a-t-elle affecté Sam quand il vous a montré le cadeau pour votre fille ? demanda la psychologue.

Swami froissa le mouchoir dans sa main.

— Peut-être qu'il s'est senti blessé, suggéra la psychologue. C'est le cas, Sam ?

Il acquiesça.

— Et Sam, votre femme a dit qu'elle ne s'était pas sentie aimée, ce jour-là.

Swami regardait fixement la moquette. La session avait été particulièrement longue.

— Mais ce n'est pas logique, protesta Sam. Où est le mal ? Pourquoi un père ne pourrait-il pas fabriquer un cadeau pour son enfant ?

La psychologue agita les mains.

— Peu importe que vous trouviez l'autre logique ou pas. Le plus important, c'est de valider l'expérience de Swami.

Swami attendit.

— Je valide le fait que tu ne te sois pas sentie aimée, lâcha Sam.

— Je ne le crois pas, dit Swami.

Sam leva les yeux au ciel.

— Adressez-vous à votre mari.

— Je ne *te* crois pas.

— En évitant les accusations directes, précisa le psychologue.

Aux yeux de Swami, c'était le comportement de Sam qui était illogique. Là résidait leur problème principal. Ils ne se comprenaient pas l'un l'autre. Combien de temps une personne pouvait-elle valider un comportement qui n'avait aucun sens à ses yeux ? Swami avait l'impression de se forcer à affirmer que le ciel n'était pas bleu.

Par le passé, la vie avec Sam était plus simple. Rien n'était vraiment compliqué quand ils étaient tous deux guides de rivière. Elle se rappelait un jour où ils avaient acheté des sandwichs et une brique de jus d'orange dans une station-service avant de bringuebaler dans le pick-up de Sam jusqu'au pied du pont de la Highway 19. Ils avaient mangé. Ils avaient nagé. Ils avaient regardé les rafts descendre la rivière, assis sur les rochers tièdes. Swami était heureuse. Ils se côtoyaient chaque minute de leur temps libre et, s'ils étaient séparés plus d'une journée, Sam lui envoyait une carte postale. Au retour d'une randonnée de deux jours, il l'achetait à la boutique de souvenirs du camping et la glissait dans la boîte aux lettres de Swami au bureau. Elle se levait pour préparer une descente, trouvait la carte et souriait, imaginant Sam endormi dans sa tente au sommet d'une colline. Elle griffonnait un mot en retour et déposait la carte dans sa boîte aux lettres. La nuit, autour du feu, ils s'asseyaient de plus en plus près l'un de l'autre. Un soir, leur besoin de proximité les avait submergés au point que leurs vêtements étaient devenus un obstacle. Ils avaient fait l'amour sur le promontoire de Condor Point, avec la brume, les serpents à sonnette, les grenouilles qui coassaient dans les arbres.

Désormais, ces souvenirs semblaient ne plus leur appartenir. La rivière s'était troublée. Swami ne comprenait pas comment ni pourquoi. Si les causes potentielles étaient nombreuses – l'anxiété et l'agitation de Sam, ses propres humeurs sombres, les dîners gâchés par les disputes, les week-ends ruinés par la tension –, elles ne suffisaient pas à expliquer la dislocation de leur couple. Celle-ci semblait inexplicable. Ils avaient changé aussi subtilement qu'un roc rongé par l'érosion. Swami espérait qu'il s'agissait d'une simple mauvaise passe, que la chaleur reviendrait aussi mystérieusement qu'elle était partie, pareille à des fleurs sur des branches nues. Mais parfois, elle était envahie par le doute. Comme le soir où elle avait appris qu'elle était enceinte de DeeDee, seule dans les toilettes avec le test de grossesse pendant que l'eau chaude coulait, embuant le miroir. Darren, alors âgé de neuf ans, s'était rué dans le couloir après avoir fait une bêtise, poursuivi par Sam, qui tenait une Dell en pleurs dans ses bras.

— Swami, avait-il crié derrière la porte close. Swami, j'ai besoin de toi.

Elle avait senti sa gorge se nouer. À l'époque, Sam était déjà un prof d'arts plastiques déprimé. Et Swami, une mère fatiguée. Ils étaient mariés depuis moins d'une décennie et le bonheur n'était pas au rendez-vous. Les années précédentes avaient été difficiles, tant d'un point de vue émotionnel que financier. Swami avait peur.

— Swami ? Viens m'aider, avait-il imploré.

Swami avait refermé le robinet et s'était essuyé le visage.

— Je suis là, avait-elle murmuré.

Les mêmes paroles qu'elle avait prononcées cette fameuse nuit sur le surplomb. Aujourd'hui cependant, la sensation n'était plus la même. L'électricité avait disparu.

Le lac Timbrel entra dans son champ de vision alors qu'elle descendait la colline derrière ses enfants. Le chemin débouchait sur une plage de sable plutôt grande et déserte à cette heure matinale. Une poignée de tables de pique-nique reposaient à l'ombre de grands pins et un ponton flottait au milieu de l'eau. Le lac avait la forme d'un croissant et Swami ne pouvait distinguer qu'une moitié de la courbe. Les enfants poussèrent des cris de joie, abandonnant leurs vélos pour sprinter en direction du lac. À mi-chemin, ils s'immobilisèrent.

— On a oublié les seaux ! s'exclama Darren.

Ils revinrent chercher leurs seaux en plastique et leur petite épuisette. Swami sourit. Elle adorait les voir jouer ensemble. Un lac et des seaux semblaient convenir à tout le monde. DeeDee contre son épaule, Swami gagna l'eau en foulant le sable frais et s'immergea jusqu'aux mollets.

— Tu veux essayer ?

Swami approcha DeeDee de la surface. Elle battit les jambes avec enthousiasme, les orteils dans l'eau. Swami contempla les pontons et les maisonnettes éparpillés sur l'autre rive, un imbroglio coloré de mâts, de barques et de canoës échoués sur l'herbe, sans oublier un Jet Ski ou deux. Un peu plus loin, une famille s'amusait à faire des plongeons ensemble. Swami regarda le mari prendre sa femme dans les bras et se laisser tomber en arrière. La femme riait aux éclats et les enfants poussèrent des cris de joie en voyant leurs parents sauter du ponton.

— Hé, emplacement 22. Bonjour !

Swami se retourna et vit une femme bien en chair marcher vers elle d'un pas lourd. Coiffée d'un casque orange vif avec une protection pour le visage et les oreilles, elle était vêtue d'une tenue kaki et portait d'énormes bottes. Un coupe-bordures était calé sur son épaule et elle avait un bidon d'essence à la main.

— Ranger Bonnie, dit-elle.

Sa voix était enjouée, ses pommettes rouges et saillantes.

— Bonjour. (Swami lui serra la main.) Je m'appelle Swami. Elle, c'est DeeDee et là-bas, il y a Darren et Dell.

— Maman, Darren a attrapé un Cra-cra !

Dell montra un seau à moitié immergé.

— Un crapet, rectifia Darren. Cra. Pet. Crapet.

Ranger Bonnie leur adressa un salut et sourit à Swami.

— J'aime bien venir me présenter à nos résidents à long terme. Vous restez avec nous tout l'été, n'est-ce pas ?

Swami acquiesça.

— Votre parc est magnifique. Très propre.

Un compliment qui, à l'évidence, fit plaisir à Bonnie.

— C'est du boulot, mais ça me plaît. (Elle posa le coupe-bordures sur la table de pique-nique et s'affaira à remplir le réservoir.) Malheureusement, le shérif du comté de Marigamie, un type bien, vient de mourir. On a demandé aux rangers d'assister la police jusqu'à ce qu'ils trouvent un remplaçant. Bientôt, j'espère. J'aime bien entretenir les bordures, skier, rencontrer des gens sympathiques, mais je ne suis pas taillée pour être gardienne de la paix. Je déteste les conflits, ajouta-t-elle sur un ton de conspiratrice. (Elle ferma le bidon d'essence.) Bref, qu'est-ce qui vous amène ici, votre mari et vous ?

— Les affaires, je suppose. Mon mari va reprendre Woodchuck Rafting.

Swami éprouvait une certaine satisfaction à ne pas s'inclure dans cette équation.

— L'entreprise de Chip ? Paraît que l'été sera pluvieux, c'est une bonne nouvelle pour vous, je suppose ?

— Vous connaissez Chip ?

Ranger Bonnie hocha vigoureusement la tête.

— Tout le monde le connaît. C'est un vrai personnage. Pensez à emmener vos enfants visiter sa ferme aux cerfs.

Elle inspecta les mauvaises herbes qui poussaient autour des pieds de tables, scrutant la végétation d'un œil mauvais. Swami appréciait cette femme. Elle était bienveillante et semblait aimer l'ordre.

— Je risque d'avoir du mal à contrôler la pelouse, avec les précipitations. Swami, si vous avez besoin de quoi que ce soit, passez me voir au bureau. Eau potable, eaux usées, activités pour les gamins, les éventuels ours noirs ou ratons laveurs…

— Des ours noirs ?

— Ils ne sont pas plus dangereux qu'un gros raton laveur. Tout ce qui les intéresse, ce sont les poubelles. Pas de poubelles débordantes, pas d'ours.

Swami remercia la femme, se promettant de mettre ses conseils en application.

Ranger Bonnie sourit, abaissa sa visière, coiffa son casque antibruit et démarra le coupe-bordures. L'appareil crachota et se tut. Bonnie tritura l'appareil et démarra le moteur à nouveau : cette fois, il rugit, rejetant un nuage de fumée bleue. Swami couvrit les oreilles de DeeDee tout en lui tenant la tête. Après quelques instants, la fumée se dissipa.

— C'est un moteur à deux temps ! (Bonnie criait pour couvrir le vacarme.) À bientôt, Swami !

Swami regarda la femme s'attaquer à l'herbe près du pied de table en balançant ses hanches généreuses. Puis elle rejoignit ses enfants, ressassant les paroles de la ranger, l'été pluvieux, une bonne nouvelle pour le rafting. Puisse-t-il y avoir un véritable déluge, pensa-t-elle, DeeDee lovée contre son épaule. Tant de choses étaient en jeu.

— Maman, le crapet fait du camping, s'esclaffa Dell.

— Ici, c'est son emplacement, dit Darren.

Swami baissa les yeux, un pâle sourire aux lèvres. Un minuscule poisson à la nageoire dorsale hérissée s'agitait dans l'épuisette. Il nageait dans un sens puis dans l'autre, prêt à combattre, mais souhaitant fuir. Darren déposa un petit morceau d'écorce dans le seau.

— Ce sera son camping-car.

Le crapet cessa de tournoyer et nagea sur place, ouvrant et refermant la bouche, comme s'il prenait de grandes respirations, comme s'il ébauchait un plan. À nouveau, le regard de Swami se posa sur la rive opposée. Les arbres, les mâts et les maisonnettes qui scintillaient dans la lumière. Un Jet Ski violet bondissait sur l'eau. Bonnie s'occupait des mauvaises herbes. Les enfants riaient à propos du crapet qui faisait du camping. Swami demanderait à Darren de libérer le poisson sitôt qu'elle serait capable de parler sans pleurer.

— On va s'en sortir, murmura-t-elle à DeeDee, la serrant de toutes ses forces. On va s'en sortir.

4

SAM s'élança dans l'eau couleur thé qui lui arrivait aux genoux. Le raft bleu de trois mètres et demi s'éloigna du point d'embarquement. Assis à l'avant, Chip alluma un joint, la main en coupe pour protéger la flamme du vent. Sam sauta à l'arrière de l'embarcation et pagaya dans le courant. Chip recracha un nuage de fumée âcre qui s'éleva dans le ciel, comme s'ils étaient un remorqueur et que Chip était le moteur principal.

Sam regarda son oncle fumer, son dos couvert de poils argentés, ses épaules bronzées, sa masse bedonnante, ses bras épais. Quelle part du succès de Woodchuck reposait sur cet homme ? Sam ne savait même pas quoi répondre aux clients qui les contactaient. Après le départ de Swami, Chip et Randy étaient revenus. Ils avaient franchi le seuil de la grange au moment où le téléphone sonnait, parlant de la journée qui les attendait, le nombre et la taille des rafts à gonfler. Chip avait rendu le couteau à Sam et décroché le combiné.

— Woodchuck, avait-il répondu d'une voix enrouée. On est les meilleurs sur l'eau.

Un instant plus tard, il plissait le front et frottait son crâne douloureux en rayant une réservation notée sur un porte-bloc cloué à un poteau. La moitié des clients censés participer à la descente venait d'annuler à la dernière minute. Bien que ce ne soit pas la politique de la maison, Chip les avait intégralement remboursés, sous prétexte qu'ils étaient de vieux clients. Ils étaient venus chaque mois de mai les dix dernières saisons. Chip connaissait leurs prénoms et, de temps à autre, ils avaient droit à un traitement de faveur, une descente bonus dans une gorge, par exemple, ou la permission d'emporter quelques bières sur l'eau. Sam avait entrepris d'accrocher des gilets de sauvetage sur la ligne de vie jaune où l'équipement séchait devant un ventilateur grinçant.

— Bon, avait annoncé Chip. Ce sera une descente entre guides. Rien que toi et moi. Je vais te montrer la configuration du terrain.

Randy et Moon s'occuperaient des autres clients pendant que Chip et Sam les suivraient sur leur propre raft. Sam avait hoché la tête, impatient d'aller sur l'eau, de goûter aux rapides, de se mettre au travail.

Chip souffla un nuage de fumée sur la rivière.

— Belle journée pour être dehors.

Il tendit le joint à Sam, qui secoua la tête. Chip coinça le mégot entre ses lèvres et tira dessus pendant qu'il aidait Sam à s'engager dans le courant. Sam pagayait de tout son cœur. Il était heureux de s'étirer et de s'agiter dans le soleil matinal après la tension du trajet avec Swami. Plus loin en aval, Randy et Moon guidaient un groupe de paroissiens en provenance du Minnesota. De l'argent était en train d'être gagné.

— Sacrée belle journée, oui.

Sur la rive gauche se dressait une falaise de granit d'une soixantaine de mètres ; des cèdres tenaces jaillissaient de chaque fissure et du sumac blanchi par le soleil s'accrochait au sommet. Sur la rive droite, les petites maisons de Thunderwater bordaient la route qui longeait la haute berge herbeuse. Elles avaient toutes la même taille et la même forme, de modestes bâtisses à un étage pourvues de cheminées trapues et de porches en parpaings. À la lumière du jour, elles semblaient encore plus décrépites : la peinture était écaillée et des bouts de plaque d'isolation rose dépassaient de-ci de-là. La falaise et la ville s'étiraient en aval sur environ trois cents mètres, puis la falaise effectuait un brusque plongeon, entraînant avec elle la rivière et le terrain plat. Derrière le raft, en amont du point d'embarcation, se profilait le mur carré du vieux barrage hydroélectrique. La seule partie encore fonctionnelle de l'ancienne usine à papier. L'eau se précipitait autour de trois énormes vannes métalliques avant de dévaler une paroi naturelle.

— Avant, c'étaient les premiers rapides. (Chip désigna le barrage d'un geste du menton.) La ville leur doit son nom. Un ancien mot iroquois. Maintenant, le premier rapide se trouve à environ huit cents mètres en aval. On l'appelle Sand Portage.

Chip ouvrit un sac de sauvetage et déroula la ligne de vie jaune sur le plancher du raft. Ensuite, il entreprit de lover la corde, une boucle à la fois. Il s'arrêta et ouvrit les bras en grand.

— Bienvenue à Thunderwater, déclara-t-il avec emphase. La nature, la falaise, la rivière. Avant, ce paysage était couvert de tsugas et de pins millénaires. Ici, les

Indiens Menominee pagayaient dans des canoës en écorce de bouleau et récoltaient du riz sauvage. Ici voyageaient les trappeurs français et les robes noires*. Ensuite, les bûcherons sont arrivés, avec leurs chansons, leur dynamite et leurs chaussures à crampons, poussant des radeaux en pins jusqu'au lac Michigan. Le barrage a été construit, puis les usines, puis les maisons. La rivière a résisté à tous ces changements. Elle était là avant, elle sera là après. Et aujourd'hui, vous avez le privilège de naviguer dessus, de la regarder, de pouvoir dire que vous y étiez. Il n'y a rien, absolument rien, de plus satisfaisant que de flâner au fil de l'eau. (Il regarda Sam droit dans les yeux et referma le sac étanche avec soin.) C'est le petit discours que je donne aux clients. La dernière citation vient du *Vent dans les saules***.

Chip se rengorgea et Sam hocha la tête, un léger sourire aux lèvres.

— Pas mal. Tu as lu *Le Vent dans les saules* ?

— Bien sûr que oui. (Il pivota sur le boudin, de sorte à immerger ses pieds nus.) La première partie, en tout cas, celle avec Rat. Très philosophique. Le reste est un peu longuet.

Le raft glissait sur l'eau. Sam regarda défiler les falaises, les ombres vertes et les fougères épaisses, leur reflet sur la surface sombre et polie.

— Ici, on est sur les eaux lisses, poursuivit Chip. Les clients peuvent s'y baigner, s'ils en ont envie. Gilet de sauvetage obligatoire, casque facultatif. Certains d'entre eux ne nagent pas très bien, même s'ils prétendent le contraire.

* Surnom donné par les Amérindiens aux missionnaires jésuites.

** Livre pour enfant de Margaret Wise Brown.

Mais ne laisse personne plonger depuis le raft. Entre les deux rochers qui dépassent des arbres, là-bas, l'eau n'est pas très profonde. Un jour, Moon avait le dos tourné, et une dame âgée a voulu impressionner ses amies. *Boum!* Elle s'est assommée en touchant le fond. (Chip montra la berge.) Une loutre! Tu l'as vue? Oh, elle a disparu.

Deux traits de vaguelettes noires s'évasaient depuis le rivage dans le sillage de l'animal. Sur la berge, une femme d'un certain âge fumait une cigarette, assise sur des marches en béton à l'arrière d'une maison jaune. Des enfants couraient sur la pelouse piquetée de voiturettes en plastique. Un garçon pas beaucoup plus vieux que Darren fit volte-face pour éclater un ballon à eau sur le front de sa sœur. La fillette poussa un cri. Son T-shirt était déjà trempé: à l'évidence, ce n'était pas le premier ballon qu'elle recevait depuis le début de la bagarre. Néanmoins, elle resta immobile tandis qu'elle se faisait tremper à nouveau, feignant d'être offensée avant de se remettre à poursuivre son frère hilare, braquant un pistolet à eau droit sur lui. Sam les regarda disparaître au coin de la maison et songea à ses propres enfants. Il avait de l'empathie pour cette ville. Il souhaitait qu'elle s'épanouisse à nouveau, tout comme il souhaitait que sa famille s'épanouisse à nouveau. Il salua la femme de la main. Elle lui rendit son salut d'un air indifférent.

— Sally Meyer. (Chip éteignit son joint dans la rivière et rangea le mégot dans une boîte étanche.) Elle s'occupe de ses petits-enfants. Les parents ne valent rien. (Il lui sourit et elle hocha la tête.) Sally est une des veuves de l'organisation syndicale. Avant, il y avait de l'argent ici. Certains gars travaillaient sur les mêmes machines à papier que leurs grands-pères. Mais fabriquer du papier en Chine coûte moins cher. Les règles sont plus souples. Des investisseurs ont racheté les machines et les ont expédiées là-bas. La rivière est devenue moins polluée. Thunderwater a eu de l'eau propre en même temps que la ville a fait faillite. À l'époque, on pouvait acheter une maison pour douze mille dollars. Et y en a pas beaucoup qu'ont été vendues.

— Et les pancartes qu'on voit partout ? demanda Sam. Je les ai remarquées hier soir. "Fini la chouine, place à la mine". Ça signifie quoi ?

— NorthSky. (Chip haussa les épaules.) Personne n'en sait plus pour l'instant. Des réunions sont prévues. Une entreprise canadienne qui veut exploiter les berges. Elle promet de gros salaires, une transformation radicale, de ville papier à ville minière. Certains habitants ont hâte. D'autres préféreraient qu'on laisse la terre tranquille. (Chip arbora un sourire moqueur.) À ton avis, dans quel camp est Moon ?

Sam avait sa petite idée.

— J'essaye de rester neutre, reprit Chip. Il y a déjà des gens en ville qui n'aiment pas le rafting, à cause des citadins qui débarquent en été.

Sam se rappela une petite ville en Virginie-Occidentale qui s'était complètement réinventée après la fermeture de sa mine de charbon. L'endroit était devenu un centre écologique, un lieu de pèlerinage pour amateurs d'activités en plein air. VTT, rafting, pêche à la mouche, établissements de bed and breakfast. Il contempla les modestes maisons à nouveau. Thunderwater avait encore de beaux restes. La ville n'avait pas dit son dernier mot.

— Les habitants pourraient se raviser. Le rafting pourrait peut-être changer la donne.

— On change rarement d'avis dans le coin. Mais pourquoi pas. Ce serait quelque chose, pas vrai ?

À mesure qu'ils avançaient, les berges devinrent boisées. Des vieux cèdres noueux se courbaient au-dessus de l'eau.

— Moon doit avoir atteint les chutes à l'heure qu'il est, dit Chip. Les conditions sont idéales, en plus. Tu vois le rocher là-bas ? C'est une bonne indication de ce qui se passe en aval. Sinon, suffit d'appeler Pete : s'il bosse sur le barrage, il te donnera le débit. Le numéro est inscrit sur le bloc-notes près du téléphone.

— Quel rocher ?

Un chaos de rocs était éparpillé le long de la rive étroite, aussi gros qu'un téléviseur, qu'une voiture, qu'une petite maison. Certains nichaient parmi les fougères. D'autres reposaient dans la rivière. Ça avait dû être un drôle de feu d'artifice, quand ils s'étaient effondrés, l'impact et l'onde de choc, les poissons et les oiseaux se dispersant comme des fusées.

— Le gros qui ressemble à une tranche de gâteau.

— D'accord.

— Quand il est immergé à mi-hauteur, comme aujourd'hui, la gorge est praticable, l'eau coule par-dessus les rochers. Si le niveau est plus bas, certains rochers dépassent et le passage devient ardu.

Sam se contenta d'opiner. Voilà plusieurs années qu'il ne s'était pas retrouvé dans un raft, avec un guide, qui plus est.

— Et si l'eau ne dépasse pas le fond de gravier sur lequel tu vois ce rocher, là-bas, il faut slalomer jusqu'au bout.

Sam suivit son regard et aperçut des marques d'eau plus hautes sur les rochers les plus proches de la falaise.

— Tu n'as jamais vu la rivière déborder de ses berges ?

— Une fois. Tout le paysage s'est transformé. Le barrage ouvre ses vannes et le courant se déverse. Les trous d'eau bougent. Certains disparaissent. D'autres s'agrandissent. Un jour, j'ai vu la rivière engloutir un raft avec douze clients à bord pendant cinq longues secondes. Pouf, disparu. Dans ces conditions, on annule les descentes. Le rafting, c'est un peu comme l'agriculture. On prie pour de la bonne pluie.

La falaise commençait à plonger, les eaux lisses arrivaient à leur terme. À quelques centaines de mètres, Sam pouvait distinguer le minuscule éclat blanc des vagues.

— Chip, à ce propos, je voulais te parler.

— De quoi ?

Chip regardait en aval, où un bus vert vif venait de bifurquer dans une clairière derrière les arbres.

— De Woodchuck. Tu m'as donné les chiffres au printemps, mais j'espérais jeter un œil sur les comptes cet après-midi, histoire d'évaluer la saison, de préparer l'avenir.

Chip hocha la tête d'un air distrait, concentré sur le bus. Des employés en tenue verte déchargeaient une remorque de rafts vert vif.

— D'accord.

Ils continuèrent à flotter en direction du véhicule vert citron, qui était garé sur une parcelle circulaire fraîchement gravillonnée. Les feuilles et le ciel se reflétaient dans la peinture, comme s'il avait été ciré. Les pneus du bus et de la remorque chargée de quatre embarcations vertes étaient noirs et luisants, immaculés. Sur les côtés du bus et des rafts, on pouvait lire : X-TREME OUTDOOR ADVENTURES. Les x étaient formés par deux pagaies entrecroisées.

Sam se figea. Chip se pencha en avant, le regard fixe, les lèvres pincées.

Les guides X-treme étaient aussi rutilants que le bus, avec leurs cheveux blonds et leurs T-shirt fluorescents floqués d'un X rose vif dans le dos. Bien bâtis, ils riaient et desserraient des sangles, rajustaient leurs Oakley et enfilaient des chaussons de rivière dernier cri. Ils semblaient tout droit sortis d'une publicité pour chewing-gum, sauf qu'ils étaient ici, dans la vraie vie, à Thunderwater. Sam baissa les yeux sur ses converses détrempées, leurs lacets jaunes à double nœud. Chip ne possédait même pas de chaussures et pagayait pieds nus.

Quand ils arrivèrent à la hauteur du bus, un cri de ralliement s'éleva dans l'habitacle, repris par de nombreuses voix: "3, 2, 1, X-treme!"

— Comme c'est mignon, lâcha Chip.

Le chef d'expédition, un homme à la crinière épaisse encore plus blond que les autres, dévala les marches du bus, suivi par ses clients vêtus de vestes et de casques bleu vif, des pagaies assorties à la main. Lorsqu'il siffla, deux guides accoururent avec une glacière et distribuèrent des canettes de Gatorade à tout le monde.

— Eh ben, dit Sam.

Le chef passa ses mains dans ses cheveux et les rassembla en queue-de-cheval. Puis il se tourna vers la rivière et marqua une pause. Sitôt qu'il aperçut Chip, il releva légèrement le menton.

— Chip, dit-il.

— Duncan, répondit Chip.

Quand Duncan remarqua Sam, il parut jauger ses chaussures et son équipement – son vieux gilet de sauvetage orange taché, son casque en plastique ringard, sa pagaie en bois. Sam eut l'impression d'être le seul gamin vêtu de vêtements de seconde main à la récréation. Une sensation dont il ne se souvenait que trop bien.

— Grosse expédition, aujourd'hui, Chip ?

Duncan fit mine de scanner la rivière déserte, à la recherche d'autres rafts.

Chip se racla la gorge. Des clients continuaient de descendre du bus, les uns après les autres.

— On est complètement débordés, dit Duncan. On n'imaginait pas que l'ouverture serait un tel succès. Un groupe de douze a réservé ce matin même.

Chip se raidit en voyant un homme mettre pied à terre. Celui-ci le salua de la main.

— Chip ! (L'homme semblait sincèrement heureux de le voir.) Comment tu vas ?

Chip lui rendit son salut et se força à sourire.

L'homme jeta un coup d'œil sur Duncan et s'empourpra.

— On a voulu changer cette année. Histoire de voir si X-treme est à la hauteur de Woodchuck. Ils ont des tyroliennes ! Vous avez déjà essayé ?

— Non, répondit Chip. Duncan, tu sais bien qu'on n'a pas le droit d'embarquer ici. Les rafts doivent être mis à l'eau au ponton public, un kilomètre et demi en amont. Vous empiétez sur les terres de l'usine, là.

— Nan, mon pote (Duncan termina de se recoiffer). X-treme vient d'acheter le terrain pour avoir les droits d'accès. De la ville à First Ripple. (Il tendit le doigt.) On va sûrement acheter du terrain en aval, aussi. On a calculé que, si on partait d'ici, on pouvait caser trois descentes par jour au lieu de deux. Et pourquoi pas des cabanes sur les berges ? Quand y a plus de descentes, la rivière est plus marrante !

— X-treeeeeme ! lança un des guides, formant un x avec les bras.

D'autres cris lui firent aussitôt écho. Duncan arbora un sourire satisfait tandis que ses guides se remettaient au travail. Un éclair de colère traversa les yeux de Chip.

— Le rapide s'appelle "Sand Portage", pas "First Ripple". Vous ne pouvez pas débarquer ici et renommer les rapides. Ils ne vous appartiennent pas. Vous comptez renommer la rivière, aussi ?

Duncan se contenta de hausser les épaules, comme s'il s'agissait d'une option envisageable. Ensuite, il leur tourna le dos. Sam et Chip continuèrent de flotter en aval, sur la rivière silencieuse.

Chip se débattit avec sa boîte étanche, mit sa main en coupe autour de son briquet et tira furieusement sur son joint à moitié consumé. Il sembla sur le point de parler, puis il se ravisa et continua de fumer.

— C'était qui, ce type ?

Sam eut l'impression d'avoir parlé d'une voix blanche. Il en était même sûr. Chip recracha un nuage tremblotant de fumée.

— Ton ennemi mortel. Duncan s'est pointé à la fin de la dernière saison. Il explorait la rivière. Apparemment, il a été guide sur la Yough*, en Pennsylvanie, pendant deux saisons, des rapides de classe 3. Il a un diplôme de "Gestion de loisirs en plein air", ce qui ne veut pas dire grand-chose. Il est aidé par son oncle magnat de la finance. Nouveau bus, nouvel entrepôt sur la rive, tyroliennes.

— Ces rafts… (Sam était encore sous le choc de ce qu'il venait d'entendre.) Je n'ai jamais vu de rafts vert fluo avant.

* La rivière Youghiogheny.

— Hypalon.

— C'est quoi ?

— Exactement. Une nouvelle matière. Résiste aux UV et aux abrasions, légère, adhère aux vagues. La meilleure qualité qu'on puisse acheter.

L'envie de Sam se mua en angoisse. Il revit le "centre d'accueil" de Woodchuck : un parking envahi par les mauvaises herbes, une vieille grange à la peinture écaillée, un bloc-notes et un téléphone crasseux fixés à un vieux poteau.

— Chip, ces types vont nous fumer.

Le visage de Chip se crispa. Il porta le poing à son torse, comme s'il souffrait d'une remontée acide. Puis il prit une profonde inspiration et contempla la falaise qui s'inclinait vers la gorge. À l'horizon, les remous pommelés par le soleil bondissaient par-delà Sand Portage. Chip expira.

— Tu voulais parler affaires, alors voilà : chaque mois d'août, les scouts organisent un jamboree avec des troupes issues de toutes les villes du Midwest. Parmi leurs activités, il y a le rafting, quatre à cinq cents scouts. Les chefs s'occupent des réservations et, en général, il me faut trois à quatre jours pour tous les avoir.

Sam effectua un rapide calcul mental, à quarante dollars par pagayeur.

— Avant l'arrivée d'X-treme, la semaine du jamboree suffisait à nous faire la saison. Tous les chefs de troupes d'Iowa City à Ann Arbor vont réserver. S'ils nous choisissent, on vit. S'ils choisissent Duncan, va falloir réfléchir.

Sam retira son casque et le laissa tomber sur le plancher du raft. Il avait soif. Il pensa à la Gatorade fraîche qu'il n'avait pas. Il pensa à Swami, aux enfants, à son poste en péril. La journée avait beau être splendide, une sorte de brume obscurcissait son esprit, une incapacité à envisager l'avenir. Lorsqu'il imagina Swami entendre ce que Chip venait de dire, la brume s'épaissit, striée par des éclairs.

— Si seulement tu m'en avais dit plus sur tes nouveaux rivaux, articula-t-il avec lenteur. Avant.

— Je ne savais pas que ça irait si loin. L'année dernière, Duncan était juste un frimeur qui la ramenait au bar. Je connais ce genre de phénomène, les jeunes qui ont de grands projets, mais ne les concrétisent jamais. Duncan s'est révélé beaucoup plus sérieux que prévu.

Sam regardait fixement les flots. Il était pétrifié. Il aurait aimé s'enfuir, hélas c'était impossible, parce qu'il était piégé dans un raft au fin fond du Wisconsin avec son oncle défoncé. Sa respiration s'accéléra et il jeta des coups d'œil frénétiques autour de lui, à la recherche de quelque chose à quoi se raccrocher, n'importe quoi. Il arracha le joint des doigts de Chip et aspira une énorme bouffée, bien qu'il n'ait pas fumé depuis des années. Il toussa si fort qu'il eut un haut-le-cœur et rendit le joint à Chip.

— Ouh là, dit Chip. Écoute, mon pote, on a quand même un avantage. Sam, écoute. C'est ce qui compte le plus.

Sam continua de fixer l'eau en clignant des yeux.

— Au mieux, Duncan est un guide classe 3. Tous ses guides ont été recrutés à l'université. Alors que toi, tu étais un guide classe 5 en Virginie-Occidentale. Toi et Swami. On ne fait pas mieux. Moon et moi, on peut naviguer cette rivière dans n'importe quelles conditions. On connaît ses humeurs. Même Randy a quatre bonnes saisons derrière lui. Sam, tu m'entends ?

Capable de respirer à nouveau, Sam prit une profonde inspiration et leva les yeux sur Chip.

— Des rafts en hypalon et un bus flambant neuf, c'est rien si on ne sait pas manœuvrer. Et ces types sont nuls. Crois-moi. Il y a deux semaines, je les ai regardés "s'entraîner". Une catastrophe, et ils étaient sur les eaux lisses. Dès que le niveau va baisser ou monter, ils seront hors de leur élément. (Chip resserra les sangles de son gilet de sauvetage et jeta un œil en aval.) Sam, on est les meilleurs sur l'eau. Sans aucun doute. Alors, on lui montre, à ce poseur, ou pas ?

— Apprends-moi la rivière.

Sam regarda son oncle droit dans les yeux. Chip expira et arbora le sourire d'un homme sur le point de provoquer une rixe dans un bar.

— Mets ton casque, dit-il en ajustant sa jugulaire.

Sam s'exécuta. Les rapides étaient tout proches à présent. Il pouvait percevoir le rugissement du courant. Son visage lui semblait engourdi, son cou trop mou. Chip pivota et cala ses pieds sous le barrot.

— Tu m'inspires.

Le visage radieux, il fouilla dans sa boîte étanche et produisit une savonnette. Sam fronça les sourcils.

— Ça va te plaire, dit Chip. On est en guerre.

Sam avait connu des collines plus impressionnantes, des vraies montagnes, et il avait navigué sur des eaux plus agitées, néanmoins il trouva Piers Gorge magnifique, une rencontre idyllique entre cèdres et falaises, des tapis d'aiguilles de pin rouges et moelleux et des feuillus qui bruissaient dans les hauteurs. Peut-être était-ce le fait qu'il était maintenant associé à Woodchuck, ou peut-être ses souvenirs lui jouaient-ils des tours, mais les collines et la vallée lui paraissaient plus chargées à présent, plus parfaites, plus profondes. Si Woodchuck avait de nombreux défauts, Piers Gorge n'en faisait pas partie.

Selon Chip, ce segment de la rivière se divisait en quatre portions. La première était Sand Portage, marquée par une île plantée de pins au milieu de l'eau sombre et lisse. Le passage à gauche était navigable mais compliqué. Le passage à droite présentait de meilleures vagues, l'eau lisse comme du verre dévalait une légère déclivité de roches et de saillies. Chip laissa Sam prendre les devants.

— Tu seras passé en quelques coups de pagaie. (Puis, lorsqu'ils atteignirent le gros tourbillon au bas de la pente.) Fastoche. T'as rien perdu. Sand Portage, c'est une bonne occasion de jauger tes clients. S'ils ont peur, autant éviter ce qui les attend en aval. Pas de remboursement, en revanche. Une fois qu'ils sont dans le raft, pas de remboursement.

La deuxième portion consistait en un radier de classe I, agréable quand l'eau était haute, ponctué de vaguelettes ici et là. Le raft chevaucha les tourbillons, tournoyant tel une punaise d'eau dans le courant. À une occasion, la pale de Sam racla le fond. Les pierres qui défilaient sous l'embarcation étaient roses, blanches, noires et dorées. Des berges escarpées s'élevaient de part et d'autre de la rivière. Chip montra un nid d'aigle au sommet d'un pin blanc. Près du rivage, à l'ombre d'un cèdre, une aigrette contemplait l'eau où elle pataugeait, la tête inclinée, traquant le moindre mouvement.

Ensuite, la rivière bifurquait à droite et plongeait entre deux falaises.

— Tu vois la ligne d'horizon avec la brume ? dit Chip. C'est le sommet de Mishicot Falls. Le début des choses sérieuses. Échoue-toi sur la petite plage à gauche. On va descendre à pied et vérifier deux, trois trucs.

Sam opina et plissa les yeux en direction de la plage. Il avait toujours l'impression d'avoir le visage engourdi. À la vue de la gorge, il se ressaisit. Enfant, il l'avait contemplée depuis la plage, jamais dans un raft en amont. La rivière disparaissait de la vue et une petite tornade de brume tournoyait derrière la saillie, projetant des arcs-en-ciel entre les parois.

Sam accosta et pataugea dans l'eau froide pour attraper la proue. Chip mit pied à terre, les membres raides. Il passa l'heure suivante à boiter par-dessus les rochers, montrant les vagues et les trous d'eau, décrivant les différents niveaux de la rivière, son comportement lorsqu'elle était en crue ou asséchée. Il haletait péniblement et, pour la première fois, Sam se dit qu'il était plus vieux qu'il ne le paraissait. L'oncle Chip d'antan était encore là – sa grosse voix, son rire facile, ses yeux brillants –, cependant ses os semblaient usés, ses mouvements moins fluides. Au sommet de la falaise, il reprit son souffle et leva la voix pour couvrir le rugissement de la rivière. À présent, Sam pouvait distinguer la chute en aval. Chip braqua sa pagaie sur le paysage.

— Cette troisième portion est un rapide classe 4 d'environ cinq cents mètres. Un parcours vite bouclé. Une minute ou deux, si tout va bien. Tu vois la forme de “v” que dessine la chute ? C'est sa langue. Si tu dois avoir un problème, en général, c'est entre la langue et la roche que ça se passe. L'année dernière, j'ai descendu la langue de Mishicot et une dame en robe rouge vif est tombée sur le dos, elle a gigoté ses jambes potelées comme une tortue toute la durée de la vague. (Chip suivit la forme des remous de la main.) Quand on a franchi Volkswagen Rock, la grosse bosse, là-bas, la poupe s'est relevée et la dame a plongé dans le bouillon. Sa robe s'est accrochée à une valve. On aurait dit un boulet de canon en feu, sa robe déchirée dans son sillage, filant dans l'eau. Elle a traversé Island Wave, le rouleau en aval, à la nage. Puis les Twin Sisters, les deux petites chutes au loin. Quand on l'a enfin récupérée, elle était nue de la taille aux pieds. J'ai dû lui prêter mon gilet de sauvetage, qu'elle a enfilé comme une grosse couche. Je l'ai sacrément bien récuré en rentrant.

Chip contempla la rivière, ses yeux rougis emplis d'amour. Une anecdote après l'autre, Sam prit la mesure de l'expérience accumulée par cet homme. Des milliers de descentes dans la gorge. Chip et la rivière étaient aussi intimes qu'un vieux couple. Chip boitillait sur les berges en s'agrippant aux branches et aux jeunes peupliers, comme s'ils l'aidaient à monter les marches d'un porche. Il aimait assez la rivière pour ne plus avoir besoin de le déclarer à voix haute. C'était ainsi, point final. C'était comme ça. Alors Sam songea à sa tante Mary, pourquoi elle était partie, et quand.

— Bref, reprit Chip. Prends la langue à Mishicot, passe par-dessus Volkswagen, ou à sa gauche si l'eau est haute, cale-toi sur Island Wave et ensuite, cap sur les Sisters, en prenant un peu d'élan à gauche, sinon elles te repousseront. Hormis ça, tu observes et tu descends. Ça t'aide ?

— Énormément.

— En tout cas, je suis avec toi, mon pote. J'espère que tu le sais.

Quelque chose dans les paroles de cet homme assez âgé pour être son père et qui avait partagé une enfance avec sa mère émut Sam aux larmes. Heureusement, Chip gardait les yeux rivés sur l'eau et Sam fit de même.

— Je ne m'en lasse pas, dit Chip. Vingt-six saisons à mon actif et je ne m'en lasse pas. C'est routinier, d'accord, mais jamais ennuyeux. Je n'ai jamais voulu être ailleurs. La rivière est différente. Pas comme les gens.

À nouveau, Sam pensa à sa tante. Il se disait que le moment était bien choisi pour évoquer le sujet quand le bavardage enthousiaste des clients d'X-treme retentit sur la piste derrière eux.

— Jusqu'au sommet, indiqua Duncan, qui fermait la marche. On aura une super vue de la rivière là-haut !

Chip s'écarta pour laisser passer les clients avec le sourire. Et se renfrogna sitôt que les guides en toc de Duncan apparurent.

— Hé, Duncan, dit-il. Si tu comptes faire une pause, Sam et moi, on s'apprête à prendre l'eau. Vous voulez du spectacle ?

Duncan haussa les épaules, l'air surpris.

— D'accord.

Il se tourna vers son groupe pour délivrer son discours habituel.

— Dépêche-toi, dit Chip à Sam, hilare. On a juste assez de temps.

Il s'empressa de rejoindre les embarcations. Sur la rive, il sortit la savonnette de sa boîte étanche, la coupa en deux avec un galet acéré et jeta une moitié à Sam. Puis il grimpa dans un raft X-treme et entreprit de frotter les boudins où s'installaient les guides. Il y mit tout son cœur, comme s'il cherchait à nettoyer un vieux tapis.

— Aide-moi, bordel !

Il passa au raft suivant. Il y en avait six en tout.

Sam vérifia la piste – aucun signe d'X-treme. Il se sentait comme un petit garçon avec un œuf cru à la main. Il s'attaqua à un boudin, un grand sourire aux lèvres.

— N'oublie pas de savonner les barrots, dit Chip. Le dessous, là où ils calent leurs pieds !

Chip était extatique, ivre de joie, le visage empourpré. Une minute plus tard, ils avaient accompli leur mission.

— On se tire, dit Chip.

Ils poussèrent leur raft à l'eau, bondirent sur les boudins et s'engagèrent dans le courant, pagayant de toutes leurs forces. Au milieu de la rivière, Chip, à bout de souffle, prit plusieurs grandes respirations. La main sur la poitrine, il grimaça. Inspira profondément. Se ressaisit.

Sam entendit des encouragements en provenance de la falaise. Les clients d'X-treme les montraient du doigt. Duncan les observait, les bras croisés sur la poitrine. Il était probablement en train d'expliquer comment lui s'y prendrait, à quel point ses rafts étaient supérieurs. Sam ignorait s'il savait que Woodchuck avait changé de propriétaire. Il se demanda à quoi ressemblerait leur relation à long terme, bien que la matinée ait été révélatrice.

— En avant, deux ! haleta Chip.

Ils donnèrent deux coups de pagaie simultanés, et l'embarcation légère bondit en avant, se déviant sur la droite à mesure qu'ils approchaient des chutes, qui ne se trouvaient plus qu'à quelques mètres.

— Tu vois le jet de brume ? dit Chip. Braque ta proue dessus et prends un peu d'élan à gauche. Au moment de basculer, plante ta pagaie à gauche de la base. Tu sentiras deux bosses, vague 1, vague 2. Ensuite, tu lâches tout et tu franchis Volkswagen.

À la naissance de la chute, Chip salua le groupe X-treme, pareil à un matador.

— On y va, dit-il. En avant, deux!

Le deuxième coup de pagaie les propulsa par-dessus la saillie. Quelle sensation grisante, de voir la rivière s'ouvrir ainsi: un horizon noir, le point de bascule, l'explosion d'écume. Sam planta sa pale dans l'eau. Des vagues glaciales lui aspergèrent le torse et le visage. Bosse 1, bosse 2. Les creux pressaient contre sa pale. Il releva sa pagaie et avança en direction de Volkswagen. Un amas d'eau vive à une vingtaine de mètres. Les vagues se brisaient sur la proue du raft.

— En avant! tonna Chip.

Sam abaissa son centre de gravité tandis que l'embarcation franchissait l'obstacle, enterrant sa proue dans l'énorme vague qui attendait juste derrière. Ils enfournèrent, émergeant de l'autre côté.

— Waouh! hurla Chip en chassant l'eau de son visage. Carrément démentiel!

Sam s'autorisa un cri de triomphe. Chip lui tapa dans la main avec enthousiasme. Quelques coups de pagaie et une dernière grosse secousse plus tard, le raft flottait sur les eaux lisses derrière l'île de pierres, à mi-chemin du bout des rapides classe 4.

Sam s'essuya les joues.

— Joli! s'exclama-t-il.

Piers Gorge n'était peut-être pas aussi longue que New River Gorge, mais ses rapides n'en étaient pas moins impressionnants. Mishicot Falls était une attraction à elle seule. Pas étonnant que Chip ait eu la sagesse, toutes ces années plus tôt, d'ébaucher un business plan basé sur cette expérience.

— On va se reposer sur l'île quelques minutes. Histoire de savourer l'instant.

La chute était hors de vue. Après Volkswagen, la rivière bifurquait à droite. Mais Sam pouvait entendre les rafts de Duncan approcher, les cris euphoriques des clients qui dévalaient la chute. Bientôt, le premier raft apparut, juste au-dessus de Volkswagen, de biais et sans guide. Les clients continuaient de pagayer, ignorant que leur guide était tombé à l'eau sept mètres plus loin. Le raft glissa sur le pleureur* mais dessala dans le rouleau en aval. Huit clients et l'envers noir du raft flottèrent devant Sam et Chip. Les clients nageaient tant bien que mal ; un imbroglio de bras, de casques et de cheveux, ils haletaient pour reprendre leur souffle entre les vagues.

— Nagez ! (Les yeux écarquillés, Chip jubilait.) Nagez jusqu'au raft ! Non, dans l'autre sens ! (Enfin, le guide entra dans leur champ de vision.) Qu'est-ce que vous foutez, nom de Dieu ?

Terrifié, le jeune homme disparut sous la crête d'Island Wave. Chip s'accroupit et scruta l'eau, son sac de sauvetage à la main.

— La vache, ces types sont complètement nuls.

De nouveaux cris de joie explosèrent en amont. Un deuxième raft apparut sans guide et parvint à négocier Volkswagen avant de se dérouter contre la falaise sur la rive opposée. Chip hurla sur le guide au moment où celui-ci les dépassait, laissant derrière lui ses clients coincés en amont. Quelques instants plus tard, les clients paniqués reprirent

* Terme désignant un obstacle formé par un rocher partiellement immergé par-dessus lequel coule l'eau.

l'eau et dérivèrent jusqu'à l'île. Chip attrapa leur embarcation par la proue.

— Ça va ? demanda-t-il.

— Notre guide est tombé ! s'écria un mari apeuré.

Chip afficha une expression surprise et jeta un œil à la poupe.

— Vraiment ? (L'homme opina.) Je vous propose un truc. Vous semblez vous débrouiller pas mal et vous avez passé le pire. Continuez de descendre, je suis sûr que votre guide X-treme finira par vous retrouver. Ils sont nouveaux. C'est leur première saison. Mais je suis sûr qu'il va vous retrouver.

— Vous pouvez nous accompagner ? implora l'homme alors que Chip s'apprêtait à pousser le raft dans le courant.

Ses fils adolescents regardaient la rivière d'un air effrayé. Sa femme était pétrifiée.

— Vous allez vous en tirer, promis. Vous voyez les deux saillies droit devant ? Mettez cap sur elles et prenez le passage à gauche. Deux saillies, à gauche et ensuite, une grande portion d'eau lisse. OK ? Allez-y !

Le raft fila en direction des Sisters.

— Merci ! lança le mari.

Il dit à ses fils de pagayer avec lui.

— Contactez Woodchuck, la prochaine fois ! cria Chip.

— On est les meilleurs sur l'eau ! hurla Sam.

Chip lui asséna une grande claque dans le dos.

Deux autres rafts apparurent, sans guide ni clients aux endroits que Chip et Sam avaient passés à la savonnette. Un cinquième raft avait déjà dessalé. Ensuite vint le bateau de Duncan, complètement désert. Duncan traînait dans son sillage, agrippé à un morceau de sangle. Il essayait de se hisser à bord et y était presque parvenu quand le raft chevaucha la crête de Volkswagen et fit une embardée.

— Corde ! Corde ! cria Chip.

Il lança le sac à environ six mètres de l'endroit où Duncan dérivait en tournoyant.

— Mauvais lancer ! dit Chip en lovant la corde.

Duncan lui décocha un œil noir. Chip arbora un sourire moqueur. Un éclair de lucidité traversa le visage de Duncan, qui s'empourpra pile au moment où la rivière froide l'aspirait à nouveau. Chip termina de lover la corde et s'assit sur le rocher tiède.

— J'ai l'impression de rêver, déclara-t-il.

En aval, l'expédition d'X-treme n'était plus qu'un chaos de débris colorés, de rafts retournés, de clients se hissant sur les rochers, de guides sans bateau s'époumonant sur les rives, à donner des coups de sifflet en hurlant des instructions à des clients qui ne les écoutaient plus. Le ciel était bleu azur. La rivière clapotait et rugissait. L'air sentait l'eau, le pin et le minéral. Sam prit une profonde inspiration.

— Bon, dit Chip en refermant son sac de sauvetage. Plus loin se trouve la dernière portion de la gorge. Peu de profondeur à gauche comme à droite, avec un gros rouleau au milieu qu'on appelle Terminal Surfer. Les conditions ne sont pas idéales pour qu'on la franchisse aujourd'hui, mais on peut passer quand le niveau est soit très haut soit très bas.

Sam se contenta de sourire à la rivière.

— Tu te sens d'attaque ? demanda Chip. Capable de reproduire ce que je t'ai appris aujourd'hui ?

— Je crois, oui.

Chip tapa dans ses grosses mains.

— On y va, alors.

Il sauta dans le raft, plus agile soudain, plus jeune, et clipsa la corde à un anneau demi-rond. L'espace d'un instant, Sam fut à nouveau visité par sa vision : voir grandir sa famille au bord de l'eau, devenir un vieil homme au bronzage permanent, la voix enrouée par la rivière, exubérant, heureux, épanoui.

Plus tard dans l'après-midi, Chip, Moon, Randy et Sam mirent les gilets de sauvetage à sécher et garèrent la remorque de rafts dans la grange avant le dîner. Randy fit cuire des steaks de venaison sur un gril au-dessus de braises et prépara une compotée d'oignons dans une poêle en fonte. Le soleil coula derrière les arbres par-delà les champs de luzerne, qui exhalaient un profond parfum vert dans l'air fraîchissant. Ils mangèrent en silence dans des assiettes en carton.

— C'est délicieux, Randy, dit Sam.

Cuit à la perfection, le steak était relevé d'une touche de poivre et les oignons étaient légèrement caramélisés.

— C'est toi qui l'as renversé, patron, répondit Randy. Moi, je l'ai juste découpé.

Sam déglutit en se remémorant l'œil écarquillé du cerf dans la lumière des phares. Il posa son assiette sur ses genoux.

— Randy va devenir un chef étoilé, dit Moon.

Randy secoua la tête. Moon lui donna une petite tape.

— Tu devrais faire une formation, dit-elle. Quand tu cuisines, tu es heureux. Et tu es tellement doué.

Chip acquiesça en avalant une autre bouchée, la barbe luisante de beurre. Randy haussa les épaules et soupira.

— On verra. Faut que je m'occupe de ma mère, aussi. Au fait, Sam ? On voulait te présenter nos excuses pour ce matin. Désolé que ta famille nous ait rencontrés dans cet état.

Chip acquiesça de nouveau. Sam avait l'impression d'avoir la peau tiède, le visage tiraillé par l'eau et le soleil.

— La prochaine fois que vous faites un feu de joie, dit-il, je les préviendrai. J'espère que Swami va tomber amoureuse de cet endroit. C'est une guide hors pair, vous savez.

— Swami était guide ? demanda Moon. Où ça ?

— Classe 5. Elle était la meilleure d'entre nous, à l'époque. On a fait trois saisons ensemble sur la New River.

— De sacrés rapides. (Chip s'essuya la bouche du dos de la main.) Juste en dessous de la Gauley. (Il regarda Sam.) Des fois, en septembre, quand la saison commence à se calmer, on va à Gauley Fest. On prenait le bus de fête quand il roulait encore.

— Gauley Fest, répéta lentement Randy, comme s'il savourait un goût particulier.

Il plia son assiette en carton et la mit au feu. Moon brandit sa bouteille. À l'évidence, elle était impressionnée.

— Il faut que j'apprenne à connaître Swami.

— Bonne idée, répondit Sam.

Il se leva et gagna la grange pour jeter discrètement son assiette à la poubelle. La viande était bonne et il était reconnaissant à Randy de l'avoir cuisinée, mais il ne pouvait se résoudre à manger l'animal qu'il avait vu osciller sur le plateau d'un pick-up.

À l'étage de la grange, il trouva un vieux vélo à selle banane derrière une pile de pagaies au manche cassé ou à la pale brisée. L'espace s'apparentait à un musée. De vieux gilets de sauvetage, des rafts dégonflés, des cordages emmêlés dans chaque recoin. Il y avait deux réfrigérateurs près de la poubelle, ainsi qu'un canapé marron et malodorant. Sam s'empara du vélo et gonfla les pneus pendant que les guides riaient autour du feu. Les rustines tenaient encore la route. Randy et Chip s'esclaffèrent en le voyant émerger de la grange, juché sur le petit vélo.

— Je peux te déposer, si tu veux, dit Moon. On loge dans le même camping. Swami est à l'emplacement 22. Moi, je suis au 4.

Sam tapota le guidon.

— Merci. Mais je vais devoir être autonome cet été. Autant m'y habituer tout de suite.

Moon se rallongea sur sa chaise longue à côté de Randy.

— Grosse journée demain, dit Chip. On va avoir besoin de tout le monde. À l'aube.

— Tant mieux, dit Sam. À l'aube. Bonne nuit, Moon, Chip, Randy.

— Bonne nuit, Sam, Sammy, patron, répondirent-ils.

Le crépuscule était tombé. Sam s'engagea dans l'allée et pédala jusqu'à la route. Les roues cahotaient joyeusement sur le bas-côté en gravier. La lune se levait et les fossés sentaient le début de l'été.

Arrivé au parc, il sinua entre les emplacements, soulagé de constater que Governor's Park était propre et neuf. Voilà qui devait plaire à Swami. Il dépassa l'emplacement 4, plissant les yeux dans le noir. Une minuscule caravane Teardrop se profilait derrière le foyer. Sur certains emplacements, des familles riaient ensemble. Un vieux couple sirotait une bière dans une chaise longue à deux places.

L'emplacement 22 était sombre et silencieux – aucun feu en vue. Sam mit pied à terre, le dos endolori, et laissa le vélo tomber dans l'herbe. Il était plus fatigué qu'il ne l'avait imaginé. Discrètement, il ouvrit la porte moustiquaire du camping-car et se glissa à l'intérieur. De la vaisselle sale traînait dans l'évier et des maillots de bain humides séchaient au-dessus de la paillasse. Une odeur de crème solaire flottait dans l'air. Sam sourit. Il espérait qu'ils avaient passé une bonne journée.

Il se déshabilla et s'installa près de Swami sur le matelas du fond. Les enfants respiraient paisiblement à côté d'elle. Swami remua lorsqu'il se pelotonna contre son dos.

— Chut, murmura-t-elle.

— C'était comment ?

À moitié endormie, d'humeur bougonne, elle lui asséna un coup de coude.

— Chut.

Sam s'écarta. Resta les yeux grands ouverts dans le noir. Il lui raconterait la rivière demain, les sensations qu'il avait éprouvées sur l'eau. Sam avait une vision pour cet été et aujourd'hui, il avait repris espoir. Dans sa vision, son fils hilare plongeait d'un raft et faisait surface en se frottant les yeux. Swami était assise sur le barrot central avec Dell, les jambes bronzées par les semaines au soleil, son minishort délavé par l'eau de la rivière. Elle étalait de la crème sur les bras des filles qui, encore plus blondes que d'habitude, rebondissaient sur les boudins, le visage radieux. Swami souriait tandis qu'à la poupe, Sam effectuait des coups en J, sa sandale bien calée sous le barrot, les épaules musclées à nouveau, concentré sur sa centième descente de l'été. À la fin de la journée, il avait un cigare entre les dents et, bien évidemment, la caisse débordait d'argent facilement gagné, un bus rempli de clients après l'autre. Ensuite venaient les soirées. Swami et lui gagnaient un camping sur la rive. Ils préparaient un dîner roboratif sur les braises crépitantes. Les enfants mangeaient et allaient se coucher sans protester. Une fois que le monde était redevenu silencieux, Swami enveloppait ses jambes dorées autour de lui et, d'une voix caressante, elle lui confiait combien elle était heureuse qu'il les ait amenés ici, organisant ce merveilleux séjour pour sa famille. Enfin, ils faisaient l'amour dans la nuit, près du feu ; les yeux de Swami étaient illuminés par les flammes, les rivières et le scintillement des étoiles.

Sam entendit sa respiration s'intensifier alors qu'elle se rendormait. Darren ronflait. Entre les lattes du store, il pouvait distinguer les troncs sombres, les serviettes de plage sur la table. Les grenouilles coassaient près du lac et ses enfants étaient en paix. Sam les écouta, puis il ferma les yeux et s'endormit à son tour, le matelas les emportant tel un raft qui filait au-dessus des pierres noires, roses et dorées.

5

La dernière semaine de mai se déroula sans incident. Le matin, Sam se levait et pédalait jusqu'à Woodchuck. Le soir, il rentrait de la même manière. Swami feignait de ne pas sentir son haleine alcoolisée. Tous les jours, il lui proposait de venir dîner autour du feu avec les enfants, ou de jouer les guides pendant qu'il restait à terre l'espace de quelques jours.

— Je ne sais pas, Sam, répondait-elle. Pour le moment, on va rester là.

Elle ne tenait pas à être effrayée à nouveau, ainsi qu'elle l'avait été lors de leur première matinée à Thunderwater. Elle n'avait confiance ni dans Chip ni dans son entreprise. Elle avait besoin de temps. Le calme qui régnait sur le camping l'apaisait. Après le tourbillon des préparatifs et le chaos de leur arrivée, elle prenait plaisir à faire la grasse matinée avec les enfants avant de se rendre à la plage pour une baignade matinale. Ils passaient leurs journées à explorer les rives du lac et les sentiers dans les bois. Lorsque Ranger Bonnie leur prêta son canoë, Swami veilla à serrer la côte et à naviguer sur une eau n'excédant pas une soixantaine de centimètres de profondeur. Dell s'entraîna à prononcer les mots "nénuphar" et "sumac vénéneux" et apprit à boire à la pompe rouge sans toucher l'embout avec sa bouche. Darren était déjà capable d'identifier un crapet, un brochet, une perche et deux races de tortues différentes. DeeDee aimait battre des jambes dans l'eau en gazouillant. Il y avait un bureau des rangers et une épicerie où les enfants achetaient des jus de fruit et observaient les aquariums remplis d'appâts vivants. Swami y faisait transférer son courrier depuis Chicago. Après le repas, ils somnolaient dans le camping-car, rafraîchis par le souffle du ventilateur. Ils arboraient un bronzage doré poli par la crème solaire au zinc de Swami et le sable immaculé du lac.

Lors de son jour de congé, Moon invita Swami à déjeuner. Elle leur rendait souvent visite le soir. À une occasion, Sam était présent. Il avait paru un peu trop enthousiaste, hochant frénétiquement la tête chaque fois qu'elle prenait la parole, comme s'il cherchait à compenser le manque d'entrain de Swami. Parfois, Chip passait avec sa moto. Aux yeux de Dell, il était absolument irrésistible. Un gros nounours hirsute qui s'asseyait par terre et la faisait rire avec ses grimaces. Des intrusions que Swami tolérait, de la même manière qu'elle tolérait les factures. Aujourd'hui, cependant, Moon l'invitait pour la deuxième fois, et Swami se sentit obligée d'accepter. Il n'était pas facile de trouver des excuses lorsqu'on vivait dans un camping et, de toute façon, Swami n'était pas certaine d'en avoir besoin. Elle ne détestait pas Moon. Celle-ci était avenante. Mais elle ne pouvait s'empêcher de penser que son esprit exubérant et ses bénédictions hippies parasitaient un peu trop la sérénité des lieux.

Swami et les enfants se rendirent à l'emplacement de Moon après leur baignade quotidienne, environ une heure et demie avant la sieste. Une échappatoire idéale si nécessaire.

Une fois le dernier virage franchi, ils aperçurent la Jeep jaune de Moon de l'autre côté de la haie.

— Tu crois qu'elle va refaire son truc avec les pierres ? demanda Darren.

— Essaye d'être gentil, dit Swami.

Darren fit la moue. Derrière le véhicule reposait la mini-caravane Teardrop de Moon, avec sa portière minuscule, son revêtement métallique et ses deux bonbonnes de gaz sanglées au crochet de la remorque. Moon avait tendu des guirlandes lumineuses et des drapeaux colorés entre les arbres. Sur le sol, elle avait étalé une grande courtepointe bleue ponctuée d'éclaboussures vertes, jaunes et rouges. Deux casseroles crépitaient sur le feu. Quelque chose sentait délicieusement bon. Des assiettes en verre étaient disposées en cercle et une grande carafe d'eau glacée agrémentée de rondelles de citron vert trônait sur une souche près d'une corbeille de pain. Les drapeaux, la fumée et l'odeur des plats flottaient dans la brise et la lumière pommelée. Un ornement en bois vibrait et sifflotait. Les enfants absorbèrent la scène, bouche bée, s'immobilisant à la limite de la courtepointe.

— Coucou !

Moon émergea de la caravane, un saladier en bois à la main. Elle portait une robe bain de soleil encore plus éclatante que sa Jeep.

— Bienvenue ! Enlevez vos chaussures et mettez-vous à l'aise ! (Elle les gratifia d'un grand sourire.) Oh, attendez, attendez.

Elle s'empressa de les rejoindre et s'agenouilla. Le saladier contenait du riz.

— OK, c'est un truc que j'ai appris au Bhoutan. Ce sera peut-être inhabituel, mais il faut que vous essayiez. Donnez-moi vos mains. Darren en premier.

Le garçon se raidit. Interrogea sa mère du regard. La voyant opiner, il s'exécuta. Moon préleva un peu de riz et le déposa dans sa paume.

— Maintenant, fais-en une sorte de boule de neige.

Darren sourit.

— C'est tiède.

Il fit rouler le riz entre ses doigts.

— Pour nettoyer les mains, expliqua Moon. Tu en veux ?

Elle se tourna vers Dell, qui hocha la tête. Swami observa Moon : celle-ci semblait aux anges.

— Venez vous asseoir. Vous pourrez jeter vos boules de neige dans le feu. (Elle se leva.) Merci d'être venue, Swami. J'adore ton paréo.

— Merci. (Swami caressa DeeDee.) Et merci pour l'invitation. Ça sent divinement bon.

— *Ema datshi*, fit Moon. J'en ai préparé une casserole épicée pour nous et une moins épicée pour les enfants. Un peu de riz ?

— Merci.

Swami prit la boule de riz, retira ses sandales et s'installa sur la courtepointe fraîche et moelleuse. Moon posa le saladier au centre du cercle d'assiettes.

— Quelle couverture sublime.

Swami craignait de marcher dessus. Le tissu était brodé de fleurs et de spirales turquoise, avec une bordure or et argent.

— Merci, dit Moon. Une de mes créations personnelles.

Elle s'empourpra et plongea une louche dans une des casseroles.

— C'est toi qui l'as cousue ? s'étonna Swami.

Moon hocha la tête, leva brièvement les yeux, haussa les épaules et sourit.

— Je la sors seulement pour les invités de marque. (Elle adressa un clin d'œil à Dell.) À table !

Moon déposa deux bols remplis d'un épais ragoût orangé devant Dell et Darren. Ils pouffèrent lorsqu'elle leur expliqua comment manger à l'indienne, néanmoins ils consentirent à goûter et haussèrent les sourcils, de plus en plus silencieux, trempant une boule de riz après l'autre dans le ragoût fumant.

— En gros, c'est du lait, du fromage et du beurre, avec quelques piments forts pour nous, expliqua Moon.

Elle leur distribua de l'eau et du pain. Swami prit sa première bouchée. Le riz était collant, la sauce riche, crémeuse et relevée. Un plat délicieux.

— Le pain n'est pas traditionnel. (Moon se rassit.) Mais j'aime bien le tremper quand même.

Dell rit et confectionna une boulette de riz. Moon brisa une miche de pain et leur en distribua chacun un morceau.

— Rappelle-moi le nom du plat ? dit Swami.

— *Ema. Dot. Shi.* L'équivalant de nos spaghetti bolognaises au Bhoutan.

— C'est où, le Bhoutan ?

Darren admirait les drapeaux bariolés, les joues gonflées de pain.

— Avale avant de parler, dit Swami.

Il déglutit.

— C'est où, le Bhoutan ?

— Tu connais l'Inde ? demanda Moon.

Il acquiesça.

— Le Bhoutan est relié à l'Inde par les montagnes. On raconte que c'est l'endroit le plus heureux du monde.

— Tu viens de là-bas ? demanda Dell, les yeux écarquillés.

Swami considéra le plat parfumé, la courtepointe aux couleurs vives, les drapeaux et les carillons ; elle n'était pas étonnée que Dell pose cette question. La femme aux tatouages en forme d'étoiles semblait venir d'un endroit exotique et lointain.

— Non, répondit Moon, mais j'y ai vécu un moment.

— Les habitants étaient heureux ?

Moon réfléchit un instant. À son expression, Swami devina qu'elle cherchait à formuler une réponse sincère.

— Je crois, oui.

— J'aime bien la nourriture, dit Darren.

— C'est vraiment savoureux, renchérit Swami.

Couchée sur la courtepointe, DeeDee agitait les bras et les pieds en direction des drapeaux.

— Merci d'être venus.

Moon sourit et se mit à manger tandis que le feu crépitait et que la brise soufflait. Ils évoquèrent la vie à Governor's Park. De l'avis de tous, la situation était plutôt satisfaisante. Puis ils discutèrent des ours. Personne n'en avait vu. Moon raconta son voyage de la Caroline du Nord au Bhoutan, à l'âge de dix-neuf ans. Elle parla aussi de sa rencontre avec Chip lors d'un festival de rivière, de sa carrière de guide et de son emménagement dans le Nord. Ils prenaient leur temps. Moon ne débarrassa pas les assiettes sitôt le repas terminé. Les enfants explorèrent la courtepointe et s'allongèrent sur le dos, absorbés dans leur propre monde, à des années-lumière de celui des adultes. Pendant qu'ils imaginaient des formes dans les nuages, Moon interrogea Swami sur ses aventures en Virginie-Occidentale et sa rencontre avec Sam. Swami lui narra une bonne partie de son histoire en donnant le sein à DeeDee. L'heure de la sieste avait sonné, mais elle choisit de l'ignorer. Ils étaient bien, ici, sur l'emplacement de Moon. Elle enveloppa DeeDee dans son paréo et la laissa dormir. Dell somnolait aux côtés de son frère, qui examinait une feuille verte à la lumière du soleil, l'air engourdi.

— Les enfants sont fatigués, fit remarquer Moon d'une voix douce.

Swami hocha la tête.

— Repus. Quel repas fantastique. Et je crois que le grand air leur fait du bien. Ils sombrent en un claquement de doigts. J'aime bien avoir le temps de profiter d'eux. Tu as des frères et sœurs ?

— Une petite sœur. Quand je vois DeeDee, je pense à elle. D'une certaine manière, j'étais sa mère.

Pour la première fois, Swami nota un soupçon d'accent des Appalaches dans la voix de Moon.

— On est restées en contact. Elle est dentiste

Un mot qu'elle prononça en levant les yeux au ciel. Swami s'autorisa un petit rire. Moon sourit et secoua la tête.

— Elle est devenue dentiste. Et moi, je suis devenue la hippie blanche qui met les voiles et se la joue bouddhiste aux pieds nus. (Elle effleura les étoiles sur sa jambe.) Mais je suis fière d'elle et ravie que l'une de nous ait réussi, au moins.

Moon rougit légèrement. Baissa les yeux sur la courtepointe.

Swami l'étudia. Elle lui rappelait Laura, une ancienne amie guide. Les dreadlocks, la fantaisie. À cette différence près : Laura venait de Boston et bénéficiait d'une rente confortable. Elle ne faisait que jouer à la vagabonde. Tout le contraire de Moon, qui paraissait vivre sa quête. Ce qu'elle possédait aujourd'hui, elle ne le devait qu'à elle-même, une qualité que Swami admirait.

— Je ne dirais pas ça. Pas du tout. Tu as construit une vie que beaucoup de personnes aimeraient avoir. Simplement, elles ne sont pas assez courageuses pour se lancer.

— Eh bien. (Moon regarda DeeDee et Swami tour à tour.) Il m'a fallu être courageuse. Ce compliment-là, je veux bien l'accepter.

Swami avait l'impression que l'histoire de Moon ne s'arrêtait pas là. À l'évidence, ce n'était pas juste un besoin d'aventure qui l'avait poussée à explorer le monde. Swami percevait aussi que le moment était mal choisi pour essayer d'en apprendre plus. Elle orienta la conversation vers des sujets plus légers.

— Cette courtepointe est vraiment incroyable. (Du bout des doigts, elle caressa les broderies.) Et ton plat aussi. Tu es une cuisinière formidable. Merci d'avoir partagé cette expérience avec nous. Et ce pain. Absolument parfait.

Rond et moelleux, le pain au levain avait une croûte indescriptible. Le genre qu'on finissait par dévorer en entier avec un peu de beurre, et encore. Le visage de Moon s'illumina.

— Ce n'est pas moi qui l'ai fait. Randy l'a préparé pour nous.

— Randy ? Le même Randy qui ramasse des cerfs morts sur la route ?

Moon hocha la tête avec enthousiasme.

— En personne. Il gagne à être connu. C'est un chef-né. Venaison. Grouse. Pain. Sauces maison. Il tient ça de sa mère. Si tu as l'occasion de goûter sa cuisine un jour, tu n'en reviendras pas. La première fois que j'ai rencontré Randy, il préparait un repas dans cinq marmites derrière Woodchuck. Je me suis tout de suite doutée qu'il était différent des autres guides. Au cours des trois ou quatre saisons qui ont suivi, il me l'a prouvé.

Swami hésita avant de se lancer.

— Et vous deux, vous…

Moon secoua la tête.

— On est seulement amis. Sa mère adorerait qu'on sorte ensemble. C'est assez évident, quand on lui rend visite. Randy devient bougon, il est tout gêné.

Swami sourit.

— Tu sais quoi ? poursuivit Moon. Randy est le seul guide qui n'ait jamais essayé de passer la nuit dans ma caravane. À part Chip, mais lui, c'est un peu notre grand-père hirsute à tous. Randy est presque vieux jeu, il a un sens de la justice et de la galanterie que j'admire beaucoup.

Swami pensa au comportement des hommes en Virginie-Occidentale. Leur poursuite incessante des femmes. Elle avait été soulagée quand sa relation avec Sam était devenue officielle, parce qu'elle pouvait boire autour du feu sans être importunée. L'arrivée d'une nouvelle femme était comme un coup de foudre qui chargeait tout sur son passage. Swami ne pouvait qu'imaginer l'effet produit par Moon sur un camp de guides. Avec ses jambes dignes d'un top modèle et le tourbillon d'étoiles qui disparaissait sous l'ourlet de son short. Sans parler de son sourire radieux et de son côté espiègle, cheval sauvage. Moon éclipserait n'importe quel feu sur n'importe quel camp.

— L'été où j'ai connu Randy, on s'est rendus au Gauley Fest, à Summersville, avec Chip. C'était la première fois que j'y assistais. Quelle finale ! Des guides affluaient de partout dans le pays pour fêter la fin de la saison. Les tentes s'étiraient aussi loin que portait le regard. Chip a eu beau me prévenir, j'ai complètement perdu le contrôle. On pouvait trouver tout ce qu'on voulait, là-bas. Je ne me rappelle même plus comment j'ai regagné ma petite caravane. À un moment, je ne tenais plus sur mes jambes. Et des guides de la Pigeon River ont essayé de m'emmener avec eux. J'étais malade. J'aurais mal fini si Randy ne m'avait pas récupérée. Bref. Le lendemain matin, je me suis réveillée dans ma caravane avec une gueule de bois terrible. J'étais toute habillée, mon sac de couchage zippé jusqu'au menton. Une bouteille d'eau neuve était posée à côté de moi. Quand je suis sortie, devine sur qui je suis tombée ?

— Randy ?

Moon hocha la tête.

— Il m'avait portée jusqu'à la caravane. Ensuite, il avait dormi dans son sac de couchage, par terre, devant ma porte. À partir de là, c'est devenu un de mes meilleurs amis. Ce mec avec un fusil dans son pick-up qui aime la chasse et la cuisine et qui a l'âme la plus noble que j'aie jamais rencontrée.

— Une qualité en or.

Moon acquiesça.

— Il nous apporte du pain frais chaque samedi.

— Encore une qualité.

Swami regarda le ciel, bleu pâle à présent. L'après-midi était bien entamé. Il était probablement temps de réveiller les enfants. Elle ne voulait pas abuser de l'hospitalité de son hôte.

— Tu penses passer nous voir à Woodchuck, cet été ? demanda Moon. Ce serait chouette, d'avoir une autre fille dans l'équipe.

Swami réfléchit. Pour une raison qu'elle ignorait, elle n'envisageait pas de remonter dans un raft. Cela lui semblait constituer un "oui" trop définitif. Elle avait encore un peu peur. Pas tant des guides que de la situation dans laquelle elle se trouvait. L'extravagance du projet. L'engagement financier très concret. L'idée que Sam redevienne guide, et même s'il avait par ailleurs des vacances et un emploi à plein temps. Elle n'était pas certaine de pouvoir adhérer totalement à cette nouvelle vie.

— Peut-être. Sûrement, dès qu'on aura trouvé notre rythme. La propriété a besoin d'un coup de frais. J'aime bien la peinture et les enfants gagneraient à accomplir quelques corvées.

— Si tu veux repeindre la vieille grange, je suis partante. Au fait, tu peux emprunter ma Jeep chaque fois que tu en as envie. D'après Randy, Smitty est compétent, mais l'été est une période chargée et il a tendance à prendre son temps. Donc n'hésite pas.

— Merci, Moon.

Swami était reconnaissante pour l'offre généreuse, mais aussi pour l'idée de la grange et le repas formidable. Elle se pencha vers Moon et lui étreignit les mains, un geste spontané qui la prit par surprise.

Moon lui serra les doigts en retour, la gratifiant d'un sourire radieux, pareille à une petite sœur.

— De rien.

Swami l'aida à débarrasser la courtepointe avant de réveiller les enfants. Ils firent leurs adieux à Moon et regagnèrent l'emplacement 22 d'un pas lent.

Elle pouvait le faire. Swami tritura le levier de vitesse. C'était le lendemain du repas avec Moon et Swami avait emprunté la Jeep. Mais Moon avait omis de préciser un détail : le véhicule était à transmission manuelle.

— C'est une V8 à trois vitesses.

Voilà tout ce qu'elle avait indiqué en lui tendant les clés. La seule fois où Swami avait conduit une voiture manuelle, elle avait dix-sept ans et se trouvait en compagnie de son père. Il avait les yeux larmoyants à force de se retenir de pouffer tandis qu'elle malmenait la petite Toyota sur le parking désert. Elle en voulait à son père et sa colère rendait sa conduite encore plus saccadée.

— Tout le monde est prêt ?

Swami était heureuse que ses enfants soient les seuls témoins de ses difficultés. Randy était passé chercher Moon et Sam avait enfourché son vélo à l'aube. Swami était également heureuse d'avoir acheté des sièges-autos neufs pour le voyage. Ils compensaient l'absence de capote sur la Jeep. DeeDee et Dell étaient sanglées dans leurs harnais, protégées par le gros arceau turquoise. Darren était assis à l'avant et Swami était nerveuse, parce qu'il n'y avait pas de portières. Mais il avait bouclé sa ceinture et elle emprunterait des routes secondaires pour rallier Crivitz, la "grande ville” à une demi-heure au sud, qui était dotée d’un véritable supermarché et d’un véritable magasin de bricolage. Elle passa le bras par-dessus le dossier de son siège pour chasser les miettes sur les joues de Dell. Ils avaient vraiment besoin de faire des courses. Dell sourit. DeeDee battit les jambes, ainsi qu’elle le faisait dans l’eau. Darren opina avec enthousiasme. Il sortit la boussole verte dissimulée sous son T-shirt, l’agrippant des deux mains.

Swami tritura le levier à nouveau, s’assura qu’elle était au point mort et tourna la clé. Le moteur rugit. Elle enclencha la marche arrière et démarra trop brusquement, faisant voleter le gravier sous ses pneus. Elle écrasa le frein, évitant les broussailles de justesse, et cala.

— Maman, tu es sûre que tu peux la conduire, cette voiture ? demanda Darren.

Swami redémarra et passa la première.

— Maman peut tout faire.

Avec mille précautions, elle lâcha le levier et roula sur la piste menant à la sortie du camping. Le moteur était puissant. Il suffisait d’effleurer l’accélérateur pour avancer. Le temps qu’ils atteignent le bureau des rangers, Darren, qui s’était agrippé à son siège, semblait plus détendu. Swami lui demanda d’aller chercher le courrier ; elle ne voulait pas couper le moteur.

À son retour, Darren lui donna un petit tas d’enveloppes et boucla sa ceinture.

— On a reçu une lettre de mamie, dit-il. On peut l’ouvrir ?

L’enveloppe épaisse était adressée aux enfants. Il y avait aussi trois factures, deux pour la maison et une pour Woodchuck, ainsi qu’un courrier en provenance du lycée où Sam enseignait. Au bas de la pile, Swami vit une brochure vert fluo vantant les mérites d'X-treme Outdoor Adventures Rafting and Zip Lines. Sur la photo, des clients suréquipés souriaient sous leurs casques rutilants, accompagnés d'un guide qui avait l'air de sentir bon. Swami fourra les lettres dans son sac. Elle aussi pouvait monter une entreprise florissante. Elle s'y mettrait dès aujourd'hui. Woodchuck commençait maintenant.

— On les ouvrira plus tard. D'abord, les courses.

Elle se réengagea sur la route et passa la troisième sans trop de mal. Ils ne croisèrent personne et elle prit son temps.

— On se dirige vers le sud maintenant, maman, dit Darren, la boussole sur les genoux.

— Parfait.

Swami lui sourit. La Jeep ronronnait joyeusement à soixante kilomètres heure et les grands pins défilaient le long de la route. Ici et là, la rivière étincelait entre les arbres. Le soleil au zénith était chaud. Swami pouvait sentir la forêt. Curieux, les enfants regardaient le ciel et les pins, les cheveux ébouriffés par la brise parfumée.

— Je vois quelque chose de… vert ! s'exclama Dell.

— Les arbres, répondit Darren d'une voix lasse.

— Oui !

Avec un grand sourire, Dell repoussa une mèche de ses yeux. Swami avait déjà composé une liste de chose à faire. De la peinture, de l'équipement neuf, et pourquoi pas de nouveaux guides, à condition que Woodchuck se développe et fasse un peu de publicité. Swami et Sam avaient emprunté trente-deux mille dollars pour acheter l'entreprise. Ils avaient accumulé un peu plus de trois mille dollars d'économies. Les mensualités pour Woodchuck et la maison s'élevaient à environ deux mille dollars par mois. Swami ajusta mentalement son budget pour les courses. Peut-être demanderait-elle à Smitty de se contenter de réparer le moteur du camping-car, réservant la carrosserie pour plus tard. Avec le salaire de Sam et les gains potentiels de Woodchuck, ils seraient à l'abri jusqu'en septembre. Ensuite, ils pourraient toujours revendre. C'était la promesse la plus importante que Sam lui avait faite avant de signer. Il avait mis Woodchuck au nom de Swami, tout comme la maison de Chicago. Si l'aventure Woodchuck capotait, avait-il juré, Swami n'aurait qu'à remettre l'entreprise sur le marché, vendre le camping-car, faire ses bagages et rentrer. La décision lui appartiendrait. Aujourd'hui, elle avait décidé de s'attaquer à la peinture. La mère de Swami était agent immobilier. Elle ne mettait jamais une propriété en vente sans lui appliquer une couche de peinture fraîche. Une façade propre attire les clients, aimait-elle répéter. On n'était même pas en juin. Swami voulait donner une vraie chance à Woodchuck. Elle pouvait contribuer à redresser la barre. Et la barre avait besoin d'être redressée.

Un virage plus tard, un panneau vert vif arborant des lettres vert fluo éclipsa les pins. Swami décéléra, tira le levier et continua d'avancer en roue libre.

VOUS AVEZ ATTEINT VOTRE CENTRE X-TREME !
TOURNEZ À DROITE !

Elle s'immobilisa près de l'entrée. De chaque côté de l'allée se dressait un empilement de rochers décoratifs gros comme une maison, parsemé de galets plus petits. Un arrangement d'herbes et de paillis formait une rivière pourvue d'une cascade aux berges plantées de pins miniatures.

Par-delà cette mise en scène spectaculaire, la route bordée de cèdres impeccablement taillés s'enfonçait dans une profonde forêt émeraude. Le cœur dans les talons, Swami avança, faisant crisser le gravier. La forêt s'ouvrait sur une vaste clairière à l'extrémité de laquelle étincelait la rivière. Des tyroliennes et des tours d'escalade constellées de clients coiffés de casques orange se dressaient un peu partout. Swami dut se pencher en avant et plisser les yeux dans le soleil pour distinguer le sommet de la tour la plus proche. Un nid de bois fraîchement débité soutenu par des poteaux électriques et décoré de drapeaux verts. Un couple radieux juché sur des VTT assortis la dépassa. Swami les suivit du regard tandis qu'ils contournaient la grande boucle en gravier près de l'eau. Des pancartes indiquaient où se trouvaient les emplacements, les yourtes, le bois pour le feu et le mur d'escalade. Il y avait même un sauna sur la rive. Swami repéra un hangar à bateaux en rondins vernis. Enfin – jusqu'ici, elle l'avait évité –, elle se tourna vers l'attrait central : le centre d'accueil d'X-treme Adventures. Une structure en rondins à un étage avec une grande façade en verre. De là où elle se trouvait, Swami pouvait distinguer la peinture immaculée à l'intérieur, le grand écran diffusant des images d'aventures en plein air, le bureau de la réception moderne et minimaliste qui courait le long d'un des murs. Devant le centre, un immense patio couvert renfermait une dizaine de tables et des chaises rembourrées. Deux familles mangeaient pendant que leurs enfants en maillot de bain couraient en rond. Quelques mètres plus loin, au milieu d'une autre boucle gravillonnée, un paysage en rochers encadrait un foyer de la taille d'un jacuzzi entouré de chaises Adirondack.

Swami sursauta lorsqu'une cliente passa au-dessus de sa tête en hurlant, harnachée à une tyrolienne, les bras tendus en avant. Elle atterrit sur le nid en bois. Une deuxième femme arriva derrière elle.

Qui serait assez fou pour acheter Woodchuck, sachant que ce genre de concurrence venait de s'installer en ville ? songea Swami. Personne hormis un professeur d'arts plastiques, sa femme, leurs deux enfants et leur nouveau-né. Voilà qui. À l'évidence, X-treme bénéficiait d'un budget très conséquent.

— T'as vu, maman ? Maman, Dell, vous avez vu ? s'exclama Darren.

— C'est quoi ? demanda Dell.

Lentement, Swami s'approcha du centre d'accueil.

— Chut.

Un mot qu'elle prononçait automatiquement lorsque ses pensées étaient ailleurs.

— Ça fait partie de Woodchuck ? demanda Darren.

— Non.

Swami était devant la façade en verre. Elle ralentit et se pencha par-dessus Darren. Elle vit des portants de vêtements, des lunettes de soleil, de l'équipement de randonnée et des boissons. Le jeune homme souriant derrière le comptoir discutait avec une famille qui venait d'arriver. Il glissa des stylos et des contrats de location près du terminal de paiement.

Woodchuck aurait dû ressembler à ça. Swami roulait au pas à présent. À cet instant, une employée la remarqua. Une jeune femme vêtue d'un T-shirt vert vif et d'un pantalon en élasthanne. Elle semblait revenir d'une expédition d'escalade ou d'une session de photos publicitaires pour des sacs à dos. Elle portait une brassée de casquettes en direction d'un portant quand elle aperçut Swami. Aussitôt, elle se dévia et poussa la porte en verre, la main levée en un salut.

Swami écrasa l'accélérateur, soulevant un nuage de gravier dans l'allée. Darren s'accrocha à son siège. Lorsqu'elle passa la seconde sous les tyroliennes – elle commençait à maîtriser la transmission manuelle –, elle vit la jeune femme s'immobiliser sur le patio avec ses casquettes vertes, la tête inclinée, une expression perplexe sur le visage.

— Youpi ! cria Darren alors que Swami négociait un virage à toute allure.

Elle se ressaisit et freina.

— Encore ! implora-t-il.

— Maman ! Quoi, maman, quoi ? demanda Dell.

Swami prit une profonde inspiration.

— Maman avait juste besoin de rouler vite quelques instants.

À l'extrémité de l'allée, Swami dut patienter le temps de laisser passer un bus X-treme. Le véhicule vert et lustré était bondé. Debout à l'avant, un guide aux longs cheveux blonds parlait d'une voix tonitruante, quelque chose à propos de combinaisons, une blague, sans doute. Les passagers éclatèrent de rire tandis que le moteur rugissait.

La vitre côté conducteur était baissée. Derrière l'énorme volant, un homme massif aux cheveux grisonnants adressa un signe du pouce à Swami.

— Super Jeep !

Elle hocha la tête et sourit. Le guide se tourna et croisa son regard au moment où le bus éclatant les dépassait, une remorque chargée de rafts neufs dans son sillage.

— On va acheter de la peinture, déclara Swami. Plein de peinture.

Elle s'engagea sur la route et mit le cap sur Crivitz. Pendant qu'elle conduisait, elle se demanda quelles couleurs choisir. Dans son esprit, elle passa différentes options en revue pour Woodchuck. Comment une grange affaissée dans un champ de fourrage pouvait-elle rivaliser avec X-treme ?

— Maman, c'est quoi, ces panneaux ? "Fini la chouine, place à la mine !"

— Je crois qu'ils signifient que les habitants doivent gagner de l'argent.

— Quoi ? demanda Dell.

Swami secoua la tête en regardant dans le rétroviseur. Dell changea aussitôt de sujet.

— Je vois, je vois… quelque chose de bleu !

— Le ciel, gémit Darren.

— Gagné ! dit Dell.

Bleu. Swami revit la courtepointe de Moon, sa caravane Teardrop, son repas étonnant. La manière dont Moon avait agencé son emplacement constituait une présence unique dans un camping où chaque tente, pop-up et camping-car était plus ou moins prévisible. Moon ressortait non pas parce qu'elle avait joué et gagné, mais parce qu'elle avait suivi ses propres règles, préférant demeurer hors compétition. Peut-être Swami pourrait-elle faire la même chose avec Woodchuck. Des mots tels que "niche" et "pittoresque" tournoyaient dans son esprit en ébullition. Elle se rappela un vieux motel qu'elle avait remarqué un jour, un bâtiment jaune et violet tout droit sorti des années 1950 qui assumait son excentricité, au lieu d'essayer de rivaliser avec les chaînes modernes, et d'échouer. LITS VIBRANTS ! VINGT-CINQ CENTS ! proclamaient les publicités. Les clients venaient par nostalgie, attirés par le charme du lieu. Swami imagina un nouveau panneau pour Woodchuck et rit en son for intérieur. GUIDES DE RIVIÈRE FLIPPANTS À PEINE REMIS DE LEUR GUEULE DE BOIS ! Elle secoua la tête. Woodchuck pouvait faire tellement mieux. Il le fallait.

Situé au nord de la ville, le magasin de bricolage était accolé au supermarché, un détail que Swami considéra comme prometteur lorsqu'elle déboucla la ceinture des enfants et pénétra à l'intérieur. La structure était flanquée d'une serre d'un côté, d'une station-service et d'une station de lavage automobile de l'autre. À l'évidence, une entreprise familiale qui s'était développée au fil des ans, chaque génération trouvant un nouveau besoin à combler. Une rangée de tondeuses et de brouettes était alignée sur le parking et des flèches indiquaient l'arrière du magasin : CLÔTURES, PAILLIS, FOURRAGE, BOIS DE CONSTRUCTION.

— Vous voulez du bleu ? demanda l'homme derrière le comptoir. On en a plein. Vous avez de la chance.

Il portait un tablier de travail par-dessus une chemise à carreaux élimée. Il tapa dans ses mains, leur faisant signe de le suivre.

— Mais je vous préviens, c'est un drôle de bleu. Je vais vous montrer.

Swami lui emboîta le pas, DeeDee dans les bras, son dos encore tiède après le trajet en voiture. Dell était captivée par la vitrine poussiéreuse où étaient exposés des canifs, des sachets de viande séchée et un assortiment de boîtes de munitions jaunes, vertes et blanches. Des fusils avec des crosses en noyer étaient disposés sur un râtelier et un ours empaillé menaçait les clients, tout en crocs et longues griffes jaunies. Darren pivota et attrapa sa petite sœur par la main pour l'aider à avancer. Elle fusilla l'ours du regard.

Les murs du rayon bricolage étaient presque entièrement recouverts de marteaux, de gants de travail et de casquettes de chasse orange. Il y avait des tiroirs emplis de vis et de joints, de grilles et de furets.

Le propriétaire se dandina dans une allée étroite remplie de drapeaux américains et d'accessoires pour barbecue.

— J'ai dû stocker une grosse commande à l'arrière. Je ne savais pas quoi en faire. Un couple a commandé des seaux pour leur "maisonnette" de neuf cents mètres carrés, mais la femme a décidé qu'elle n'aimait pas la couleur. On ne peut pas rembourser la peinture mélangée, mais si elle vous plaît, je vous la vends à moitié prix plus le coût de la livraison. C'est bleu, pas de doute.

Il s'arrêta devant une pile de quinze seaux de soixante litres.

— C'est de la peinture à base d'huile. (Il dévissa un petit bouchon sur un des couvercles en plastique.) Idéale pour une vieille grange, le bois l'absorbera bien.

Il saisit un bâtonnet sur une étagère, le trempa dans le seau et le brandit avec une feuille de papier absorbant pour que Swami puisse se faire une idée. Le geste lui rappela un garagiste tenant une jauge et recommandant un changement d'huile. Sauf que l'huile n'était pas noire. Elle était bleu électrique, un mélange de ciel et d'océan tropical baigné d'éclairs.

— Waouh, dit Darren.

Un sentiment que Swami partageait.

— On la prend. (Elle se sentit traversée par un éclair aussi vif que la peinture.) Et je vais aussi prendre cinq bacs de peinture argentée pour le toit. Et des rouleaux, tout un tas de rouleaux.

Le propriétaire essuya le bâtonnet d'un air satisfait.

— Vous venez d'où ? (Il sourit à Dell.) Vos enfants sont magnifiques. J'ai quatorze petits-enfants et deux arrière-petits-enfants. Je les aime tous. Ils m'appellent Grandpa Birdy.

Dell lui rendit son sourire. À ce stade, Swami avait compris qu'en admettant qu'ils venaient de Chicago, elle s'attirait systématiquement une espèce de grimace forcée.

— D'un peu plus au sud. Mon mari et moi venons d'acheter Woodchuck Rafting Company.

— Ah bon ? Je suis déjà passé là-bas. Vous devriez rejoindre l'association des propriétaires d'entreprise du comté de Marigamie. On se réunit à Rita's Lanes and Lounge une fois par mois. Beaucoup d'entreprises s'installent ici, et ce qui est bon pour la région l'est aussi pour nous. Vous aimez le bowling, les enfants ?

Swami suivit Birdy jusqu'à la caisse. Darren ne répondit rien.

— Ils n'en ont jamais fait, expliqua Swami.

— Quoi ? Ils n'ont jamais fait de bowling ? (Birdy s'arrêta net et les regarda comme s'il avait été frappé par la foudre.) Je vais vous donner mes coordonnées et un de ces quatre, vous et votre mari viendrez faire une partie avec Grandpa Birdy. C'est moi qui régale. Rita a de bonnes pizzas et de la root beer*, aussi.

Il lui tendit sa carte et prit une poignée de sucettes dans le tiroir.

— Maman est d'accord ?

* Soda aux extraits de plantes.

Swami acquiesça et Birdy distribua les sucettes aux enfants, le visage radieux.

— Sacré bestiole, fit remarquer Swami.

Grandpa Birdy se retourna lentement et feignit de sursauter en apercevant l'ours. Les enfants éclatèrent de rire. Il s'appuya sur le comptoir et montra l'animal de son autre main.

— Je l'ai abattu l'année où Nixon a pris ses fonctions. À l'époque, il n'y avait que moi et Bell. Elle est décédée, depuis. On avait un magasin de bricolage minuscule et une maison plus minuscule encore. L'ours venait souvent renifler par chez nous et on le laissait faire, même s'il détruisait la mangeoire pour oiseaux de Bell. Mais un soir, il s'est attaqué à la porte d'entrée. La maison tout entière s'est mise à trembler.

Swami devina que les quatorze petits-enfants et les deux arrière-petits-enfants de Birdy avaient déjà entendu cette histoire. Il savait ménager ses effets. Darren, qui avait entrepris de retirer l'emballage de sa sucette, s'immobilisa.

— "Tremblement de terre !", j'ai crié. (Birdy agita les mains.) Et ma femme dit, "C'est pas un tremblement de terre, c'est l'ours !" J'ai sauté du lit en chaussettes et j'ai attrapé mon fusil à pompe, qui était chargé avec ce genre de balles.

Birdy sortit une boîte blanche siglée Winchester de la vitrine et leur montra une balle aussi grosse qu'un cigare. Tandis que Swami arborait un sourire crispé, il saisit un des fusils sur le râtelier afin de rendre sa reconstitution plus réaliste.

— Alors il y avait cet ours qui cognait sur la porte. Moi, j'ai armé mon fusil, qui était exactement comme celui-là.

(Il brandit le fusil qu'il venait d'empoigner.) Et quand la porte est sortie de ses gonds, l'ours s'est dressé devant moi, exactement comme maintenant. Il a grogné et la lune brillait dans son dos. Bell a crié, "Fais-lui la peau, Birdy !" J'ai tiré. *Boum* ! En pleine tête. Il s'est effondré dans notre entrée. On a dû retirer la rambarde du porche pour le traîner dehors avec mon pick-up et une sangle de traction.

Il rangea le fusil en gloussant.

— Eh ben.

Swami tapota les fesses de DeeDee, les yeux aussi écarquillés que ceux de ses enfants.

— Bref, tout finit toujours par s'arranger, conclut Birdy. Quand j'ai tué cet ours, Bell et moi, on ne savait pas si on devait garder le magasin. Et regardez-le aujourd'hui. On s'est bien débrouillés. Cet ours me sert de rappel. Les étoiles s'alignent. Surtout si on a un fusil à pompe à portée de main. Vous en voulez un, en plus de la peinture ?

— Un fusil à pompe, maman ! dit Darren.

— On va se contenter de la peinture pour aujourd'hui. (Swami sortit son chéquier de sa poche arrière.) Combien va coûter la livraison ?

Grandpa Birdy regarda Swami et les enfants tour à tour.

— Rien du tout. Un de mes chauffeurs va passer par Thunderwater la semaine prochaine, il en profitera pour déposer les seaux.

— Vraiment ?

L'homme hocha la tête.

— J'aime bien voir des jeunes familles s'installer ici. C'est bon pour nous.

— Merci, monsieur Birdy, dit Swami avec un sourire.

Pendant qu'elle remplissait le chèque, elle lui demanda si elle pouvait prendre deux ou trois seaux tout de suite, ainsi que des pinceaux, histoire de se mettre au travail dès aujourd'hui.

— Je vais demander à un employé de les porter jusqu'à votre voiture, répondit Birdy.

Swami détacha le chèque du chéquier. Elle pouvait presque voir la scène, à présent : une version améliorée de Woodchuck. Des cèdres à l'entrée. Des rochers décoratifs. Des plantes vivaces et une pelouse bien entretenue. Elle imagina une famille en train de déguster le pain de Randy sur la courtepointe de Moon, des adolescents en pleine partie de Frisbee. Lorsqu'elle alla faire ses courses dans le supermarché voisin, elle se promit que Woodchuck deviendrait une véritable entreprise, dotée d'une stratégie solide – le genre d'entreprise qui pouvait être vendue.

— Je peux ouvrir le courrier, maintenant, maman ? demanda Darren quand Swami chargea les sacs dans la Jeep avec les filles.

La peinture et les rouleaux occupaient tout l'espace derrière la banquette.

— Oui. (Swami consulta sa montre.) Tu peux ouvrir le courrier, maintenant.

6

Plus tard cet après-midi-là, Sam fut pris d'un fou rire alors qu'il fumait avec Chip sur le débarcadère. Ils avaient déjà chargé les rafts sur la remorque. Ajusté les sangles. Randy et Moon avaient ramené les clients à la grange. Sitôt qu'il se retrouvait seul, Chip s'adonnait à un rituel consistant à fumer de l'herbe en sirotant du whiskey qu'il conservait dans la boîte à gants du van. Sam était assis avec lui à l'arrière de la remorque et, les pieds dans l'eau, ils se passaient et se repassaient le joint et la flasque en contemplant la rivière embrasée par le couchant. La pratique de Sam s'améliorait de jour en jour, le soleil lui brunissait la peau et l'exercice lui détendait les muscles. La dope maison de Chip, ainsi qu'il l'appelait, aidait Sam à se fondre dans la chaleur. Ici, il se sentait plus fort, plus heureux, en paix avec la nature, parmi les pins et les rochers, immergé dans le courant de la vie. Les perches et les crapets commençaient à remonter pour se nourrir, troublant la surface de l'eau.

— T'as appelé la boîte Woodchuck… (Sam s'essuya les yeux.) Parce que tu avais vu une marmotte ?

— Comme je viens de te l'expliquer. (Chip haussa les épaules.) J'étais assis là, je devais remplir les formulaires pour la banque et je ne trouvais pas de nom. Soudain, une marmotte a traversé la route. Alors j'ai écrit "Woodchuck". Pourquoi pas, après tout.

Sam secoua la tête et recracha un nuage de fumée.

— Ça sonnait bien, reprit Chip. Et ça collait au thème. On a tendance à croire que les marmottes ne savent pas nager, mais en fait, elles sont à l'aise dans l'eau. Dans les années 1970, on disait la même chose à propos du rafting. "Ça ne prendra pas. Personne ne va payer pour ça." Et c'est devenu une activité très lucrative. Il y a des entreprises de rafting du Costa Rica à la Nouvelle-Zélande. (Chip souffla un jet de fumée.) J'ai eu de la chance de voir une marmotte. Ça aurait pu être un chat. "Cat rafting".

Sam pouffa, faisant couler un peu de whiskey sur son menton. Chip lui prit la bouteille des mains et revissa le bouchon.

— Tu tiens pas trop la boisson, toi. (Il se laissa glisser de la remorque, directement dans l'eau peu profonde.) Bon, Randy prépare des kebabs de venaison, ce soir. On se rentre.

Oui, pensa Sam. Les kebabs de Randy. Il était affamé. Parfois, le meilleur moment d'une descente, c'était le repas qui suivait. La nourriture était tellement meilleure après une journée passée à pagayer. Enfiler des vêtements secs s'apparentait au paradis. Sam pataugea dans l'eau et monta à bord du van. Il se sentit comblé tandis qu'ils rentraient à la grange, remontant la piste entre les pins avant de s'engager sur la route et de gravir la grande colline piquetée de champs et de feuillus. Il laissa ses pieds sécher à la fenêtre, euphorique et légèrement défoncé. Depuis deux semaines, il se levait à l'aube et il pagayait ou, si aucune descente n'était prévue, il bricolait dans la grange. Ensuite, il savourait la cuisine au feu de bois de Randy avant de rallier le camping à vélo, où les enfants lui racontaient leur journée, les poissons qu'ils avaient attrapés dans le lac, les tortues peintes qu'ils avaient aperçues, les couleuvres à collier, un castor, un huard. Sa relation avec Swami était silencieuse. Elle l'était depuis plusieurs années. Il lui avait proposé plusieurs fois de faire du rafting pendant qu'il surveillait les enfants, en vain. Au moins, elle semblait satisfaite par les sommes qu'il rapportait chaque jour. Les coffres se remplissaient à vue d'œil. Ce n'était pas encore tout à fait assez, mais ils gagnaient de l'argent. Une partie de lui espérait, ou plutôt rêvait, de ne plus jamais avoir à reprendre son poste d'enseignant. De ne plus jamais avoir à surveiller le réfectoire. Si seulement il amassait assez d'argent et que Swami arrivait à voir ce que lui voyait, ici dans le Nord. Une vie meilleure. Parce que la vie était vraiment meilleure, ici.

— Qu'est-ce qui se passe ?

Chip ralentit et manœuvra le vieux van sur l'allée en gravier de Woodchuck.

Sam retira ses pieds du rebord de la fenêtre et se redressa. Les derniers clients s'éloignaient dans leurs voitures. Le bus était garé derrière la grange. Alors Sam la vit. Aussitôt, il regretta amèrement d'avoir le visage engourdi par l'herbe et le whiskey.

— Oh non. Qu'est-ce qu'elle fait là ?

Il avait beau vouloir que Swami soit impliquée dans son projet, en cet instant précis, il aurait préféré se passer de sa présence. En Virginie-Occidentale, elle jugeait déjà les guides qui fumaient et buvaient tous les jours.

Debout sur une chaise, elle était face à la grange. Darren et Dell attendaient près des fondations en pierre. Et ils… le saluaient de la main ? Juché sur une échelle, Randy le saluait aussi. Pendant que le van contournait la grange en cahotant, Swami se retourna, un pinceau entre les doigts, et fusilla le véhicule du regard. Sam se tassa sur son siège.

— Qu'est-ce que je vais faire ? Pourquoi tout le monde est en train de peindre ?

— Reste calme, mon pote, dit Chip.

— J'ai les yeux rouges ?

Chip l'observa. Et ne répondit rien. Il se contenta de lui tendre les lunettes de soleil qu'il avait remontées sur son crâne. Sam les chaussa et se recoiffa en étudiant son reflet dans le rétroviseur. Il descendit du van, prit une profonde inspiration et s'efforça de gagner l'avant de la grange d'une démarche nonchalante.

— Papa !

Dell laissa tomber son pinceau dans le seau qu'elle partageait avec Darren et courut en direction de son père, une traînée bleu vif dans les cheveux. Sam la prit dans ses bras. Darren resta concentré sur sa tâche. Swami se pencha au-dessus du seau et s'empressa d'essuyer le pinceau de Dell.

— On va peindre la grange en bleu, papa ! s'exclama Dell.

Darren et elle avaient déjà recouvert trois mètres de fondations du bleu le plus vif que Sam ait jamais vu. Ce n'était pas moche, à proprement parler, juste inattendu. Sam faillit retirer les lunettes de soleil de Chip pour examiner la couleur de plus près.

— Je vois, répondit-il, un œil sur Swami.

Dell lui enlaça le cou et déposa un gros baiser sur sa joue.

— Quand est-ce qu'on va voir les cerfs, papa ? chuchota-t-elle.

Sam était pris de court. Swami ne lui avait jamais dit qu'elle comptait passer à Woodchuck aujourd'hui. Et elle n'avait pas non plus évoqué ses projets pour la grange. Randy s'immobilisa et les regarda tour à tour. À l'évidence, grimper sur une échelle après une journée de rafting ne le dérangeait pas le moins du monde.

— Waouh ! (Chip fit cliqueter les clés dans la poche de son short.) Sacrée surprise !

Swami enveloppa le pinceau de Dell dans un chiffon.

— J'ai besoin de te parler tout de suite, dit-elle à Sam.

— D'accord. (Il se pencha à l'oreille de Dell.) Si tu demandais à Chip où sont ses cerfs ? (Il la posa au sol.) Papa et maman vont discuter.

— Chip, où sont tes cerfs ? cria Dell à tue-tête.

Le vieux géant s'agenouilla dans l'herbe, retourna ses poches et laissa tomber sa mâchoire d'un air abasourdi, feignant d'avoir perdu les cerfs. Dell poussa son épaule charnue et Chip bascula en arrière, faisant rire la fillette aux éclats.

— Montre-moi ce que tu as peint, dit-il.

Dell le hissa debout et le traîna jusqu'à la grange. Il adressa un coup d'œil circonspect à son neveu lorsqu'il le vit emboîter le pas à Swami. Sam se rendit alors compte que la pelouse et le parking avaient été taillés et nettoyés. Même le lilas fatigué où pendouillaient les vieilles baskets avait disparu.

— Sam, lança Randy depuis l'échelle. Assure-toi que Pete ne crame pas ma viande.

Sam opina et trottina derrière Swami. Sur la pelouse, Pete surveillait le gril fumant, ses nattes noires dépassant de sa casquette élimée. À ses pieds, la chienne gigantesque se léchait les babines. Soudain, une grande flamme jaillit du barbecue. Pete fit un bond en arrière et vida sa bière sur les braises. Il chassa la fumée de son visage et leva sa canette pour les accueillir. Swami continua de marcher sans mot dire, tout droit vers le bus de fête. Le buisson aux baskets gisait dans le foyer. Sam essaya de presser le pas sans en avoir l'air. Son ivresse s'était muée en une sorte de raideur embarrassée. Il avait l'impression d'avoir la démarche lourde et se demandait si quelqu'un l'avait remarqué. Pete haussa les sourcils et jeta un bref coup d'œil sur Swami.

Dans le bus, Moon éminçait des légumes sur une planche à découper. DeeDee battait joyeusement les jambes dans son siège-auto posé sur le comptoir. Swami la prit dans ses bras.

— Elle était comment ?

Moon plissa le visage, souriant à DeeDee.

— Heureuse.

— Je peux parler à Sam en tête à tête quelques instants ?

Swami tendit le bébé à Moon, qui s'essuya les mains avec un torchon.

— Viens avec moi, ma belle.

Sam était déconcerté par cette nouvelle dynamique entre Swami et Moon. À croire qu'elles se connaissaient depuis toujours.

— Randy veut qu'on mette les oignons dans le bol avec les concombres et la crème fraîche. Il s'occupera de l'assaisonnement. (Moon fit rebondir DeeDee sur sa hanche et lui prit la main pour saluer Sam.) Coucou, papa. (Puis, le regard plein de sollicitude :) Coucou, Sam.

Sitôt que Moon descendit du bus, le sourire de Swami s'effaça. Moon s'approcha du gril pendant que Randy gravissait la colline en courant, son pinceau à la main.

— Non, Pete ! criait-il. À feu très, très doux !

Pete haussa les épaules et gesticula vers le bus. Seul avec Swami, perdu, Sam parvint à articuler un semblant de phrase.

— Qu'est-ce qui se passe ?

— Tais-toi.

Swami posa un oignon rouge sur la planche à découper et le trancha en deux. Sam farfouilla dans la cuisine, à la recherche de quelque chose à boire. Il avait tellement soif. Il avait beaucoup de mal à supporter ces moments, quand Swami était manifestement en colère mais qu'elle le forçait à attendre pour connaître la raison de son mécontentement. Il avait l'impression d'être un gamin stupide. Enfin, il trouva une bière dans la glacière. Il ouvrit la canette, s'efforçant d'afficher un air désinvolte, comme s'il ignorait qu'il était dans le pétrin. La bière était fraîche et Sam eut la sensation de pouvoir respirer à nouveau. Il s'adossa à une banquette afin de se donner une contenance. Posé sur des parpaings, privé de freins et de roues, le bus de fête était un camping-car semi-fonctionnel pourvu d'une petite glacière, de quelques lits de camp, d'une cuisinière à gaz et d'un box semblable à ceux qu'on trouve dans les restaurants, avec deux banquettes et une table en formica.

Swami contempla la canette d'un œil noir et fusilla Sam du regard. Elle retourna un quartier d'oignon et la coupa en deux, puis elle répéta la manœuvre, encore et encore.

— Je reprends tout en main. (Ses doigts étaient parcourus d'un léger tressaillement.) Tu n'es plus à la tête de Woodchuck, Sam. C'est moi.

Tout ce mystère, ce suspens, étaient exagérés. Sam aurait préféré que Swami exprime ce qu'elle avait sur le cœur. Il contempla la luzerne par la fenêtre ; Pete et Moon regardaient Randy essayer de sauver le dîner, son pinceau toujours à la main. Le monde semblait désaxé. Sam se sentit envahi par une vague d'exaspération.

— Tu sais quoi… bredouilla-t-il.

D'un geste brusque, Swami planta le couteau dans la planche.

— Toi, tu sais quoi ? Tes guides font n'importe quoi, cet endroit, c'est n'importe quoi, et…

Elle pinça les lèvres et se tut. Au lieu de laisser libre cours à sa colère, elle l'observa en silence, une expression posée sur le visage. Une expression qui signifiait, Je suis la seule adulte ici, et tu ne vaux même pas une insulte. Elle se débrouillait toujours pour la dégainer quand Sam était à deux doigts de craquer. Il avait alors la sensation de recevoir un coup de poing en pleine figure.

— Tu es défoncé ?

Sa voix était imprégnée de venin.

— Je…

— Incroyable.

Atterrée, elle se détourna de lui, reportant son attention sur sa tâche.

— On va repeindre la grange et recadrer les guides. Dorénavant, on appellera nos clients “nos invités”. Je m'occuperai des réservations. On va commander de l'équipement neuf, parce que les gilets de sauvetage sont répugnants. Du gravier et des rochers décoratifs, aussi. Retire ces lunettes ridicules, s'il te plaît.

Sam se redressa. Sur le point de refuser, il se ravisa.

— Swami, on n'a pas les moyens. On n'a…

Swami abattit le couteau sur la planche à découper, si violemment que des morceaux d'oignon s'éparpillèrent au sol. Elle fit volte-face, les traits déformés par la rage. Elle était terrifiante.

— Je sais combien d'argent on n'a pas, siffla-t-elle. Je sais tout. J'ai passé la journée à travailler, et je vais continuer, pour nous sauver, les enfants et moi, de ce désastre. (Elle scruta ses yeux et secoua la tête avec dégoût.) Je ne suis pas idiote, Sam, et je n'ai pas l'intention de faire semblant de l'être. (Elle était cramoisie, les cheveux rassemblés en une queue-de-cheval sévère.) Woodchuck est à vendre.

Elle sortit une enveloppe de sa poche arrière et la plaqua sur la poitrine de Sam. Un courrier en provenance du lycée. Comprenant soudain ce qui se jouait, il sentit la terre se dérober sous ses pieds. Affligée, Swami plongea les yeux dans ses yeux rougis. Sur son visage, Sam lut une question désespérée. Une question sincère.

— Et toi, tu vas être sérieux et faire tout ce que tu peux pour nous sortir de là. Je partirais tout de suite si je le pouvais.

— Promis.

— Tu as intérêt.

Elle lui laissa la lettre et descendit du bus. Au lieu de regagner la grange, elle s'enfonça dans les champs. Sam la regarda s'éloigner en s'essuyant le visage. Lorsqu'il déplia la lettre, la première ligne confirma ses pires craintes. "Nous regrettons de vous informer que… Comme évoqué au printemps… Le conseil a décidé de…" Il poussa un soupir tremblotant. Swami ignorait que le budget alloué au département des arts plastiques risquait d'être réduit. Et elle ignorait qu'il avait été trop lâche pour le lui avouer. Il savait que lui courir après pour se justifier ne changerait rien. Il lui avait caché quelque chose. Voilà tout ce qui comptait.

Il entendit Dell glousser près du foyer, assise sur un banc en rondins avec Chip et Darren. Chip la taquinait en jetant des coups d'œil inquiets en direction du bus. Moon suivit son regard. Pete observait Randy tandis qu'il maniait le gril. Sam vit Swami ralentir et s'immobiliser au milieu de la luzerne. Les ombres des bois s'étiraient vers elle, et vers Sam, aussi.

Le crépuscule était tombé et les flammes projetaient leur éclat sur la façade de la grange. Des chauves-souris virevoltaient dans la pénombre, chassant les premiers moustiques sous les étoiles. Le feu crépitait et, par-delà les pins près de la route, l'horizon baignait dans un éclat pourpre. La radio allumée dans le pick-up bleu de Randy diffusait de la country classique. Le dîner semblait pacifier tout le monde. Le stress et la chaleur de la fin de l'après-midi se dissipaient dans la lumière du brasier et la nourriture rassasiante de Randy. Il coupa des focaccias en deux et les déposa dans les assiettes. Ensuite, il fourra les pains avec de la viande assaisonnée, des oignons frais et une sauce au concombre revisitée. Même Swami, qui s'était montrée taciturne depuis sa dispute avec Sam, lui concéda un compliment. Darren en redemanda et Randy le resservit avec entrain.

À présent, les assiettes en carton gisaient dans le foyer et les guides discutaient à voix basse, échangeant des phrases laconiques sur la journée. Ils semblaient attendre une réaction de Swami. Sam en particulier. Il l'observait depuis l'autre côté du feu, mais elle se détournait systématiquement de lui. Darren entretenait les braises, se servant d'un bâton comme tison ; il faisait des allers-retours entre le foyer et le tas de bois derrière le bus, créant son propre petit tas près du feu, où il prélevait des bûches pour les jeter dans les flammes. Agenouillée près de Pete, Dell caressait Bear. L'énorme animal roula sur le côté et leva les pattes.

— J'ai été voir X-treme.

Tous les regards se posèrent sur Swami. Darren déposa une brassée de bois près du foyer et repartit dans l'obscurité.

— Alors ? demanda Chip. J'y suis allé une fois, au début des travaux.

— C'est tout ce que Woodchuck n'est pas. Si vous voulez qu'on soit encore là l'année prochaine, on a intérêt à changer, et vite. Je suis très sérieuse.

— Nous aussi, dit Sam.

Swami hocha la tête. Les guides l'écoutèrent égrener une liste d'éléments d'action à initier dès le lendemain dans un silence gêné. Lorsqu'elle prononça les mots, “éléments d'action”, Sam ne put s'empêcher de grimacer, mal à l'aise vis-à-vis des autres guides. À Chicago, elle avait l'habitude de l'assaillir avec ses listes sitôt qu'il s'asseyait, ou bien lorsqu'il était déjà occupé à plier des vêtements. Elle chargea Sam et Randy de peindre la grange, la façade d'abord, ensuite le mur côté route. Chip débarrasserait le loft. Tout devait disparaître. Swami voulait un espace entièrement vide, hormis les rafts, les pagaies et le plancher immaculé. Moon et Swami s'occuperaient des relations client. Sam assurerait le transport des rafts et surveillerait les enfants jusqu'à l'arrivée du groupe du jour, puis il guiderait les expéditions pendant que Swami resterait au bureau et s'occuperait de la partie administrative durant la sieste des enfants.

Sam observa les guides alors qu'ils absorbaient ces nouvelles consignes. Randy se tourna vers Moon. Moon se tourna vers Chip. Chip se tourna vers son neveu. Ils n'étaient pas habitués à ce type de gestion et Sam en était conscient : Woodchuck n'avait jamais fonctionné comme une véritable entreprise, avec des postes et des missions. Ils ne semblaient pas tant sur la défensive que déconcertés. Ils n'étaient pas non plus habitués à la présence d'enfants. À un moment, Chip sortit ses feuilles à rouler et son sachet d'herbe de sa parka. Sam secoua la tête, les yeux écarquillés, et Chip rangea son matériel.

— Bon, dit Chip après un temps. Merci pour ces idées, Swami.

— Ce n'est pas tout, mais c'est un début. Woodchuck doit se réinventer. Les descentes, l'esprit des lieux, tout. On ne peut pas continuer comme avant si on veut rivaliser avec X-treme. Woodchuck doit offrir ce qui manque aux entreprises plus développées.

— Ils ont encore acheté un terrain cette semaine, intervint Pete. Entre X-treme et NorthSky, bientôt, il n'y aura plus de berges.

— NorthSky va vraiment s'installer ici ? demanda Moon.

— Ils viennent de faire une offre pour racheter le barrage à la ville. (Pete haussa les épaules.) Si la ville accepte, je bosserai pour NorthSky. Ils posséderont le barrage et la falaise, jusqu'aux rapides.

Moon se redressa sur sa chaise longue.

— Et la municipalité a répondu quoi ?

— Je ne sais pas encore. Une grosse réunion va avoir lieu à la mairie. Le truc, c'est qu'ils ne feront rien sans le soutien des habitants. Si les gens du coin ne sont pas d'accord, il y aura trop de complications, légales et autres. Alors ils prennent la température, histoire d'avoir une idée du montant des salaires à promettre.

— Je vais leur montrer ce qu'est une complication, lâcha Moon.

Randy sourit. Pete haussa les épaules.

— C'est plutôt la dèche ici. De l'argent, c'est bien.

— De l'eau propre et durable, c'est bien aussi.

— Pas faux.

— Fini la chouine, cria Dell. Place à la mine !

Lorsqu'elle agita ses petits poings dans l'éclat des flammes, le husky de Pete leva brièvement la tête.

— Non, non, ma chérie, dit Swami. Tu soutiens le mauvais camp.

— Mais tu as le bon esprit, dit Moon.

Sa remarque arracha un sourire à Swami.

— Thunderwater n'a pas vraiment été fondée sur des principes d'écologie et de ressources durables, dit Chip. Les habitants sont les arrière-petits-enfants des hommes qui sont venus déboiser la forêt, construire les barrages et défoncer les falaises.

— Pas moi, dit Pete.

— Effectivement.

— Si on demande aux habitants de souffrir maintenant ou plus tard, poursuivit Pete, neuf personnes sur dix vont choisir de souffrir plus tard. Comme tout le monde. Si on me proposait un salaire NorthSky, je l'accepterais.

— La ville pourrait suivre une autre voie, dit Sam. J'en ai déjà parlé à Chip. Thunderwater pourrait devenir une de ces nouvelles villes écologiques, avec des hippies et des artisans. Ça prendrait du temps, mais c'est une possibilité.

— Bonne idée ! s'enthousiasma Moon.

Pete haussa les sourcils.

— Je suis avec Moon, dit Randy en hochant la tête. Dehors, NorthSky.

— Merci, Randy.

Randy s'empourpra et Pete le gratifia d'un sourire moqueur. Sam savait ce qu'il pensait. La seule cause à laquelle s'intéressait Randy avait des tatouages en forme d'étoiles sur la cuisse. Néanmoins, Pete se tut. Ils contemplèrent les braises en silence. Darren partit chercher une nouvelle brassée de bois.

— J'ai décidé de vendre Woodchuck.

Tout le monde regarda Swami. Même la chienne. Une bûche craqua et un nuage d'étincelles s'éleva vers le ciel.

— Autant que vous soyez au courant. Quoi que décidera Thunderwater, la rivière, ou NorthSky, sitôt que j'aurai trouvé un acheteur, je vendrai cet endroit. Si je l'améliore, c'est justement pour m'en débarrasser. Je ne crois pas aux secrets et je n'ai aucune envie de vous mentir. Vous méritez d'être informés.

Sam baissa les yeux sur les cendres.

— Tu pourrais peut-être donner une chance à Woodchuck, Swami, murmura Chip.

— C'est précisément ce que je vais faire.

Chip secoua sa barbe.

— Je sais que j'ai laissé les choses se détériorer, c'est la raison pour laquelle j'ai décidé de vendre à bas prix. Mais j'ai cédé la boîte à des gens de confiance. Avec vous deux à sa tête, Woodchuck pourrait devenir si rentable que tu n'auras plus envie de vendre.

— Tu as une saison pour nous aider à atteindre ce but, répondit Swami. Mais, pour des raisons que je préfère taire, sache que je vendrais demain si je le pouvais. J'ai déjà contacté quelques personnes, histoire de faire passer le mot.

— Quoi ? lâcha Sam.

Swami le regarda droit dans les yeux. Chip se mordit la langue et se carra sur sa chaise. Randy scrutait Swami en fronçant les sourcils, comme s'il se demandait si elle plaisantait. Ce n'était pas le cas et Sam le savait. Pete se contenta de hocher la tête presque imperceptiblement. Il arborait une expression semblant signifier, Je te l'avais bien dit.

Chip était sur le point de parler quand un rugissement sonore retentit derrière eux. Ils se retournèrent et virent un énorme bus vert s'immobiliser en oscillant. De la poussière tourbillonnait dans l'éclat des phares avant braqués sur le feu. Sam mit sa main en visière sur son front.

— C'est quoi, ce bordel ? dit Chip.

La portière s'ouvrit et une voix furieuse s'échappa de l'habitacle.

— Lequel d'entre vous a savonné mon raft, bande d'enfoirés ?

La silhouette de Duncan apparut dans l'entrée du bus, entourée de quelques-uns de ses guides.

— Éteins tes phares, cracha Chip, la main devant les yeux.

— Je vous repose la question. Qui a saboté mes descentes ?

Chip secoua la tête et marmonna quelque chose.

— Pardon ? demanda Duncan.

Chip se mit debout.

— C'est moi. Maintenant, toi et tes potes tout juste sortis du lycée n'avez plus qu'à aller voir ailleurs si j'y suis.

Duncan approcha son visage de celui de Chip, un geste incongru, comme si un enfant bombait le torse devant un taureau. Randy se leva. Pete observait la scène d'un air menaçant. Moon poussa Dell et Darren en direction de leur mère.

— Du calme, Duncan, dit Chip. Savonner les bateaux fait partie de l'expérience. Rends-moi la pareille, si tu veux. Je sais que tu n'es pas guide depuis très longtemps.

Sam se tourna vers Swami. Elle le dévisagea d'un air atterré. Savonner des rafts ? semblait-elle dire. Vraiment, Sam ?

Une lueur traversa les yeux de Duncan. Il fouilla la pénombre du regard.

— Y a une dénommée Swami parmi vous ?

Sam se raidit. Il sentit ses poils se dresser sur ses bras.

— C'est moi, dit Swami.

Elle jeta un rapide coup d'œil sur Chip et les guides. Sam l'observa un long moment. Elle se détourna de lui, DeeDee serrée contre sa poitrine.

— J'ai eu votre message. (Duncan contempla la grange et le terrain avec un rictus mauvais.) Je dois d'abord en discuter avec mon oncle, mais je vous rappelle bientôt.

— À quel sujet ? demanda Chip.

Duncan recula lentement, les bras grands ouverts. Il avait le dessus et il le savait.

— Pas la peine de te la ramener sur ce qui fait un bon guide, Chip. Bientôt, je serai le seul en ville.

Il tapa dans la main d'un de ses guides et fit demi-tour. À cet instant, un des types d'X-treme eut le culot de faire une croix avec ses avant-bras.

— Pitié, gémit Randy.

— Ne me tourne pas le dos, Duncan. Je t'ai posé une question.

Chip était en colère à présent. Duncan continua d'avancer. Chip le rattrapa et posa la main sur son épaule. Duncan fit volte-face, le poussant de toutes ses forces. Le colosse ne s'en émut guère, à la différence de ses amis.

— Hors de question, lâcha Randy.

Il fit un pas en avant et son poing fusa dans l'éclat du feu, pareil à un fouet. *Boum!* Le coup atterrit sur l'œil de Duncan, qui s'écroula dans la poussière. Ensuite, tout explosa en même temps. Deux guides d'X-treme se ruèrent sur Randy. Au début, ils se montrèrent timorés, jusqu'à ce que Randy riposte. Chip courut vers eux et un guide d'X-treme bondit sur son dos. Pete se leva et contourna le foyer. Moon cria à tout le monde de se calmer. Lorsqu'elle se fit bousculer par un homme qui visait Pete, elle prit son élan et lui assena un coup de pied dans le dos, le faisant basculer dans l'herbe. Dans l'œil du cyclone, Chip balançait ses bras épais comme des troncs pendant que l'homme accroché à son dos essayait de l'étouffer.

Sam chercha ses enfants du regard et vit Swami les enfermer dans le pick-up de Randy. À cet instant, un coup le cueillit en pleine mâchoire. Il frappa son assaillant et l'assomma avant de s'attaquer aux deux types qui ceinturaient Randy. Un coude entra en contact avec son nez et il s'écroula près du feu. Un éclair de douleur aveuglant déchira sa vision. Un flot de sang jaillit de son nez, s'accumulant en une petite flaque luisante dans le creux de sa main. Il releva la tête et cligna les paupières à temps pour voir Pete attraper un brandon et l'agiter en l'air, les doigts protégés par un épais gant en cuir.

Pete criait et ricanait, sans chercher à blesser quiconque, se contentant de faire du bruit d'un air hostile. Il secoua le brandon à quelques centimètres du visage d'un guide d'X-treme à terre. Sitôt que Duncan se redressa, Chip le cogna de nouveau.

L'homme juché sur son dos brandit une bouteille de bière. Il allait l'abattre sur le crâne de Chip quand une détonation retentit dans la nuit. Les hommes se figèrent dans l'herbe poussiéreuse. Pete lâcha le brandon et leva les mains.

— Stop !

Swami avait parlé sur un ton aussi sec et sonore que la déflagration. La carabine à levier qu'elle tenait à la main fumait encore. Le boîtier de culasse luisait dans le clair de lune. Tout le monde semblait effrayé, Swami comprise.

Personne ne pipa mot. Ils aspiraient de l'air. Chacun des guides avait reçu au moins un coup et en général, les bagarres n'allaient pas plus loin que ça. Au-delà, les échauffourées avaient tendance à se réduire à une lutte peu enthousiaste entrecoupée d'insultes. La confrontation était terminée.

Swami en imposait, éclairée par le feu et les phares ; elle haleta dans la lumière des flammes et abaissa l'arme luisante. Sam vit Dell et Darren qui l'observaient par la fenêtre arrière du pick-up. Darren tenait DeeDee dans ses bras.

— Où est-ce que tu as trouvé cette carabine ? demanda Sam, les doigts maculés de sang.

— Dans mon pick-up, répondit Randy sur un ton neutre.

Il palpa sa bouche meurtrie, puis son sourcil. Swami semblait encore plus formidable que Chip. Elle les regarda, ils la regardèrent et, le temps qu'elle reprenne son souffle, personne ne sut ce qui allait suivre. Elle posa la carabine sur le banc près du foyer.

— Foutez le camp.

Duncan et ses guides se relevèrent. Duncan dut être escorté jusqu'au bus. Il avait deux yeux au beurre noir, un cadeau de Chip et Randy.

La portière se referma et Swami attendit que le véhicule disparaisse au pied de la colline. Randy récupéra sa carabine et la déchargea.

— Moon, j'ai besoin que tu me déposes au camping. J'aurais déjà pris le pick-up de Randy si j'avais les clés.

Moon acquiesça et se dirigea vers la Jeep, effleurant l'épaule de Randy au passage.

— Ça va ?

Randy hocha la tête et lui emboîta le pas. Pete était déjà parti. Seuls Chip et Sam demeuraient immobiles.

— Sam, dorénavant, tu logeras chez Chip. (Swami peinait à maîtriser sa voix.) Ou dans la grange, je m'en fiche. Mais tu ne mettras plus les pieds au camping.

Sam ne la contredit pas. Il appuya son T-shirt contre son nez sans répondre. L'instant était comme nu. Sa vie lui semblait couverte de honte, brisée en mille morceaux. Et dire que son fils et sa fille avaient tout vu depuis le pick-up de Randy.

— Swami, demanda Chip d'une voix altérée. Que voulait dire Duncan quand il a évoqué ton message ?

Swami faillit exploser à nouveau. Elle fit un pas en avant.

— Ne me parle même pas. C'est clair ? siffla-t-elle entre ses dents, les yeux pleins de larmes.

Elle contempla les chaises renversées au sol, les braises rougeoyantes éparpillées dans l'herbe. Chip se tut.

— Les invités arrivent dans sept heures, dit Swami. Je veux que tout le monde soit à pied d'œuvre dès six heures. Sinon, Woodchuck n'existera plus. C'est clair ?

Sam comprit que, désormais, Woodchuck appartenait à sa femme. Les guides. La grange. Les rafts. Les pins et les étoiles. Plus personne ne douterait de sa détermination à transformer Woodchuck et vendre l'entreprise. Sam hocha la tête, ravalant un goût de sang à l'arrière de sa gorge.

Swami alla chercher les enfants. Une minute plus tard, la Jeep les emportait à Governor's Park. Randy les suivit dans l'allée et bifurqua vers la maison de sa mère. Chip boita jusqu'aux deux chaises longues, les redressa et les déposa près du feu. Sam et Chip s'installèrent côte à côte.

— Ça va ?

Le nez de Sam ne saignait plus.

— Non.

Chip l'observa, les yeux pleins de sollicitude. Sur le point de parler, il se ravisa et poussa un profond soupir. Il contempla les flammes en rapprochant ses pieds du feu, puis il plongea les mains dans son poncho. Les braises crépitaient et rougeoyaient. Sam et Chip restèrent ainsi un très long moment, un oncle et son neveu, le regard rivé sur les flammes et le ciel du nord, illuminé par les étoiles.

JUIN

7

Il bruinait depuis plusieurs jours. Swami inspira, les deux pieds fermement plantés sur la berge. Elle leva les bras et se courba en direction des pins. Puis elle étira ses membres pareils à des branches, l'haleine aussi dense que la brume sur la rivière. Enfin, elle prit une profonde inspiration et se pencha en avant, les paumes sur le tapis moelleux d'aiguilles. Les brindilles humides lui collaient à la peau, formant un treillage couleur rouille. Elle sourit à DeeDee, qui mâchonnait une girafe en peluche sous le parapluie de son siège-auto. *Inspirez.* Swami releva le torse. *Expirez.* Elle se plia au niveau des hanches. Il s'agissait d'un nouveau rituel matinal auquel elle s'adonnait avec ses invités. Le seul moment dans la journée où elle parvenait vraiment à se détendre.

— Bien, dit Moon. Maintenant, expirez avec force. Ha ! Comme un ours qui souffle. Lâchez tout et préparez-vous à exécuter une dernière posture de l'arbre.

Swami ferma les yeux et souffla comme un ours. Quinze autres souffles s'élevèrent autour d'elle. Certains manquaient d'enthousiasme. Ceux de Chip étaient pleins, profonds et venteux. Swami ouvrit les yeux et le vit se redresser, aussi droit qu'un totem, les paumes pressées l'une contre l'autre devant le sternum. Il replia sa jambe massive comme s'il repliait une aile, laissant reposer son pied contre son autre cuisse. De part et d'autre du colosse, les invités oscillaient, en équilibre instable.

— Inspirez les pins. Expirez les pins. Soyez les pins.

Deux adolescentes se regardèrent en gloussant. Leur père esquissa un sourire amusé, les yeux clos. Leur mère braqua un œil sur Moon, rompant sa posture le temps de chasser un moustique. À ses côtés, Randy bougonna et remua pour éviter de tomber.

Ces sessions de yoga pré-descente n'étaient pas du goût de tous, Swami en avait bien conscience. Néanmoins, elles allaient dans le sens des améliorations souhaitées. Désormais, les journées à Woodchuck démarraient avec une posture de l'arbre près du bosquet de pins sous les derniers rapides. Une fois le cours terminé, la moitié des guides remontaient les trois kilomètres de berge qui les séparaient des premiers rapides avec les invités pendant que les autres acheminaient une file de rafts sur les eaux lisses, longeant les falaises jusqu'au point d'embarquement à Sand Portage. Durant la randonnée, les invités bavardaient et nageaient dans le chenal, bercés par le courant, une manière de profiter des berges en amont comme en aval. Moon les encourageait à se baigner dans la forêt, à toucher l'écorce des arbres, à saisir des poignées de terre, à s'arrêter le temps de goûter une feuille de menthe sauvage.

— Swami, avait protesté Chip la première fois qu'elle avait exposé son nouveau plan. On n'organise pas les descentes comme ça. Personne n'organise ses descentes comme ça.

— Exactement.

— Les gens viennent ici pour camper, boire et faire du rafting, pas pour “se recentrer”. (Chip avait grimacé.) Sans vouloir t’offenser, Moon.

— La plupart des gens ignorent pourquoi ils sont là. Il y a le rafting, d’accord, mais la région a d’autres choses à offrir. Pour le moment, Woodchuck n’a rien d’autre à offrir que des gilets de sauvetage moisis et un trajet en van terrifiant. C’est le chaos. Je ne veux plus de chaos, Chip.

Ils avaient déjà perçu l’implacabilité de Swami, sa discipline de fer, à sa manière d’arpenter le plancher immaculé de la grange, une liste d’éléments d’action à la main : peindre, nettoyer, tondre, désherber, vaporiser, dormir, se lever, manger. À mesure que le temps se réchauffait, cependant, toutes ces tâches étaient de plus en plus compliquées à caser dans l’emploi du temps. Des descentes étaient programmées presque chaque jour de la semaine. La plupart étaient de courte durée, mais Chip s’était constitué une base de clients conséquente, Woodchuck n’ayant connu aucune concurrence pendant plusieurs années. Pour l’instant, seul un tiers de la façade de la grange était bleu, et elle était encore surplombée par le vieux panneau écaillé figurant le fameux rongeur.

— Si ça ne te plaît pas, avait-elle ajouté, tu n’as qu’à postuler chez Duncan.

Chip avait expiré et l’avait regardée. Puis il avait regardé autour de lui, cette version tellement plus propre de Woodchuck. Enfin, il avait acquiescé.

— D’accord, Swami. D’accord.

Elle avait été surprise qu’il ne se plaigne pas à nouveau. Soulagée. Elle avait besoin que les guides soient de son côté, Chip en particulier. Quelques nuits plus tôt, Duncan était venu la voir à Governor's Park. Il avait déboulé sur son emplacement en faisant rugir le moteur de sa Mustang vert vif, les dérangeant en plein dîner. Prenant sur elle, Swami l'avait invité dans le camping-car et proposé de lui vendre Woodchuck pendant qu'une casserole d'*ema datshi* préparé par Moon mijotait sur la gazinière. Duncan l'avait écoutée en secouant la tête, puis il avait passé la main dans ses cheveux. Ses yeux étaient encore cerclés d'anneaux violacés.

— Je suis venu vous dire que mon oncle et moi n'étions pas intéressés. Sans vouloir vous vexer, Swami, pourquoi on s'encombrerait d'un rival voué à disparaître ? Vous achèteriez Woodchuck, à ma place ?

Swami n'avait rien répondu. Duncan était reparti dans sa Mustang et elle avait laissé retomber les lattes des stores aux fenêtres du Brave.

Après cette conversation, elle avait augmenté la paie des guides de cinq dollars, à condition qu'ils arrêtent de râler pendant les cours de yoga. L'augmentation avait beau être trop élevée, à la fin, cela importait peu. Duncan avait raison. Cette saison, ce serait tout ou rien. Swami avait eu une longue discussion avec Chip. Ensemble, ils avaient passé les comptes en revue. Soit elle améliorait suffisamment leurs services pour conserver le jamboree, soit les scouts faisaient affaire avec Duncan, auquel cas, c'en était fini de Woodchuck. Elle avait entrepris de contacter les chefs de troupe, se servant des numéros que Chip avait griffonnés à la main dans des vieux carnets.

Moon faisait du zèle. Swami avait dû lui demander, gentiment mais fermement, de ne pas bénir le front des clients avec son cristal. Une fois, entre deux salutations au soleil, elle avait ouvert les yeux et vu Moon se tenir beaucoup trop près d'un couple de Waukesha vêtu de shorts en jean avant de tracer un cercle dans l'air avec son cristal rose. La femme avait passé le reste de la journée à la fusiller du regard. Son mari aussi avait observé Moon alors qu'elle gravissait la piste devant lui, ses foulées fluides, ses longues jambes tatouées. Il était incapable de détacher ses yeux de cette femme d'un genre nouveau, jamais croisé auparavant.

— Je peux au moins leur demander s'ils en ont envie ? avait demandé Moon.

— Hors de question.

— Et nos actions contre NorthSky ? Je peux convier les invités à la fête des River Keepers* ?

Swami avait fini par céder. L'événement organisé par Moon projetait un certain sens de l'ordre, une conscience environnementale.

— D'accord.

La surprise la plus inattendue était venue de Chip. Après une première semaine à imiter gauchement le souffle de l'ours pendant que Dell gloussait à ses côtés, les matinées où elle accompagnait Swami, Chip s'était mis à apprécier les étirements matinaux. Il soufflait et se penchait, et Dell soufflait et se penchait avec lui, un ours énorme et un ours minuscule. Chaque jour, Chip s'améliorait. En l'espace d'une poignée de semaines, il avait appris à se mouvoir comme la rivière, ses pieds pareils à des pierres dans ses sandales. Après les sessions, il accompagnait les invités en amont avec Moon et leur montrait les rapides, détaillant les courants avec de grands gestes des bras, suscitant des rires

* Gardiens de la rivière.

avec ses anecdotes. Swami appréciait sa bonne volonté, même s'il demeurait un peu brut. Un jour, après une descente, elle l'avait trouvé derrière la grange, en pleine posture du guerrier, un joint humide entre les lèvres. Certaines choses étaient non négociables, et l'herbe de Chip en faisait partie. Depuis près de quarante ans, l'homme était défoncé de l'aube au crépuscule. Le priver de son herbe reviendrait à priver un ours en cage de son Valium.

— C'est bio. Comme tes biscuits salés. Je la fais pousser moi-même. (De la fumée avait dégouliné le long de sa grosse barbe rousse ; il parlait en retenant son souffle.) Tu devrais tirer une taffe, Swami. Ça te ferait du bien.

Il avait recraché une pleine bouffée de fumée bleue et âcre.

— Va derrière le bus, s'il te plaît. Les invités ne vont pas tarder.

Elle s'était éloignée avant qu'il détecte son sourire.

— J'aime bien oncle Chips, avait déclaré Dell un matin. Il est gros et drôle.

Elle sautait à cloche-pied sur les traces de pneu humides qui striaient l'herbe épaisse.

— C'est vrai qu'il est drôle, avait répondu Swami.

— Papa va encore passer la journée sur l'eau ?

Elle avait acquiescé. Ces derniers temps, elle envoyait Sam partout où elle n'était pas. Si elle faisait du yoga avec Dell, Sam gonflait les rafts en amont. Si elle randonnait avec les invités, Sam surveillait les enfants dans la grange. Il dormait chez Chip et, à vrai dire, il ne lui manquait pas. C'était agréable, d'échapper à la tension qui régnait entre eux. Les thérapeutes de couple qu'ils avaient consultés les avaient encouragés à affronter les problèmes. Essayez de les régler au plus vite, disaient-ils. Attendre ne fera qu'aggraver la situation. L'un d'eux avait employé une analogie, expliquant que cela revenait à désherber son jardin. Néanmoins, Swami appréciait de pouvoir prendre une pause et ignorer les mauvaises herbes un moment. Leur seul vrai contact avait lieu lorsqu'elle grimpait sur la falaise pour regarder défiler les rafts. Elle-même ne naviguait pas. Elle gérait les embarcations. Elle les comptait, ainsi que l'argent qu'elles rapportaient, moins les dettes. Au sommet du promontoire, elle croisait les bras dans la brise fraîche qui s'élevait de l'eau. Parfois, Sam levait les yeux en franchissant un méandre. D'autres, non. Sitôt qu'il disparaissait, Swami se sentait en paix à nouveau.

— Dernière posture, dit Moon. Levez les bras et appuyez vos paumes l'une contre l'autre. Plus haut, plus haut, vous êtes des arbres magnifiques ! Bravo !

Les adolescentes pouffèrent. Leur père ouvrit les yeux et regarda Moon. Elle étirait le torse, son T-shirt humide plaqué sur la poitrine.

— Plus haut. (Elle haleta avec enthousiasme.) Maintenez une seconde et relâchez lentement. Débarrassez-vous de la tension. Bravo tout le monde !

Elle tapa dans ses mains. Chip et Dell applaudirent. Sa B.A. accomplie, Randy partit chercher les pagaies dans le van. Vêtus de shorts et de hauts de maillot, les invités se redressèrent en clignant des yeux, surpris qu'une session matinale de yoga dans un bosquet de pins humide puisse leur faire autant de bien.

Le nouveau portable de Swami bipa dans son sac alors qu'elle regagnait le van avec Dell. Près de la rivière, la réception était mauvaise. Les collines gênaient le signal, mais Swami avait commandé un portable à Green Bay, histoire d'être en mesure d'accepter le plus de réservations possible. Pas question qu'un client potentiel se rabatte sur X-treme parce qu'il ne parvenait pas à la joindre. Le numéro de sa mère s'afficha à l'écran et Swami remarqua qu'elle avait raté un appel de Birdy. Le paillis serait livré ce matin. Elle rangea le téléphone dans son sac et reprit sa route, Dell sur les talons. La peinture de la grange avait été temporairement suspendue à cause de la pluie. Swami avait dû rediriger ses efforts ailleurs. Randy l'avait aidée à monter un mur de rétention à l'endroit où elle avait arraché les broussailles. Elle avait planté des herbes robustes et des échinacées devant la grange, ainsi qu'une haie de thuyas pour guider les visiteurs du parking à la réception. Aménager un espace d'attente avec des tables et des parasols était la prochaine étape sur sa liste.

Elle posa le siège-auto de DeeDee dans le van pendant que Dell s'installait aux côtés de sa petite sœur. L'habitacle sentait le renfermé. Swami décida d'ajouter "nettoyer van – Randy ou Sam" à sa liste. Tout à l'heure, avec les enfants, elle étalerait le paillis sur les parterres d'échinacées. Ensuite, les filles pourraient faire la sieste. Swami rappellerait sa mère au moment d'aller chercher Darren, qui était occupé à trier les casques et les gilets de sauvetage dans la grange. Ensemble, ils retourneraient à la rivière pour observer les rafts depuis le promontoire. Ils auraient le temps de faire trempette dans le lac avant le dîner. Swami s'installa derrière le volant et attendit que Randy termine de distribuer les casques et les pagaies.

Dans le rétroviseur, elle regarda Dell et DeeDee sur la banquette arrière, puis le petit groupe d'invités qui ajustaient leurs casques et empoignaient leurs pagaies. Sam était loin, très loin de son esprit. Pas une seule fois elle n'aurait à penser à lui. La journée était planifiée.

— Les arbres qu'elle a plantés en jettent, lança Chip par-dessus son épaule alors qu'il s'engageait sur la route.

Sam avait délaissé son vélo et rentrait avec son oncle, les bras serrés autour de son torse épais et odorant. Ce soir, ils embaumaient tous les deux le liquide vaisselle au citron. Ils avaient passé les deux dernières heures à nettoyer l'intérieur du van. La moquette semblable à une vieille peau de bête était jonchée de chips, de taches, de mégots et de bretzels. Derrière le siège passager, une sorte de mousse orange vif avait poussé. Sam avait esquissé une grimace de dégoût. Ils s'y étaient attaqués avec des brosses. Des seaux d'eau savonneuse. Ensuite, ils avaient aspiré la bouillie marronnasse et citronnée, jetant l'eau dans les buissons. Enfin, ils avaient garé le van devant un gros ventilateur, toutes portières ouvertes. Swami était rentrée au camping avec les enfants sans adresser un au revoir à Sam. Elle était simplement partie, empruntant le pick-up de Randy pour éviter la bruine.

— Ouais.

Sam se retourna pour contempler la grange, avec son nouveau mur de soutènement, son paillis noir et sa rangée de jeunes cèdres.

— Ils ont l'air d'avoir coûté cher.

Chip sembla hésiter avant d'incliner de nouveau la tête en arrière.

— J'ai un truc important à te demander.

— Vas-y.

— Je t'en parlerai à la ferme. J'ai quelque chose à te montrer d'abord.

Chip tourna l'accélérateur et le petit deux-roues bondit en avant. Ils roulèrent pendant vingt minutes, bercés par le ronronnement du moteur, le parfum des cèdres dans la brume, les routes sinueuses et le ciel gris au-dessus des pins sombres. Tandis que la moto glissait sur l'asphalte, Sam pensa à sa famille, ainsi qu'il le faisait lorsqu'il acheminait les rafts en aval, leur fond raclant sur les bancs de sable rocailleux. Les enfants dormaient-ils correctement ? De quoi discutaient-ils au petit déjeuner ? Swami leur parlait-elle de lui ? Il ignorait quoi faire, sinon attendre que la situation s'arrange, d'une manière ou d'une autre. Il ressassait sans arrêt, jusqu'à se retrouver complètement drainé. Swami tenait toutes les cartes.

Chip habitait dans une cabane marron posée sur une péninsule de dix hectares. Un portail rouge séparait la route de l'allée gravillonnée. Un terrain dont Chip avait hérité, une vieille parcelle inondable transmise sur plusieurs générations. Deux poteaux desséchés en cèdre se dressaient encore sur le bas-côté. Des traces subsistaient aux endroits où, jadis, était suspendu le panneau qui accueillait Sam enfant, quand il venait voir son oncle avec sa mère. Des bois de cerf verts et des lettres noires sur un fond blanc : BIENVENUE À LA FERME AUX CERFS DE CHIP ET MARY. VENEZ RENCONTRER OLD MOSSY. La propriété comprenait une clairière, des feuillus et une bande de terre marécageuse près de l'allée. Parfois, la rivière y creusait un ruisseau saisonnier qui traversait le goulet du bras mort. Un espace entre le portail et un rocher permettait à Chip de se faufiler avec la moto sans avoir à mettre pied à terre. Seuls les guides et une poignée d'intimes connaissaient la combinaison du verrou. Par-delà un virage se profilaient le hangar à machines et la cabane. La bâtisse entourée d'une grande véranda affaissée offrait une vue sur l'enclos des cerfs. Le champ était ceint par une clôture élevée et doté d'une mare en son centre. Les cerfs broutaient et somnolaient. En ce début de juin, les mâles avaient encore leurs velours, un détail qui, pour une raison que Sam ignorait, lui évoquait plus les rennes que les cerfs. Alors il songeait aux fêtes de Noël, à sa femme et à ses enfants. Il aimait regarder Old Mossy II, le doyen du troupeau, dormir au soleil. Parfois, ses bois imposants tressaillaient pendant qu'il dormait, la mare scintillante derrière lui.

Chip gara sa moto dans un des boxes de la remise surmontée d'un toit en tôle. Il coupa le moteur et soupira. Se frotta le visage et la barbe.

— Je suis trempé.

Sam s'était abrité derrière son oncle pendant la majorité du trajet, évitant le gros des gouttes.

— Désolé de t'embêter, mon pote, mais tu te sens capable de travailler une heure de plus ? J'aimerais enterrer les poissons avant la pluie.

Debout près de la moto, Sam s'essuya le visage avec son T-shirt. Il sentait encore le citron et la moquette souillée du van.

— Pas de problème.

— Merci. (Chip marcha en direction des congélateurs qui ronronnaient derrière la remise.) À mon avis, deux ou trois bacs suffiront.

Chip montra les grands bacs de rangement près des congélateurs, puis il ouvrit une porte au fond de la remise qui donnait sur une serre où il faisait pousser sa nourriture, entre autres. La première fois que Chip lui avait montré la structure en arceaux, il faisait beau, et Sam avait eu l'impression de pénétrer dans un jardin secret. Le potager était impeccablement tenu, contrairement au reste de la propriété. Le soleil filtrait à travers la bâche opaque. Le sol soigneusement ratissé traçait des allées entre les parcelles surélevées. Sept tuyaux d'arrosage reliés au même robinet permettaient d'arroser la totalité des plantations. Chip avait de la laitue, des tomates, des courges, des petits pois sur des treillis, des rangées buissonnantes de haricots et du maïs doux qu'il pollinisait à la main, sans oublier sa précieuse marijuana. Sam l'avait sentie sitôt qu'il avait posé le pied dans la serre.

— J'arrive à avoir deux saisons de plantations, avait expliqué Chip. Entre chaque parcelle, je fais tourner des tas de compost. Ils servent de chauffage. Les jours les plus froids, ils fument. C'est vraiment pas mal. Les parcelles sont en jachère deux mois, entre le Nouvel An et mars.

Chip était fier du système qu'il avait développé au fil des ans, s'assurant une réserve permanente d'herbe et de conserves.

Il ouvrit le premier congélateur, qu'il appelait le congélo à poissons, parce que celui-ci était plein de poissons morts. Puis il saisit un des bacs et se mit à le charger de poissons congelés. Si deux carpes étaient collées l'une à l'autre, il utilisait un gros tournevis pour les séparer. Chip avait raconté à Sam qu'une ou deux fois par an, après les pluies, les poissons se retrouvaient pris au piège dans un bassin peu profond près de la buse. Ils nageaient dans l'herbe haute et, lorsque l'eau refluait, ils s'échouaient au soleil. D'aussi loin que Chip se souvenait, sa famille avait ramassé ces poissons. Comme les Égyptiens sur les rives du Nil, avait-il précisé, un détail glané dans un livre. Ils se servaient des poissons pour se nourrir et fertiliser les cultures. Chaque fois qu'un déluge s'abattait, Chip pataugeait dans l'eau pour empaler les carpes encore vivantes. Il les découpait en filets épais destinés au fumoir et en donnait quelques-unes à la mère de Randy en échange de sa compote de pommes et de ses friands de venaison congelée. Les carpes déjà mortes étaient réservées aux plantations, à moins d'être stockées dans le congélo si suffisamment de poissons avaient déjà été enterrés.

Chip remplit deux bacs qu'ils traînèrent jusqu'à la serre odorante. L'atmosphère chaude et humide était réconfortante après la journée pluvieuse sur la rivière. Sam s'agenouilla près d'une des parcelles vides et plongea ses doigts dans le terreau meuble. Il avait déjà aidé Chip à accomplir cette corvée, si bien qu'ils travaillaient en silence, creusant une petite tranchée avec les mains pour y enterrer une carpe congelée avant de passer à la suivante. Sam déposa un poisson dans sa tombe. Son œil vitreux était couvert de givre. À l'extrémité de la rangée, Chip tassait le terreau avec force grognements.

Sam pensait encore à ses enfants. Et à Swami, aussi. Il s'attaqua à une nouvelle tranchée et prit conscience que, si ses enfants lui manquaient, il pouvait se passer de sa femme. Il se sentit alors traversé d'une bouffée de culpabilité. Il savait que Swami était censée lui manquer. Pourtant ce n'était pas le cas. Leur vie ensemble était devenue si tendue, ses regards atterrés si intenses et fréquents, que la culpabilité de Sam était teintée de soulagement. Comme s'il avait été libéré d'un fardeau. Un fardeau qu'il devrait porter à nouveau, mais pour le moment, ses épaules étaient délestées du poids de l'insatisfaction constante de sa femme.

— Chip.

Pour toute réponse, son oncle grogna.

— Qu'est-ce qui s'est passé entre tante Mary et toi ?

Chip se figea un instant, puis il se remit à creuser, déposant une carpe congelée dans le terreau.

— Elle est partie. Elle ne voulait plus de moi. Elle ne voulait plus de cette vie.

Il gesticula en direction de la serre, de la cabane, de la rivière.

— Mais elle l'aimait, cette vie, à une époque, non ?

Chip s'immobilisa.

— À une époque. (Il regarda fixement Sam.) Ça ne signifie pas que Swami va te quitter, si c'est ce que tu penses. C'est à cause de l'argent ?

Sam opina. Il avait tenu Chip au courant de son licenciement.

— Mais pas que. Il y a beaucoup de choses qui ne fonctionnent plus entre nous.

— Problèmes d'érection ? demanda Chip à voix basse.

Sam éclata de rire.

— Non. Swami est juste en colère. Depuis longtemps.

Chip hocha la tête.

— Avec Mary et moi, le problème, c'était qu'on pouvait pas avoir d'enfants. Ensuite, ça a été l'argent et après, c'était les deux à la fois. J'étais heureux de faire du rafting et de vivre ici, et elle aussi, pendant un temps. Puis elle a voulu des enfants. Et on pouvait pas en avoir. Puis elle a commencé à dire que, de toute façon, on était trop fauchés pour élever des enfants. (Chip s'écarta de la parcelle, frotta ses mains et les contempla.) Alors j'ai ouvert la ferme aux cerfs. Des familles payaient pour venir les voir. Un peu d'argent en plus. Mais ce n'était toujours pas assez. Je n'étais pas assez. Ni la rivière ni rien.

Il secoua la tête. À la manière dont Chip regarda au loin, grimaçant sous l'effet d'une réminiscence, Sam comprit qu'il ne disait pas tout.

— Désolée de te rappeler des mauvais souvenirs. Je voulais juste des conseils.

Chip prit une profonde inspiration, puis il expira en gonflant les joues.

— Si je pense à quelque chose, je te préviendrai. Je ne suis pas vraiment un expert en la matière. (Il souffla par le nez et arbora une expression narquoise.) T'as qu'à amener ta femme ici, lui faire enterrer des poissons morts, lui montrer la véranda. Dès qu'elle aura vu ce qu'elle rate, elle te tombera dans les bras.

Sam s'autorisa un sourire.

— Moi, j'aime bien ta propriété, dit-il.

— Moi aussi.

Ils se remirent à creuser en silence et allèrent chercher un dernier bac de poissons. Une fois qu'ils eurent terminé, Chip se rinça avec un tuyau et s'approcha de ses plantes préférées. Il frotta plusieurs têtes entre ses doigts, leur souriant avec tendresse. Les têtes les plus mûres ressemblaient à de petits animaux poilus recouverts d'un duvet argenté ou orangé. Chip leur adressait des encouragements – "T'es belle, toi; Continue comme ça; Oh là là" – tandis qu'il passait les doigts entre leurs feuilles. En retour, elles exhalaient leur fragrance âcre.

Sam se lava les mains et s'assit sur un seau retourné. Chip continua d'inspecter ses plantes, cueillant une feuille ici et là, palpant les têtes, triturant la terre riche autour des racines. Sam sentit la culpabilité s'abattre à nouveau sur lui : il était assis dans une serre tiède au lieu de se trouver dans le camping-car avec sa famille. Il était sale et fatigué, mais serein aussi, et cette sérénité lui faisait le plus grand bien. Il voulait arrêter depuis si longtemps. Avant, il était un enseignant compétent. Il se donnait du mal en cours, s'efforçant d'intéresser ses élèves à la céramique alors qu'eux ne s'intéressaient qu'aux ragots. Et voilà que le lycée aussi se désintéressait de la céramique. Sam n'avait jamais couru après l'argent. Il courait après le reste. Il avait choisi les arts plastiques parce que les arts plastiques l'apaisaient. Il avait choisi l'enseignement pour avoir de grandes vacances. Il avait choisi Swami parce qu'à une époque elle courait après les mêmes choses que lui. Swami lui faisait l'effet d'une ombre rafraîchissante. Un jour, dans un journal oublié sur une table de la salle des profs, Sam avait lu un article où un homme prétendait que la présence de sa femme faisait littéralement baisser sa pression sanguine. Une infirmière avait confirmé ses dires. Sam avait reçu l'information comme un coup de poing en pleine figure. À l'époque, Swami avait déjà commencé à s'aigrir, et l'idée de trouver sa compagnie réconfortante était devenue un concept étranger. Sam ne savait plus quoi faire.

— Le truc dont je voulais te parler, dit soudain Chip.

Sam ne répondit pas tout de suite. Il était à deux doigts de s'endormir. Dehors, le crépuscule était tombé. Il avait oublié la question importante de son oncle.

— C'est une histoire d'argent. Plus d'argent que toi ou tante Mary en avez jamais vu.

Sam se redressa. Chip se tourna vers lui, inquiet.

— Mais ce n'est pas juste une histoire d'argent. Suis-moi, je vais te montrer quelque chose.

Dans la remise, Chip prit une grosse lampe torche et tendit son imper à Sam. Puis il se dirigea vers le champ, longeant la clôture en direction des bois. Sam lui emboîta le pas. L'herbe haute était mouillée. Lorsque Chip balaya le champ avec son faisceau, les yeux des cerfs qui broutaient étincelèrent, pareils à des diamants. Chip braqua la lampe torche sur le sol et continua de marcher.

— Qu'est-ce qui se passe ? demanda Sam.

— J'ai reçu une lettre. Et on m'a laissé deux messages cette semaine. J'ai pas encore répondu. C'est NorthSky, la nouvelle compagnie minière. Ils veulent acheter la péninsule.

— T'es sérieux ?

Chip hocha vigoureusement la tête.

— Qu'est-ce que tu vas faire ?

— J'en sais rien. En fait, cette terre est spéciale et les gens de NorthSky ne sont pas les seuls à vouloir l'acheter. Tu verras.

Il s'enfonça dans les broussailles humides à la lisière de la forêt, enjamba un arbre mort et repoussa quelques branches basses.

— Attention où tu mets les pieds.

Sam avança, évitant un rameau mouillé. Il découvrait les bois de Chip pour la première fois. L'allée se trouvait à l'entrée de la péninsule. La cabane et la clairière occupaient son centre. Derrière, dans les bois, le terrain grimpait jusqu'à la partie la plus large de la péninsule. La forêt se clairsemait entre d'énormes chênes. Chip parcourut une centaine de mètres, s'arrêta et orienta son faisceau entre les troncs imposants. Sur le sol tapissé de feuilles mouillées, les fougères et les arbrisseaux cherchaient à se frayer un chemin vers la lumière. À certains endroits, des espèces d'amas rocheux affleuraient. Sam et Chip étaient sur une colline qui deviendrait une île un jour.

Chip haletait, fatigué par la marche. Sam attendit qu'il reprenne son souffle.

— Tertres indiens, articula Chip.

Sam étudia les affleurements de plus près. Il s'était trompé. Les amas rocheux étaient des tertres funéraires. Chip les éclaira tour à tour avec sa lampe. Sam en dénombra trois.

— Il y en a deux autres derrière la montée, là où coule la rivière. (Chip parlait à voix basse.) Des tertres menominee. Une fois, Pete m'a accompagné ici avec un de ses anciens. Ce jour-là, j'ai vraiment appris à le connaître. C'était juste un ado du coin, à l'époque. Mary était encore là. Le vieux type a dit que sa tribu avait vendu ces terres, ainsi que la majorité du nord-est du Wisconsin, au gouvernement américain dans les années 1850. Ensuite, les autorités ont voulu les chasser vers l'ouest, dans le Minnesota. Les Iroquois avaient déjà atterri ici après avoir fui l'est. Mon arrière-grand-père, ton arrière-arrière-grand-père, a acheté ce terrain quand Thunderwater a été établie quelques années plus tard. Les colons ne savaient même pas que le nom indien de la ville n'était pas menominee. Il était iroquois.

Sam ignorait quoi répondre. Il regarda les monticules sombres et silencieux, les arbres centenaires. Il avait l'impression qu'il devait s'exprimer à voix basse, comme son oncle.

— Qu'est-ce que tu vas faire ?

Chip essuya les gouttes sur sa barbe et secoua la tête.

— Les Menominee n'ont jamais été dans le Minnesota. Et les traités qu'ils ont signés sont contestés depuis deux cents ans. La tribu nous a fait une offre. Mary a refusé. Trente-deux mille dollars. C'était il y a une quinzaine d'années.

— Donc tu n'as pas vendu.

— Pour être franc, je suis soulagé qu'ils ne nous aient pas proposé plus. Cette petite bande de terre est le seul foyer que j'aie jamais connu. C'est mon espace sacré, à moi aussi. Quand j'étais enfant, je venais m'asseoir ici. J'ai échangé mon premier baiser ici. Juste là, en fait. (Chip éclaira la base d'un grand chêne.) Jenny Welston.

— Et NorthSky ? Ils te proposent combien ?

— Cinq cent quatre-vingt mille.

Sam se mit à tousser. Chip attendit que la crise passe.

— Peut-être plus, quand ils auront effectué tous leurs tests. (Il secoua sa grosse tête.) À mon avis, y a un filon super lucratif sous nos pieds. Drôle de surprise.

— T'en as parlé à quelqu'un ?

— Juste toi. Ne dis rien à Moon. Elle se démène pour la fête des River Keepers, qui se tiendra chez la mère de Randy. Mieux vaut n'en parler à personne, d'ailleurs. Je ne sais pas quoi faire. C'est une sacrée somme.

Chip regarda son neveu, puis il reporta son attention sur la forêt. Sam et son oncle contemplèrent les arbres noirs ensemble. Sam imagina toutes les personnes qui avaient parcouru ces bois, les considérant comme leur foyer. La chaleur de la marche s'était dissipée et il avait froid.

— Je me souviens d'un conseil que m'a donné mon grand-père quand Mary et moi envisagions de nous marier, dit Chip. “La seule chose à faire, c’est de l’aimer. Rien de plus.”

— La seule chose à faire, c’est de l’aimer, répéta Sam.

Chip acquiesça.

— Mais comment l’aimer si elle est tout le temps en colère, bordel ?

— C’est justement le secret, répondit Chip. Tu dois l’aimer même quand elle s’arrête de t’aimer en retour. Moi, je n’ai pas su comment. Mon grand-père ne me l’a jamais précisé.

Sam opina, le regard perdu au loin. Un hibou gigantesque glissa silencieusement entre les branches et disparut dans les ombres par-delà le faisceau de la lampe torche.

— Bon, lâcha Chip quelques instants plus tard.

Sans ajouter un mot, il se retourna et mit cap sur la cabane. Sam lui emboîta le pas, emmitouflé dans son imper, impatient que la marche le réchauffe.

8

Le gravier avait été livré à l'aube, un rare jour de soleil. Aucune descente n'était prévue. Dans l'allée, Birdy montrait à ses deux employés adolescents comment étaler les gravillons. Swami adorait les bips émis par le petit camion benne suivis du raclement des râteaux métalliques. Du travail était en train d'être abattu. Elle salua Birdy avant de s'engouffrer dans la grange. DeeDee s'agitait et sa couche sale débordait sur son body à rayures jaunes. Par ailleurs, Swami attendait un appel des scouts. Et Moon serait bientôt là. La fête des River Keepers avait lieu aujourd'hui. Swami lui avait promis de venir tôt pour l'aider à tout préparer.

DeeDee remua de nouveau et Swami commença à la déshabiller alors qu'elle pénétrait dans la pénombre fraîche de la grange. À l'intérieur, Dell et Darren triaient les casques, c'était du moins ce qu'ils étaient censés faire. En réalité, ils riaient aux éclats en se donnant des coups de tête, coiffés de casques jaunes trop grands pour eux, se tournant autour comme de jeunes béliers.

— Darren et Dell, j'ai besoin que les casques soient triés avant l'arrivée de Moon. On ne va pas tarder à partir.

Darren ne l'entendit pas, ou bien il feignit de ne pas l'entendre. Du bout du pied, il gratta le béton poussiéreux et chargea sa petite sœur. Leurs fronts s'entrechoquèrent. Dell tomba à la renverse et se mit à pleurer. DeeDee se débattit et du caca jaune suinta de sa couche, coulant sur le bras de Swami.

— Darren ! cria-t-elle. Aide Dell à se relever ! Excuse-toi tout de suite !

Darren regarda sa mère comme s'il prenait tout juste conscience de sa présence. Ses épaules s'affaissèrent.

— D'accord.

Dell pleura de plus belle.

— Tout de suite ! répéta Swami.

À présent, DeeDee aussi sanglotait. Swami l'allongea sur une serviette de plage et entreprit de la nettoyer. Le carton de couches qu'elle rangeait sous la table était vide et DeeDee battait les jambes, nue comme un ver. Elle avait peu de patience lorsqu'on la changeait. Jusqu'ici, c'était son trait de caractère le plus développé.

— Darren, va chercher une couche dans le placard, s'il te plaît.

Occupé à hisser Dell debout, il lâcha les mains de sa sœur et courut jusqu'au placard. Dell redoubla de pleurs, galvanisée par la colère.

— Tiens, maman, dit Darren d'une voix exagérément douce.

— Darren, chuchota Swami. (Elle essuyait les fesses de DeeDee, qui repoussait ses mains à coups de pied.) Va relever ta sœur, s'il te plaît.

— Mais tu m'as demandé de prendre une couche.

Swami n'avait plus la patience de chuchoter.

— Darren ! lâcha-t-elle avec suffisamment de force pour que le visage de son fils se renfrogne et s'empourpre.

Il s'approcha de sa sœur d'un pas lourd et l'aida à se redresser.

Le téléphone sonna. Swami s'empressa d'enfiler la couche de DeeDee. Elle jeta le body souillé sur les marches en bois dans le coin et s'essuya le bras avec une lingette. Elle avait besoin que l'appel se déroule sans accroc. Elle avait besoin de rédiger un chèque pour Birdy. Elle avait besoin que Darren et sa sœur trient les casques et elle avait besoin que DeeDee fasse une sieste. Elle cala le bébé sur son épaule.

— Darren, Dell ? Je suis désolée d'avoir crié. Maman doit répondre, c'est un coup de fil très important. Vous pouvez allumer le ventilateur ? Il fait humide ici. Merci. (Elle tapota le dos de DeeDee.) Là, là, tout va bien.

Swami prit une profonde inspiration. *Tout va bien.* Elle avait tellement envie d'y croire. Au moment où elle décrocha le vieux combiné, un souvenir auquel elle n'avait pas pensé depuis longtemps lui revint en mémoire. Elle devait avoir neuf ou dix ans, la Californie était de l'histoire ancienne, et elle avait été réveillée par ses parents qui se disputaient au sujet de la voiture, une Buick rouillée au volant dépareillé. Sa mère devait se rendre au supermarché et le journal local avait appelé son père à la dernière minute pour qu'il couvre un match de hockey. Quand son père avait pris la voiture, le silence s'était abattu dans l'appartement. Les pieds nus, Swami avait gagné la cuisine et découvert sa mère qui sanglotait discrètement, dos à elle, les paumes appuyées sur le comptoir, vêtue d'une de ses jolies robes de chambre à la ceinture élimée. Soudain, elle avait abattu son poing sur le plateau et le combiné du téléphone beige avait dégringolé, pendouillant au bout de son cordon. Pour la première fois de sa vie, Swami s'était sentie obligée d'être une source de réconfort. Et pour la première fois de sa vie, elle avait compris à quel point elle pouvait être efficace. Ce jour-là, elle avait spontanément rangé sa chambre avant de s'attaquer au salon et, quand elle avait proposé à sa mère de faire la vaisselle, elle l'avait vue se détendre ostensiblement. Swami s'était sentie exaltée par sa capacité d'action. Alors elle l'avait développée, elle l'avait affinée, elle se l'était appropriée. Cette même année, sa mère s'était lancée dans l'immobilier.

— Woodchuck Rafting. (Swami sourit.) Oui ! Ravie de vous entendre. Merci de me rappeler. Je voulais discuter du jamboree cette année… Pardon ? (Elle marqua une pause.) Tout à fait.

Darren et Dell recommencèrent à se disputer à propos des casques. Darren n'était pas disposé à se montrer conciliant et Dell refusait de se laisser faire. Swami braqua un doigt menaçant sur eux.

— Attendez, excusez-moi, vous pouvez répéter s'il vous plaît ? D'après ce que j'ai compris, vous réservez chez nous tous les ans.

De la glace s'immisça dans ses veines. *Pitié, pas une annulation de plus.* Plusieurs chefs de troupe avaient déjà rappelé pour annoncer qu'ils allaient, “tester la concurrence, cette année”. Ils avaient beau se montrer polis, ils se désistaient les uns après les autres. Néanmoins, Swami avait convaincu une troupe de Green Bay tout juste formée de venir début juillet pour une descente gratuite. Seuls les chefs étaient conviés et il était crucial que l'expédition soit un succès. Elle continua de sourire tout en berçant sa fille.

— Puis-je vous demander quels tarifs ils pratiquent ? Je suis sûre qu'on peut faire mieux. Par ailleurs, nous offrons des descentes gratuites aux chefs qui viennent découvrir nos services en éclaireurs. (Elle appuya sur le jeu de mots, élargissant son sourire forcé.) On est les meilleurs sur l'eau, chez Woodchuck. Pardon ?

De l'autre côté de la fenêtre, Birdy et son équipe retouchaient les bordures de l'allée. Une action qui semblait futile à présent, presque pathétique. Ils avaient encore perdu des clients.

— Nous n'avons pas de tyroliennes, non. (Swami ne souriait plus.) Merci d'avoir appelé. Peut-être à l'année prochaine, oui.

Elle raccrocha le combiné avec douceur, ainsi que l'avait fait sa mère toutes ces années plus tôt. Puis elle appuya son front contre le poteau en bois et ferma les yeux. Le jamboree lui filait entre les doigts. Même si elle parvenait à impressionner la troupe de Green Bay, leur réservation suffirait à peine à les maintenir hors de l'eau. Duncan avait raison. Woodchuck était condamné. Le ventilateur en métal ronronnait derrière les gilets de sauvetage humides, charriant une odeur de moisi. Dell et Darren criaient de plus en plus fort. Swami choisit de ne pas intervenir. DeeDee lui attrapa le nez et Swami la souleva, contemplant ses yeux bleus, qui renfermaient toute l'immensité du cosmos. DeeDee gazouilla.

— Tout va bien, mon bébé, murmura Swami, absorbée par ces yeux magnifiques. Tout va bien.

— OK ! s'exclama Birdy. Le gravier est étalé !

Il franchit le seuil de la grange, échappant à la lumière trop vive au-dehors, et s'essuya le front avec un mouchoir pendant que les adolescents chahutaient près du pick-up rouge. La Jeep de Moon bifurqua dans l'allée et les garçons s'immobilisèrent pour la regarder passer.

— Les buissons et le paillis font leur petit effet. Vous vous êtes bien débrouillée, Swami. Salut les enfants !

— Birdy !

Dell courut vers le vieil homme, se rappelant les sucettes qu'il avait toujours sur lui.

— C'est Grandpa Birdy, ma puce.

Il rangea son mouchoir dans sa poche arrière et sortit deux sucettes de sa salopette. Puis il reporta son attention sur Swami. Son expression devait refléter ce qu'elle ressentait, parce qu'il fronça légèrement les sourcils.

— Vous tenez le coup ?

— On essaie.

Il eut un hochement de tête compatissant.

— La première année d'une entreprise est souvent difficile, dit-il. *Livin' on a prayer**, comme dirait Bon Jovi. Faut s'accrocher à ce qu'on a.

Il jeta un œil sur les enfants, qui triaient les casques avec un enthousiasme renouvelé, maintenant qu'ils avaient une sucette à la bouche. Swami éclata de rire.

— Vous connaissez Bon Jovi ?

Elle sortit un chéquier et un stylo de la caisse.

— Quatorze petits-enfants et deux arrière-petits-enfants. Il y en a deux dehors. De bons garçons. Je les laisse choisir la station de radio quand on travaille. Bon Jovi, c'est pas ce qu'il y a de pire, mais je préfère largement Dwight Yoakam, question nouveautés. Lui, il sait vraiment chanter.

* Se raccrocher à une prière.

Swami sourit et ouvrit le chéquier avec sa main libre.

— Trois cent soixante-quinze ?

— Trois cent cinquante. Le boulot a été vite fait et le soleil brille.

— Merci, Birdy.

Moon apparut dans l'embrasure.

— Les nouveaux aménagements sont formidables ! (Elle se tourna vers Birdy.) Bonjour, je m'appelle Moon.

Birdy parut momentanément décontenancé par le prénom, les nattes et les tatouages. Un instant plus tard, il haussait les épaules.

— Birdy.

Il sourit et secoua la tête. Il était le genre d'homme sur qui tout glissait, pensa Swami. À l'évidence, il avait assez vécu pour ne plus se laisser surprendre, tout au moins ne se laissait-il pas désarçonner par les surprises. Dell et Darren terminèrent de trier les casques. Moon s'occupa de DeeDee pendant que Swami remplissait le chèque.

— Vous savez… (Birdy fourra ses mains dans ses poches.) Un jour, j'ai vu un clown de rodéo à la fête foraine du comté. Il était habillé comme un matador espagnol. Chaque fois que les taureaux chargeaient, il faisait un pas de côté et hurlait, “Olé” !

Birdy saisit le chèque et se fendit d'un pas chassé maladroit dans sa salopette trop ample, agitant le chèque en l'air tel un matador.

— Il faut faire pareil avec la vie. Olé ! Et toujours garder un fusil à pompe à portée de main, bien sûr.

Dell l'observait, hilare.

— Sage conseil, acquiesça Swami. Merci encore, Birdy.

— J'en ai d'autres. Deux, pour être précis. D'abord, si vous avez besoin d'un échafaudage pour la grange, j'en ai un à vous prêter. Les garçons viendront vous l'installer. Ils manquent de corvées, cette semaine. Vous avancerez plus vite qu'avec des échelles, pas vrai ?

— D'accord. Mais je tiens à vous payer.

Birdy remua la main, comme s'il chassait une mouche invisible.

— Il prend la poussière depuis des années. La prochaine fois qu'on sera dans le coin, on passera vous le déposer. Par ailleurs, vous me devez encore une partie de bowling. Toute la famille joue, même mes arrière-petits-enfants. Vos gamins vont adorer. Vous allez adorer. Moon, vous êtes aussi la bienvenue. On y va tous les samedis, chez Rita.

Il hocha la tête, comme si l'affaire était entendue.

— C'est très tentant, dit Moon. Vous n'avez qu'à venir à ma fête des River Keepers, ce soir.

Elle sortit une invitation figurant l'adresse de Randy de sa poche arrière. Depuis deux semaines, elle les distribuait chaque fois qu'une occasion se présentait.

— Quelle fête ? (Birdy approcha la carte de son visage et plissa les yeux.) Je connais cette adresse.

— La fête des River Keepers. Je veux sensibiliser le public aux dommages environnementaux que risque d'occasionner NorthSky. Une réunion à la mairie est prévue la semaine prochaine. J'aimerais que les habitants connaissent les réalités du projet avant d'y participer.

— C'est chez Debbie, non ? demanda Birdy.

Moon opina.

— Quelle sacrée cuisinière. Elle me donnait un friand chaque fois que je lui livrais des briques. Elle m'achète pas mal de munitions, aussi.

— Il y aura des friands, ce soir.

— J'adorerais venir, mais je ne peux pas. J'ai déjà prévu de dîner chez ma fille. Merci pour l'invitation. (Il lui rendit le carton.) Ravi de vous rencontrer, Moon. Swami. Les enfants.

— Au revoir, Birdy, dit Dell, sa sucette coincée dans la joue.

Darren lui fit écho et Birdy les salua de la main tandis qu'il sortait dans le soleil. Moon prit une profonde inspiration. Expira.

— Prête pour la fête ? demanda Swami.

Ces derniers jours, Moon avait passé une grande partie de son temps penchée sur des piles des rapports en provenance du bureau du cadastre du comté. Chaque semaine, elle se rendait à la bibliothèque municipale pour imprimer des tracts.

— Je suis nerveuse. (DeeDee lui tapota la joue.) Oui, oui, oui, dit-elle au bébé. Je suis nerveuse.

— Ne sois pas nerveuse, dit Swami. On te soutient tous. Et Randy est fou de toi.

Moon réprima un sourire.

— Eh bien.

Swami lui adressa un regard encourageant et prit DeeDee dans ses bras.

— On y va.

Elles fermèrent la grange et grimpèrent dans le van, qui était assez grand pour accueillir tout le monde, contrairement à la Jeep. Swami acceptait que ses enfants montent dedans, maintenant qu'il avait été nettoyé. L'après-midi était si chaud qu'elles roulaient toutes vitres baissées. Dell et DeeDee s'endormirent presque immédiatement, leur tête dodelinant dans leurs sièges-auto. Quant à Darren, il avait faim, mais il se méfiait des friands.

— C'est quoi, exactement ? demanda-t-il.

— Tu vas adorer. (Moon se retourna sur son siège.) Tu as déjà mangé une calzone ?

Darren hocha la tête.

— C'est une calzone des Northwoods. Une pâte feuilletée remplie de viande et de patates. À tremper dans de la sauce ou du ketchup. Avant, les gens qui travaillaient dans les mines de cuivre les emportaient sous terre pour le repas. Ceux de Debbie sont les meilleurs à cent kilomètres à la ronde.

— Tu te rappelles à quel point l'*ema datshi* de Moon était délicieux ? demanda Swami.

— Ouais. (Darren replongea le nez dans ses comics.) Ce sera peut-être pas mal avec du ketchup.

Ils parcoururent une vingtaine de kilomètres en silence sur la route étroite et sinueuse.

— À propos de Debbie…

Moon avait parlé à voix basse, afin que Swami soit la seule à l'entendre. Elle hocha la tête.

— Quoi ?

— Je suis vraiment surprise qu'elle m'ait laissée organiser une fête chez elle. (Moon hésita.) Elle peut se montrer un peu bizarre avec les inconnus.

— Bizarre ?

Moon secoua la tête.

— Je ferais peut-être mieux de me taire. Debbie est la femme la plus cool que je connaisse. Autosuffisante, loyale, un peu comme Randy. Profondément gentille. Authentique. Mais elle est très attachée à ses proches, et ça peut mettre les autres mal à l'aise. Elle est protectrice.

Swami attendit qu'elle poursuive.

— Ce que je veux dire, c'est qu'elle est la femme la plus généreuse que j'aie rencontrée, mais aussi la plus redoutable si elle se sent menacée. Pas touche à sa famille, tu comprends ? Un peu comme tout le monde, surtout dans le coin. Pas touche à la famille. Elle n'a que Randy, mais il m'a raconté des anecdotes sur elle, à l'époque où il était au lycée. C'est le prochain virage, là-bas.

Swami bifurqua, s'efforçant d'accueillir ces informations avec un esprit ouvert et positif. Bordée de vieux pâturages d'un côté et de feuillus verdoyants de l'autre, la route splendide traversait un paysage vallonné. Des lys de Colombie aux tiges vert vif poussaient le long des fossés, projetant des grappes de bourgeons vers le ciel.

— Regarde, elle a fabriqué une pancarte ! s'exclama Moon.

Une allée gravillonnée rejoignait la route. À l'entrée, une pancarte adossée à un érable indiquait : MOON'S RIVER PARTY.

— C'est adorable, dit Swami.

Elle était heureuse que son amie si stressée bénéficie d'un tel soutien et soulagée de voir une preuve que Debbie pouvait se montrer chaleureuse. Elle s'engagea dans l'allée à l'extrémité de laquelle se trouvait un portail à bétail noir ouvert arborant un panneau ENTRÉE INTERDITE. Une épaisse rangée de pins avait été plantée pour obstruer la vue depuis la route. Swami traversa le bosquet au ralenti. Des planches peintes à la main étaient clouées aux troncs : DEMI-TOUR. ATTENTION AU CHIEN. ATTENTION AU PROPRIÉTAIRE. Moon laissa échapper un rire nerveux.

— Pour repousser les ados, expliqua-t-elle.

L'allée virait abruptement à droite et s'enfonçait entre les pins. Swami ravala un cri. Un épouvantail coiffé d'un masque de cochon était suspendu à un arbre. Elle écrasa la pédale du frein. L'épouvantail tenait un carré en carton avec une cible criblée de trous.

— C'est quoi, maman ?

— Oh non, j'avais demandé à Randy de le rentrer pour la journée, murmura Moon.

— Mais c'est quoi ? répéta Darren.

Dans le rétroviseur, Swami vit Darren scruter l'épouvantail, bouche bée. Dieu merci, Dell dormait encore. Swami accéléra, dépassant la silhouette terrifiante. L'allée n'était pas assez large pour faire demi-tour. Si elle voulait partir, elle devait continuer d'avancer. Et elle voulait partir. Pourquoi Moon avait-elle choisi d'organiser une fête ici ? La propriété de Woodchuck était tellement plus accueillante. Une pensée que Swami n'avait pas imaginé avoir un jour.

Après le virage suivant, les pins s'ouvrirent sur une clairière au centre de laquelle reposaient un mobile home vert menthe et une grange fraîchement repeinte abritant un pick-up vert avec un plateau en bois. La pelouse était bien tondue. Des parterres de fleurs poussaient près d'une terrasse en bois carrée et d'un grand potager entouré d'une clôture neuve. De jeunes légumes émergeaient des rangées soigneusement alignées. Des balles de foin étaient disposées en cercle à l'ombre d'un arbre imposant. Une balançoire était accrochée à l'une de ses branches. Une odeur délicieuse flotta jusqu'à eux. Randy poussa la porte du mobile home et bondit sur l'allée impeccable, une paire de cisailles à la main.

— Bonjour ! (Lorsqu'il se pencha à la fenêtre de Moon et qu'il vit l'expression de Swami, il montra les cisailles et sourit.) Je vais retirer certaines des décorations de Ma'.

— Les invités sont arrivés ? demanda Moon.

Randy inclina la tête.

— Vous avez deux heures d'avance, non ? Pas d'invités pour le moment. La fête va être super, Moon. C'est juste la première étape. Entrez, j'arrive tout de suite.

Randy s'éloigna au pas de course. À la vue des fleurs, de la petite maison bien tenue et de Randy, Swami se sentit quelque peu rassurée. Elle avança de quelques mètres et gara le van, veillant à garder les pneus sur l'allée. La dernière chose qu'elle voulait, c'était offenser la propriétaire des lieux. Ou sa pelouse. Ou sa famille.

Une petite femme trapue sortit sur le porche. Le visage rayonnant, elle les salua en agitant une spatule avant même qu'ils ne mettent pied à terre.

— Hé, Moony ! lança-t-elle.

Sa voix rauque était amicale et elle portait un tablier à motifs de pommes. Ses longs cheveux châtains parsemés de mèches blanches étaient rassemblés en une queue-de-cheval. Des colliers de perles colorées pendaient à son cou sur une robe d'été ample aux couleurs pastel. Elle posa les mains sur ses hanches puissantes.

— Salut, Debbie.

Moon la rejoignit pendant que Swami prenait Dell, encore somnolente, dans ses bras. Moon et la femme s'enlacèrent.

— Moon, j'ai bu la moitié d'une bière parce que je suis stressée, mais les friands sont dans le four et j'ai préparé des cookies, aussi. J'ai demandé à Randy de mettre les balles de foin près de l'arbre, mais il peut les déplacer, si tu préfères.

— Non, tout est parfait. Vraiment. Je ne sais pas comment te remercier.

— Débarrasse-moi de mon fils. (Elle tapota le bras de Moon.) Vous avez tellement de points communs.

Swami avança, flanquée d'un Darren curieux et d'une Dell encore engourdie. DeeDee s'était rendormie dans son écharpe. Darren observait la grange, où deux vaches et quelques cochons buvaient à une auge chacun leur tour. Plus loin, un petit tracteur rouge était garé devant une parcelle de ce qui ressemblait à des choux, une constellation de nuages verts sur la colline.

— Vous devez être Swami ? demanda la femme.

Swami acquiesça.

— Ravie de vous rencontrer. Appelez-moi Debbie. La famille de Chip est aussi la mienne, voilà comment je vois les choses.

Elle étreignit Swami de côté, afin de ne pas déranger le bébé.

— Merci de nous recevoir, dit Swami.

— Mon Dieu, quelle beauté, s'exclama Debbie lorsqu'elle vit DeeDee les yeux clos, la bouche entrouverte.

Swami sourit et la positionna de sorte que Debbie puisse le regarder de plus près.

— Et qui sont ces enfants ? Vous aimez les friands ?

— Voici Darren et sa petite sœur Dell.

— J'ai trois ans, dit Dell.

— Alors tu auras droit à au moins trois cookies, dit Debbie.

Elle serra la main de Darren, secouant son bras minuscule. Elle avait des bras épais de fermier.

— Heureuse de faire votre connaissance, jeune homme.

Darren sourit.

— J'ai jamais goûté à un friand.

Debbie se redressa.

— Tu vas être impressionné, jeune homme. (Sa sincérité n'était pas feinte.) Entrez, entrez. J'ai préparé du café. Il y a du jus de fruit pour les enfants. Pensez juste à retirer vos chaussures.

Elle fit demi-tour, son corps oscillant à chaque pas. Elle se déplaçait avec un boitillement qu'elle semblait ne pas remarquer.

L'intérieur immaculé ne ressemblait en rien à un mobile home. Swami se rappelait les appartements minables de sa jeunesse, la moquette qui se décollait, les placards de mauvaise facture, le bruit des murs et des planchers creux. Rien ici ne lui évoquait cela. La cuisine toute en longueur était pourvue de placards faits main, d'une gazinière à six brûleurs et de plans de travail épais. Des poêles et des casseroles en fonte de tailles variées étaient suspendues à des râteliers métalliques. Dans le petit salon adjacent se trouvaient un meuble TV en bois, un canapé en cuir et deux vieux sièges inclinables avec des courtepointes drapées sur le dossier. Des cactus décoraient le rebord de la fenêtre. Et l'odeur qui flottait dans l'air était irrésistible. Des plateaux en verre étaient chargés de friands dorés à point. Debbie sortit deux fournées de cookies du four. Elle demanda à Moon d'émincer du chou vert et violet pour la salade et chargea Swami de remplir les bacs à glaçons et de disposer les verres. Les enfants s'installèrent sur des chaises en bois autour d'une petite table ronde et Debbie leur servit du jus de fruit.

— Lui, c'est Mike, dit Debbie lorsqu'elle vit Swami regarder la photo d'un homme en uniforme à côté d'un drapeau américain plié et encadré. Le père de Randy. Mon homme.

Il y avait un portrait de mariage, aussi. Un homme aux cheveux longs en costume marron riait aux éclats, une femme splendide vêtue d'une robe blanche dans les bras. Sur la photo, la jeune Debbie était hilare, la tête rejetée en arrière. Elle retenait une couronne de fleurs sur sa tête, ses longs cheveux châtains cascadant vers le sol. Sur la photo militaire, les cheveux longs du père de Randy avaient disparu, cependant il souriait encore. Venait ensuite le drapeau plié dans un étui vitré. Trois autres photos montraient une femme seule avec un bébé, puis un bambin, puis un adolescent. Randy. Debbie déposa une assiette fumante de cookies au chocolat devant les enfants.

— Ils sont trop chauds pour qu'on les mange tout de suite, expliqua-t-elle à Dell. Mais vous pourrez vous servir dans quelques minutes.

Elle ne demanda pas l'autorisation à Swami, qui ne s'en trouva pas le moins du monde dérangée. Après tout, ils étaient chez Debbie, sur son terrain, dans sa cuisine. L'endroit avait beau être accueillant, Swami avait la sensation de n'être qu'une figurante dans cette soirée.

Sitôt que les cookies eurent refroidi, les enfants en mangèrent chacun un. Debbie prépara sa salade de choux dans de grands bols en fer-blanc et leur raconta l'histoire de sa maison en éminçant une carotte. Le terrain appartenait à son père. Mike et elle y avaient garé le mobile home avant le Vietnam. Ils avaient l'intention de construire une maison. Au fil des ans, Randy et elle avaient entièrement rénové le mobile home, l'électricité, le sous-sol, tout.

— Il y a des clous de quinze centimètres dans ces murs, dit-elle. La maison est aussi solide qu'une cabane en rondins. Les impôts sont persuadés qu'il s'agit d'un simple mobile home. Et je ne laisserai jamais le gouvernement mettre les pieds ici, évidemment. Ils pourraient essayer, pourtant ils ne le font pas.

Elle souffla par le nez, rangea son couteau de chef et déposa plusieurs grosses poignées de chou dans un bol, ainsi qu'une poignée de carottes et une poignée d'oignons. Elle ajouta du sucre et du sel, les prélevant directement dans le sac. Puis elle versa deux sortes de vinaigre et de l'huile dans la préparation. Enfin, elle mélangea la salade, se lécha un doigt et hocha la tête. Elle se rinça les mains dans l'évier et les essuya sur son tablier.

— Chip vient d'arriver avec votre homme, Swami. (D'un geste du menton, elle montra la fenêtre en riant.) Chipper et sa moto. Vous savez qu'il a déjà conduit ce truc dans une tempête de neige ? Un vrai blizzard, et devinez qui je vois remonter l'allée dans trente centimètres de neige, la barbe complètement givrée ? Il avait besoin de choucroute. Il a traversé un blizzard pour un bocal de ma choucroute.

L'anecdote fit rire les enfants. Dehors, Randy discuta avec Chip et Sam, puis Chip contourna la maison et se gara près de la grange. Lorsqu'elle vit Sam s'esclaffer, Swami sentit sa mâchoire se crisper. Ce soir, ils allaient devoir partager le même espace, jouer au couple marié devant des inconnus le temps d'un dîner. Elle prit une profonde inspiration.

— Hors de question ! Pas cette fois, bande de vautours ! hurla soudain Debbie.

Elle retira son tablier à la hâte, le froissa en boule et le jeta sur le comptoir. Swami et les enfants sursautèrent. Moon se leva d'un seul coup.

— Qu'est-ce qui se passe ? Qu'est-ce qui ne va pas ?

Debbie ouvrit un étroit placard à balais et en sortit un fusil. Elle passa la bandoulière en cuir chargée de cartouches à son épaule, le genre d'accessoire que porterait un cow-boy. Les cartouches en laiton ressemblaient à des petites carottes. Swami recula sa chaise. Elle eut peur pour Sam tandis que Debbie traversait la cuisine.

— Des dindons ! cria Debbie. Ils picorent mes choux. Excusez-moi. (D'un geste brusque, elle ouvrit la porte.) Je ne voulais pas vous effrayer.

Swami resta près des enfants qui, debout sur leurs chaises, regardèrent Debbie filer dans le jardin en direction de la grange et des cochons. La vieille femme se déplaçait rapidement. Randy, Sam et Chip la suivirent des yeux. Sam paraissait aussi déconcerté que Swami.

Au coin de la grange, Debbie s'accroupit derrière le petit tracteur rouge et jeta un œil par-dessus une des grosses roues avant. Swami vit quatre dindons sauvages sortir des bois et se diriger vers les choux. Le premier se pencha, saisit un jeune plant avec le bec, le secoua et le laissa retomber.

Debbie enveloppa la bandoulière autour de son avant-bras et arma le fusil d'un seul et même mouvement fluide. Elle le laissa reposer sur le pneu et colla son œil au viseur.

Boum !

Un éclair jaillit du canon et une détonation retentit dans le champ. Des pigeons s'envolèrent. Le premier dindon s'effondra dans un nuage de plumes à côté du chou qu'il venait d'arracher. Les trois autres s'enfuirent.

— Waouh ! s'exclama Darren.

Dell se couvrit les oreilles. Swami la prit dans ses bras, la calant sur sa hanche pour qu'elle puisse enfouir le visage dans ses cheveux. Debbie arma le fusil à nouveau.

Boum !

Swami sursauta. Elle ressentit la déflagration jusque dans sa poitrine. Debbie abattit un second dindon entre les rangées. À ce stade, les deux survivants avaient accumulé assez de vitesse pour décoller. Ils glougloutèrent frénétiquement et s'envolèrent dans le bois. Debbie décolla en même temps qu'eux, rechargeant son fusil incroyablement sonore.

Elle contourna l'avant du tracteur et positionna l'arme sur les bras métalliques de la pelleteuse. Les dindons décrivirent un arc de cercle paresseux en l'air. Debbie suivit leurs mouvements du regard.

Boum !

Le dindon qui volait en tête tomba du ciel et atterrit dans le champ humide. Des plumes noires flottaient dans son sillage, la bale se séparant du grain. Le dernier dindon bifurqua, battit éperdument des ailes et s'enfonça entre les arbres dans un fracas de branches cassées.

Debbie se dressa de toute sa hauteur et contempla les champs.

Tous les regards étaient rivés sur elle. Randy jeta un coup d'œil timide sur le mobile home. Debbie éjecta les douilles, hocha la tête et rebroussa chemin. Elle adressa quelques mots à Randy en le dépassant.

La porte du mobile home s'ouvrit. Darren descendit de sa chaise. Swami prit conscience qu'elle retenait son souffle. Debbie rangea le fusil dans le placard, à côté d'un balai.

— Les dindons ! (Elle afficha un grand sourire.) Les dindons mangent nos choux, alors on mange les dindons.

Si Debbie remarqua leurs expressions étonnées, elle ne parut nullement s'en soucier. Swami était conquise, et un peu effrayée, aussi.

— Tu aimes les cookies, ma puce ?

Debbie sourit à Dell, qui hocha poliment la tête dans les bras de sa mère.

Une heure plus tard, tout était prêt. Le soleil de l'après-midi coulait derrière les arbres et les ombres s'allongeaient. Protégés par une feuille d'aluminium, les friands chauds attendaient sur une table de pique-nique à l'ombre de l'arbre gigantesque, près de la salade, des condiments et de quatre carafes en plastique couvertes de gouttes de condensation et remplies de citronnade glacée. La conférence de Moon était prévue à cinq heures. Il était cinq heures et quart et les balles de foin étaient presque toutes inoccupées, hormis les employés de Woodchuck et trois participants qui avaient remonté l'allée à moins le quart. Swami avait fait l'effort d'aller à leur rencontre et de les accueillir avec DeeDee, histoire de les réconforter après les panneaux auxquels ils avaient été confrontés dans l'allée. Ils avaient paru soulagés de la voir.

À présent, dans la cuisine, Moon se mordillait la lèvre, les yeux pleins de larmes.

— J'ai honte. Tout ce boulot, toute cette nourriture. Tu t'es donné tellement de mal et presque personne n'est venu. Je ne comprends pas.

— Nous, on est là. (Swami lui étreignit le bras.) Et la guide d'X-treme et le couple à la retraite.

Elle les regarda par la fenêtre. La jeune guide s'appelait Sally, une étudiante brune à l'expression féroce qui avait fait le trajet en Ford Fiesta. C'était elle que Swami avait aperçue à X-treme. Elle discutait avec les deux professeurs émérites qui avaient emménagé près de la rivière après une carrière à l'Université du Wisconsin. Assis sur une balle de foin, ils dégustaient des friands, concentrés sur la jeune guide qui gesticulait.

— À l'évidence, ils passent un bon moment, dit Swami. C'est un début prometteur.

Debbie tendit une feuille d'essuie-tout à Moon, qui la froissa en boule et s'essuya les yeux.

— Ma chérie, dit Debbie.

Quand Moon refusa de croiser son regard, elle lui prit doucement la main. Alors Moon leva les yeux.

— Ma grande. Ne t'inquiète pas pour les friands. Ils se congèlent très bien et j'aime cuisiner. Moon ?

Moon la regarda. Elle prit une profonde inspiration et se ressaisit.

— Tu n'as qu'à prononcer le discours prévu. (Tandis qu'elle parlait, Debbie se tint plus droite, et Moon se tint plus droite avec elle.) Va faire ton discours.

Moon acquiesça. Debbie et Swami sortirent dans le jardin, remplirent leurs assiettes et s'installèrent sous l'arbre. À deux balles de foin de Sam, Swami le salua d'un hochement de tête. Elle était soulagée que les enfants soient assis entre eux. Chip et Randy patientaient de l'autre côté de Sam. Pete était là aussi. À ses pieds, le gros husky haletait avec enthousiasme, la truffe pointée vers son maître, qui laissait tomber des miettes au sol.

— Bear est enceinte. (Pete semblait ravi.) Elle a plus d'appétit que d'habitude.

Près de la chienne, l'étudiante racontait ses vacances de Noël aux retraités, quelque chose à propos d'une manifestation contre un site de bûcheronnage en Californie du Nord à laquelle elle avait assisté avec une amie. Moon avait des alliés, même s'ils étaient peu nombreux.

Darren était concentré sur son assiette. Dell chassa ses cheveux blonds de ses yeux et avala une grosse gorgée de citronnade. Swami prit une bouchée de friand, puis une autre, plus conséquente, celle-là. Elle sourit. Le friand était excellent, une poche de pâte au beurre remplie d'épices, de patates fumantes et de venaison.

— Swami, dit Sam. Smitty, le garagiste, a enfin reçu les pièces pour le camping-car. Il passera la semaine prochaine pour commencer les réparations.

— Parfait, répondit Swami.

Son ton était si neutre, si froid. Elle ne pouvait pas s'en empêcher. En cet instant, Sam était autant un étranger à ses yeux que les inconnus sur les balles de foin.

— Je pourrais l'accompagner, si tu veux. Histoire de vérifier qu'il fait du bon boulot. Et j'ai pensé qu'une fois que le Brave roulerait à nouveau, je pourrais emmener les enfants chez Chip. Pour montrer les C-E-R-F-S à Dell.

— Cerfs, dit Darren, sans cesser de mastiquer.

— Où ça, Darren, où ça ? demanda Dell.

Swami secoua la tête.

— Sam, je ne veux pas que les enfants aillent là-bas.

Une phrase qu'elle prononça à voix basse, afin que Chip ne l'entende pas. Sam grimaça. Il était sur le point de parler quand Moon se fraya un chemin jusqu'au centre des balles.

Elle portait un chevalet et des feuilles cartonnées protégées par un drap. Randy se leva d'un bond pour l'aider à installer son matériel dans l'herbe.

Dès que Moon fut prête, Debbie exigea le silence. Swami était soulagée d'avoir quelque chose sur quoi se concentrer, une raison de ne pas regarder Sam.

— Merci d'être venus.

Moon avait retiré le drap du chevalet. Sur le premier carton, les mots RIVER KEEPERS étaient inscrits en lettres bleu vif au-dessus d'une photo de Piers Gorge, avec le sous-titre, DES CORPS POUR UN CORPS D'EAU.

Elle ramena une mèche derrière son oreille, un geste qui rappela Dell à Swami, si timide, si incroyablement courageuse.

— Pour être honnête, ainsi qu'en atteste le merveilleux festin de Debbie… (L'audience applaudit spontanément.) J'attendais un groupe d'au moins cinquante personnes. Il nous en faudrait cent. Mais ce soir, on va parler de ce qui est juste, parce que ce qui est juste vaut la peine d'être fait, et il suffit d'une poignée de personnes pour lancer un mouvement dédié à une cause louable. Je suis reconnaissante à chacun d'entre vous d'avoir choisi d'être là.

— Bravo ! lança l'étudiante.

Debbie la regarda en fronçant les sourcils. Swami regarda Sam en fronçant les sourcils. Qu'est-ce qui était juste, le concernant ? Il y avait ces enfants magnifiques, assis sur des balles de foin. Et il y avait leurs parents, qui échouaient dans leur mariage et qui échouaient à gagner leur vie. Swami sentit un nuage de solitude s'abattre sur elle. Et de frustration, aussi. Dans son esprit, tout s'effondrait, pourtant Sam continuait de bourdonner, s'enthousiasmant à propos de fermes aux cerfs, à l'agacer, à en réclamer toujours plus. Sam le moustique.

— Ce soir constitue une première étape, poursuivit Moon. La semaine prochaine, NorthSky va animer la première de deux réunions prévues à la mairie. La compagnie a installé son QG à la périphérie de la ville, près de la rivière, deux préfabriqués entourés d'un grillage.

Moon révéla le deuxième carton, une carte topographique de Thunderwater et de la région environnante. Elle évoqua les tractations de NorthSky avec l'État pour obtenir l'autorisation d'exploiter les berges et montra le terrain que, d'après ses recherches, la compagnie avait déjà acheté. Une portion de berge à la teinte orangée qui s'étirait de Thunderwater à la péninsule de Chip, en passant par la gorge. Chip posa son assiette dans l'herbe et se pencha en avant. Moon relata l'histoire des mines de soufre, précisant que, si NorthSky créait des emplois à court terme, ses activités auraient des conséquences à long terme.

— Payez maintenant ou payez plus tard, dit Pete, la bouche pleine de salade. Je l'ai toujours répété. C'est la nature humaine. La nature de l'homme blanc.

— Le prochain qui interrompra Moon aura droit à un coup de pied au cul, dit Debbie. Levez la main si vous avez quelque chose à dire.

— Désolé, Deb.

Debbie fit signe à Moon de reprendre. Le carton suivant figurait une photo de ce qui ressemblait à un énorme tas de gravats.

— C'est une digue de résidus miniers. Quand les mines exploitent les sols, elles prennent les métaux intéressants, le cuivre, le zinc, l'argent, et rejettent les résidus, des tas de gravats concassés qui représentent un danger important. Lorsque ces minéraux sont exposés à l'air libre, ils s'oxydent et acidifient l'eau. Si NorthSky s'installe à Thunderwater, elle générera des emplois pendant une dizaine d'années avant de passer à un autre endroit. Les digues qu'elle laissera derrière elle, en revanche, seront une source de pollution pendant plusieurs siècles.

Dell grimpa sur les genoux de Sam, qui ajusta sa position pour l'accueillir. Swami ne pouvait s'empêcher de comparer son mariage à une mine. Pleine de promesse au début. Puis ils avaient commencé à creuser et les sentiments qu'ils avaient remontés avaient tourné.

Sur le troisième carton, des poissons morts flottaient le ventre à l'air dans une rivière orange vif, entourés de riz sauvage fané.

— NorthSky va prétendre pouvoir stocker les résidus de manière sécurisée, mais les digues fuient, et une grosse pluie peut faire céder les barrages, comme c'est déjà arrivé sur presque chaque continent.

Lentement, elle fit défiler des photographies aériennes montrant des barrages rompus de par le monde : des rivières couleur rouille, des bateaux de pêche échoués, des arbres morts, un crocodile boursouflé, des engins rouillés. Tout le monde en eut l'appétit coupé. Swami visualisa les rapides de Piers Gorge, ses eaux d'un orange laiteux se précipitant vers le lac Michigan. À l'évidence, les autres avaient la même scène à l'esprit.

— À Thunderwater, il n'y a pas juste la rivière à protéger. Les berges que NorthSky souhaite exploiter regorgent de sites sacrés menominee, des tertres funéraires, un héritage ancien qui serait perdu à jamais.

Cette fois, Pete garda le silence, mais il hocha vigoureusement la tête, regardant Chip avant de reporter son attention sur Moon.

— Pendant les réunions, NorthSky va feindre d'être bienveillante, à taille humaine, une jeune compagnie impatiente de se lancer. Ses représentants assureront qu'ils respectent les traditions des autochtones et les sites historiques. Mais d'après mes recherches, NorthSky est une multinationale dotée d'investisseurs partout dans le monde. L'année dernière, elle a accumulé plus de deux milliards de dollars de bénéfices. Et elle a mauvaise réputation : pendant quarante ans, elle a exploité différents pays, louant et achetant des terres qu'elle abandonnait sitôt qu'elle ne pouvait plus rien en tirer.

La somme colossale citée poussa l'assemblée à dresser l'oreille. Même Swami se sentait concernée. Jusqu'ici, elle n'avait pas vraiment réfléchi à la position de Moon, qui était typiquement le genre de femme à trouver des maux à combattre, à distribuer des tracts maison dans un parking, à l'instar de l'étudiante, qui serrait la mâchoire à présent. En réalité, Moon était aussi naturelle que la rivière. Si la rivière courait un danger, bien sûr que Moon la défendrait. Toutefois NorthSky n'était pas un ennemi anodin. Aux expressions des personnes assises autour d'elle, Swami devina qu'elle n'était pas la seule à le penser. Moon s'attaquait à un géant avec une poignée de cartons, une corporation dont le budget excédait celui des pays qu'elle exploitait. Mal à l'aise, Debbie changea de position. Elle semblait un peu pâle.

— Seuls les habitants peuvent s'opposer aux compagnies comme NorthSky. J'ai trouvé au moins deux occurrences, dans le Minnesota et au Nouveau-Mexique, où les habitants sont sortis victorieux. Les prospections minières sont extrêmement complexes. Les compagnies ont besoin de l'appui d'investisseurs, de politiciens haut placés, du comté, des agences fédérales et locales. Si les citoyens font suffisamment de bruit, les négociations échouent. Mais quelqu'un doit leur barrer la route.

Moon replaça le premier carton sur le chevalet et prit une profonde inspiration.

— En avril, pour le Jour de la Terre, le vice-président Al Gore a déclaré que ce pays avait besoin de changement. Plus précisément, il a dit qu'on devait oublier "le faux choix entre économie et environnement". Je sais que Thunderwater a besoin d'emplois. Mais la ville n'a pas besoin d'emplois NorthSky.

À la mention d'Al Gore, Debbie soupira et frotta ses paumes sur sa robe en secouant légèrement la tête. Un amas de nuages vint bloquer le soleil couchant. Les yeux de Moon s'emplirent de larmes.

— J'ai longtemps cherché un endroit que je pouvais considérer comme un foyer, dit-elle d'une voix tremblante. Thunderwater est la ville qui s'en approche le plus. Ce coin est exceptionnel. Les falaises, les forêts, la rivière. C'est chez moi. Et les habitants sont ma famille. Et j'ai la ferme intention de chasser NorthSky.

Moon sourit et s'essuya les yeux.

— Je vais commencer à manifester la semaine prochaine, le jour de la réunion. Je me tiendrai devant la clôture neuve. Je vais prévenir les médias. Je manifesterai seule s'il le faut, mais j'espère que tout Thunderwater se ralliera à moi. Merci d'être venus et de m'avoir écoutée. Et merci pour le repas fantastique, Debbie.

Tout le monde applaudit. Le professeur émit un sifflement sonore, les deux doigts dans la bouche. Moon se fendit d'une petite révérence, le visage rayonnant. Debbie paraissait pétrifiée. L'étudiante leva la main et Moon l'invita à parler.

— Oui ! Je viendrai manifester avec vous.

— Moi aussi, Moon, renchérit Randy. (Pete le gratifia d'un sourire narquois qu'il choisit d'ignorer.) Quoi que tu fasses, je serai avec toi. Jusqu'au bout.

Tout le monde acquiesça et applaudit à nouveau. Moon les remercia et rassembla son matériel. Les invités débarrassèrent leurs assiettes en carton, ressassant ce qu'ils venaient de voir et d'entendre. Dell réclama un autre cookie. Debbie demeurait pétrifiée. Elle n'avait pas esquissé le moindre geste.

— Chérie ?

Le silence s'abattit sur la clairière.

— Oui ? répondit Moon.

Debbie regarda l'herbe et la clairière, puis elle se concentra sur Moon.

— Des milliards de dollars, c'est une sacrée somme.

Moon opina.

— Les personnes qui ont ce genre d'argent ont également beaucoup de pouvoir. Et Al Gore peut parler. Il a du pouvoir. Pour les gens comme nous, les habitants de Thunderwater, ce n'est pas la même chose.

Le ciel était presque complètement obstrué à présent. Une brise se leva entre les pins.

— Je ne veux pas que tu baisses les bras, Moon. Moi aussi, je me suis battue. Je suis fière de toi. Mais je veux que tu fasses attention. Le pouvoir est indissociable de certaines façons d'agir. Et les gens comme nous ont tendance à payer le prix fort.

Swami se rappela les photographies dans la cuisine de Debbie, sa vie avec son fils sur la ferme, à reconstruire sans jamais se plaindre, à préparer l'avenir, à se protéger derrière un rempart de pins.

— Bats-toi, ma belle. Mais fais attention, s'il te plaît. Faites tous attention. (Debbie se leva péniblement.) Bon. (Elle boita jusqu'à la table.) Je vais emballer les friands pour que vous les emportiez avec vous. Vous pouvez rester, mais vous n'avez pas le droit de partir sans friands.

Sur le trajet du retour, Moon se montra bavarde, enthousiaste, motivée. Swami négociait les virages bordés de pins avec précaution, balayant le paysage de ses phares. Dans le rétroviseur, elle vit Darren scruter l'obscurité bleutée, le regard doux et brillant. Alors qu'elle écoutait Moon, Swami remarqua que son fils aussi était attentif. Elle songea aux propos de Debbie sur le pouvoir et aux propos de Moon sur les tertres indiens le long des berges. Elle songea à Sam et à sa promesse de réparer le camping-car. Elle songea à la froideur qu'elle lui avait témoignée, aussi glacée que l'air qui s'échappait des vieilles grilles d'aération du van. Enfin, elle songea à Birdy, son "Olé" dans la grange.

Lorsqu'elle déposa Moon à son emplacement, la pluie se mit à tomber. Swami n'aurait su définir la sensation qui l'envahit quand elle regarda Moon gagner sa minuscule caravane au pas de course. Un mélange d'angoisse et d'appréhension. Elle se sentait trop proche des événements, trop impliquée dans des problèmes dont elle n'était pas sûre qu'ils la concernaient. Elle mit les enfants au lit et se pelotonna contre eux. Quel soulagement, de fermer la portière du camping-car, de remonter les couvertures épaisses et de laisser la pluie marteler le toit au-dehors. Dehors, pensa Swami, les paupières de plus en plus lourdes. Laisser la pluie dehors. Olé.

9

— DEBOUT mon grand, le petit déjeuner t'attend ! lança Chip.

Allongé sur son lit de camp dans la véranda, Sam ouvrit un œil. La lumière du jour était grise. La pluie était tombée toute la nuit. Il avait même entendu des coups de tonnerre. Sam avait froid. Dans l'air humide, il remonta son sac de couchage sous son menton et serra les paupières de toutes ses forces.

— À table ! insista son oncle.

Avec un frisson, Sam se força à rouvrir les yeux. Derrière la porte moustiquaire, il pouvait distinguer la cuisine. Chip était debout devant la cuisinière, vêtu d'un pantalon de combinaison sous-marine, d'un poncho en flanelle et de claquettes. Il fit glisser quelque chose dans une assiette. Une odeur délicieuse flottait dans l'air. Chaque fois que son tour venait, Chip préparait un de ses fameux petits déjeuners. Il fit tomber ce qui ressemblait à une saucisse par terre, se baissa et la ramassa sous l'évier. Puis il la rinça et la fourra dans sa bouche.

— Ouh là, chaud ! marmonna-t-il.

— Si on annulait les descentes ?

Sam se redressa, emmitouflé dans son sac de couchage. Le paysage au-dehors était morose et brumeux. Sam contempla le champ en grimaçant. Les cerfs étaient enveloppés dans le brouillard épais.

— Impossible, mon pote, répondit Chip sur un ton enjoué. On a un cours de yoga dans une heure et une grosse rivière glacée qui nous attend. On va avoir besoin de calories, ce matin.

Sam soupira, dézippa le sac de couchage au niveau de ses pieds et se dandina jusqu'à la table. Empêtré dans sa combinaison, Chip se dandinait aussi ; il déposa une assiette d'œufs, de saucisses et de petits pains devant Sam. Deux grands mugs de café, deux verres en plastique et un carton de jus d'orange attendaient déjà sur le plateau.

— Merci, dit Sam.

Chip grogna et fit disparaître ses œufs dans sa barbe. La veille, c'était Sam qui avait dû cuisiner. Il s'était contenté de décongeler des gaufres, qu'il avait servies avec du bacon.

— Je me disais…

Chip avala une gorgée de jus d'orange. Sam sirota son café.

— À propos de Swami et toi…

— Quoi ?

— Tu as besoin d'un coup d'éclat.

— Un quoi ?

— Un coup d'éclat. Pour la reconquérir. Comme dans les comédies romantiques.

Chip était parfaitement sérieux. Sam éclata de rire.

— Les comédies romantiques ?

— J'en loue une ou deux chaque Noël. Les DVD avec des acteurs en pull-over rouge et vert sur la couverture. C'est toujours la même histoire. Un type revient en ville, un vétéran ou quoi. Et là-bas, il y a une fille qui n'a pas de petit ami parce qu'elle est trop vieille et blasée. Ils commencent à s'apprécier, mais quelque chose de grave arrive et la fille se sent trahie, du coup le type fait un coup d'éclat et ils s'embrassent sous les yeux des vieux parents de la fille. En général, il y a un chien et quelqu'un prononce un discours courageux devant toute la ville.

Sam sourit et posa son mug.

— Tu regardes des comédies romantiques ?

Un point qu'il tenait à clarifier. Chip ne semblait que légèrement offensé. Il empala une saucisse.

— Ça réchauffe le cœur, répondit-il en mâchant.

Sam hocha la tête. Un chiot n'aurait aucun effet sur Swami. Mais un gros tas d'argent pourrait fonctionner. Ou un reboot de la précédente décennie. La semaine dernière, il avait appelé la banque. En tout et pour tout, il leur restait 1100 dollars. L'argent qu'ils gagnaient avec le rafting était aussitôt réinvesti dans les assurances et les salaires des guides, entre autres. Après son dernier salaire d'enseignant, leurs petites économies avaient fondu telle une colline creusée par les intempéries. Sam avait déjà contacté son superviseur pour le supplier de lui trouver un poste. Ce dernier s'était montré compréhensif, cependant il n'avait rien à lui proposer. Il promit à Sam que son nom serait le premier sur la liste des remplaçants potentiels. Par ailleurs, s'il possédait un permis de conduire commercial, le lycée aurait peut-être besoin d'un conducteur de bus à mi-temps.

— Cet après-midi, je vais à Governor's Park avec Smitty pour réparer le camping-car. Il a reçu la plupart des pièces, dit Sam.

Chip opina et mordit dans son petit pain.

— C'est un bon début. (Il braqua sa fourchette sur son neveu.) Mais il faut voir grand. Un coup d'éclat. Quelque chose d'inattendu. De grandiose.

— Merci. (Sam était sincère, le café et la nourriture l'avaient réchauffé.) Et toi ?

— Quoi, moi ?

— Tu as pris une décision, concernant l'offre de NorthSky ?

— Ils me téléphonent sans arrêt. Je ne décroche pas. J'ai encore reçu une lettre. Je ne les ai pas rappelés. J'attends la réunion, je suppose. Si la mine s'installe avec ou sans moi, autant vendre. Mais je compte aussi protester. Je ne sais pas vraiment.

Sam acquiesça en silence. Les rivières orange étaient terribles à voir, mais si on lui proposait un demi-million pour Woodchuck, là, tout de suite, il aurait du mal à refuser. Une sacrée somme d'argent. Les intérêts suffiraient à les entretenir à vie. Et les emplois NorthSky feraient du bien à Thunderwater, ses porches affaissés, ses toits abîmés. Mais il y avait la rivière scintillante, la merveilleuse gorge chantante, magnifique et sacrée. Sam décida de ne plus y penser. Il avait suffisamment de problèmes comme ça.

Les dernières semaines avaient été particulièrement pénibles. Froides et bruineuses. De l'équipement humide sur une rivière glaciale. Même avec sa combinaison, Sam frissonnait. Le matin, il croisait Swami au cours de yoga, et c'était tout. Parfois, il l'apercevait sur la falaise, à regarder les rafts traverser la gorge. Il ne la saluait pas, évitant même, s'il le pouvait, de lever les yeux. Il voulait qu'elle le voie pagayer de toutes ses forces, effectuer un appel et franchir

Volkswagen Rock en beauté. Il voulait qu'elle le voie travailler dur, concentré sur sa tâche. Il voulait qu'elle le voie essayer.

Sam passait plusieurs heures par jour à l'arrière d'un raft, s'efforçant de divertir les clients, que ceux-ci soient satisfaits ou non. Il distribuait des encas à des préados. Il distribuait des aspirines à des tantes et des oncles en proie à des gueules de bois carabinées. Les nouveaux mariés étaient les pires. Les jeunes couples aux yeux emplis d'espoir et d'adoration qui se touchaient sans cesse, à vérifier que l'autre avait assez chaud, à prononcer des encouragements quand les manœuvres devenaient compliquées. La semaine précédente, un couple mince et bronzé s'était assis à l'avant. Ils parcouraient le pays en van pour leur lune de miel. Sur les eaux lisses, au moment où les passagers s'étaient présentés, ils avaient fait un petit discours sur leur épopée : ces deux mois leur permettraient de solidifier leur union. Une occasion d'explorer le monde, de voyager et de randonner ensemble.

— Le mariage, c'est pour la vie, avait conclu le mari. Alors on veut glaner autant d'expériences que possible.

Sa femme lui avait souri, ainsi qu'au reste du raft.

Sam s'était forcé à sourire. Malgré la pluie, il avait chaussé ses lunettes de soleil, afin qu'ils ne voient pas son expression désespérée. Un couple plus âgé dans le raft avait gazouillé son admiration, séduit par les propos dégoulinants du mari. Ils semblaient heureux. Ils s'étaient aidés l'un l'autre à monter dans le raft, se tapotaient mutuellement les jambes dans leurs combinaisons.

À mesure que s'amenuisaient ses économies, que s'effondrait son mariage, la rivière montait. Accompagner des groupes de pagayeurs inexpérimentés devenait de plus en plus difficile. À cette époque de l'année, le débit s'élevait d'habitude à cinquante-six mètres cubes par seconde. Depuis deux semaines, il dépassait les cent quinze mètres cubes par seconde. La limite, pour le rafting commercial, était fixée à cent soixante-dix mètres cubes par seconde. La gorge était torrentielle. Pas assez d'eau pour transformer la rivière, mais suffisamment pour creuser les trous d'eau et rendre les trains de vagues turbulents. Les rochers étaient submergés, ainsi, personne ne risquait de s'échouer sur Volkswagen Rock, toutefois les embarcations étaient plus susceptibles de dessaler. Les descentes rappelaient à Sam la New River, en Virginie-Occidentale. Le passage n'était plus étroit et technique. Il était large et agité. Tout était une question d'énergie et de propulsion, la priorité étant de tenir sa ligne et d'exécuter des franchissements perpendiculaires pour que le raft ne se retourne pas. Le rouleau derrière Volkswagen était abyssal. Sam braquait sa proue dessus et enfournait, sentant le raft hésiter sur la crête. Il retenait les remous avec sa pale avant d'émerger de l'autre côté tandis que les invités, hors d'haleine, poussaient des cris de joie. Le seul moment de la journée où il souriait vraiment, le seul moment où il avait l'impression que quelque chose allait bien. Sur la rivière, il était sûr de lui. Il ne pouvait pas en dire autant des guides d'X-treme. Même Duncan avait du mal dans les rapides. Son diplôme ne l'avait pas préparé à affronter les eaux gonflées. Un raft après l'autre, ils chaviraient aussi souvent qu'ils parvenaient à franchir les obstacles. Presque tous les jours, Sam devait indiquer à des clients X-treme terrifiés quelle piste emprunter pour retrouver leurs rafts. Chip s'était retenu de savonner les boudins depuis la bagarre autour du feu. Un ordre direct de Swami. De toute façon, ce n'était plus nécessaire.

Le jour où le nouveau mari leur livra son monologue sur le mariage, Sam avait particulièrement froid. Taciturne, les épaules courbées en avant, il pagayait aussi vite que possible pendant que les invités discutaient. Le couple plus âgé entreprit de raconter son histoire, une succession de moments trop idylliques pour être honnêtes. Sam leva les yeux au ciel derrière ses lunettes de soleil. Mais leurs descriptions étaient si détaillées que, peu à peu, il se surprit à les croire. Chaque matin, le mari préparait un café à sa femme. Ils lisaient ensemble. Il aimait les siestes et les massages de pied et sa femme lui offrait les deux. Elle aimait leurs petites escapades, Hawaï, Fidji, le Grand Canyon. Ils étaient tous les deux originaires de la Péninsule supérieure du Michigan et, deux fois par an, ils venaient séjourner dans leur cabane à Thunderwater. Sam imagina le mari en train de somnoler sur un grand matelas dans une station balnéaire paradisiaque, avec des couettes moelleuses et des ventilateurs au plafond, pendant que sa femme enjouée profitait de la piscine avant un dîner suivi d'une soirée dansante.

— On entretient la flamme, dit la femme.

Elle s'empourpra légèrement. Les jeunes mariés buvaient ses paroles. Son mari hocha la tête et la gratifia d'un authentique sourire.

— On l'a toujours fait, ajouta-t-il. Mais les disputes sont inévitables. Les moments difficiles aussi.

Nous y voilà, pensa Sam. Dites-leur la vérité. Dites-leur tout.

La femme acquiesça en grimaçant.

— Comme la fois où on s'est disputés à propos de l'université de Claire. (Le mari opina d'un air grave.) Elle est devenue infirmière.

Découragé, Sam sentit un grognement monter dans sa gorge.

Le mari continua de hocher la tête, comme si cette dispute représentait son plus gros regret dans la vie.

— On ne s'est pas parlé pendant, quoi, presque un week-end entier. On ne se faisait plus confiance. J'ai dormi sur le canapé. Deux nuits !

Sa femme semblait embarrassée à présent, comme si elle craignait d'en avoir trop révélé. Son mari posa la main sur sa jambe. Ils échangèrent un sourire. Un baiser.

La jeune mariée se tourna vers son mari, une expression béate sur le visage. S'ensuivit un long silence et, fort de son expérience, Sam devina que les prochaines questions seraient pour lui. L'heure de "faire-connaissance-avec-son-guide" avait sonné. Aussitôt, il se mit à parler, décrivant les rapides à venir, les gestes de premier secours, les endroits où il avait aperçu un castor, une loutre, un nid d'aigle. Sam ne portait pas son alliance sur la rivière. L'eau froide la faisait glisser, si bien qu'il l'attachait à un cordon sous son gilet de sauvetage. Il sentit le métal dur contre sa peau alors qu'il entraînait les invités vers la cascade et les gorges, évoquant tous les sujets possibles hormis le mariage et la famille.

Juste avant la chute, les jeunes mariés sortirent un appareil étanche pour se photographier avec le paysage en arrière-plan. Au loin sur la falaise, la silhouette immobile de Swami se dressait parmi les arbres, vêtue d'un imper bleu.

— En avant ! tonna Sam.

Il avait besoin de crier. C'était déjà difficile de se sentir isolé dans un groupe de couples heureux. Cela devenait carrément insupportable quand il était sur le point de franchir les seules centaines de mètres de paix qu'il lui restait dans la vie. Cette paix était ce qu'il préférait sur la rivière. Impossible de ruminer au milieu d'une vague ou d'une chute, emporté par le mouvement, l'écume et l'impact.

Le jeune mari rangea précipitamment l'appareil et les invités pagayèrent en avant. Tout droit sur la chute. Le train de vagues fit pivoter la proue par-dessus la saillie. La vague suivante la fit pivoter un peu plus. Pour une raison ou une autre, Sam ne redressa pas la barre, même s'il savait comment s'y prendre et qu'il en était capable. Il voulait plus de mouvement, d'écume et d'impact. Plus de paix. Il laissa le raft aborder de biais l'amas d'eau qui rugissait par-dessus Volkswagen. Les invités innocents hurlèrent leur enthousiasme. Sam regarda fixement l'amas. Dans sa vision périphérique, il était conscient du point bleu sur la falaise. Et de Chip qui, en aval, s'époumonait déjà sur son sifflet. Le raft s'éleva. Plongea dans le rouleau. Sam laissa la rivière les avaler. Il lâcha sa pagaie et le raft se retourna. Tous les passagers tombèrent à l'eau, Sam compris, dans les profondeurs glacées où plus personne ne pouvait parler. Swami serait en colère. Mais elle était toujours en colère et, l'espace de quelques secondes au moins, Sam pouvait se cacher sous l'épaisse couverture blanche du courant déchaîné.

Une erreur stupide, expliquerait-il. Même les meilleurs ont des moments d'inattention. Ainsi va la vie sur la rivière.

Après le petit déjeuner, le chargement des rafts, la descente matinale sans surprise, Sam demanda à Chip de le déposer au garage de Smitty. Située au pied d'une colline de pins, la bâtisse décrépite comprenait deux box, une pompe à essence et une dépanneuse au bras de remorquage rouillé. Les mots SMITTY'S SPEED STOP étaient inscrits sur un panneau rouge et bleu. Pourtant Smitty n'avait rien de rapide. Sam trouvait frustrant d'attendre aussi longtemps la livraison des pièces pour le Brave, néanmoins il appréciait la manière dont Smitty conduisait ses affaires – à l'ancienne. Il proposait un service complet à la pompe, un luxe auquel Sam n'avait pas goûté depuis sa jeunesse. Vous vous gariez, vous klaxonniez et un adolescent vêtu d'une salopette rayée Dickie's avec un patch SPEED STOP brodé sur la poche venait remplir votre réservoir, nettoyer votre pare-brise et vérifier le niveau d'huile. Si vous désiriez une barre chocolatée ou un soda frais, il vous l'apportait en même temps que votre monnaie. Sam adorait s'arrêter au garage pour faire le plein du van. Et il adorait la façon qu'avait Smitty, en salopette lui aussi, de passer trop de temps à feuilleter le catalogue de pièces détachées, ses grosses lunettes crasseuses lui glissant sur le bout du nez.

— Le châssis Chevy ne devrait pas poser de problème, mais les pièces Winnebago sont brevetées et en général, je préfère ne pas y toucher. J'ai dû commander le catalogue rien que pour pouvoir commander les pièces. (Il lécha l'extrémité de son doigt souillé, tourna une page et baissa les yeux.) Qu'est-ce que c'est ? Non. Pas ce qu'on cherche.

Malgré toute l'affection que portait Sam à cet endroit, un sentiment doux-amer sous-tendait chacune de ses visites. Le décor d'un autre âge lui rappelait son père : l'odeur de l'huile de moteur, les canettes de Coca, la tiédeur d'une banquette chauffée par le soleil dans un pick-up Ford. Aux yeux de Sam, Smitty's Speed Stop était synonyme de deuil.

Smitty laissa son employé aux commandes et emmena Sam à Governor's State Park dans la dépanneuse, les pièces détachées si longtemps attendues sanglées sur le plateau – un phare avant, un radiateur et un panneau en plastique pour le pare-chocs avant, emballé dans un énorme carton. En ville, Smitty ne dépassa pas les trente kilomètres à l'heure, montant à cinquante sur la route de campagne.

— Alors comme ça, vous faites du rafting ?

Une question qu'il posait pour la deuxième fois. Il ne détachait pas les yeux du pare-brise pendant qu'il parlait. Ses lunettes étaient embuées et Sam avait envie de lui proposer de les nettoyer avec son T-shirt.

— Oui, répondit-il pour la deuxième fois.

— Comme je vous le disais, j'en ai déjà entendu parler, parce qu'on voit les rafts en ville, mais j'en ai jamais fait. On ne m'y prendra pas.

Sam essaya de s'imaginer dans une comédie romantique : assis sur le siège passager d'une vieille dépanneuse, il pénétrait dans le camping avec un garagiste et les pièces manquantes du camping-car. Il ne s'attendait pas à des retrouvailles faciles. Ainsi que l'avait fait remarquer Chip, il s'agissait juste d'une première étape. Il faisait un pas vers sa femme.

Swami et les enfants n'étaient pas présents lorsque Smitty se gara sur l'emplacement. Sam cria leur nom en ouvrant la portière du camping-car, puis il se rappela que Darren avait parlé d'un sanctuaire pour hiboux et faucons où devait les emmener Bonnie. Il referma la portière. Le scénario du film avait changé. Il réparerait le camping-car avant de se cacher pour attendre le retour de Swami. À son arrivée, il s'approcherait d'elle et, l'air désolé mais le cœur chargé d'espoir, il lui donnerait les clés et la regarderait démarrer le moteur, allumer les phares sous les applaudissements des enfants. Sam déchargea les pièces et ouvrit les cartons, tendant les vis et les clefs au vieux garagiste. Ils retirèrent le panneau fendu. Ils remplacèrent le plafonnier. L'allumèrent et l'éteignirent. Enfin, ils s'attaquèrent au radiateur fêlé. Quand Smitty s'allongea sur le dos pendant que Sam maintenait le radiateur neuf en place, ses mains tachées s'immobilisèrent.

— C'est pas la bonne pièce.

— Quoi ?

Smitty émergea de sous le châssis en grognant. Il se redressa, s'essuya les mains sur un chiffon et se moucha.

— Mauvaise pièce. Le plafonnier, c'est Chevrolet ; le panneau, c'est Winnebago, mais le radiateur, j'sais pas. Les branchements sont différents.

— Les branchements sont différents.

Smitty hocha la tête et fourra le chiffon dans sa poche.

— Comme je le disais, ces pièces sont des marques déposées. Je vais devoir retourner au garage, trouver la marque du radiateur et en commander un avec les bonnes entrées et sorties. C'est l'affaire de deux ou trois semaines, sauf si je suis obligé de commander un autre catalogue pour commander les pièces. Ça arrive, des fois.

Avec un soupir, Sam contempla l'emplacement jonché de cartons et de polystyrène. Il allait tout nettoyer. Le parechocs n'était pas juste abîmé à présent, il avait carrément disparu, révélant un moteur dépourvu de radiateur, un amas de poulies, de câbles et de courroies auxquels s'accrochaient deux phares, deux yeux protubérants à l'expression surprise et gênée. Au moins, ceux-ci étaient fonctionnels. Ils n'auraient qu'à laisser le nouveau panneau reposer contre l'avant du véhicule jusqu'à ce qu'ils puissent se remettre au travail. Peut-être Sam reviendrait-il seul pour fixer temporairement le panneau, histoire que le camping-car ait l'air réparé. Il poussa un nouveau soupir, plus profond que les autres, celui-là.

— OK, dit-il. On rentre.

La bruine se mua en pluie, puis en averse ce soir-là. Chip et Sam se rendaient en ville avec Randy et Moon, serrés sur la banquette avant. Le chauffage crachotant séchait leurs pieds trempés par la course entre la cabane de Chip et l'extrémité de l'allée. Sam se sentait à l'étroit dans son imper. Les vieux essuie-glaces peinaient à contenir le déluge. Chip mit plusieurs minutes à reprendre son souffle.

— La vache, s'exclama Randy pour la deuxième fois, les yeux rivés sur le pare-brise. La rivière va carrément exploser.

Il était presque obligé de crier pour couvrir le fracas de la pluie sur la carrosserie. Chip, qui avait cessé de haleter, hocha la tête.

— Selon Pete, ils vont ouvrir une autre vanne sur le barrage, pour éviter que le réservoir arrache les jetées. (Chip marqua une pause.) Le débit va sûrement monter à cent quarante, cette semaine.

Randy émit un sifflement admiratif et ralentit à nouveau.

— Non mais regardez, dit-il. Et pas un souffle de vent, juste la pluie.

— Avec un débit pareil, je vais ramasser, dans la gorge, dit Sam.

— Moi aussi, s'esclaffa Randy.

— Vous allez vous en sortir, dit Chip. Contrairement aux guides de Duncan.

— J'espère qu'il y aura du monde ce soir, dit Moon. À votre avis, les habitants vont venir ?

Ils dépassèrent le grand panneau souhaitant la bienvenue aux automobilistes. Les rares lampadaires contribuaient à rendre la route visible à nouveau. Des petits ruisseaux s'étaient formés sur le bas-côté. Il n'y avait aucune autre voiture en vue.

— J'en suis sûr. (Randy regarda défiler les modestes maisons.) Tous ceux avec qui j'ai discuté en parlaient. Rita a même prévu de fermer le bar pendant deux heures ce soir. Et Rita ne ferme jamais le bar.

À présent, une pancarte était plantée dans presque chaque jardin. Plus tôt, alors qu'il roulait en direction du garage avec Smitty, Sam avait dénombré vingt-six pancartes NORTHSKY et deux pancartes RIVER KEEPERS. Il n'en toucha pas un mot à Moon. Elle se tenait fièrement aux côtés de Randy dans la cabine du pick-up. Si Sam se doutait qu'elle avait déjà remarqué les pancartes, il était soulagé que, ce soir, la pluie leur obscurcisse la vue.

Randy traversa un petit ruisseau pour s'engager dans une rue perpendiculaire et sourit.

— Regarde, Moon. Ils sont venus.

Moon tapa dans ses mains, puis son enthousiasme se transforma en nervosité. Des voitures et des pick-up étaient alignés le long des trottoirs. Certains véhicules étaient garés sur les pelouses. La Mustang vert vif de Duncan était là. Ainsi que le gros pick-up rouge de Pete. Quelqu'un courut vers Grange Hall avec un parapluie et bondit par-dessus une flaque, chaussé de grandes bottes vertes. Randy gara son pick-up juste devant l'entrée, projetant des vaguelettes sur l'asphalte fissuré.

La vieille grange reconvertie était pourvue d'un vaste porche. La double porte était grande ouverte et la lumière chaude à l'intérieur révélait une salle comble. Avec précaution, Sam et Randy sortirent les chevalets du véhicule – il y en avait cinq à présent – et les portèrent jusqu'au porche en bois. Sam était soulagé d'avoir ses sandales aux pieds. Ils pataugeaient dans l'eau de pluie. Chip et Moon s'occupaient des posters enveloppés dans des sacs-poubelle noirs.

— Je reviens tout de suite, dit Randy.

Il claqua la portière de son pick-up et s'éloigna dans un rugissement mouillé. La pluie s'abattait de l'auvent du porche tel un rideau blanc. Chip appuya son sac de posters contre un mur sec. Une multitude de voix s'échappait de la salle. Quelqu'un éclata de rire. Une odeur de café flottait dans l'air.

— Moon, j'ai besoin de pisser, dit Chip. Je vous retrouve dans cinq minutes.

Il retira son imper et pénétra à l'intérieur. Sam contempla les armoiries peintes à la main au-dessus de la porte. Un bouclier doré et un bouquet de blé retenu par un ruban bleu surplombant deux grosses initiales bleues. "P" et "H". Une plaque en cuivre indiquait : THE NATIONAL GRANGE OF THE ORDER OF PATRONS OF HUSBANDRY IN THE UNITED STATES*.

— C'est quoi, cet endroit ? demanda-t-il.

— Un lieu de réunion pour une vieille organisation de fermiers, répondit Moon, ses posters à la main. C'est ici qu'on vote les jours d'élection.

* Mouvement agrairien crée en 1867 par Oliver Hudson Kelly qui encourage les familles à se regrouper pour promouvoir les politiques favorables aux communautés agricoles et qui a donné son nom au bâtiment servant jadis à leur réunion, Grange Hall.

— D'accord. (Sam empoigna deux chevalets.) Dans ce cas, allons aider les habitants à voter.

Moon sourit et, la tête haute, elle franchit le seuil de la grange.

L'endroit était bondé et bruyant. Une centaine de participants étaient présents et l'atmosphère était étouffante, encombrée de corps moites et de manteaux humides. Toutes les chaises pliantes étaient occupées. Des personnes se tenaient debout près du café et des cookies derrière les rangées. D'autres patientaient dans les allées sur le côté. Des voisins bavardaient et riaient ensemble. Quelques adolescents maussades étaient adossés à un mur. Sur une petite estrade, trois hommes et une femme patientaient assis derrière une table recouverte d'une toile cirée. La femme avait les mains repliées et semblait mal à l'aise dans son épaisse chemise kaki à épaulettes. L'homme corpulent à ses côtés était aussi impavide qu'un veau. Vêtu d'un costume trop ample, son voisin essuyait ses lunettes embuées et son front transpirant. Le troisième homme portait une chemise en jean et ne se départait jamais d'un grand sourire. Sam ne parvint pas à repérer Chip parmi la foule.

Randy fit irruption dans la salle, essuyant la pluie sur son visage.

Lorsqu'il voulut rejoindre Sam et Moon, qui étaient occupés à installer les chevalets, des gens du coin l'interceptèrent. Les anciens de Thunderwater voulaient lui serrer la main, lui taper sur l'épaule. Randy s'essuya le visage à nouveau alors qu'il échangeait des anecdotes, prenant des nouvelles les uns des autres. Sam avait remarqué ce genre d'effervescence partout où il se rendait. Randy était un des rares enfants du pays qui n'était ni parti ni devenu une calamité pour la ville. Raison pour laquelle les habitants l'adoraient. Quand l'attroupement se dispersa, Sam aperçut un groupe rassemblé autour d'une famille. Une femme flanquée de deux enfants faisait rebondir un bébé sur ses genoux. Debout devant Swami, des femmes et des hommes plus âgés lui parlaient en souriant. Tant mieux, pensa Sam. Il espérait qu'elle viendrait. La réparation du camping-car ne s'était pas déroulée comme prévu, toutefois il avait un nouveau plan. Toute la ville était là. Sam se rappela le jour où Moon et Swami avaient évoqué le discours du vice-président, Al Gore. Elles l'avaient qualifié de meneur. Lui essayait, au moins, avait dit Swami. Sam aussi essaierait. Il serait un meneur. Après tout, il était enseignant, chef d'entreprise et guide de rivière, classe 5 qui plus est.

— Puis-je avoir votre attention ? (Une voix timide s'éleva.) Votre attention, s'il vous plaît. Messieurs dames ?

La femme sur l'estrade avait un micro. Son visage était rouge vif. Un chapeau noir était enfoncé sur son crâne et ses cheveux courts étaient coincés derrière ses oreilles.

L'homme au grand sourire tapota le micro plusieurs fois, attirant l'attention de la foule. Il leva les mains pour s'excuser. Les habitants se turent et prirent leurs places. La femme lui adressa un hochement de tête reconnaissant. Sitôt que les dernières voix s'éteignirent, le martèlement des gouttes envahit la salle. Quelqu'un ferma la double porte pour limiter le fracas de l'averse ; l'air devint presque irrespirable.

— Parfait. Bienvenue à tous. (La femme baissa les yeux sur son bloc-notes.) Bienvenue à la réunion mensuelle de Thunderwater. Je suis Ranger Bonnie, garde forestier et shérif intérimaire du comté de Marigamie. J'aimerais remercier nos amis de Grange Hall pour le café et les délicieux cookies… sans oublier un toit qui ne fuit pas.

Des rires fusèrent dans l'audience tandis qu'à l'extérieur, la pluie continuait de rugir. Immodérément fière de sa petite improvisation, Bonnie se relaxa.

— C'est ce que j'appelle une averse.

Soudain, Sam vit l'homme au grand sourire étudier les posters de Moon. Son sourire s'effaça et il murmura quelque chose à l'homme en costume, qui jeta un œil sur Sam et Moon par-dessus ses lunettes avant de se mettre à griffonner dans un carnet.

— Cette soirée est uniquement destinée à vous informer, dit Ranger Bonnie. Vous pourrez poser vos questions à la fin. Nous avons trois invités et je vais laisser chacun d'eux se présenter.

Bonnie fit glisser le micro sur la table et l'homme corpulent s'en saisit.

— Je… Bonjour… Je suis Bruce Tapper. Chef d'équipe de la deuxième mine avec l'entreprise NorthSky.

Il tendit le micro à l'homme en costume, qui se racla la gorge.

— Très heureux de vous rencontrer. (Il avait une voix haut perchée.) Merci pour cette occasion de m'exprimer. Je m'appelle Daniel Abrams et je suis ravi de pouvoir partager cette merveilleuse opportunité économique avec la ville de Thunderwater.

Enfin, l'homme au grand sourire prit la parole.

— Blakely, propriétaire terrien et copropriétaire d'X-treme Outdoor Adventures, qui vient d'ouvrir ses portes dans votre ville magnifique. Je suis venu exprimer les inquiétudes des habitants quant à l'impact potentiel de la mine. Certains d'entre vous le savent déjà, j'ai grandi dans le coin et je suis heureux d'être de retour. J'aimerais prendre ma retraite ici et je souhaite le meilleur pour la région.

Sam se tourna vers Moon en fronçant les sourcils. Moon lui renvoya son regard.

À l'avant de la salle, quelqu'un cria son approbation. Duncan. L'homme lui sourit.

Quelques rangées plus loin, Chip céda sa place à une dame âgée et rejoignit Sam et Moon.

— C'est qui, ce mec ? chuchota-t-il.

Pour toute réponse, Sam grimaça et haussa les épaules. À présent, l'homme avait les yeux rivés sur eux. Swami aussi les regardait. Sam adressa un sourire à sa femme. Elle lui fit un signe de la tête.

— Ce ne serait pas l'oncle de Duncan ? murmura Moon.

— Sans doute, dit Sam. Vous ne l'avez jamais vu ?

Chip prit un gros cookie sur la table et mordit dedans, chassant les miettes de sa barbe.

— Sa voix me dit quelque chose. Je ne l'ai jamais vu avant, mais je l'aime encore moins que Duncan. Il a une tête à vendre des bagnoles trafiquées.

Les présentations terminées, Ranger Bonnie modéra les échanges très scriptés entre les trois invités. Daniel, l'homme au costume, s'exprima en premier. Tout en s'essuyant le front, il donna un aperçu des contributions philanthropiques de la compagnie, décrivant ses investissements dans diverses communautés ; au sud de l'Ontario, NorthSky avait même construit un skate park dans une réserve. Lorsqu'il évoqua les salaires, l'assemblée se fit plus attentive. Même les adolescents maussades dressèrent l'oreille. Les résidents de Thunderwater bénéficieraient des premières opportunités. Le salaire de démarrage le plus bas s'élèverait à plus de cinquante-cinq mille dollars par an.

Ensuite, Bruce le taureau brossa un bref tableau des conditions d'exploitation, agitant ses mains grosses comme des battoirs.

— On creuse, on extrait le minerai, on prélève ce qui nous intéresse et on comble. Tout ce qui reste est un genre de gravier. Une partie de ce gravier peut rouiller, alors on le conserve dans un endroit dédié, derrière un barrage sec dans les bois.

— Il ne fait pas que rouiller ! cria l'étudiante qui avait assisté à la fête des River Keepers.

Un murmure parcourut la foule.

— Dites-leur le reste. (Elle se leva, l'index pointé sur l'homme.) Dites-leur le reste !

— Il y a des tertres funéraires dans les bois, intervint un homme plus âgé.

Sam vit tressauter la queue-de-cheval blonde de Duncan alors qu'il hochait vigoureusement la tête. L'étudiante avait fait passer le mot. Le message des River Keepers circulait.

— On a des photos ! lança Moon avec un sourire crispé.

Des têtes pivotèrent. Ranger Bonnie s'empourpra, esquissant un geste d'excuse.

— Tout le monde aura l'occasion de s'exprimer ce soir. Grange Hall est une organisation non partisane. Non partisane.

Malheureusement, elle n'avait pas de micro, et ses paroles se perdirent dans la rumeur ambiante.

— Et si on déterrait votre arrière-grand-mère pour faire une fosse à gravier ! cria l'homme âgé.

Sam observait M. Blakely. Il gardait son sourire superficiel plaqué sur le visage, sauf quand son neveu applaudissait. À l'évidence, Blakely aimait parler. Il empoigna le microphone.

— Mesdames, Messieurs. (Il se leva et braqua son sourire sur l'assemblée.) S'il vous plaît ?

La foule se calma. Daniel s'essuya le front. Bruce le taureau semblait s'ennuyer.

— Je partage vos inquiétudes. Vraiment. Et la question principale que je voulais adresser au panel ce soir concerne justement l'environnement. Je vais lire ma question. J'ai préparé un petit discours. Vous êtes prêts ?

Les habitants opinèrent. À cet instant, le toit se mit à fuir ; un filet d'eau aussi épais qu'un crayon éclaboussa le sol.

— Aucun problème. (Blakely eut un petit rire.) On a droit à notre petite cascade personnelle. (Sans lâcher le micro, il saisit une poubelle, la plaça sous le filet et contempla le plafond.) Si les parents sont d'accord, j'aimerais demander à nos jeunes de s'occuper de la fuite pendant qu'on discute.

Les parents opinèrent. Surpris de se voir mentionnés en public, les adolescents allèrent chercher d'autres poubelles.

— Donc, je suis M. Blakely et mes amis m'appellent Greg. Et je considère toutes les personnes présentes comme mes amies. Je suis un bâtisseur. Comme la plupart d'entre vous le savent déjà, mon neveu et moi avons monté une entreprise de rafting à Thunderwater. Duncan est un associé formidable, soit dit en passant, même si une coupe de cheveux ne lui ferait pas de mal.

L'assemblée s'esclaffa. Duncan aussi. Les adolescents se tenaient prêts, une poubelle à la main. Sam regarda Moon. Moon regarda Sam. Ce type était doué.

— Quand on construit une nouvelle maison ou une nouvelle entreprise, il faut tenir compte de deux facteurs essentiels. Un, des emplois solides. Deux, un environnement propre et préservé, surtout dans une ville aussi belle et chargée d'histoire que Thunderwater. (Il étudia l'assemblée.) Je crois que Dieu nous a mis sur cette terre pour qu'on s'en occupe, ce qui signifie bâtir et protéger.

— Amen ! cria une mère avec un enfant sur les genoux.

Elle échangea un rire complice avec son mari. Les adolescents remplacèrent la poubelle pleine, qu'ils allèrent vider dehors.

— A priori, les bénéfices économiques d'une exploitation minière sont indiscutables. Les amis, si NorthSky s'installe à Thunderwater… (Blakely émit un sifflement.) Vos porches seront repeints, vous aurez des pick-up neufs, et des vacances, aussi. Ce serait une véritable aubaine. Thunderwater retrouvera sa gloire d'antan. Les habitants se remettront à construire et les familles s'agrandiront. Nos jeunes auront enfin une raison de rester. Je ne vais pas vous mentir, l'afflux d'argent favorisera aussi l'entreprise que j'ai montée avec mon neveu, mais je pense que tout le monde en profitera.

Il y eut des chuchotements enthousiastes auquel Duncan ne participa pas. Il scruta son oncle, la tête inclinée, l'air interdit.

— On a même plus d'écoles ici, lança un vieux chasseur coiffé d'une casquette orange fluo. Quand j'étais petit, la ville avait sa propre école. Et son propre terrain de baseball. Maintenant, on doit aller à Crivitz pour faire du baseball, on n'a pas les moyens d'avoir une équipe pour nos petits-enfants.

Daniel murmura quelque chose à Blakely, qui sembla étonné.

— Daniel ici présent vient de m'expliquer que les terrains de base-ball, les vrais, avec des projecteurs et tout, sont exactement le genre d'aménagements auxquels aimerait contribuer NorthSky.

Le mari de la femme qui s'était exclamé "Amen" se leva.

— J'ai rien contre un nouveau Dodge et un terrain de base-ball.

— On n'a pas besoin de vendre nos terres à une grosse compagnie minière pour vivre.

— Sans vouloir t'offenser, Chip, tu n'as pas de famille à entretenir. Tu n'as pas le droit de parler en mon nom.

— Toi non plus. Je gagne ma vie depuis des années ici, avec juste le rafting.

— Ouais, et t'es complètement ruiné. Tu roules sur une moto pourrie. Non merci.

Le chasseur à la casquette orange laissa échapper un gloussement qu'il camoufla en toux. Chip grogna en dansant d'un pied sur l'autre. Blakely se pencha sur le micro.

— Pour être franc, je suis venu dans l'espoir de freiner le processus. En tant que propriétaire d'une entreprise de rafting, je ne veux pas que la rivière finisse comme celles sur les photos de la jeune femme, là-bas. Vous vous appelez comment, mademoiselle ?

— Moon.

Le jeune homme qui rêvait d'un nouveau pick-up ricana. Randy se redressa, la mâchoire serrée.

— Moon. (Blakely arbora un sourire sirupeux.) J'adore ce prénom. Je ne prétends pas m'y connaître en exploitations minières, mais je m'y connais en construction, et je pense, j'espère que c'est un peu pareil. Avant, on utilisait de la peinture avec du plomb et de l'amiante pour isoler les maisons.

— Histoire de rester bien au chaud ! cria l'homme à la casquette orange.

Sam se demanda s'il sortait de taverne. Plusieurs personnes lui enjoignirent de se taire.

— Pas faux, dit Blakely. N'empêche, les pratiques ont changé. Les mines ont peut-être progressé, elles aussi ? Elles sont peut-être moins polluantes qu'avant ? Je n'en sais rien, Moon. Je vais poser directement la question aux hommes de NorthSky, pour moi, pour vous et pour Chip. (Il se tourna vers Bruce et Daniel.) J'aimerais une réponse simple et sans détour. La mine risque-t-elle de compromettre les sites amérindiens ? Et d'endommager la rivière, comme le montrent les posters ?

Blakely s'assit et tendit le microphone à ses interlocuteurs.

Bruce se pencha en avant. L'assemblée fit de même.

— Non, dit-il. La rivière ne sera pas impactée.

Des chuchotements enthousiastes s'élevèrent à nouveau. Avec force détails, Bruce énuméra les problèmes historiques liés à l'extraction de cuivre et les nouvelles méthodes permettant d'éviter les sinistres occasionnés par les digues de résidus. Daniel cita les lois fédérales et étatiques auxquelles étaient désormais soumises les excavations. Moon lui opposa des arguments. Calme et posé, il avait réponse à tout. Moon était de plus en plus exaspérée. Les adolescents vidèrent une deuxième poubelle. La fuite au plafond s'était aggravée et de nouvelles fissures étaient apparues le long de la première. Ravie de récupérer le micro, Ranger Bonnie demanda s'il y avait des questions. La partie formelle de la réunion était terminée. C'était à l'assemblée de jouer.

Quelques personnes se levèrent et s'éloignèrent de la fuite. D'autres ramassèrent leurs parapluies par terre, leurs impers sur les dossiers des chaises.

Sam regarda sa femme. Ses enfants. Quelque chose dans le discours obséquieux de Blakely, les ricanements du jeune père qui voulait un camion neuf, l'exaspération grandissante de Moon face aux questions sur les salaires et les emplois potentiels donnait envie à Sam de retrouver sa tribu. La queue-de-cheval de Swami glissa sur son cou lorsqu'elle se baissa pour ranger des affaires dans son sac. La petite main de Dell se leva pour frotter le dos de sa mère. Les cheveux en bataille de Darren pivotaient de-ci de-là, son fils curieux de tout, fasciné par les fuites. Leur innocence rappelait à Sam son enfance avec son père, une époque bénie, quand le monde tournait encore rond. Il aurait aimé pouvoir conserver ce bonheur, protéger le peu qui restait, réunir sa famille et dormir lové contre elle, à l'abri dans le camping-car. Sentant des larmes désespérées lui monter aux yeux, il fit un pas en avant et leva la main. Il voulait que Swami le voie être sérieux. Il voulait qu'elle le voie être sérieux devant la ville entière.

— Oui ? dit Bonnie.

Swami regarda Sam. Moon regarda Sam. Tout le monde regardait Sam. Il prononça la citation qu'il avait mémorisée, détachant chaque mot.

— On doit oublier le faux choix entre économie et environnement. (Il marqua une pause et l'assemblée attendit.) Je m'appelle Sam. Je possède une entreprise avec ma femme.

Quelques personnes jetèrent un coup d'œil sur Swami, qui s'empourpra légèrement. Elle esquissa un bref sourire et observa Sam avec appréhension. Il se mit à bredouiller.

Pourquoi pleurait-il ? Il ne pouvait pas se permettre de pleurer.

— Mes enfants sont ici. Je suis enseignant. Enfin, je l'étais.

Les yeux des habitants étaient rivés sur lui. Sam prit une profonde inspiration. Il pouvait le faire. Il s'était entraîné. Il déplia la feuille de papier humide dans sa poche, une liste de sujets à aborder, hélas l'encre avait coulé. Swami fronça les sourcils. Dans son expression, Sam décela un regret intense, à moins qu'il ne s'agisse de gêne ou de souffrance.

— Ce que j'essaye de dire, reprit-il, c'est que la ville pourrait changer. Thunderwater pourrait devenir plus prospère que jamais. Grâce à l'écotourisme. L'escalade. Le rafting. Les bed and breakfast. La pêche guidée. J'ai vu d'autres villes le faire. Il n'y a qu'à les imiter.

À côté de lui, Moon hochait vigoureusement la tête. Sam jeta un coup d'œil sur Swami, qui s'absorba dans la contemplation du sol. Il poursuivit, imaginant qu'il s'adressait à la jeune femme qui lui avait dit, “Bien”, sur une berge en Virginie-Occidentale.

— On pourrait s'en sortir. À condition de travailler main dans la main. Préserver la rivière. Construire des terrains de base-ball. (Sam regarda ses enfants ; Darren buvait ses paroles.) On en est capables. J'ignore comment, exactement. Je n'y arriverai pas seul. Peut-être que je n'y arriverai pas tout court. Mais c'est à nous d'agir. Il suffit de s'en donner la peine.

Des larmes et de la colère apparurent dans les yeux de Swami. Elle secoua la tête de manière presque imperceptible, un geste que Sam fut le seul à capter. Des gouttes s'écrasèrent sur le plancher à ses pieds. L'air perplexe, les habitants attendirent d'être sûrs que Sam avait terminé.

D'un seul coup, Swami se leva et fit signe aux enfants de la suivre. Elle enveloppa DeeDee dans son imper et, sans un regard pour Sam, elle gagna la porte d'un pas vif, furibonde. Lorsqu'elle poussa les battants, le rugissement de la pluie enfla à nouveau. Darren jeta un dernier coup d'œil par-dessus son épaule, puis Swami lui prit la main et l'entraîna dehors avec Dell. Les portes se refermèrent et ils s'évanouirent en même temps que le fracas des gouttes.

Sam continua de fixer le plancher de l'allée centrale où sa famille se tenait encore quelques instants plus tôt, jusqu'à ce que la foule se rapproche de l'estrade.

Des questions supplémentaires furent posées, qu'il n'entendit pas. Enfin, les habitants de Thunderwater commencèrent à se disperser. Les portes s'ouvrirent et se refermèrent encore et encore tandis qu'ils sortaient, les uns après les autres. Non loin de là, Randy parlait, secouant son grand corps. Des gens se serraient la main. S'assénaient des claques sur l'épaule. Sam se contentait de scruter les lattes patinées de Grange Hall, le revêtement jauni, les marques noires laissées par les bottes. Le grésillement de la pluie enflait et refluait. Alors il se rappela ou ressentit quelque chose qu'il n'avait pas ressenti depuis longtemps. Le soir où le Ford de son père avait dérapé sur l'asphalte humide. Sam avait sa ceinture, son père, non. Rien que son père et lui et deux canettes de Coca par une nuit pluvieuse. Soudain, le pick-up avait fait une embardée, puis il y avait eu le gravier et l'herbe et l'impact suivi du bruit des gouttes sur le pick-up immobile, un phare braqué sur un tronc humide de l'autre côté du pare-brise en miettes, l'habitacle sombre et désert, hormis Sam, seul.

10

Trois jours qu'il pleuvait sans discontinuer. Swami se tenait sur la falaise surplombant la gorge, DeeDee serrée contre sa poitrine. Au chaud dans son écharpe, elle pouvait tenir sa tête à présent, la pivoter ici et là pour observer le monde. Ses yeux écarquillés absorbaient la canopée verte des arbres, le ciel gris au-dessus de leurs têtes et, si Swami se tournait légèrement, la rivière à leurs pieds. La gorge d'un marron laiteux rugissait à cent soixante-dix mètres cubes par seconde. Un chiffre qui faisait fuir les clients comme les guides. Une courte descente avait été annulée et Swami envisageait d'en annuler une autre. Même Chip était hésitant.

— Cent soixante-dix, c'est pas de la blague, avait-il déclaré. Ce n'est pas une chute qui vous tuera, c'est l'épuisement.

En Virginie-Occidentale, les guides avaient expliqué à Swami comment se passait une noyade en eaux vives. Lorsque le niveau de la rivière montait, la pression sur les côtes devenait si forte que le courant refluait, arrachant le nageur à la berge. Et il y avait les passoires, aussi. Quand la rivière était si haute qu'elle coulait entre les arbres. La rive tout entière devenait hérissée de dangers. Swami avait beau avoir besoin d'argent, elle n'avait pas besoin de clients morts.

Elle positionna DeeDee de sorte que celle-ci puisse contempler la rivière, protégée par le parapluie.

— Qu'est-ce que t'en penses, ma beauté ? On annule ou pas ?

DeeDee agita la tête, la bouche et les yeux grands ouverts. Des gouttes tombaient des arbres, éclaboussant la piste boueuse. L'air sentait les pins et la pluie. DeeDee parut surprise par la scène. Puis dérangée. Elle coassa.

— Oui, je suis d'accord. (Swami s'éloigna de la falaise et s'adossa à un rocher sous un pin épais.) Tu as faim ? Au moins, si on fait faillite, tu auras de quoi manger.

Elle cala le parapluie entre deux branches et s'assit en tailleur sur la roche humide. Puis elle sortit DeeDee de l'écharpe et lui donna le sein. Appuyée contre le tronc, elle ferma les yeux tandis que DeeDee tétait bruyamment, en rythme avec les gouttes. L'allaitement était la seule chose dans la vie de Swami qui n'était pas une horrible corvée. Le bébé avait faim et elle avait de quoi le nourrir. Un problème et une solution, un duo parfait.

Swami se laissa glisser au sol. La terre mouillée était tiède et moelleuse. Elle soupira en secouant la tête.

L'autre jour, elle avait vu ce qu'avait fait Sam. Elle l'avait vu omettre délibérément de redresser son cap. Et après, il avait eu l'audace de se fendre d'un discours sur la coopération, l'espoir et la solidarité. Qu'est-ce qui lui avait pris ? La colère qu'elle avait ressentie, la gêne intense, tourbillonnaient encore dans son esprit. "À condition de travailler main dans la main." Inconcevable ! Le niveau de la rivière était devenu un obstacle pour tous les guides, Duncan en particulier, un détail qu'elle ne pouvait s'empêcher de savourer. Ils étaient vraiment les meilleurs sur l'eau. Sans compter Sam, qui semblait avoir saboté sa propre descente. Moon et Chip s'étaient débrouillés pour affronter Volkswagen Rock, soit en le franchissant, soit en le contournant par la gauche, alignés ainsi qu'ils devaient l'être. Ensuite était venu Sam, qui avait laissé son raft se déporter. Sans essayer de le redresser. Swami l'avait vu. Il était à la barre et il n'avait rien fait. Sam ne faisait rien nulle part. Il n'avait pas terminé de peindre la grange. Il avait perdu son poste au lycée. Il ne savait gérer ni les rafts ni l'argent. Il avait démonté le camping-car en douce et désormais, le véhicule était encore plus endommagé qu'avant. Enfin, il avait abandonné ses clients. Et il se permettait de faire un discours sur l'entraide ? Sam était incapable d'affronter quoi que ce soit.

Swami laissa DeeDee changer de côté.

— Et par-dessus tout, il semble ne plus m'aimer.

C'était ce qui faisait le plus mal. Il n'allait jamais vers elle. Combien de fois avait-elle attendu au sommet de la falaise ? Combien de fois avait-il évité de lever les yeux ? Swami était perdue. Lui qui évoquait des visions de famille dans le Nord ne pouvait même pas s'arracher à la rivière le temps de sourire ou de brandir sa pale. Elle pensait sans arrêt à la fois où un serpent s'était lové sur ses genoux, toutes ces années auparavant, la manière dont son corps tremblait et ni lui ni elle ne savait quoi faire, la manière dont ils avaient attendu, immobiles, jusqu'au lever du soleil. Le souvenir avait tiraillé Swami toute la journée, sans qu'elle parvienne à comprendre pourquoi. Alors qu'elle rangeait des pagaies dans une corbeille, elle s'était remémoré un barbecue où Sam avait raconté l'anecdote, les bras tendus au-dessus de sa tête, les yeux écarquillés. Le serpent était devenu beaucoup plus gros qu'il ne l'était réellement et leurs amis étaient hilares. Ce soir-là, ils avaient tous trop bu, et Sam et Swami avaient fini par faire des bombes dans la mare du parc au petit jour. À présent, c'était elle qui attendait le lever du soleil, un serpent sur les genoux. Et qui lui tenait les bras ?

Après la dernière descente de la journée, avant que la rivière monte et que Swami envisage d'annuler la descente du lendemain, elle avait étiré son dos douloureux dans la grange. Le matériel était rangé, les gilets de sauvetage avaient été rincés et mis à sécher. Moon et Chip avaient empilé les rafts et nettoyé la cour. Soudain, Chip était apparu dans l'embrasure.

— Besoin d'autre chose, Swami ?

D'un remboursement. Sitôt que la pensée avait traversé son esprit, elle avait ajouté son mariage et une grande partie de sa vie d'adulte au marché. Tout sauf ses enfants. Elle n'avait jamais regretté ses enfants. Et elle ne pouvait pas en vouloir à Chip comme elle en voulait à Sam. Chip avait beau être un adulte presque entièrement dysfonctionnel, il était plus ou moins fiable, pareil à un robinet qui crache une quantité limitée d'eau. Swami savait à quoi s'attendre de sa part. Et elle savait aussi qu'il était dans le pétrin avant la vente de Woodchuck. Il s'était montré honnête avec eux et il croyait, oh combien naïvement, que Sam et Swami insuffleraient une nouvelle vie à son entreprise. Chip était devenu plus calme avec elle, plus doux, un ours de zoo boiteux et défoncé. Dell lui offrait des bouquets et lui fabriquait des bracelets porte-bonheur. Swami était si fatiguée, usée par la tension entre ce qui était et ce qui aurait pu être. Elle avait l'impression d'avoir épuisé sa capacité d'indignation, tout du moins préférait-elle réserver le peu qui lui restait pour une occasion où celle-ci serait vraiment nécessaire.

— J'ai besoin de la réservation de Green Bay.

Elle rejoignit Chip sur le seuil et regarda la pluie tomber.

— Les chefs de troupe vont bientôt venir pour la descente gratuite, pas vrai ?

— Après le 4 Juillet.

Chip sourit.

— On va leur en mettre plein la vue.

Swami leva les yeux sur la façade de la grange. Les petits-enfants de Birdy avaient installé l'échafaudage quelques semaines plus tôt, mais la peinture n'était pas terminée. Il avait trop plu et les lattes bleu vif étaient encore surmontées par le vieux toit gris. Le gravier du parking était lisse et nivelé. Au moins, la pluie arrosait les cèdres et les fleurs. Les cèdres et les fleurs s'en sortiraient. Elle regarda la peinture à nouveau. Chaque jour, elle constatait que le travail avait avancé.

— Continue, Swami, d'accord ? Les choses s'améliorent par ici. On va finir par vendre.

Swami devait y aller. Moon l'attendait avec les enfants.

— Bonne nuit, Chip.

— Toi aussi.

Il alla chercher sa moto pendant qu'elle jetait un dernier regard sur la propriété et trottinait jusqu'à l'extrémité de l'allée. L'herbe couchée dans le fossé dégageait un parfum agréable. Swami remonta la capuche de son sweat-shirt humide et ouvrit la boîte aux lettres pour découvrir un tas de factures qu'elle était incapable de payer. Deux mensualités de prêt immobilier, la première pour leur maison, la seconde pour Woodchuck. Une demi-année de frais d'assurance. Juché sur sa moto, Chip la salua dans un rugissement avant de s'engager sur la route humide. Elle lui rendit son salut, puis elle demeura immobile, à contempler le tas d'enveloppes dans sa main, comme s'il risquait de la mordre. Une vraie possibilité. Elle ne s'était jamais retrouvée dans une telle position avant. Ses parents, oui ; elle, non. Elle n'entrevoyait aucune solution. Ils n'avaient tout simplement plus l'argent. Ces derniers jours, elle avait songé aux factures à venir, les priorisant dans son esprit. D'abord, le prêt de Chicago et le budget courses de la famille. Ensuite, Woodchuck et tout le reste. L'assurance de Woodchuck appartenait à la catégorie "tout le reste". Elle commencerait par résilier celle de la propriété afin de conserver celle des guides et des véhicules aussi longtemps que possible.

À présent, Swami contemplait la rivière enflée. DeeDee avait terminé de téter. Swami lui caressa le dos quelques instants. Après un temps, elle se leva. Aucune chance que le niveau baisse d'ici à demain. Les flaques et la boue dans les collines allaient couler encore et encore. Et la rivière monter.

— Allez, ma belle. (Swami enveloppa DeeDee dans son écharpe tiède.) C'est l'heure d'annuler des réservations.

Elle s'éloigna de la rivière et descendit la piste menant à la forêt. Découpés sur le ciel gris, les arbres paraissaient plus verts encore, et solitaires, aussi. La Jeep jaune était l'unique véhicule garé sur le parking désert ; DeeDee et elle étaient les seules à s'être aventurées sur la piste aujourd'hui. Swami pensa à la manière dont Debbie avait abattu les dindons en plein vol et bâti une forteresse derrière un rempart de pins pour elle et son garçon. Elle ne pouvait s'imaginer posséder une arme – l'unique fois où elle avait tiré, elle s'était sentie terrifiée, complètement démunie –, cependant elle comprenait pourquoi Debbie avait choisi de vivre ainsi. Protégée par l'imperméable de sa mère, DeeDee s'était endormie, la bouche entrouverte. Swami lui embrassa le front. La minuscule fillette avait beau être fragile et vulnérable, elle était aussi une galaxie à elle toute seule.

Avec précaution, Swami sinua entre les pierres mouillées et traversa les ponts enjambant les deux ruisseaux tributaires. La Jeep jaune vif de Moon attendait sur le parking boueux, sa capote fendue étirée sur l'arceau. Des phares apparurent à l'extrémité de la route déserte. Swami rejoignit la Jeep et déverrouilla la portière tandis que le pick-up bifurquait sur le parking et s'immobilisait devant elle. Le véhicule imposant avait des vitres teintées. Swami n'avait aucune envie de bondir sur le siège conducteur avec DeeDee encore lovée contre sa poitrine, mais elle n'hésiterait pas s'il le fallait.

La vitre noire s'abaissa, révélant un homme seul. Dès que Swami le reconnut, elle se sentit soulagée, même s'il n'était pas quelqu'un avec qui elle choisirait de bavarder debout sous la pluie. Greg Blakely, l'oncle fortuné de Duncan. Swami faillit rire. Pourquoi Sam n'avait-il pas un oncle fortuné, lui aussi ? Duncan semblait bénéficier de fonds intarissables. Quant à Swami, elle avait Chip. Aux dernières nouvelles, il enterrait des carpes mortes dans son potager.

— Bonjour.

Blakely lui adressa un sourire.

— Bonsoir.

Blakely consulta sa grosse montre en or et acquiesça dans un crissement de cuir neuf.

— Comment vont les affaires ?

Il jeta un coup d'œil sur la rivière entre les arbres et arbora une expression compatissante. Swami ne lui avait jamais parlé. Elle attendit. Elle voulait juste qu'il déplace son pick-up.

— Vous êtes Swami, n'est-ce pas ? La propriétaire de Woodchuck ?

— En effet.

— Je viens d'y passer. Moon, la jeune femme, a dit que vous étiez absente. Votre fils m'a conseillé de vous chercher en aval.

— Que puis-je faire pour vous ?

Cet homme était l'investisseur principal derrière X-treme, par ailleurs, il menaçait le gagne-pain de Swami et, avec sa vision optimiste des activités minières, il avait également réussi à contrarier Moon une bonne moitié de la semaine précédente.

— Droit au but, répondit-il. Voilà pourquoi je suis là. Je sais que vous voulez vendre Woodchuck. Et moi, je veux acheter. Intéressée ?

Swami le jaugea.

— Tout de suite, si vous voulez

Elle était prête à vendre Woodchuck au prix d'achat, voire moins cher. Blakely éclata de rire.

— Vous ne négociez pas beaucoup. J'ai un marché à vous proposer. Je ne sais pas si vous êtes au courant, mais il paraît que NorthSky – vous voyez de quelle compagnie je parle ? – NorthSky aurait fait une sacrée offre à votre oncle. La ferme aux cerfs.

— L'oncle de Sam, rectifia Swami. De quoi parlez-vous ?

Blakely haussa les épaules.

— Je construis des propriétés depuis longtemps. J'ai grandi ici, mais j'ai pas mal vadrouillé. Je sais que l'argent, c'est l'argent, peu importe d'où il vient. Alors j'ai discuté avec NorthSky. Le terrain de Chip est plus ou moins au centre de tous leurs espoirs. Ils lui ont proposé plus d'un demi-million de dollars.

— Quoi ? s'exclama Swami.

DeeDee sursauta et Swami s'empressa de la rassurer. Blakely adressa un sourire au bébé.

— Je vois que vous devez être bien occupée, dit-il.

— Un demi-million, siffla Swami.

Blakely hocha vigoureusement la tête.

— Pour l'instant, il refuse de vendre.

Swami hésitait entre la colère et l'incrédulité. Elle avait le cerveau en ébullition.

— Quel rapport avec Woodchuck ?

— Voici mon offre, Swami. Si Sam et vous encouragez Chip à vendre la péninsule – vous êtes sa famille, vous avez forcément de l'influence sur lui –, j'achèterai Woodchuck au prix que vous souhaitez.

— Pourquoi ? Je ne peux pas vraiment vous aider. Je vais essayer, bien sûr. Mais qu'est-ce que vous avez à y gagner ?

— Une entreprise évaluée à plusieurs milliards veut inonder ces bois de fric et moi, je veux les soutenir en m'assurant qu'ils aient les terres dont ils ont besoin. Et si j'y parviens tout en rachetant Woodchuck, notre seule concurrence dans la région, je fais d'une pierre deux coups. Je ne veux pas vous offenser, mais je vais être franc : la seconde où Woodchuck sera à moi, je raserai la grange pour construire des maisons.

Blakely démarra le moteur, sourit et hocha la tête.

— On se tient au courant?

Swami acquiesça.

Blakely s'éloigna et Swami regarda ses feux arrière disparaître au détour d'un virage. Peut-être l'observait-il dans son rétroviseur, une jeune femme désemparée, debout dans une flaque. Elle frotta le dos de DeeDee, les yeux sur les arbres, la rivière enflée. Elle se fichait d'avoir l'air ridicule ou d'être une mauvaise négociatrice. Son esprit passa les possibilités en revue: toutes les factures, les contraintes et les problèmes s'effaceraient d'un seul coup. Elle imagina Chip, assis quelque part avec un joint, occupé à ne rien faire. Voilà qui ne risquait pas de changer.

Les premières grosses pluies de l'été finirent par passer, mais l'atmosphère était encore chargée d'humidité. Les étoiles étaient voilées par un banc de nuages lorsque Chip et Sam aperçurent le vieux panneau et pénétrèrent dans la ville, longeant les petites maisons sur les berges et les rares façades en briques rouges qui subsistaient. La vieille moto ronronnait en projetant un nuage de fumée bleue dans l'air immobile tandis que ses pneus usés tournoyaient sur l'asphalte mouillé de Main Street. Les rafts étaient rangés. La grange était balayée. Le temps n'était pas à peindre. On était samedi soir, et après ce genre d'averse, il n'y avait qu'un seul endroit où se rendre pour parler météo.

Chip ralentit. Le parking en gravier de Rita's Lanes and Lounge était presque plein: deux gros pick-up, le Dodge rouge de Pete, une poignée de Harley et un vieux break ou deux. Ils aperçurent également trois gros camions neufs, des véhicules de location blancs munis de plaques d'un autre

État et arborant le logo NorthSky. La Mustang verte de Duncan était aussi présente.

— La soirée promet d'être intéressante, dit Chip en retirant les clés du contact.

Le bâtiment de Linda était un tiers *diner*, un tiers bar et un tiers bowling. La partie *diner* comportait une poignée de tables et de boxes, un buffet roulant pour les brunchs du dimanche matin et un tableau blanc décoré d'une tranche de tarte dessinée à la main près d'un bahut chargé de bouteilles de ketchup et de cendriers. Le bar était pourvu d'un long comptoir en chêne bordé de tabourets patinés. Une tête de cerf était accrochée au-dessus des bouteilles. Le bowling comptait seulement deux pistes, juste assez pour accueillir un groupe de femmes qui se tapaient bruyamment dans la main en buvant des rhums coca avec des pailles gigantesques.

Lorsqu'il pénétra dans la salle climatisée, Sam enfila sa chemise en flanelle. Les habitués du *happy hour* étaient encore là, des garagistes et des tuyauteurs vêtus de pantalons Carhartt et coiffés de casquettes de soudeurs à pois, penchés sur leurs paquets de Camel et de Newport, leurs canettes de Miller et de Coors, les verres à shot vides que Rita n'avait pas encore débarrassés. Bruce de Grange Hall se trouvait parmi eux, adossé au comptoir, entouré de quelques locaux. Il leur payait des verres. Des types plus jeunes et déjà passablement éméchés jouaient aux fléchettes en riant.

Chip salua une poignée d'hommes qui hochèrent la tête au moment où il les dépassait. Il adressa un geste du menton à Duncan, qui lui rendit son salut. Le jeune homme était avachi devant une bière vide, l'air désabusé. Assis à l'extrémité du bar avec Randy, Pete regardait le présentateur à la télévision donner les prévisions météo dans sa veste couleur sable. De la pluie, encore de la pluie, toujours de la pluie.

— Bon. (Chip s'approcha de Pete.) On va s'en mettre une bonne ! Comment va Bear ?

— Bien. (Pete leva sa bière.) Pleine et heureuse. Pas encore de chiots. (Il montra le comptoir.) J'écoutais Bruce là-bas. Il n'arrête pas de payer des tournées et de raconter à quel point son nouveau camion est performant. J'ai pensé qu'une fois que j'aurais assez bu, je pourrais m'accrocher à son pare-chocs et traîner son camion dans la rue.

Sam s'installa sur un tabouret à côté de Randy, qui dégustait un fish and chips.

— Je croyais que t'étais prêt à bosser pour NorthSky ?

Pete haussa théâtralement les épaules.

— Ça veut pas dire que je peux pas traîner son camion dans la rue.

Au fond de la salle, des quilles de bowling s'entrechoquèrent et les femmes poussèrent des cris de joie.

— Alors, Swami a pris sa décision ? demanda Randy. On bosse cette semaine ?

Il tritura une bouchée de poisson avec sa fourchette, l'inondant de vinaigre. Sam secoua la tête.

— Elle a raison, soupira Chip. Les noyés, c'est mauvais pour les affaires.

Une femme parcheminée en chemise de bowling se glissa derrière le bar et s'essuya les mains sur un chiffon.

— Salut, Sammy. Salut, Chippers.

Elle prépara un rhum coca qu'elle sirota en tapotant son chignon de cheveux clairsemés teints en orange.

— Salut, Rita, dit Chip.

— Salut. (Elle se mit à chuchoter avec un air de conspiratrice, un œil sur Duncan, qui patientait à l'écart du groupe au centre duquel officiait Bruce.) Blondie d'X-treme est là. Je ne veux pas de bagarre ici. (Chip secoua la tête.) Il se goinfre à mon buffet. Et jamais un pourboire. Je l'appelle "Mademoiselle". Ça l'énerve à un point ! (Elle ricana et avala une grosse gorgée de son cocktail.) Je vous sers quoi, Chippers et Sammy Whammy ?

Elle pinça la joue de Sam. Il n'était venu chez Rita qu'à deux occasions, mais son lien de parenté avec Chip avait fait de lui un chouchou immédiat. Tout le monde savait que plus Rita buvait, plus elle se comportait comme une tante alcoolique. *Vous êtes tous mes petits chéris !* avait-elle déclaré un vendredi, distribuant des boissons gratuites contre des câlins. Ce soir, elle jouait avec son équipe et buvait sans discontinuer, trottinant entre le comptoir et les allées.

— Une Coors et deux pizzas, répondit Chip.

— Un coca, répondit Sam.

— Sam est sage, ce soir.

Elle rit et fouilla dans les glacières, échangeant quelques mots avec les hommes affalés sur le comptoir, la tête enfoncée entre les épaules.

— Un whiskey, aussi, lança Chip dans son dos.

Rita hocha la tête. Chip se leva, asséna une claque sur l'épaule de Sam et lui donna plusieurs billets de vingt.

— T'as qu'à payer. Je vais pisser.

Rita revint avec deux canettes, servit un whiskey à Chip et saisit les billets. Elle déposa l'argent près de la caisse et s'empressa de regagner l'allée de bowling pour jouer son tour. Ses coéquipières scandaient son nom.

Randy terminait ses frites. Sam et Pete regardaient les actualités en silence. Des champs inondés défilaient à l'écran, leurs sillons remplis d'eau. Pete secoua la tête, l'air désolé.

— D'après Chip, Woodchuck est à nouveau à vendre, dit-il. Faut continuer à croire. À espérer. C'est pas encore terminé. Le vent tourne.

— Des chefs scouts vont venir après le 4, acquiesça Sam. On va peut-être décrocher le jamboree.

— Faut que t'aides Chip à tenir. Il vaut rien sans la rivière et la rivière vaut rien sans lui. Je peux pas vivre dans une ville où des types comme Duncan poussent dehors des types comme Chip et toi. Les voies de la rivière sont parfois impénétrables. Celles des barrages aussi.

Sam se contenta de le regarder.

— Je promets rien, mais la rivière pourrait causer des soucis à Duncan pendant le jamboree. Elle pourrait ne pas baisser. Duncan et ses guides sont incapables de naviguer la rivière quand elle est haute. Chip, si. Woodchuck, si. J'ai vu Chip franchir la gorge à deux cent quatre-vingt. Personne peut franchir la gorge à deux cent quatre-vingt. Pas si la rivière t'aime pas. La rivière n'aime pas Duncan, ni ce type dont je vais bientôt traîner le camion dans la rue.

— Pete, tu la ramènes un peu trop ce soir, dit Randy. C'est encore tôt.

Pete haussa les épaules.

— C'est possible, pour le barrage ? chuchota Sam.

Pete hocha la tête. S'assura que personne ne les écoutait.

— Il y a un vieux tunnel de dérivation, entièrement mécanisé, pas de jauge, et il recrache au fond. (Il regarda

Sam droit dans les yeux.) On est qu'une poignée à savoir qu'il existe.

Quelque chose enfla comme de l'eau à l'intérieur de Sam. La volonté de se battre, tout au moins d'essayer. Et si le vent tournait vraiment? Si suffisamment d'argent passait de main en main durant le jamboree, peut-être Swami n'aurait-elle pas à vendre. Pete avait raison. Ils étaient les meilleurs sur l'eau. Sam se redressa sur le tabouret.

— On peut vraiment… dit-il.

— *On* va rien faire, l'interrompit Pete. Mais comme je le disais, les voies de la rivière sont impénétrables. Celles des barrages aussi. L'erreur est humaine. Suffit d'enchaîner les erreurs au bon moment.

Tout en parlant, il décocha un regard noir à Bruce et Duncan. Chip revint, avala une gorgée de bière et s'essuya la barbe avec l'avant-bras.

— La vie est belle, déclara-t-il. Vraiment belle.

Le reste de la nuit, Sam but des cocas en échafaudant des plans: l'eau qui montait, les scouts qui changeaient leurs réservations, un camion NorthSky qui s'embourbait. Chip but tellement après sa pizza – une bouteille de whiskey entière – qu'il entonna des chants de rivière avec Rita et d'autres gars du cru. Assis sur le comptoir, il beugla une chanson de marin à propos d'un albatros pendant que Rita tanguait à ses côtés en lui envoyant des baisers. Elle embrassa Duncan aussi, après qu'il eut promis, hurlé, qu'il ne se battrait pas avec Chip et que tout le monde s'entendrait à merveille.

— AND THEN SHE DANCED WITH BILLY*! rugit Chip.

* Et après, elle a dansé avec Billy.

Tous les clients rugirent avec lui, même Bruce. La cuisine et le bowling étaient fermés ; Rita's n'était plus qu'une taverne sombre et enfumée. Du bruit, de la sueur, des boissons renversées. Toute la ville s'époumonait. Au centre, Chip les arrimait telle une ancre. D'une manière ou d'une autre, avec assez d'alcool, il était le pilier sur lequel tout reposait. Pete avait raison. Thunderwater n'était rien sans Chip et Chip n'était rien sans Thunderwater. Des forces de la nature tous les deux, taillées dans les falaises, le ciel et la roche. Mais, comme toujours dans la nature, l'ancien était voué à être remplacé et, que cela leur plaise ou non, Duncan était là avec ses tyroliennes, et NorthSky aussi, avec son QG clôturé. Et Randy, qui buvait trop de shots, et Pete, qui scrutait Bruce de plus en plus méchamment. Et Sam, qui buvait des cocas à l'écart pour pacifier son épouse fâchée. Et la rivière, qui coulait le long de parois anciennes aux berges constellées de tertres indiens et de minéraux précieux.

— Je t'aime, mon pote, susurra Chip en étreignant Sam.

— Moi aussi, je t'aime, répondit Sam, pour la dixième fois ce soir-là.

Il avait déjà forcé Chip à lui donner les clés de sa moto. Chip s'était exécuté avec allégresse et prévoyance.

— Si seulement Moon était là, dit Randy. Où est Moon ? Moooooon !

— Où est mon tambourin ? (Rita oscilla derrière le comptoir en ricanant.) On va chanter celle sur l'hippocampe et la sirène.

Quelqu'un alluma une fusée à eau qui décolla et explosa au-dessus du poste de la serveuse. Personne hormis Sam ne sembla le remarquer.

— On déconne bien… (Chip décrocha une pagaie en bois du mur et fit mine de manœuvrer le comptoir.) On déconne bien dans nos bateaux !

— Où est ma bouteille ?

— Où est Mooooon ?

— Où sont passés mes petits canaris ? Et un, et deux, et…

Boum.

Le plancher du bar trembla. Ils se baissèrent et regardèrent alentour, au cas où quelque chose serait tombé. Sam sentit la vibration. Puis il l'entendit à nouveau, suivie d'un rugissement aigu.

— Arrêtez, avec les fusées ! cria Rita.

Le bruit semblait provenir de l'extérieur.

Boum. Boum.

— Où est Pete ? demanda Randy.

Sam n'en avait aucune idée.

Le rugissement s'amplifia et tout le monde se précipita dehors.

Sam atteignit le parking en premier et s'arrêta net tandis que les autres le dépassaient. L'air était froid et vaste. Un brouillard épais flottait entre les lampadaires.

Boum !

Ils baissèrent la tête à nouveau, et soudain, ils comprirent. Pete avait enchaîné son pick-up à l'axe arrière du camion de Bruce. Le gros diesel rugissait et bondissait en avant comme une mule qu'on venait de fouetter. La chaîne se tendit et le camion trembla comme une bouilloire. Pete écrasa l'accélérateur et arracha le véhicule à sa place, éraflant la Mustang de Duncan au passage.

— Hé ! (Bruce se pressa au-devant de la foule.) Hé !

Trop tard. Le diesel de Pete sifflait, grondait et tressaillait, recrachant une fumée épaisse. Les quatre gros pneus crissaient, traînant le camion en arrière et de biais, jusqu'à la rue. Bruce s'élança à ses trousses. Sitôt que les pneus de Pete adhérèrent à l'asphalte, il accéléra dans une explosion de fumée et de vrombissements, le camion oscillant dans son sillage.

Le brouillard tourbillonnant les enveloppa et Bruce, ivre de rage, tituba sur la route.

— C'est pas bon, dit Chip.

Grisés par le spectacle, les clients de Rita poussèrent des cris de triomphe et allumèrent des cigarettes.

Randy sauta dans son pick-up et se mit à poursuivre Pete.

Quelqu'un balança une fusée dans sa direction. Elle projeta une nuée d'étincelles et s'éteignit dans la nuit.

Duncan cria quelque chose à propos de sa Mustang, son pare-chocs avant défoncé. Quelqu'un devrait appeler les flics, hurla-t-il. On n'a pas besoin de flics, hurla Rita en retour. Une nouvelle fusée jaillit dans la nuit en sifflant.

— C'est pas bon, répéta Chip. On n'est même pas en juillet.

Il enlaça son neveu et le maintint sous son bras, cette ancre qui sentait la rivière, le cerf et l'herbe dans la sécurité de l'aube. Pourtant Sam ne se sentait pas en sécurité. Il avait la sensation alarmante qu'il ne serait plus jamais en sécurité nulle part, comme s'il était perdu dans une ville inconnue.

Toujours enveloppé autour de Sam, Chip lâcha un vent.

— Désolé, dit-il. Un petit prout. (Il se tourna vers la route déserte et donna une légère secousse à son neveu.) C'est pas bon, ce que Pete vient de faire.

JUILLET

11

— C'EST la fin des temps.

Assise dans son fauteuil inclinable, Debbie était sidérée par ce qu'elle voyait à la télévision.

— Deb, lança Moon, à genoux sur le tapis avec Dell. Le niveau de la rivière va finir par baisser.

— Eh bien. (Debbie haussa les sourcils et se remit à nouer les franges du plaid sur ses genoux.) Dieu a dit qu'il nous tuerait pas avec un autre déluge. Pour l'instant, c'est l'embellie. Mais la suite m'inquiète.

— Ne t'inquiète pas.

— Pff.

Debbie avait invité Swami, Moon et les enfants à déjeuner et à confectionner des plaids à nœuds. Ils avaient dégusté des sandwichs à l'effiloché de dinde dans des petits pains moelleux. Le mobile home était tiède et sec et la cuisine sentait le poivre noir et le beurre – et les cookies que Debbie venait d'enfourner pour le dessert. Après le repas, ils s'étaient installés dans le salon, où Deb avait sorti un carton rempli de chutes de tissu achetées dans une friperie près d'Ironsford. Il y avait des carrés jaunes, roses, marron et gris. Dell avait choisi un motif animal pour sa couche supérieure. Deb leur avait montré comment assembler deux carrés et tailler des fentes de quinze centimètres sur les bords pour en faire des nœuds.

— Un plaid à noeuds. (Debbie avait souri.) Il a fait si humide.

L'air radieux, Dell avait demandé à Moon de l'aider à couper et à nouer. Swami avait jeté son dévolu sur des carrés roses et gris avant de s'installer dans le fauteuil à bascule. Avec un haussement d'épaules poli, Darren s'était allongé sur le dos et avait entrepris de lire un guide de chasse, un œil sur le téléviseur. Étendue à ses côtés, DeeDee agitait la tête de-ci de-là.

Un reportage spécial passait à la télévision. Al Gore visitait la ville sinistrée de Grafton, dans l'Illinois. D'après le présentateur, les eaux de crue avaient affecté huit États. Les sénateurs avaient rejoint Al Gore dans des jets et des hélicoptères noirs. À l'écran, Al Gore, vêtu d'une chemise de safari verte équipée d'un micro-cravate, avait serré la main du gouverneur dans la rue principale, entouré d'agents secrets en veste militaire, les yeux obscurcis par des lunettes de soleil. La journée était belle. Les habitants étaient heureux de le voir. Quand le cortège avait atteint l'extrémité de la rue, de gros bateaux à fond plat les attendaient, flottant au-dessus de la ligne jaune. Al Gore et le gouverneur étaient montés à bord pour visiter la ville en bateau. Les flots boueux s'élevaient jusqu'aux fenêtres des bâtisses en grès rouge. Sur une façade, quelqu'un avait inscrit les mots “vitesse limitée” à la bombe, une tentative pour limiter les dégâts. Un panneau publicitaire vantant les mérites du maïs doux était presque entièrement submergé.

— Regarde-le, sur ce bateau, avait dit Deb. Il est tout raide, assis en plein milieu.

— Au moins, il est là, avait répondu Moon.

— Pff.

— Pas fan de Clinton et Gore ? avait demandé Swami avec un sourire narquois.

— J'aime pas les politiciens, je m'en fous de ce qu'ils racontent. Regarde-le donc essayer de tenir sur ce bateau.

De nombreuses conférences de presses s'étaient tenues. Une semaine durant, l'inondation avait fait la une des actualités. Presque tous les cours d'eau du Midwest étaient en crue, et leurs affluents débordaient. Les villes proches des grosses rivières étaient les plus touchées. Les champs étaient sous l'eau. Les jeunes plants de blé et de maïs avaient pourri. Debbie avait dû creuser des sillons d'évacuation avec son petit tracteur rouge pour acheminer l'eau dans ses choux vers les bois.

— Un peu comme Venise, avait-elle précisé.

De retour sur la terre ferme, Al Gore et le gouverneur de l'Illinois avaient discuté des différentes options concernant l'aide aux victimes. Le coût s'élèverait à plusieurs millions, un déficit qu'il faudrait combler avec des coupes ou des taxes, néanmoins la situation était urgente, il fallait se serrer les coudes et aller de l'avant. Ces inondations étaient les pires dans le pays depuis plus d'un siècle. S'il pleuvait encore pendant l'été, des records seraient battus. Al Gore l'avait dit : le réchauffement climatique risquait d'entraîner des précipitations majeures, la fonte des glaces, le recul du trait de côte.

À ce moment-là, Debbie avait annoncé la fin des temps.

— Si on changeait de chaîne, ajouta-t-elle. Darren, mets-nous les infos régionales.

Darren abandonna son guide pour triturer les boutons du vieux téléviseur. Moon aida Dell à faire un nouveau nœud.

Jusqu'ici, Thunderwater avait été épargnée par les inondations. Les berges de la rivière étaient escarpées. Mais l'eau était plus haute, plus boueuse et plus proche de la route que jamais. Lorsque Swami s'était rendue en ville pour jauger le niveau de la rivière, des passants s'étaient approchés pour profiter du spectacle, évoquer une éventuelle décrue. L'eau n'avait pas baissé, et Swami le savait. Lorsqu'une rivière baisse, les rochers sur la berge arborent des bandes mouillées. Les rochers sur la rive étaient secs. Le niveau continuait de monter. Ainsi que l'incapacité de Swami à régler les factures. Les charges de Chicago étaient réglées. Mais Woodchuck était à peine solvable. Elle avait résilié l'assurance de la propriété. S'ils continuaient à annuler les descentes, ainsi qu'ils le faisaient depuis presque trois semaines, elle devrait aussi résilier leur assurance responsabilité civile. Personne n'était au courant sauf elle, un poids qu'elle portait en silence. Et personne n'était au courant de l'offre de Blakely, non plus. La semaine précédente, Swami avait essayé d'en toucher un mot à Chip lorsqu'elle s'était rendue à la ferme aux cerfs pour réparer un raft. Depuis qu'ils ne pouvaient ni naviguer ni peindre sous la pluie, Swami demandait aux guides de rapiécer les tubes, de remplacer les valves et de sécuriser les barrots. Ils travaillaient chez Chip, une embarcation à la fois. Il avait stocké toutes les pièces et les résines nécessaires dans son hangar à machines. L'entrée de la péninsule était submergée. Le ruisseau de la buse l'avait transformée en île. Chip avait couru à la rencontre de Swami qui pataugeait dans l'eau, amusée par le ridicule de la situation.

— Tu sais… (Swami lui avait pris la main et il l'avait hissée sur la terre ferme.) Tu pourrais faire une fortune si tu vendais. De l'immobilier îlien.

Chip lui avait adressé un regard interloqué.

— Sérieusement, Chip. Tu n'as jamais pensé à vendre cette propriété pour prendre ta retraite ?

Il avait secoué la tête.

— Cette terre est mon cœur. Où est-ce que je serais, sans elle ?

— En Floride. (Elle avait changé de sujet avant qu'il puisse protester.) J'ai apporté un autre raft.

Sam était sorti de la remise et l'avait saluée de la main.

Incapables de se connecter, Sam et Swami ne se parlaient toujours pas. Un flou flottait entre eux, comme s'ils se tenaient de part et d'autre d'une rivière en crue. L'avenir était obstrué. Seule subsistait une zone de calme plat. Avec beaucoup de temps, ils parviendraient peut-être à redevenir ce qu'ils étaient. Dans l'immédiat, Swami avait des problèmes plus pressants à régler, les descentes annulées et le camping-car rempli d'enfants, pour n'en citer que deux. Le feu d'artifice du 4 Juillet avait été reporté pour cause de pluie, une source de profonde déception pour Darren. Heureusement, l'événement avait été reprogrammé et devait avoir lieu le soir même. Le temps semblait prometteur. Comme à Grafton, dans l'Illinois, le soleil brillait à nouveau, avivant l'odeur des flaques sur les routes et dans les champs. Randy avait prévu de terminer sa journée plus tôt pour rejoindre Moon et Swami chez Debbie. Ensuite, ils gagneraient l'ancien terrain de base-ball ensemble afin d'admirer le spectacle. Swami ignorait si Sam avait l'intention de venir. Elle ne l'avait pas directement invité.

— Moon passe à la télé ! s'écria soudain Darren. Regardez !

Ils s'approchèrent du poste. DeeDee releva la tête d'un seul coup et l'agita frénétiquement.

— Oh mon Dieu, lâcha Debbie à voix basse.

— Ils le diffusent !

Bouche bée, Moon porta ses mains à son visage.

— Quoi, maman, quoi ? demanda Dell.

Sur la chaîne locale, une journaliste brune équipée d'un parapluie et d'un micro interviewait Moon, qui était trempée des pieds à la tête. En arrière-plan, on pouvait distinguer la clôture grillagée et les préfabriqués marron de NorthSky. À quelques pas de Moon, l'étudiante et un couple plus âgé brandissaient des pancartes faites maison.

— Ils ont essayé d'installer un portail sur la route aujourd'hui. (Le souffle court, Moon s'adressait à la caméra.) Mais c'est une route publique. La propriété de NorthSky se trouve derrière cette clôture, pas sur la route, alors on a brisé la chaîne et on est venus ici. Ils essayent d'empêcher les River Keepers d'entrer. Ils veulent nous cacher ce qu'ils sont vraiment en train de faire.

— Incroyable, dit la journaliste. Vous avez pu parler à des représentants NorthSky ? Ils vous ont rencontrée ?

Moon esquissa un sourire ironique.

— Ils se sont mis à garer les camions plus loin. Du coup, on les voit se déplacer, entrer et sortir dans leurs véhicules, rien de plus. On n'a pas bloqué leurs véhicules ni rien. Pas encore. Mais on veut que le public sache à quel point la mine sera dangereuse. On vient tous les mercredis et samedis midi. Et on encourage un maximum de gens à nous rejoindre. Faites des recherches sur les mines de cuivre, renseignez-vous et ralliez-vous à nous. Pas besoin d'être d'ici. Cette rivière se déverse dans Green Bay, le lac Michigan et le lac Érié. Tout le monde est concerné.

— Scandaleux. (La journaliste se tourna vers la caméra.) Voilà toute l'histoire, Jim. Un mouvement de protestation à Thunderwater, où les habitants manifestent contre une multinationale. Affaire à suivre. Channel 6 couvrira les prochains développements. À vous, au studio.

Sitôt le reportage terminé, Moon bascula en arrière sur le tapis et poussa un cri de joie. Dell se jeta sur elle.

— Je n'arrive pas à croire qu'ils l'aient diffusé, répétait Moon. La semaine dernière, je leur ai passé plusieurs coups de fil et ils sont venus. La journaliste était super. Elle m'a promis de revenir.

— Incroyable, en effet, dit Swami. Félicitations, Moon.

— Moon est célèbre ! dit Darren.

Moon serra Dell dans ses bras, puis elle se redressa avec un sourire et se réattaqua à son plaid.

— Je suis si heureuse.

— Moi aussi, dit Dell, avant de se remettre à faire des nœuds.

— T'es pas la seule personne impliquée. (Pétrifiée sur sa chaise, les yeux rivés sur le téléviseur, Debbie semblait affolée.) Je ne suis pas sûre que le mouvement soit une bonne idée. Moon, ma belle, tu es passée à la télévision. Lutter, c'est une chose, mais tu ne dois pas t'exposer. Maintenant, la cause a un visage. Et ce visage, c'est le tien.

— Oh, Deb, ne t'inquiète pas. Vraiment. Tout est légal et a priori, cette interview devrait nous aider. C'est officiel, maintenant. La ville est au courant. Moins dangereux, du coup.

— Je te l'ai déjà dit, Moon. (Debbie prit une profonde inspiration.) Bats-toi. Je sais que tu te battras. Mais tu n'es pas seule, ma belle. Tu as des responsabilités.

— Tu t'inquiètes pour Randy.

— Randy, l'étudiante, les gamins… Randy te suivrait jusqu'au bout du monde et tu le sais. Je te demande juste de t'en souvenir. À ton âge, j'avais tendance à l'oublier. Mais la vie change. Il n'y a que toi, pendant longtemps, et après, ce n'est plus le cas.

Dell lui tendit sa couverture afin qu'elle l'inspecte.

— Alors ?

Debbie ravala ses angoisses et sourit.

— Parfait, ma chérie. Très réussi.

Elle palpa un nœud et caressa la tête de Dell.

— Deb, dit Moon.

La femme hocha la tête, les yeux sur la fillette. Elle était sincèrement inquiète. Swami pouvait sentir sa peur.

— Merci pour ta franchise. Je m'en souviendrai. (Moon posa la main sur le genou de Debbie.) J'ai compris. Il n'y a pas que moi.

Debbie continua de hocher la tête. Prit une respiration tremblotante. Regarda Swami, puis Dell, puis Moon, puis DeeDee.

— J'ai quelque chose à vous montrer. Avec tout ce qui est en train de se passer, vous devriez être au courant, on ne sait jamais. (Elle drapa sa couverture sur l'accoudoir de son fauteuil et se leva.) Je vais sortir les cookies du four et ensuite, vous allez me suivre.

Pendant qu'elle se rendait à la cuisine, Swami et Moon échangèrent un regard plein de sollicitude pour leur amie préoccupée. Néanmoins, Swami s'autorisa un bref sourire en direction de Moon. Passer aux actualités était une véritable prouesse. Swami était fière d'elle, le même genre de fierté, supposait-elle, que l'on éprouvait à l'égard d'une petite sœur. Et elle admirait la manière dont celle-ci menait sa vie. Elle était sa seule charge. Moon était libre de suivre son cœur où qu'il la mène et, d'une certaine manière, Swami voulait protéger ce privilège pour elle. L'encourager, même.

Debbie posa les cookies sur les grilles de refroidissement, repoussa un tapis du bout du pied et ouvrit une trappe dans le plancher. Aussitôt, Darren se redressa.

— Venez avec moi, dit-elle. Je vais tout vous montrer. Attention aux marches.

Elle se glissa dans l'ouverture et disparut.

Moon se lança en premier, les yeux écarquillés. Dell et Darren lui emboîtèrent le pas, suivis de Swami et DeeDee. Swami demanda à Darren de tenir la main de Dell. Fascinés et assoiffés d'aventure, ils se frayèrent un chemin jusqu'au sol en terre battue.

Debbie se tenait près du mur du fond d'une pièce bas de plafond pas plus grande qu'un jacuzzi. Swami se baissa. Une ampoule unique projetait une lumière diffuse. Les murs étaient bordés d'étagères croulant sous les conserves – des poivrons, de la choucroute, des haricots verts coupés et de la venaison rangés le long des vieux murs en pierre des champs. Une odeur de poussière sèche flottait dans l'air. Les quatre coins de la pièce étaient soutenus par des poutres en bois aussi épaisses que des pins.

— C'est le cellier que le père de Randy et moi avons creusé avant son décès. On voulait y stocker des patates et des conserves. Il y a environ six mois de nourriture pour deux. N'hésitez pas à vous servir si jamais vous en avez besoin. Je remplace ce que j'utilise au fur et à mesure. (Elle tapota deux bocaux remplis de viande à ragoût de couleur pâle.) Je vous présente les dindons de l'autre jour.

Elle sourit, puis elle les regarda d'un air méfiant.

— Mais ce n'est pas tout. Et je vais vous mettre dans la confidence parce que je vous considère comme ma famille. Vous êtes des gens bien et les stocks ne sont pas seulement pour Randy et moi. On en a suffisamment pour partager. Mais vous devez me promettre de ne rien dire. Les gens ne sont pas tous bien.

— C'est quoi ? demanda Darren, grisé par tant de mystères.

— Vous pouvez garder un secret ?

Darren hocha la tête. Dell hocha la tête. Swami regarda Moon et comprit qu'elle aussi découvrait cet endroit. Elle se sentait un peu anxieuse, debout dans l'air immobile du cellier silencieux. Debbie opina.

— Attrape le bout de tuyau accroché là-bas.

Darren trouva le tuyau, qui avait été confectionné avec le manche d'un vieux cric. Debbie s'en empara, s'approcha d'une des larges poutres et inséra le manche dans un trou percé à sa base. Elle tira d'un coup sec et la poutre, dont le sommet était fixé à un gond caché, bascula. Debbie la fit remonter jusqu'au plafond. Dell et Darren reculèrent de quelques pas. Debbie lâcha la poutre et se tourna vers eux.

— Elle est reliée à un poids. Darren pourrait l'ouvrir. Suffit de savoir comment la dégager du sol. La lumière est tout de suite à gauche.

Debbie se faufila dans l'espace sombre derrière la poutre avec un petit rire.

— Je suis devenue trop grosse et trop vieille, lança-t-elle depuis l'obscurité. Place aux plus jeunes.

Soudain, le passage s'emplit d'un éclat aveuglant.

Swami regarda Moon avancer. Une pièce était dissimulée là derrière : des murs blancs, beaucoup de lumière, des étagères et de nombreux bacs. Swami observa la poutre et les pierres lorsqu'elle pénétra dans le passage, serrant DeeDee très fort contre sa poitrine.

La pièce était presque aussi grande que le mobile home. Swami n'avait plus besoin de se baisser. Le sol et les murs étaient en ciment. Le plafond était constitué de poutres métalliques. Des rangées de néons éclairaient l'espace. Un déshumidificateur ronronnait dans un coin.

— Waouh, chuchota Darren.

Dell se rapprocha de sa mère sans piper mot. Du sol au plafond, les murs étaient tapissés d'étagères profondes. Il y avait des seaux de vingt litres, des bidons rouges, des bacs en plastique et des caisses en bois. L'endroit était immaculé.

— N'hésitez pas à explorer. (Debbie semblait à la fois fière et nerveuse, peut-être un peu embarrassée, aussi.) Maintenant que vous êtes au courant, cette pièce vous appartient. On l'a creusée à la main. J'ai mis vingt ans à en faire ce qu'elle est aujourd'hui. Avec l'aide d'un bon lyophilisateur.

Après avoir dit à Darren de ne rien toucher, Swami longea lentement les murs. Elle ignorait quoi penser. Elle était décontenancée. Elle en avait entendu parler, mais elle n'en avait jamais rencontré : les survivalistes. Son cœur s'accéléra. L'odeur des cookies flotta jusqu'à eux depuis la cuisine. Elle jeta un coup d'œil à Deb, qui agrippait son tablier d'un air gêné. La femme ne faisait pas que révéler ses réserves. Elle se mettait à nu. Swami l'imagina des années plus tôt, derrière son rempart de pins avec son bébé, occupée à creuser, un seau après l'autre. La scène lui donna envie de pleurer, parce que la pulsion qui la sous-tendait lui était si familière. La peur, la panique et l'amour qui vous poussaient à préserver ce qui vous appartenait, les enfants nés de votre corps. Que l'impulsion prenne cette forme spécifique, celle d'un bunker souterrain dans un champ dans le Wisconsin, était à la fois compréhensible et incompréhensible. Swami avait déjà ressenti le besoin de se cacher, de s'enterrer. Cette femme l'avait carrément fait, et ce pendant longtemps.

Elle vit des couvertures, des lits de camp, des piles, rangée après rangée de seaux remplis de vivres. Du sucre, du sel, de la farine, des fruits et des légumes séchés, du lait et des œufs en poudre, des graines. Une armoire à pharmacie avait été soigneusement étiquetée : *Analgésiques, Antibiotiques, Tourniquets, Sparadraps.* Dans le coin le plus éloigné se dressait une bibliothèque : *Entretenir son potager ; Les Conserves et la fermentation : concepts basiques et avancés ; Tout sur la menuiserie.* Swami remarqua également des guides d'entretien pour camions et tracteurs, des guides d'investissements et des guides de tactiques militaires pour chaque branche. Plusieurs caisses renfermaient des tentes, des sacs de couchage, des filtres à eau et des purificateurs. Un banc ployait sous des boîtes transparentes remplies de douilles en cuivre et de poudre à canon. Il y avait une presse de réarmement. Et des armes. Grosses et petites, des vieilles carabines en bois, des fusils militaires noirs. Des haches, des scies et des outils aiguiseurs. Un bac de jouets, un autre de VHS, de radios et de romans. Au centre de la pièce se trouvaient une pompe à eau manuelle reliée à un tuyau cimenté au sol, un ballon d'eau de la taille d'une petite voiture et des toilettes sèches. Quatre ou cinq générateurs à essence étaient maculés d'une épaisse couche de graisse. Un masque à gaz et une combinaison Hazmat avec une cagoule et des bottes était suspendue près du mur du fond. Sitôt que Dell la vit, accrochée là avec ses yeux globuleux, elle s'agrippa à la jambe de sa mère.

— Quand le père de Randy est mort, je me suis servie de l'aide aux survivants de l'association des anciens combattants pour augmenter mes stocks. J'achetais deux boîtes de soupe au lieu d'une. Deux boîtes de cartouches au lieu d'une. J'ai fait ça longtemps. J'alterne les périssables, mais il y a de quoi nourrir une famille pendant cinq ans. Au début, c'était juste pour Randy et moi. Et puis je me suis dit que si d'autres personnes réclamaient mon aide, je n'aurais pas le cœur de les repousser, alors je me suis préparée pour eux aussi, sans vraiment savoir qui ils seraient. Vous, j'imagine. Vous êtes la famille. Si jamais vous en avez besoin, vous êtes les bienvenus. Vous savez comment entrer. La trappe derrière le ballon d'eau mène à un tas de pierres derrière la grange. Le reste de l'inventaire et les instructions – les saisons pour planter, les migrations animales, etc. – sont détaillés dans le classeur rouge au bout de l'étagère. (Avec un sourire, elle haussa les épaules.) Maintenant, vous savez.

Incrédule, Swami secoua la tête. L'idée de s'enfermer ici était étrange et effrayante. Tout comme l'était celle que le monde devienne si dangereux qu'on n'ait pas le choix. Si Swami comprenait le raisonnement, elle trouvait la volonté de survivre à tout prix absurde. Dans quel but ?

— Qui d'autre est au courant ? demanda-t-elle.

— Chip et Randy. Et tu peux en parler à ton mari, bien sûr.

— Je… bredouilla Swami. Je ne sais pas quoi dire.

— Eh bien. (Debbie eut un petit sourire.) Ne dis rien.

Elles entendirent des pas dans l'escalier. Un instant plus tard, Randy faisait irruption dans la pièce, les yeux écarquillés, l'air inquiet. Tous les regards se posèrent sur lui.

— Salut. (Il se détendit et scruta sa mère.) Tu leur as montré.

Il semblait impressionné.

— Faut croire que oui. Ça m'a semblé être le bon moment.

Randy hocha la tête et l'étudia.

— C'est bien, maman. C'est très bien.

— Sam est avec toi ? demanda Swami. Pour le feu d'artifice ?

Randy secoua la tête.

— Non.

Swami vit les épaules de Darren s'affaisser.

Sur la moto de Chip, Sam rétrograda et pénétra dans Governor's State Park. C'était la fin de l'après-midi et l'air sous la canopée verte était froid et humide. Swami était chez Debbie, Sam le savait de source sûre. Quand ils avaient terminé de réparer le plancher du dernier raft, Chip était allé s'occuper de ses plantes et Randy avait invité Sam au feu d'artifice.

— Mieux vaut que je n'y aille pas. Elle ne m'a pas convié.

— Allez, sois un homme, mon pote. Viens donc admirer le spectacle.

Sam ne voulait rien tant que s'asseoir sur une couverture avec sa famille, regarder le visage de ses enfants s'illuminer de vert, de rouge et de blanc tandis que les feux d'artifice explosaient. Un moment qu'il savourait particulièrement. Voilà longtemps que Sam ne regardait plus les lumières. Il regardait ses enfants regarder les lumières. Mais il pouvait encore sentir la morsure brûlante de la honte, après cette nuit à Grange Hall, quand Swami s'était détournée de lui devant toute la ville. Depuis le fameux soir chez Rita, Sam restait terré chez Chip. Il avait fait la grasse matinée pendant que Chip soignait sa gueule de bois. Randy et Pete avaient fait de même, après que Randy eut trouvé Pete occupé à "livrer" le camion NorthSky sur le site d'extraction. Bruce n'avait jamais découvert l'identité de Pete et personne, pas même Rita, n'avait accepté de lui révéler le nom de l'homme qui avait traîné son véhicule sur la route. Les habitants de Thunderwater avaient beau vouloir des emplois, cela n'entamait pas leur sens de la loyauté. Sam avait passé les matinées suivantes à marcher seul dans les bois, à contempler la rivière, à profiter du silence des tertres indiens. Il passait des heures avec les cerfs, à nourrir le troupeau de granulés.

Quand la réunion à Grange Hall avait pris fin, Chip s'était assis avec Sam sur la véranda, à regarder la brume épaisse s'élever de la rivière. Il avait adressé un regard plein de sollicitude à son neveu. L'atmosphère était si calme que Sam avait entendu le foyer de la pipe de Chip crépiter lorsqu'il l'avait allumée. "Tu dois t'occuper de Swami, avait-il déclaré. Je ne sais pas comment, mais il faut que tu tentes un truc. Un peu comme si ton pied était piégé dans un raft. Faut sortir des cordes, échafauder un plan, agir vite, sinon, c'est terminé. Je sais que c'est dur. Tiens le coup." Sam comprenait qu'il parlait de sa tante Mary. Chip avait aspiré une bouffée d'herbe, puis il avait recraché la fumée en direction des chevrons et failli passer la pipe à Sam avant de se rappeler que son neveu avait tiré un trait sur l'herbe et l'alcool.

— Je ne peux pas venir au feu d'artifice. (Sam fourra une lampe frontale, des pinceaux et un bidon d'eau dans son petit sac à dos.) Je vais essayer d'avancer ce soir. Les chefs de troupe débarquent demain. En tout cas, c'est ce qui est prévu. Tout dépend de la rivière. Je vais aller à la grange préparer leur arrivée.

Randy opina, lui serra la main et le regarda s'éloigner sur la moto de Chip.

Sur l'emplacement, Sam trouva le Brave garé où il l'avait laissé. L'herbe avait poussé derrière les pneus, hors de portée du taille-bordures de Ranger Bonnie. Le reste de la parcelle était bien tenu : les serviettes de plage étaient drapées sur les dossiers de chaise, les seaux aux couleurs vives étaient rangés sur la table de pique-nique, les vélos des enfants reposaient sur leurs béquilles. Swami avait même tendu une guirlande lumineuse entre le camping-car et un pin. Une scène qui lui noua la gorge. Il coupa le moteur de la moto et resta immobile quelques instants. D'après Smitty, le nouveau radiateur serait livré cette semaine. Sam secoua la tête. Même cette perspective-là ne lui apportait aucun espoir. Une fois qu'il aurait réparé le camping-car, Swami disparaîtrait avec. Voilà le genre de pensées qu'il entretenait, ces derniers temps. Il ne pouvait contrôler les actions de Swami, tout comme il ne pouvait contrôler le climat. Cependant il pouvait faire ce qui était juste, peu importe le résultat. Il réparerait le moteur parce que c'était juste. Il endurerait la honte parce que c'était juste. Il ne reconquerrait pas sa femme avec un coup d'éclat. Mieux valait se concentrer sur ce qui était juste. Certaines choses échappaient à son contrôle. Une prise de conscience qui lui procurait une sorte de sérénité mélancolique.

— Swami ?

Il avait beau savoir qu'elle n'était pas là, il avait besoin d'en être sûr. Il avait outrepassé ses limites, en pénétrant sur son emplacement sans y avoir été invité. Ne recevant aucune réponse, il mit pied à terre et saisit le sac à dos sanglé à l'arrière de la Honda. Le temps qu'il fasse l'aller-retour jusqu'à Crivitz, le crépuscule était tombé.

— Swami ?

Il frappa à la portière en aluminium du Brave avant d'entrer. Le camping-car était vide. Sam franchit le seuil. Il était chez lui, au milieu des odeurs et des affaires de sa famille. Un tas de vêtements propres attendant d'être pliés sur le banc de la cuisine. Les crackers au blé complet de Swami. Un morceau de cheddar oublié sur une planche à découper. Un jeu de dames à moitié terminé. Des pots de yaourt dans l'évier. Sam fouilla dans le placard, à la recherche d'un vase. Il le remplit d'eau et y inséra les roses qu'il venait d'acheter. Elles étaient belles, mais deux tiges s'étaient abîmées pendant le trajet près du pot d'échappement. Il les dissimula dans la poubelle, sous un sac de céréales vide. Le bouquet était imparfait, peut-être même Swami lui en voudrait-elle d'être passé. Elle serait en colère, pas de doute là-dessus. Mais lui offrir des fleurs était juste. Jusqu'ici, elle avait passé un été atroce. Elle avait supporté tellement d'épreuves. Sam voulait qu'elle ait un bouquet, aussi inadéquat fût-il. Debout dans le camping-car de plus en plus sombre, il ferma les yeux et huma le parfum des fleurs, de la lessive propre, de la crème solaire et des serviettes pleines de sable, le parfum de sa famille. Il observa le jeu de dames. Darren choisissait systématiquement les pions rouges. Sam poussa un des pions noirs en avant.

— Tu me manques, mon grand.

L'émotion le submergea, au point qu'il dut sortir du camping-car au pas de course, démarrer la moto d'un bon coup de pied et s'éloigner suffisamment vite pour sentir la brise sur son visage.

Une fois devant la grange, Sam enfila sa lampe frontale et entreprit d'escalader l'échafaudage que les petits-fils de Birdy avaient monté quelques semaines plus tôt. Les bardeaux étaient presque secs. Les deux tiers de la façade étaient bleus. S'il y passait la nuit, il pourrait terminer le travail et démonter l'échafaudage. Voilà qui satisferait Swami à son arrivée demain matin, quelques heures avant la descente des chefs de troupe. Il prit une profonde inspiration et s'efforça de se concentrer sur sa tâche. Il avait trois niveaux à grimper d'une main, un lourd seau de peinture dans l'autre.

Sam atteignit le dernier niveau, hissa le seau de peinture et se fraya un chemin jusqu'au centre de l'échafaudage, s'appuyant au mur de la grange lorsque les planches oscillaient sous ses pieds. Sitôt qu'il repéra les canettes vides, il posa le seau.

— Et merde.

Randy avait dû s'asseoir là avec Pete ou Moon pour boire en contemplant les étoiles. Pas étonnant que cet endroit ait poussé Swami à bout. Gérer Woodchuck, c'était un peu comme se battre avec des chats – des chats ivres et défoncés qui dormiraient beaucoup et pueraient plus encore.

Sam repoussa les canettes, alluma sa lampe frontale et regarda la route sombre en écoutant striduler les criquets. La lune était suspendue au-dessus de sa tête, un croissant éclatant. Le ciel était si noir que Sam pouvait distinguer chaque cratère, ainsi que l'ombre de la face cachée. Plus loin se profilait le ruban lumineux de la Voie lactée. Sam sentit le poids du pinceau dans sa poche arrière. Il n'avait pas peint une toile depuis très longtemps. La vue de la Voie lactée et de la lune dans ce silence lui donnait envie de s'y mettre à nouveau. Mais ce soir, sa toile était la grange bleue dans le champ bleu inondé par le clair de lune, sous les étoiles oh combien scintillantes. Ce soir, Sam accomplirait sa mission, il lisserait les coulures, il comblerait les trous, il recouvrirait le bois brut d'une couleur aussi étincelante que de l'herbe humide.

Il se baissa pour ouvrir le seau. La puanteur de la peinture envahit l'air nocturne. Une odeur agréable, de l'avis de Sam, similaire à celle de la térébenthine. Les champs et l'odeur lui rappelèrent un souvenir avec sa mère. Quelques années après le décès de son père, et de nombreuses années avant qu'elle ne tombe malade. À l'époque, Sam était encore au collège. Dans le vieux break de sa mère, ils s'étaient rendus à un champ de citrouilles où l'on faisait la cueillette soi-même. Cette semaine-là, elle avait été augmentée, pour la première fois depuis longtemps, et elle avait offert à Sam une boîte de peinture à l'huile et un gros bloc de papier à dessin. Elle avait acheté du cidre, deux sandwichs au jambon et trois citrouilles. Dans l'herbe, elle avait mangé assise sur le hayon baissé, beaucoup plus lentement que son fils qui, derrière elle sur le plateau avec les citrouilles, essayait ses nouvelles peintures. Il avait tracé le contour des lianes au loin, les familles qui farfouillaient parmi les grosses feuilles. Il avait peint sa mère aussi, vêtue de sa robe rouge, les yeux clos, le visage tourné vers le soleil, un sourire aux lèvres. Sam n'avait pas réussi à tout capter, la fierté qu'il éprouvait à son égard, l'odeur de terre que dégageaient les citrouilles, la douceur du cidre et la sérénité de l'instant. Comment pouvait-on peindre cela ? Un souvenir si précieux que Sam se mit à pleurer. Cette femme s'était tant battue pour son fils. Si Sam devait désigner le jour où il avait décidé de devenir un artiste, ce serait celui-là.

Accroupi sur l'échafaudage, il alluma sa lampe frontale et se mit au travail. Le premier coup de pinceau posé, il entendit le feu d'artifice. Impossible de le distinguer par-dessus les arbres, mais il vit le ciel s'illuminer au-dessus de Thunderwater et entendit le crépitement des explosions. Il imagina le visage de ses enfants et de sa femme. Puis il chassa la scène de son esprit. L'année prochaine, se dit-il. L'année prochaine. Et maintenant, tout de suite, ceci. Tandis que Sam peignait parmi les explosions, il se rendit compte que le travail serait moins long que prévu. Peut-être Randy avait-il avancé, finalement. La partie qui restait à peindre ne faisait pas plus de dix mètres de large et son sommet culminait à environ trois mètres de l'échafaudage. Il aurait terminé ce soir, et il était heureux d'être seul ici, avec les étoiles, les criquets, l'espoir de jours meilleurs.

Il peignit les bardeaux à sa portée, puis il monta un petit escabeau sur l'échafaudage. Dans cinq heures, le soleil se lèverait. Dans deux heures, Sam aurait fini. Sa main lui faisait mal à force d'agripper le pinceau et son cou était endolori, toutefois il était décidé à mener sa tâche à bien. Ensuite, il démonterait l'échafaudage, un morceau après l'autre.

Les pieds de l'escabeau étaient juste assez larges pour chevaucher deux planches. Sam tendit le bras de plus en plus haut, ajoutant un coup de pinceau après l'autre, *bleu*, jusqu'à ce qu'il soit obligé de se dresser sur la pointe des orteils. Il appliqua les dernières touches sur le bois brut, tapota et lissa, empli de fierté et d'émerveillement, ainsi qu'il l'avait été à l'arrière du break de sa mère. L'émerveillement de ce qui était advenu entre cet instant-là et celui-ci. Le mariage. Le miracle étrange et magnifique des enfants. Les disputes. Les nuits sur le canapé. Le décès de sa mère. Beaucoup de beauté, et de la douleur aussi, mais Sam était reconnaissant pour la souffrance, pour avoir eu le privilège de la vivre, voire de vivre tout court. Il était reconnaissant d'avoir une main qui pouvait lui faire mal.

Sam se pencha en arrière afin d'admirer son travail, deux doigts sur la peinture mouillée pour conserver son équilibre. Peu importe. Il était couvert de peinture, aussi bleu que la lune, le ciel, la grange et les champs.

— J'ai terminé, Swami, souffla-t-il.

Il entreprit de descendre mais, lorsqu'il abaissa le pied, sa sandale dérapa et, quand il voulut se rattraper à l'escabeau, un des montants glissa dans un interstice entre deux lattes. Sam agrippa le métal froid de l'échafaudage au moment où l'ensemble commençait à tanguer. La grange bleue sembla tomber vers le haut, puis elle disparut de sa vision et l'air froid et noir se précipita autour de lui, pareil à l'eau d'une cascade.

12

— J'ai les fesses mouillées, déclara Darren.

Il grimpa à l'arrière du van pendant que Swami sanglait DeeDee dans son siège-auto.

— Moi aussi. La prochaine fois, on prendra une couverture.

— Et papa, crut-elle l'entendre bredouiller.

— Pardon ?

— Et un drap.

Il s'affala près de sa sœur et boucla sa ceinture de sécurité. Swami et les enfants étaient à l'arrière, Moon et Randy à l'avant. Ils patientèrent quelques minutes, le temps que la foule se disperse. Le feu d'artifice avait été un succès, un événement digne d'une petite ville, ses grands pins baignés par les éclairs de fumée. DeeDee n'était pas emballée, aussi Swami avait-elle regardé la seconde moitié du spectacle depuis l'intérieur du van. Les enfants, même Darren, s'endormirent sitôt que Randy s'engagea sur la route. Moon pivota sur son siège.

— Grosse matinée demain, dit-elle, s'efforçant de couvrir le raffut du moteur.

— Très grosse, acquiesça Swami. Les chefs de troupe vont nous apporter des troupes.

— On va leur en mettre plein la vue, dit Randy.

— Vous avez vérifié le débit ?

Randy alluma le clignotant et bifurqua sur la route déserte.

— D'après Pete, il est d'environ cent quatre-vingt et baisse peu à peu.

— Bon, répondit Swami. Je leur ai dit de venir. Si l'eau baisse ne serait-ce qu'un tout petit peu, on peut y arriver. À condition que vous vous en sentiez capables.

— On l'est, dit Randy.

— Au fait, Moon, je voulais te demander un service. Je pourrai emprunter ta Jeep demain ? Je prendrai les enfants avec moi. Histoire qu'on ait l'air plus modernes, plus dans le coup. J'aimerais qu'en arrivant, les chefs voient une Jeep jaune fluo.

— Ce sont des quadras pères de famille, pas vrai ? demanda Moon.

Swami hocha la tête.

— Demain, j'enfilerai mon short le plus court, déclara Moon.

— Je suis pas contre, dit Randy avec un grand sourire.

Moon s'esclaffa et lui enfonça un doigt dans les côtes. Randy pénétra dans le camping et sinua lentement entre les arbres. Maintenant que l'été battait son plein et malgré la pluie, tous les emplacements étaient occupés. Le vieux couple qui lisait des romans était encore là. Le jeune couple avait disparu. Sur les autres emplacements, les tentes colorées, les bruits et les odeurs allaient et venaient à mesure que défilaient les jours.

— Dors bien, Moon, dit Randy. C'était sympa de te voir, ce soir.

— J'étais contente aussi, Randy, répondit Moon.

Sur la banquette arrière, Swami avait l'impression d'être de trop. Moon descendit du van et leur dit au revoir.

— Passe prendre la Jeep quand tu voudras demain, ajouta-t-elle. Je laisserai les clés sur le contact.

Moon ferma la portière et s'éloigna en direction de sa minuscule caravane.

— Prochain arrêt, la résidence de Swami, dit Randy en redémarrant.

Pile au moment où ils commençaient à avancer, un cri retentit dans la nuit.

Randy freina d'un coup sec.

— T'as entendu ?

La femme cria de nouveau.

— C'est Moon !

Randy se gara précipitamment et se rua dehors. Darren se réveilla.

— Qu'est-ce qui se passe, maman ?

— Je ne sais pas. Reste avec tes sœurs.

Swami saisit la lampe torche dans la boîte à gants, descendit du van et braqua le faisceau sur les buissons. Lorsqu'elle tourna au coin de la haie, elle vit Moon qui pleurait en tressaillant dans les bras de Randy. Son emplacement était sens dessus dessous. Ses poêles et ses casseroles étaient éparpillées dans l'herbe et les chaises avaient été renversées. On avait jeté de la peinture rouge foncé sur sa Jeep jaune, éclaboussant le pare-brise, la capote et les sièges. Alors qu'elle avançait, Swami sentit une odeur nauséabonde qui s'élevait du foyer. Elle balaya la fumée et aperçut les restes de la superbe courtepointe.

— Oh, Moon, non.

Elle s'approcha de Moon et Randy. Moon sanglotait en se tordant les mains, les bras serrés autour de son torse. Randy la conduisit à une chaise longue.

— Assieds-toi une seconde, dit-il. Swami, tu peux me passer ta lampe torche ?

Elle s'exécuta.

— Qu'est-ce qu'il y a, Randy ? Qu'est-ce qu'il se passe ?

— J'en sais rien, mais j'ai ma petite idée.

Il fit quelques pas vers la caravane, dont la porte était entrouverte. Lorsqu'il passa la tête à l'intérieur, Swami sentit une odeur de sang, intense et organique. Tout était détrempé. Il ne s'agissait pas de peinture.

Les placards avaient été défoncés. Swami regarda le coin couchage. La petite lampe torche de Moon gisait par terre, encore allumée, à l'endroit où elle l'avait laissée tomber. Sitôt que Swami vit le lit, elle faillit crier. Elle trébucha en arrière, une main plaquée sur la bouche.

— Qu'est-ce que c'est ? Qu'est-ce que c'est, sur le lit ?

Randy sortit de la caravane et observa les alentours.

— Un cochon, répondit-il. Mort.

Ils rejoignirent Moon, qui tremblait dans la chaise longue, la tête entre les mains. Randy orienta son faisceau sur elle. Il y avait du sang dans ses cheveux.

— Je n'ai pas vu que c'était un cochon, dit-elle. Je me suis cogné la tête en sortant. Pardon d'avoir crié. Les enfants…

— Viens. (Randy retira son T-shirt et l'appuya sur le crâne sanguinolent de Moon.) La personne qui a fait ça n'est plus là. Tout va bien. On va aller sur l'emplacement de Swami. (Moon prit le T-shirt et laissa Randy la hisser debout, puis la mener au van.) Sûrement des lycéens à la con. Rien à voir avec nous, Moon. Ça va s'arranger. Fais gaffe où tu mets les pieds. On va aller chez Swami et ensuite, j'irai chercher Ranger Bonnie.

Ils installèrent Moon sur le siège passager.

— Qu'est-ce qui s'est passé ? demanda Darren. Qu'est-ce qui s'est passé ?

Swami rejoignit son fils et s'empressa de fermer la portière.

— Moon s'est blessée. (Randy regarda Swami dans la lumière diffuse du plafonnier.) Elle s'est cogné la tête.

Darren observa le T-shirt taché que Moon pressait contre son scalp.

— Elle va s'en remettre, dit Swami. Elle dort avec nous ce soir. On va s'occuper d'elle.

Randy éteignit le plafonnier et gagna l'autre bout de Governor's Park. Au lieu de se garer dans l'allée, il se rangea sur le bas-côté et descendit avec sa lampe torche à la main.

— Attendez une seconde. Ne sortez pas tout de suite.

— Il fait quoi, maman ?

Swami aurait bien aimé lui mentir, hélas elle en était incapable. Moon était là, assise juste devant eux, blessée.

— Quelque chose est arrivé à l'emplacement de Moon pendant qu'on n'était pas là. On ne sait pas encore quoi, mais quelqu'un est venu et a cassé beaucoup de choses. On ignore qui. Moon a eu peur et s'est cogné la tête. On doit la laisser se reposer.

Si elle ne pouvait pas mentir, elle n'était pas non plus obligée d'énumérer chaque détail sordide. Se remémorant le cochon dans le lit – pauvre bête –, elle étreignit Darren un peu plus fort.

— OK. (Randy ouvrit la portière de Moon.) Pas d'ours.

Moon saisit la main de Randy, qui l'aida à descendre du van. Swami lui cria de la conduire au camping-car, où une trousse de secours était rangée dans le placard.

— Je peux lui montrer, dit Darren.

— Parfait.

Swami libéra DeeDee du siège auto et la cala contre son épaule.

Plus tard, après avoir lavé ses cheveux dans l'évier, Moon s'assit dans le mobile home. Sa tête ne saignait plus. La blessure était superficielle, pareille à un genou éraflé, plus de peur que de mal. Dell et DeeDee dormaient dans la chambre. Les bras croisés sur la poitrine, Randy était assis sur la banquette de la cuisine pendant que Swami soignait Moon. Elle remarqua ses poings serrés, sa mâchoire crispée tandis qu'il regardait par la fenêtre. Darren alla enfiler son pyjama et réapparut aussitôt. Il posa sa main sur l'épaule de Moon.

— Tu peux prendre ma place dans le lit, dit-il. Je m'allongerai sur la banquette.

— Je ne veux pas déranger, répondit Moon.

— Tu ne déranges pas, dit Swami. Et merci, Darren. C'est l'heure de se coucher, je crois. Pour tout le monde. Darren, je préférerais que tu dormes avec Moon, en fait. Histoire de pouvoir t'occuper d'elle si elle a besoin de quelque chose. Je vais discuter avec Randy et Ranger Bonnie.

— Mais, maman.

Elle secoua la tête pendant que Randy entraînait Moon dans la chambre.

— Je prendrai la banquette, dit Swami.

Darren comprit qu'il ne servait à rien de protester. Elle se pencha pour l'enlacer.

— Tu as aimé le feu d'artifice, ce soir ?

— C'était super. Papa aurait dû venir, tu sais. Il adore les feux d'artifice.

— La prochaine fois.

Swami le gratifia d'un pâle sourire, puis elle caressa ses cheveux en bataille. Il avait besoin de faire un tour chez le coiffeur.

— Qu'est-ce que tu grandis vite. Bientôt, tu auras ton permis de conduire.

Darren sourit et haussa les sourcils. Swami l'étreignit et lui tapota les fesses.

— Au lit, dit-elle. Et pas de bruit, les filles sont fatiguées.

Darren lui rendit son étreinte et fit demi-tour dans son pyjama à motif requin. Randy regagnait l'arrière du véhicule, si bien qu'ils se croisèrent dans l'allée.

— Bonne nuit, Randy.

— Bonne nuit, petit mec.

Darren ferma la porte de la chambre et Swami regarda Randy droit dans les yeux. Il secoua la tête et s'approcha de l'évier pour laver son T-shirt imbibé de sang. Il se rinça également les bras. Swami n'aurait su dire si le sang appartenait au pauvre animal ou à Moon, sa pauvre amie. Randy avait la respiration saccadée, les mains tremblantes. Il essora son T-shirt, le tordant avec une force telle que Swami craignit qu'il ne le déchire. Chaque muscle de sa mince silhouette était contracté. Il enfila le T-shirt, qui arborait encore des taches rose pâle.

— Je vais aller réveiller Bonnie, dit-il. Je lui montrerai l'emplacement de Moon et je lui expliquerai que Moon va bien, mais qu'elle dort ici. Elle va bien, pas vrai ?

Swami hocha la tête.

— Promis. Elle s'est juste cognée. Aucun signe de commotion. Je vais veiller sur elle, l'empêcher de dormir. Mais elle va bien.

Alors qu'il l'écoutait, sa mâchoire se serra à nouveau.

— Randy ?

— Ouais ?

— C'était affreux.

Il acquiesça.

— Tu crois vraiment que c'était un coup des lycéens ?

— Aucune chance.

— Mais qui ferait une chose pareille ? À Moon, en plus ?

Il la regarda fixement.

— Tu crois vraiment que c'est eux ?

— Oui. Et je vais le prouver.

Il était consumé par une colère froide qui accéléra le cœur de Swami. Randy avait l'air dangereux. Aussi sombre qu'un coup de tonnerre. C'était un homme bien, ainsi que l'avait affirmé Moon, mais en cet instant, il était dangereux. Il révélait un aspect caché de sa personnalité. Le genre à avoir un bunker rempli de fusils.

— Qu'est-ce que tu vas faire ?

— Je vais le prouver, c'est tout. Je vais réveiller Bonnie, lui montrer les dégâts, et ensuite, je mènerai mon enquête. Je demanderai à Chip de prévenir Sam. Il devrait être là.

Swami opina, sentant sa respiration achopper dans sa gorge. Quelque chose dans la manière dont Randy avait parlé, ce qu'avait dit Darren, l'état du cochon dans la caravane de Moon. Randy avait raison. Sam devrait être là.

Randy sortit un petit pistolet de sa poche arrière et le posa sur le comptoir, à côté de la lampe torche.

— Tiens, prends mon snubby*. Suffit de viser et de tirer.

L'idée d'avoir une arme à portée de main déplaisait à Swami. Elle était choquée d'apprendre que Randy gardait un revolver dans sa poche arrière.

— Je ne suis pas certaine de vouloir une arme ici. Pas avec les enfants.

— Alors garde-la sur toi. Il n'y a aucun risque. Elle tirera seulement si tu appuies sur la détente. Je serais plus rassuré.

Swami hocha la tête.

— D'accord.

— Il se fait tard. Je vais prévenir Bonnie et ensuite, je resterai sur le bas-côté jusqu'à l'arrivée de Sam. Essaye de dormir.

— Merci, Randy.

Swami était sincère.

— Merci de veiller sur elle, répondit Randy en désignant la chambre d'un geste du menton.

— Randy ?

— Ouais ?

— Tu lui as déjà dit que tu l'aimais ?

Il s'autorisa un minuscule sourire.

— Pas encore.

— Tu devrais.

Il acquiesça, puis son visage s'assombrit et il descendit du Brave. Swami resta dans la cuisine quelques instants, les yeux sur le revolver et la lampe torche. Enfin, elle se leva, verrouilla la portière, verrouilla la fenêtre, éteignit la lumière et resta les yeux grands ouverts dans le camping-car silencieux, écoutant respirer ses enfants, pareils à un tas d'ours.

* Petit revolver Smith & Wesson.

Sur la pointe des pieds, elle pénétra dans la chambre et toucha l'épaule de Moon, qui remua.

— Tu es réveillée ? chuchota Swami.

— Oui, répondit Moon. Où est Randy ?

— Il revient bientôt.

— Tant mieux. (Moon laissa retomber sa tête sur l'oreiller.) Merci, Swami.

Swami lui étreignit l'épaule et retourna à la cuisine avec une couverture et un oreiller. Par la fenêtre, elle contempla le bleu de la nuit baigné par le clair de lune, scrutant chaque ombre. Elle fourra le pistolet dans la poche ventrale de son sweat-shirt et s'allongea sur la banquette, la main serrée autour du manche de la lampe-torche. Elle ne se réveilla qu'une seule fois, dérangée par le ronronnement d'un moteur. Randy était de retour avec le van. Il effectua une marche arrière dans l'allée, de sorte à bloquer l'accès au camping-car, coupa le moteur et attendit. Soulagée, Swami se rendormit.

Le lendemain matin, elle entendit quelqu'un frapper discrètement à la porte de la cuisine. Aussitôt, elle se redressa. Dehors, les ombres avaient disparu. Le soleil s'élevait entre les arbres. Le van était encore dans l'allée. Randy patientait devant le camping-car.

— Tout va bien ? demanda-t-il lorsqu'elle sortit.

Il avait les yeux rouges.

— Rien à signaler. Tu as passé la nuit là ?

Il acquiesça.

— Avec Pete. Sur le siège passager.

— Et Sam ?

— Bonnie n'a pas dû faire passer le message à Chip. Ça ne m'étonne pas vraiment.

Swami regarda le ciel en plissant les yeux.

— Bon, vous n'avez qu'à entrer. Je vais préparer du café. (Swami sentit le poids du snubby dans sa poche et restitua le minuscule revolver à son propriétaire.) Merci.

Bien qu'elle ait été temporairement réconfortée par la présence de l'arme, elle était soulagée de s'en débarrasser. Randy retourna le revolver dans ses mains et le glissa dans sa poche arrière. Il portait le même T-shirt que la veille. Le sang de Moon avait foncé.

— On n'a pas le temps pour un café. Si tu te sens en sécurité, Pete et moi, on a quelque part où aller. (Il se mit à marcher en direction du van.) J'ai pas oublié les scouts. Je serai à la grange à huit heures. Et Pete a lavé la Jeep de Moon hier soir, du coup, tu peux t'en servir. Bonnie nous a demandé d'éviter de nettoyer la caravane avant qu'ils l'aient examinée, alors ne laisse pas Moon y aller. La Jeep est garée devant le bureau des rangers.

— Vous allez où ?

Randy ne répondit rien. Sa démarche trahissait sa tension. Il se déplaçait comme un cow-boy, la crosse du revolver remuant au rythme de ses pas. Il monta dans le van, claqua la portière et fila comme un chien sans sa laisse.

Des bandes de lumière orangée filtraient entre les stores, s'étirant sur l'évier et la petite table. Swami n'avait aucune envie d'aller à la rencontre des chefs de troupe, pourtant elle le ferait. Moon dormait encore, et Swami ne s'attendait pas à ce qu'elle accompagne un groupe aujourd'hui. Sam, Chip et Randy s'occuperaient de la descente. Elle ouvrit la porte de la chambre et contempla ses enfants quelques instants.

DeeDee respirait rapidement, en gonflant son petit ventre. Dell avait sa couverture de nourrisson trouée aux bordures effilochées plaquée contre la joue. Darren dormait la bouche grande ouverte, son visage serein à quelques centimètres de celui de Moon. S'il y avait un bon côté à cet été désastreux, c'étaient les matinées dans le camping-car. Swami chérissait les moments où elle se réveillait, entourée de ses enfants lavés par le lac. Immobile, elle détaillait leurs cils, leurs nez, les petits plis sur leurs lèvres.

Avec un soupir, elle regarda le jour se lever par la fenêtre. Aujourd'hui, c'était sa dernière chance d'obtenir assez de réservations pour vendre une entreprise florissante, au lieu d'une grange à moitié peinte remplie de gilets de sauvetage moisis. La nuit avait été atroce, mais le soleil brillait, à présent. Les chefs scouts étaient sur la route en ce moment même. Swami n'avait pas le choix.

Elle ferma la mince porte de la chambre, prépara son café et s'habilla dans la cuisine. Elle enfila ses vêtements les plus sportifs, un short vert vif et un coupe-vent par-dessus un sous-pull. Dans la salle de bains minuscule, elle noua ses cheveux en queue-de-cheval, étudiant son reflet avec et sans chapeau. Elle voulait projeter l'impression suivante : Je suis une passionnée de yoga compétente et aventureuse qui aime les activités saines par-dessus tout. Elle éclaboussa son visage d'eau et se frotta les yeux. Elle était si fatiguée. Complètement épuisée.

— On est fun ? demanda-t-elle au miroir.

Elle attendit. Pas de réponse. Elle opta pour le chapeau à large rebord.

Swami sortit du camping-car avec une banane et un mug de café. Dehors, l'air était frais, l'herbe humide. Les oiseaux pépiaient. Les feuilles bruissaient dans la brise. Elle s'assit à la table de pique-nique. Son esprit exténué passa les derniers jours en revue, une succession d'images floues. Un bunker. Un feu d'artifice. Un cochon décapité. Elle songea aux factures et à l'assurance résiliée. Elle songea à la manière dont, désormais, elle faisait la lessive dans le lac pour économiser chaque penny. Elle frissonna, remonta la fermeture Éclair de son coupe-vent et entreprit d'éplucher la banane. Que faisait-elle assise là, dans les bois, à peler une banane ?

La portière du camping-car s'ouvrit et Moon apparut sur le seuil, un café à la main. Elle avait retiré le bandage sur son crâne et drapé une des couvertures à nœuds de Debbie sur ses épaules.

— Comment tu te sens ?

— Bien. (Elle s'installa à côté de Swami.) Enfin, ma tête va bien.

Swami lui transmit le message de Randy concernant la Jeep et l'emplacement. Elle ajouta qu'il ne valait mieux pas que Moon embarque dans un raft aujourd'hui, et omit le fait que Randy et Pete étaient partis tôt et semblaient animés par de sombres desseins. Elle n'avait pas la force de supporter cela en plus du reste. Et Moon non plus.

— Merci, dit Moon. Je surveillerai les enfants. Je les emmènerai au lac et je les mettrai au lit pour la sieste. Tu es bien assez occupée.

— Ça me soulagerait beaucoup. Tu trouveras trois biberons dans la glacière pour DeeDee – neuf heures, midi, trois heures – et du lait en poudre dans le placard si je ne suis pas de retour pour le dîner. Elle pourra aussi goûter les petits pois écrasés. Darren t'aidera.

— Les petits pois écrasés, répéta Moon en sirotant son café.

— Comment tu te sens ? demanda Swami. Je ne parle pas seulement de ta blessure.

— Pas trop mal. Au pire, je m'enfuirai à nouveau. C'est ma spécialité.

— Randy est amoureux de toi.

Moon eut un petit sourire.

— Je sais.

— Pars avec lui. Il pourrait travailler comme chef n'importe où.

— En général, je fuis les hommes au lieu de partir avec eux. Mais Randy est différent. C'est ce qui rend la situation si difficile pour lui. Mon incapacité à m'engager.

— Désolée.

— Ne sois pas désolée. C'est de l'histoire ancienne. En avant, pas vrai ?

Pendant quelques minutes, les deux femmes savourèrent leur café en silence. Le vent soufflait parmi les arbres. Peu à peu, le camping se réveillait, on pouvait entendre des poêles et des casseroles s'entrechoquer, des enfants et des parents se chamailler, le bruit caractéristique des joies et des peines auquel Swami s'était habituée.

— Et toi ? demanda Moon. Tu vas bien ? Ton couple ?

Swami ne répondit pas tout de suite.

— J'espère que les choses vont s'arranger, dit-elle après un temps. Je crois qu'elles vont s'arranger ? En réalité, je n'en sais rien. On a à peine échangé trois mots de tout l'été. Faut que j'y aille. (Elle se leva.) En avant.

Swami saisit son sac et jeta un dernier coup d'œil sur les enfants.

— Bonne chance, lança Moon dans son dos.

Quelques minutes plus tard, lorsque Swami bifurqua sur l'allée de Woodchuck, elle freina et continua d'avancer au ralenti, une main plaquée sur la bouche. Le premier mot à traverser son esprit fut, “vandalisme”. La personne qui avait saccagé la caravane de Moon était venue ici. Pourvu que Pete et Randy aient retrouvé le coupable.

Woodchuck offrait un spectacle désolé. La moto de Chip était garée devant la grange. Swami s'arrêta et coupa le moteur. Elle avait une demi-heure avant l'arrivée des invités et les dégâts étaient pires qu'elle ne l'avait initialement pensé.

— Chip ! hurla-t-elle.

L'échafaudage gisait sur le patio. Deux parasols bleus étaient déchirés, la toile arrachée aux piquets, comme des aigrettes de pissenlit. Une table était cassée et plusieurs chaises étaient éparpillées au sol. Un bac de peinture de vingt litres avait explosé contre le mur, éclaboussant les troncs des cèdres. La peinture bleue s'était figée en flaques. Swami se fraya un chemin parmi les décombres, le corps tendu, la bouche ouverte. Ranger Bonnie ne suffirait pas. Ils avaient besoin de vrais shérifs et vite. Swami leva les yeux sur la grange. La façade était entièrement repeinte. Elle demeura immobile un instant, s'efforçant de comprendre. Lorsqu'elle enjamba un tas de planches, elle vit les canettes vides. Son incompréhension se mua en colère froide. Ce chaos n'était pas l'œuvre de vandales. C'était l'œuvre de Sam et son oncle. À peindre. À boire.

Son portable bipa dans la poche de son coupe-vent. Trois nouveaux messages vocaux étaient apparus alors qu'elle conduisait. Deux messages et cinq appels manqués de Woodchuck. Un message en provenance d'un numéro inconnu. Elle l'écouta en premier. Un des chefs de troupe l'avait appelée depuis Crivitz : il s'était trompé de direction et serait en retard. Sa voix était enjouée, chargée de caféine, la voix d'une personne en vacances.

Chip se rua hors de la grange et tituba entre les détritus, un joint allumé à la main. Swami referma son téléphone à clapet d'un coup sec.

— Swami ! (Il était paniqué, hors d'haleine, le visage cramoisi.) Pourquoi tu n'as pas répondu ? Sam est blessé. Je l'ai trouvé par terre ce matin ! Il s'est peut-être cassé la jambe, en tout cas, c'est ce qu'a dit le secouriste. Ils viennent de partir dans l'ambulance. J'ai pas arrêté de t'appeler.

— Dans l'ambulance ?

Swami était incapable d'articuler un mot de plus. Elle se contenta de regarder Chip en secouant la tête. Il avait les yeux rougis et, à l'évidence, il était dans tous ses états. Il n'arrêtait pas de grimacer, comme s'il avait mal quelque part.

— Je ne pouvais pas l'emmener à moto. Alors j'ai appelé l'hôpital à Ironsford. Je n'ai même pas réussi à le déplacer. Il a dit qu'il ne s'était pas cogné la tête, qu'il s'était accroché quand l'échafaudage avait lâché, mais sa jambe était tordue. Il était cloué au sol, Swami ! Toute la nuit !

Chip porta son joint à sa bouche, avala une bouffée tremblotante et recracha la fumée. Lorsqu'il voulut reprendre une taffe, Swami l'arrêta d'un geste et le fusilla du regard.

— Qu'est-ce qui s'est passé ?

Quelque chose dans la panique de Chip, son immaturité, sa vulnérabilité, attisait sa colère. C'était elle qui avait besoin d'assistance aujourd'hui et non l'inverse. Elle refusait d'avoir pitié de lui.

— Je suis venu tôt, parce que c'était la journée des chefs scout, et je l'ai trouvé devant la grange. Oh, Swami, j'ai pas pu le déplacer. J'ai pas pu le soulever. Il criait tellement fort.

— Il a vraiment la jambe cassée ? Ils te l'ont confirmé ?

Chip hésita.

— Oui… Il va bien, mais sa jambe était bizarre. Hier soir, il est venu pour terminer la peinture et ensuite…

D'un seul coup, Swami se détourna de lui. Il semblait au bord des larmes et elle ne le supportait pas.

— Contente-toi de… fumer.

Elle fit les cent pas. Chip se pencha sur son joint. Swami s'éloigna et contempla le champ quelques instants.

— Où est Randy ?

— Je l'ai pas vu.

— Il ne t'a pas appelé, hier soir ?

— Non. Pourquoi ?

— Je vais passer un coup de fil. Occupe-toi de l'échafaudage, s'il te plaît. Il bloque la porte d'entrée. On va nettoyer ce qu'on peut et, quand Randy sera là, il gonflera les rafts. On a une demi-heure, maximum, avant l'arrivée des clients.

Chip fronça les sourcils.

— Et Sam ?

— Quoi, Sam ?

Swami contempla les canettes vides, les chaises brisées, le désordre laissé par son mari. Il avait grimpé à une échelle alors qu'il était ivre. Et maintenant, il était allongé dans un lit quelque part, à se faire dorloter par une infirmière et à manger de la compote pendant qu'on lui plâtrait le pied. Qui savait combien leur coûterait son accident ? Swami se sentit envahie par un nuage sombre et glacial. Dire que ce serait à elle de tout rattraper avec sa propre sueur et la descente programmée aujourd'hui même – à condition que la rivière soit navigable, bien sûr. Elle prit une profonde inspiration et se tourna vers Chip.

— Chip, dit-elle, détachant chaque mot. La descente aura lieu comme prévu et tu vas t'efforcer d'arracher une réservation à nos invités, sinon je te jure que…

Ne sachant comment conclure ce qu'elle voulait lui dire, tout ce qu'elle avait à lui dire, elle enfonça le doigt dans son ventre rebondi. Comme il semblait sur le point de protester, elle enfonça son doigt plus profondément. Il fit un pas en arrière.

— Attends un peu. (Il semblait contrarié.) J'ai bien compris que tu n'aimais pas cet endroit. Et j'ai bien compris que la situation était difficile, pour toi. Mais tu ne peux pas penser ce que tu dis. On ne va pas travailler alors que Sam est blessé. (Il se redressa de toute sa hauteur, fier et furibond.) On ne fait pas de rafting quand un membre de la famille est à l'hôpital.

— Tu oses parler de famille ! (Sans prendre le temps de réfléchir, Swami lui arracha le joint des mains.) Vieux sénile ! (Des mots qu'elle cracha avec véhémence, les poings serrés.) Imbécile ! Putain de déchet ! Tu as intérêt à nettoyer ce foutoir tout de suite, et tu vas la descendre, cette rivière, crois-moi !

Le visage de Chip s'empourpra. Soudain, il se pencha vers elle. Swami déglutit. La mâchoire contractée, Chip finit par reculer. Son joint se consumait dans l'herbe sèche. Lorsqu'il expira, Swami entendit ses poumons gonfler et gargouiller – l'homme était un véritable géant.

— Je suis peut-être un vieux sénile, mais je ne suis pas méchant. Contrairement à toi. Tu es un vrai serpent, Swami. Pas étonnant que Sam n'arrive pas à éclaircir ses idées et gérer Woodchuck. Qui en serait capable, avec une femme comme toi sur le dos chaque minute de chaque jour ? Cet été, tu n'as absolument rien fait, hormis le brimer à chaque occasion.

— Moi, je n'ai rien fait ? Ironique, de la part de l'oncle qui refile son entreprise défaillante à son neveu et s'assoit sur son tas d'or pendant que ses proches se noient !

Chip eut l'air interloqué.

— Je suis au courant, poursuivit Swami. Je sais combien t'a proposé NorthSky pour la ferme. Et je sais que la somme suffirait à sortir Sam de la situation dans laquelle tu l'as fourré.

Elle le détestait. Jamais elle n'avait autant haï quelqu'un.

— Si c'est vraiment ce que…

Swami lui cracha dessus. Elle visa son visage mais l'atteignit au cou. Chip bouillonnait. Elle l'entendit grogner. Il essuya la salive sur sa peau et porta une main à son torse en grimaçant, comme s'il était traversé par une décharge douloureuse. Ensuite, il enfourcha lentement sa moto, démarra le moteur et s'éloigna sans un regard.

— Où est-ce que tu crois que tu vas ? hurla-t-elle dans son dos.

Chip s'engagea sur la route et changea de vitesse, sa monture fatiguée laissant un sillage de fumée bleue sur l'allée déserte.

Une fois seule, Swami essaya de prendre une profonde inspiration, mais l'air crépitait dans sa poitrine. Les champs étaient silencieux : pas d'oiseaux ni de vent, pas le moindre souffle sur sa peau. Swami ferma les yeux et demeura immobile jusqu'à ce qu'elle entende une voiture approcher. Elle ne pouvait pas se résoudre à rouvrir les yeux. Les paroles de Chip l'avaient touchée d'une manière inattendue. Elle n'était pas méchante. Au contraire, elle était plus calme que les autres. Plus organisée. Elle était celle qui s'attelait aux tâches les plus ardues, la capitaine du navire. Pourtant les paroles de Chip continuaient de résonner dans son esprit, de même que les souvenirs. Elle revit Sam sortir de leur vieille remise de jardin, souriant, un vélo d'enfant dans les bras. Puis elle revit la manière dont son sourire s'était effacé lorsqu'elle l'avait réprimandé. Elle devait demeurer parfaitement immobile afin que les mots et les souvenirs commencent à couler, aussi durs et froids que les galets au fond de la rivière.

Le moteur s'éteignit. Une portière claqua.

— Qu'est-ce qui s'est passé ? demanda une voix d'homme.

Il ne s'agissait pas de Randy. Ni de quiconque qu'elle connaissait. Swami se retourna et vit un groupe de chefs scouts, des papas en vacances, vêtus de shorts fluo et de T-shirts en néoprène. Elle les scruta un long moment, désemparée.

— Je ne sais pas. On est fermés. Je suis navrée, mais on est fermés aujourd'hui.

Après une conversation aussi interminable qu'embarrassante, Swami regarda les Camry et les Silverado regagner la route. Ils profiteraient probablement de l'aubaine pour se rendre chez X-treme. Elle ne ressentit presque rien, debout parmi les débris, tandis que disparaissait leur dernière chance. Elle se fraya un chemin jusqu'à la grange et saisit une bouteille de white-spirit ainsi qu'une vieille serviette de plage sur une étagère à l'étage.

Le solvant lui brûlait les yeux. Malgré la chaleur, elle avait la sensation que ses gants étaient frais pendant qu'elle nettoyait les chaises. Swami repoussa une mèche imbibée de sueur avec son avant-bras, trempa la serviette dans le seau et se remit au travail. Les coulures étaient si épaisses qu'au début, le solvant ne fit que les étaler. Elle frotta et frotta encore, essorant sa serviette, la trempant dans le seau. Elle ramassa les chaises et les canettes. Elle empila les planches de l'échafaudage, dont le cadre en aluminium n'était plus qu'un amas tordu. Elle s'affaira en silence, une latte après l'autre. Et toujours aucune nouvelle de Randy.

Elle n'éprouvait aucune émotion, sinon un détachement brumeux, à croire qu'elle aurait pu passer le restant de ses jours à frotter le patio, jusqu'à y creuser des sillons, un trou dans lequel se tapir et fulminer et mordre la main de quiconque oserait l'approcher. Le soleil était brûlant, elle avait besoin d'une pause. Son dos était douloureux et les émanations du solvant lui donnaient mal au crâne. Dans la grange, elle trouva une bouteille d'eau à moitié gelée au fond du frigo. Appuyée à un poteau en bois, elle passa la bouteille sur son visage et son cou. Savourant la fraîcheur de l'ombre, elle suivit des yeux le vol des hirondelles qui chassaient les insectes au-dessus des champs. L'eau était glacée et, après la première gorgée, une pensée s'imposa à Swami. Elle fut surprise de s'entendre la prononcer à voix haute :

— J'ai terminé.

Une phrase aussi claire qu'un courant cristallin, un ciel dégagé, un vent soutenu. Elle ne dépenserait pas une seconde de plus à ramasser les pots cassés des autres. Pas un dollar de plus. Pas une respiration de plus. Elle prononça la phrase à nouveau, se redressa et monta dans la Jeep. Elle avait incroyablement chaud. Elle irait donc nager. Elle ne jeta pas un regard sur Woodchuck. Elle roula seule et vite sur la route et trouva un débarcadère tranquille près de la rivière. Elle se déshabilla et plongea sous la surface, où il faisait frais, effleurant le fond avant de retrouver l'air et la lumière.

Battant les jambes, elle repoussa ses cheveux en arrière et prit une profonde inspiration. Dieu du ciel, que c'était bon. Elle plongea encore et encore. Chaque fois, elle se sentait un peu plus propre, un peu plus libre. Plus jamais elle n'aurait à contempler Woodchuck. Et il lui semblait approprié de laisser les lieux en désordre, puisqu'en définitive, il n'en avait jamais été autrement. Woodchuck avait toujours été chaotique.

Swami nageait pour se nettoyer du chaos. Loin de la berge à présent, elle dut faire un effort pour toucher le fond vaseux. Sentant une roche en granit sous la vase, elle posa les pieds dessus et poussa, se propulsant vers le ciel. Lorsqu'elle émergea pour la dernière fois, elle prit une profonde inspiration.

Au moment d'expirer, sa bouche laissa échapper trois mots supplémentaires. Ils surgirent des tréfonds de son passé, une époque précédant le licenciement de son père et le désappointement de sa mère.

— Lions de mer.

Si elle pouvait choisir de tourner le dos à Woodchuck, elle pouvait tourner le dos à beaucoup de choses. Swami flotta dans l'eau. Elle savait exactement ce qu'elle allait faire.

D'abord, elle se sécherait au soleil. Ensuite, elle irait chercher ses enfants au camping. Elle confierait Woodchuck à sa mère, qui se débarrasserait de l'entreprise pour une poignée de pennies et vendrait la maison de Chicago au meilleur prix possible. Ensuite, elle mettrait cap à l'ouest. Le camping-car n'avait qu'à pourrir dans la forêt. Sam pourrait y vivre pour toujours. Swami et ses enfants emménageaient en Californie. Ils partiraient dès aujourd'hui. Ils iraient voir les lions de mer.

Swami regagna la berge. Un vieil homme était occupé à décharger son bateau de pêche quand elle émergea de l'eau, dégoulinante et nue comme un ver. Il laissa tomber son seau d'appâts en la voyant. Il semblait effrayé et Swami s'en réjouit. Devant la Jeep, elle enfila un short et un T-shirt propres, puis elle monta à bord et partit.

Elle partit.

13

Ce matin-là, après qu'on lui eut posé le plâtre, Sam appela Swami de l'hôpital. Il s'était fracturé le tibia et, d'après le médecin, compte tenu de sa chute, il avait de la chance que les dégâts ne soient pas plus importants. La fracture était légère. Swami ne répondit pas, mais Sam savait que les chefs de troupe arrivaient aujourd'hui. Avec un guide en moins, elle devait être débordée. N'empêche, pensa-t-il. Les autres peuvent bien se débrouiller sans elle. Il était seul dans sa chambre, la jambe immobilisée, à regarder les actualités à la télévision. Al Gore passait des coups de fil aux gouverneurs du Midwest. À présent, il était en ligne avec Tommy Thompson. La totalité de la région semblait ravagée.

Chip vint lui rendre visite, suivi de Moon. Alors, Sam comprit. Chip s'était disputé avec Swami. Moon l'avait regardée charger le van.

— Elle est rentrée plus tôt que prévu, expliqua Moon. Elle a installé les gamins à l'arrière et elle est partie. Elle avait l'ait déchaînée. Féroce. Elle a refusé de me dire où elle allait. Elle a refusé de me dire ce qui s'était passé. Dell pleurait. Darren était contrarié.

Assis sur une chaise, Chip observait Sam, qui laissa retomber sa tête sur l'oreiller. Ferma les yeux. L'infirmière venait de lui administrer une seconde dose d'un nouveau genre d'analgésique qui embrumait son esprit, de même que sa conscience de la situation. Ses pensées se formaient avec lenteur, de manière séquentielle, une traînée de nuages dans un ciel désert.

Au lieu de se rendre au feu d'artifice, il avait repeint la grange de Swami.

Il était tombé et s'était cassé la jambe.

Chip l'avait trouvé.

Swami était partie.

C'était si évident que Sam avait du mal à le croire.

— Désolée, Sam, ajouta Moon.

— Je l'ai insultée.

Chip s'absorba dans la contemplation du linoléum. Une infirmière poussa un chariot grinçant devant la porte entrouverte.

— Je n'aurais pas dû.

— Tu lui as dit quoi ?

— Qu'elle était un vrai serpent.

Devant l'énormité du désastre, Sam poussa un grognement.

— Et elle a bien réagi, j'imagine ?

Ce n'était pas une vraie question.

— Pas vraiment.

— Bon.

Une nouvelle pensée floue flotta dans son esprit. Plus sombre, aussi Sam la laissa-t-il dériver : il ne pouvait plus se permettre d'accorder la moindre importance aux remontrances de sa femme. Il s'était échiné à peindre une grange, à tolérer ses silences, à dormir dans la véranda. Il s'était même cassé la jambe. Rien de tout cela ne comptait à ses yeux. Swami était méchante. Chip avait raison et Sam était heureux qu'il ait osé exprimer la vérité. Tirer du plaisir de ces paroles était mesquin de sa part, mais à cet instant précis, sa mesquinerie ne le dérangeait pas. Il avait souffert seul et il pouvait également se pardonner seul, être sa propre rédemption.

— Pas grave. Vous voulez signer mon plâtre ?

Chip renifla.

Le plâtre bleu partait de la cheville de Sam et s'arrêtait au-dessus de son genou, afin de protéger l'articulation. On aurait dit une grosse chenille bleue. Ses orteils se trouvaient juste en dessous du menton d'Al Gore à l'écran. Sam les agita et eut envie de rire.

— Regardez mon plâtre à la con. Et mes orteils à la con. Et ce type, là. Avec son gros téléphone.

— Ils t'ont donné quoi, Sam ?

— Viking quelque chose.

Il continuait d'agiter les orteils en direction du vice-président.

— T'en as pas d'autres ? demanda Chip.

Sam arrêta de remuer le pied et fouilla les draps à tâtons.

— Sûrement.

À cet instant, un homme svelte franchit le seuil, suivi d'une infirmière qui essayait de le retenir par le bras.

— Monsieur ? Monsieur !

— Salut, Pete !

Sam se fendit d'un grand sourire. Lentement, Pete se libéra de l'étreinte de l'infirmière.

— Vous voyez bien qu'ils me connaissent.

Il arborait un gros coquard violacé.

— On n'entre pas comme ça dans un hôpital, protesta l'infirmière.

— D'accord, répondit Pete, à sa manière douce et désarmante.

L'infirmière pinça les lèvres.

— La prochaine fois, vous patienterez.

— D'accord.

L'infirmière regarda Chip et sa carrure imposante, Moon et ses tatouages, l'homme hilare dans son lit d'hôpital. Elle souffla par le nez et tourna les talons.

— Ça gaze, Pete ? s'écria Sam. Tu veux signer mon plâtre ? Ma femme n'est pas là.

Pete l'observa. Il avait les cheveux en bataille. Des mèches s'étaient échappées de ses nattes et rebiquaient, hérissées comme des éclairs. Le blanc de son œil blessé était injecté de sang.

— Qu'est-ce qui t'est arrivé, Pete ?

— On m'a dit que je vous trouverais ici. Vous êtes au courant, pour Randy ?

— Il est où ? demanda Moon.

Elle le scruta longuement. Il avait les yeux rouges et larmoyants. Sam nageait en pleine confusion et cela ne le dérangeait pas le moins du monde.

— Il est en bas. Il s'est fait casser la gueule. C'est pas beau à voir.

Chip se leva d'un seul coup. Moon plaqua une main sur sa bouche. Lorsqu'il vit leur réaction, Sam se redressa sur les coudes en grimaçant.

— En bas ? Il a été admis ici ?

Pete hocha la tête.

— On est allés à NorthSky ce matin et on est tombés sur des employés en train de boire du whiskey. Ils étaient couverts de sang de cochon, du coup on a compris que c'étaient eux.

— Que c'étaient eux qui avaient fait quoi ? demanda Chip.

— Au fait, j'ai rien dit aux flics et Randy non plus, donc…

Sam plaça son index devant ses lèvres et les regarda en faisant "chut", histoire de s'assurer que le message était bien passé. Moon l'ignora et s'approcha de Pete.

— Conduis-moi à sa chambre. (Elle l'orienta vers la porte.) Debbie sait qu'il est blessé ?

— Non.

— Ça sent pas bon. (Chip leur emboîta le pas dans le couloir.) On revient tout de suite.

Sam hocha la tête et les suivit des yeux avant de s'affaler sur le lit. Le silence s'abattit à nouveau dans la pièce, hormis la rumeur de la télévision. Le gros combiné beige plaqué sur son oreille, Al Gore promettait au gouverneur du Wisconsin que des aides fédérales leur seraient bientôt accordées, pour compenser les récoltes perdues. Merci, monsieur le vice-président, dit le gouverneur. Merci, gouverneur, dit le vice-président.

Le lendemain matin, Sam se rendit à NorthSky avec Moon, et aussi Duncan. Il était installé à l'arrière de la Jeep, la jambe surélevée. Il avait beau souffrir, il refusait de prendre les analgésiques prescrits. Il était sorti de l'hôpital avec une simple paire de béquilles. Plus que jamais, il devait avoir les idées claires. Moon fonça en direction du site, qui se trouvait à quelques kilomètres en aval, après X-treme. Il était environ midi, l'heure habituelle des manifestations. Elle avait passé la nuit au chevet de Randy et demandé à Sam de l'aider à arrêter le rassemblement prévu aujourd'hui. Mais lorsqu'elle était passée à X-treme pour prévenir Sally qu'ils ne devaient pas faire de vagues, que la ville devait se calmer, Duncan lui avait expliqué que l'étudiante s'était activée toute la nuit et toute la matinée. À présent, chacun des habitants savait que des employés NorthSky avaient cassé la figure à Randy, le fils chéri de Thunderwater.

— Je devrais peut-être vous accompagner. (Il se précipita sur le porche.) Je pourrais vous aider.

— OK, dit Moon. Monte.

Duncan s'installa sur le siège passager.

— N'allez pas croire que je vous apprécie, dit-il avec un grand sourire. (Il remarqua le gros plâtre de Sam.) Tu étais avec lui ?

Sam secoua la tête.

— Non. Et nous non plus, on ne t'apprécie pas. Woodchuck va vous mettre dehors.

— Ha ! s'écria Duncan.

— Paraît qu'il va y avoir des investisseurs, aujourd'hui, dit Moon. Des gros bonnets. Alors j'ai préféré tout annuler.

Les cheveux blonds de Duncan s'agitèrent dans la brise.

— C'est peut-être une raison de plus pour manifester. Histoire que les gros bonnets sachent de quoi il retourne.

— Jusqu'à ce qu'il y ait des blessés, intervint Sam.

Duncan se tut et regarda la rivière scintiller derrière les fenêtres.

La veille, Sam avait passé la soirée à essayer de joindre Swami. Elle ne répondait pas à son portable. Il avait composé le numéro de la grange et laissé le téléphone sonner et sonner encore. Il avait demandé à Ranger Bonnie de jeter un œil sur l'emplacement. Elle n'y avait trouvé personne. Sam avait également appelé leur fixe à Chicago. Il était tombé sur le répondeur à cinq reprises avant de se résoudre à laisser un message.

— Swami, je sais que tu es partie et je sais que Chip t'a crié dessus. S'il te plaît, appelle chez Chip dès que tu auras ce message. Tu n'auras pas besoin de parler. Je veux juste savoir que tu es là. S'il te plaît.

Au moment où il raccrochait, Moon avait pénétré dans sa chambre d'hôpital et annoncé qu'elle devait annuler la manifestation. Le soleil venait de se lever. Chip était parti prévenir la mère de Randy dans la nuit. Il était la personne la mieux placée pour lui délivrer la nouvelle dans le calme. Il la connaissait depuis longtemps et s'ils continuaient de repousser le moment, ce serait bien pire. Randy était conscient mais sous sédatifs. Il les avait suppliés de ne rien dire à sa mère, pas tout de suite. Ses côtes étaient enfoncées, devant et derrière. Ses yeux étaient gonflés et sa main droite était cassée. Avec Pete, ils étaient allés s'expliquer avec les employés NorthSky. Bruce était présent, accompagné de quatre hommes. Randy avait franchi le seuil sans la moindre hésitation et posé brutalement la tête de cochon sur la table pliante avant de faire décoller Bruce de sa chaise avec un violent crochet. Aussitôt, les autres leur avaient bondi dessus. Ils étaient si saouls qu'ils n'avaient pas su s'arrêter. Pete avait fait ce qu'il pouvait, mais les hommes l'avaient rapidement assommé. Il s'était réveillé dans un fossé près de la rivière, sous un soleil de plomb, le visage couvert de mouches. Il croyait que Randy était mort.

Moon négocia les virages bordés de pins et bifurqua sur le gravier boueux. La piste était striée de nombreuses traces de pneus. Sam savait que NorthSky s'était fait livrer des engins neufs. Des gros concasseurs, des excavatrices et des marteaux-pilons. D'énormes camions-bennes étaient garés sur la zone basse près de la rivière. Marécageux et inconstructible, le terrain du siège temporaire était le premier que NorthSky avait pu acquérir. Ils avaient fait venir juste assez de gravier pour pouvoir y garer leurs machines et leurs remorques.

Moon franchit le dernier virage.

— Oh non.

Des voitures bordaient chaque côté de la route sur plus de quatre cents mètres. Deux camionnettes du journal télévisé de Channel Six était également présentes. Sam reconnut le pick-up de Pete. Il n'aperçut ni la moto de Chip ni le pick-up à plateau vert de Debbie. Avec un peu de chance, Chip avait réussi à la calmer, puis il l'avait emmenée à Ironsford et persuadée de rester à l'hôpital. Quand bien même, songea Sam, Debbie n'était qu'une femme. Jusqu'où pouvait dégénérer la situation ? Moon exagérait. Debbie avait beau être une dure à cuire, elle n'était pas dangereuse. Aucun des habitants de Thunderwater n'était vraiment dangereux. C'était juste une impression, assurément.

Moon ne se rangea pas sur le bas-côté. Elle continua de rouler en direction du portail et freina près d'un vieil homme coiffé d'une casquette orange qui s'approchait de la clôture. Sam l'avait déjà remarqué à Grange Hall. Il portait une salopette en jean crasseuse et avait un gros pied-de-biche jaune dans une main, une canette de Coors dans l'autre. Il regarda Moon ralentir.

— Je vais foutre la merde.

Personne ne lui avait posé la moindre question. Il marchait d'un bon pas et Moon roulait à ses côtés.

— Vous savez qu'ils ont cassé la gueule à Randy ? reprit-il. Les types de NorthSky ? On va leur montrer de quel bois on se chauffe. Les autres villes leur ont peut-être cédé, mais ils connaissent pas Thunderwater, nom de Dieu ! (Il s'immobilisa.) Déposez-moi, j'suis hors d'haleine, maintenant.

Moon arrêta la Jeep et l'homme monta à bord.

— Dites donc, vous seriez pas la fille qu'a montré les photos l'autre jour ?

Il s'appuya sur son pied-de-biche comme s'il s'agissait d'une canne.

— En effet.

— Eh ben, ma grande, tu vas l'avoir, ta manifestation. Parce que t'avais raison.

Les arbres se firent plus clairsemés et la mine apparut. Plus de deux cents personnes massées le long de la clôture secouaient le grillage. Debout sur le toit de leur voiture, certains manifestants criaient aux mineurs de sortir des préfabriqués. Sam vit une dame âgée secouer un balai. L'homme à la casquette orange mit pied à terre et se mêla aussitôt à la foule. Ranger Bonnie agitait les mains, s'efforçant de dissuader ceux qui essayaient d'escalader la clôture. Son visage était rouge vif. Elle suppliait tout le monde de rester pacifique. Derrière elle se trouvaient les deux préfabriqués marron aux stores baissés et une poignée de pick-up rutilants hors de portée des pierres jetées par les manifestants. Un cameraman filmait la scène.

— Sortez de là, bande de rats ! cria la dame au balai.

Sam prit alors conscience qu'il s'agissait de Rita. Apparemment, elle avait amené ses clients du samedi.

— Quand on s'en prend à mes chéris, on s'en prend à moi ! hurla-t-elle avant de se mettre à scander avec le reste de la foule : Dehors ! Dehors ! Dehors !

Duncan aida Sam à s'extraire de la Jeep et à s'appuyer sur ses béquilles, dont les extrémités s'enfoncèrent aussitôt dans la boue. Sam prit son temps, veillant à ne pas souiller son plâtre.

— Merde alors, ricana Duncan. J'aimerais pas être à leur place, là-dedans.

Sam observa les fenêtres obscures. Un homme projeta de la boue sur le mur.

— S'il vous plaît, cria Ranger Bonnie dans son mégaphone. S'il vous plaît, pas de boue !

Une deuxième boule de boue tournoya dans les airs, cassant une des petites fenêtres. Quelqu'un à l'intérieur du préfabriqué combla le trou avec un coussin. Les manifestants crièrent plus fort.

Sally se fraya un passage à travers la foule et rejoignit Moon. Le souffle court, elle était en sueur et semblait complètement euphorique.

— T'as vu ? C'est fantastique ! Moon, il faut que tu ailles voir les journalistes. Ils veulent te parler.

— Non, Sally. Randy est à l'hôpital. C'est pas bien. Quelqu'un d'autre va finir par être blessé.

Sally la regarda, atterrée.

— On a travaillé tout l'été pour arriver à ce résultat. Et toi, tu veux les renvoyer chez eux ?

— Chez eux, c'est ici, Sally. Tu es consciente que la plupart de ces personnes ont une carabine dans leur véhicule ? Il ne s'agit pas d'un meeting politique. (Elle fit signe à la jeune fille de s'éloigner.) Empêche-les de franchir la clôture. Je vais essayer de parler à Bonnie. Elle me prêtera peut-être son mégaphone.

Avec l'aide de Duncan, Sam boitilla dans le sillage de Moon.

— Excusez-moi, excusez-moi ! criait-elle en slalomant entre les corps.

Sitôt qu'ils la reconnaissaient, les manifestants s'écartaient pour la laisser passer, ainsi que Sam et ses béquilles. La journaliste la repéra et l'appela, mais Moon l'ignora. Elle s'approcha de la clôture, qui oscillait sur ses poteaux tandis que les habitants hurlaient. "Dehors ! Dehors ! Dehors !" À leurs côtés se tenait le jeune couple de la réunion municipale, qui rêvait de pick-up et de terrains de base-ball. Ils s'époumonaient avec les autres. La femme si pieuse avait la bouche grande ouverte et le visage cramoisi. Sam se demanda s'il ne s'était pas mépris sur les habitants de cette petite ville. Ils partageaient un lien profond. On aurait dit que les hommes tapis dans les préfabriqués avaient tabassé le petit frère ou la petite sœur de chacun des manifestants. Et ici, personne ne tabassait le petit frère de quiconque. Par ailleurs, ils savaient vraiment se battre. Presque tous les samedis soir, ils s'entraînaient chez Rita.

Un paquet de pétards voltigea par-dessus la clôture et crépita dans la boue près du préfabriqué. Le vieil homme coiffé d'une casquette orange s'esclaffa. Sam le vit essayer d'allumer une autre mèche avec son Zippo, le pied-de-biche jaune calé sous son aisselle.

Ranger Bonnie glissa dans la boue alors qu'elle courait à la rencontre de Moon et de Sam. Sitôt qu'elle atteignit la clôture, le jeune couple hurla de plus belle.

— Ouvrez cette clôture !

— Moon ! Sam ! Il faut les arrêter ! Je suis seule ! Les renforts arrivent dans vingt minutes. Il y a des cadres NorthSky dans le préfabriqué, et ils ne sont pas près de sortir, et plus ils resteront cachés, plus les habitants vont s'énerver. Ça ne me plaît pas du tout. Monsieur ! Monsieur, descendez de cette clôture ! Tout de suite ! Parle-leur, Moon.

— Lance-moi ton mégaphone ! dit Moon.

Rita passa le manche de son balai à travers les mailles du grillage et l'enfonça dans les côtes de Ranger Bonnie. Celle-ci s'empourpra, arracha le balai à son assaillante et donna un grand coup sur le grillage.

— Je suis garde forestier et adjointe intérimaire du shérif, dit-elle sur un ton sec. Tâchez de nous montrer un peu de respect, à moi et à cette clôture.

— Rends-moi mon balai, espèce de flic des bois ! répondit Rita.

Oubliant le mégaphone, Moon fendit la foule et grimpa sur le capot du pick-up le plus proche.

Elle sautilla en agitant les bras et mit ses mains en coupe autour de sa bouche pour réclamer l'attention des habitants. Seul le cameraman sembla la remarquer. Un autre paquet de pétards vola par-dessus la clôture.

Soudain, Sam vit Moon scanner l'arrière de la foule. Son visage s'affaissa. Elle sauta au bas du capot au moment où retentissait la première détonation.

Boum ! Boum !

Des oiseaux s'envolèrent dans les arbres. Tout le monde se tut et baissa la tête. Ranger Bonnie s'accroupit dans la boue, la main sur sa bombe de spray anti-ours.

Boum !

Avec ses béquilles, Sam se protégea comme il put. Certaines personnes se mirent à courir en direction des bois. Lorsque la foule se dispersa, il aperçut le portail, protégé par une énorme chaîne. Sam était incapable de déterminer la provenance des tirs. Il jeta un œil sur le préfabriqué et vit retomber les lattes métalliques d'un store.

— Debbie ! cria Moon. Non !

À cet instant, Sam remarqua la mère corpulente qui pataugeait dans la boue. Vêtue d'une robe et chaussée de bottes en caoutchouc, elle réarma son fusil à pompe tout en marchant. Ses cheveux en bataille étaient dressés sur son crâne. Son visage était blême, ses yeux injectés de sang.

— NORTHSKY ! SORTEZ DE CETTE CARAVANE !

Elle tira plusieurs balles en l'air.

Duncan était tapi sur la piste. Des manifestants s'étaient enfuis, d'autres se cachaient, certains avaient dérapé et ne s'étaient pas relevés. Sam était le seul idiot à être encore debout, gelé de part en part, une jambe plâtrée tendue devant lui.

— Deb ! cria Moon.

Quand les yeux de Debbie se posèrent sur elle, son regard était si noir que Moon s'arrêta net. Ranger Bonnie aussi. Elle lâcha sa bombe et leva les mains en l'air.

— DERNIÈRE CHANCE, cria Debbie en direction du préfabriqué. SORTEZ ET LAISSEZ LE RANGER VOUS ARRÊTER POUR CE QUE VOUS AVEZ FAIT À MON FILS !

À nouveau, elle tira en l'air et réarma son fusil. La bandoulière en cuir était lestée de balles de calibre 12. Debbie n'était pas près de manquer de munitions.

— SINON JE M'EN CHARGE MOI-MÊME !

Ses bajoues tremblotaient. On aurait dit un cheval de bataille, ou un taureau très énervé.

Une des lames du store de la caravane s'écarta, avant de retomber en place. Les narines de Debbie se dilatèrent.

— NON ? D'ACCORD !

Elle avança, cala le fusil sur son épaule et visa. Le verrou explosa et des éclats de métal vibrèrent dans l'air. Debbie ouvrit le portail d'un coup de pied. Elle rechargea son fusil et pataugea dans la boue, puis elle monta les marches du préfabriqué et s'arrêta le temps de viser la poignée.

— ÉLOIGNEZ-VOUS DE LA PORTE !

Ce fut le seul avertissement auquel ils eurent droit.

Boum !

La balle traversa l'aluminium peu solide et Debbie enfonça le battant. Puis elle franchit le seuil et braqua son fusil sur le plafond. La déflagration illumina la pénombre. Les balles transpercèrent le toit. Du verre se brisa. Un bureau semblait avoir été renversé. *Boum ! Boum ! Boum !* Debbie tira et tira encore, faisant trembler la petite bâtisse. Un feu démarra et la fumée se déversa par la porte. Une autre déflagration fendit le revêtement en pin. Dehors, la foule se baissa à nouveau. La fumée s'épaissit et des flammes apparurent à l'une des fenêtres cassées.

Quatre hommes sortirent en courant. Le premier trébucha dans l'escalier et les trois autres trébuchèrent par-dessus lui. Ils atterrirent dans la boue. Ils étaient vêtus de jeans et de Carhartt. Bruce se trouvait parmi eux. Un cinquième homme en costume sortit en toussant, les mains sur la tête. Il dégringola des marches et s'agenouilla près de ses collègues dans son pantalon à pinces et ses chaussures vernies. Sam entendit des sirènes au loin et vit l'homme à la casquette orange s'élancer en direction des pins avec son pied-de-biche.

— Oncle Greg ? s'exclama Duncan.

Sam se retourna et vit un dernier employé NorthSky émerger de la fumée. Blakely, l'homme qui avait financé l'entreprise de Duncan. Debbie le tenait par la peau du cou, le canon du fusil enfoncé dans son dos.

À présent, les sirènes étaient sur la piste en gravier menant au portail. Sam pouvait distinguer les gyrophares entre les troncs des pins. Il ne s'en était pas rendu compte, mais un nuage sombre était apparu et la pluie s'était mise à tomber, des gouttes grosses comme des taons qui s'écrasaient dans la boue.

— Vous avez pas intérêt à bouger, dit Debbie aux hommes alignés devant elle.

— Tu vas finir en prison, dit Blakely.

— Toi aussi.

Debbie lui asséna un coup à l'arrière de la jambe afin qu'il s'agenouille avec les autres.

— Oncle Greg ? répéta Duncan, l'air interloqué.

Sam fronça les sourcils, intrigué par la scène.

— Bonnie, viens vite, dit Debbie.

Le préfabriqué était enveloppé par les flammes et une épaisse fumée noire semblable à celle produite par un moteur diesel s'échappait des fenêtres.

— Debbie, non, murmura Moon.

Bonnie s'approcha et Debbie lui tendit le fusil, qu'elle tenait par le canon.

— Braque-le sur nous, dit-elle. Tout va bien, prends-le. Je suis désolée de t'avoir fait peur.

Ranger Bonnie s'exécuta.

— Ce n'est pas moi qui ai mis le feu, dit Debbie. Tu ne peux pas m'inculper pour incendie criminel. C'est son œuvre à lui.

Debbie s'agenouilla près de Blakely et mit ses mains sur sa tête. Deux véhicules de police appartenant au comté voisin s'immobilisèrent dans un sifflement de pneus. Les derniers manifestants s'empressaient de quitter les lieux. Le préfabriqué gémissait et crépitait. Une flèche de flammes tourbillonnantes jaillit dans la pluie de plus en plus dense. D'un geste maladroit, Ranger Bonnie fit signe aux shérifs d'approcher, l'arme de Debbie à la main.

Duncan fusillait son oncle du regard.

Moon sanglotait.

Sam avait lâché ses béquilles. Incapable de se baisser pour les ramasser, il posa une main sur l'épaule de Duncan, l'autre sur l'épaule de Moon. Ils observèrent Debbie, qui regardait droit devant elle pendant que les autres hommes courbaient le cou, espérant éviter la morsure des gouttes. Elle releva le menton lorsque les policiers la menottèrent et la hissèrent debout dans ses bottes en caoutchouc.

14

UNE semaine très chargée passa rapidement. Swami atteignit Chicago vendredi et gara le van fumant sur leur allée goudronnée dans leur rue bordée de chênes. Elle avait dû faire tourner le chauffage sur le trajet pour éviter la surchauffe, une ruse que lui avait enseignée son père. Il l'employait avec toutes ses vieilles voitures. À présent, DeeDee était allongée sur une couverture bleue au centre du salon presque entièrement emballé. Assise à côté d'elle, Swami pliait du linge propre, plaçant chaque vêtement soit dans un panier soit dans une valise. Il y avait trois petites piles d'habits, le caleçon de bain à motif éclair de Darren, le maillot jaune fluo à volants violets de Dell, de nombreux sous-vêtements Sesame Street et une tenue soignée ainsi qu'une veste légère pour chaque enfant. Les vêtements d'hiver et le reste de la maison seraient stockés dans un box. Les objets plus encombrants, le canapé offert par ses parents, le buffet en chêne, les lits et les rideaux, seraient vendus avec la maison. La mère de Swami avait confirmé que le marché était porteur, néanmoins elle avait essayé de convaincre Swami que louer était une meilleure idée.

— Pourquoi ne pas tenter un bail de trois mois? Histoire de prendre la température au lieu de vendre tout de suite. La location couvrirait le prêt, avec un bonus. De quoi payer tes vacances.

Swami l'avait arrêtée d'un geste. Ces derniers temps, elle se sentait farouche et déterminée, emplie d'un élan exponentiel qui l'excitait tout en lui faisant peur.

— Je veux que la maison soit vendue, maman. Je veux un paquet de liquide, une voiture neuve, mes enfants et deux ou trois valises. Je ne désire rien d'autre. J'ai besoin de partir.

Sa mère avait soufflé, les narines pincées.

— J'espère juste que tu n'es pas en train de prendre une décision impulsive.

— J'ai la ferme intention de prendre une décision impulsive, avait-elle rétorqué sur un ton sec avant de se ressaisir et de s'excuser. Je prends cette décision parce que, si je ne le fais pas, je ne suis pas certaine de pouvoir me retrouver. Tu ne comprends pas?

Devant ses yeux emplis de larmes, sa mère s'était radoucie. Swami s'était rappelé ses propos sur l'immobilier, les divorces qui accéléraient le processus, les ventes éclair à bas prix, les achats surestimés. Qu'il en soit ainsi.

— Et maman, tu dois me promettre de ne rien mentionner à Sam. Cette maison m'appartient, elle est à mon nom. Il n'aura qu'à garder Woodchuck, le camping-car et ce qu'il lui reste de sa retraite. Mais cette partie-là m'appartient et j'en ai besoin. Je ne veux pas qu'il vienne avant mon départ. Ne lui dis rien.

— Promis.

Elles n'avaient plus parlé à ce sujet. Depuis, Swami avait senti une nouvelle résolution chez sa mère : elle la défendrait coûte que coûte, elle accepterait la situation, elle soutiendrait sa fille et ses petits-enfants. Un container était apparu sur la pelouse, ainsi qu'une pancarte arborant une photo, sa mère tout sourire dans son blazer rose et son collier de perles, au-dessus des mots *Deirdra's Crème de la Crème Realty*. Swami appréciait la pancarte, l'idée que sa mère soit là pour orienter le flot de la vie. C'était si bon d'avoir quelqu'un dans son camp. C'était si bon de s'appuyer sur une autre personne. La mère de Swami évoquait des voyages à San Diego, des billets pour SeaWorld.

Swami plia un jean et le posa sur la pile de Darren. DeeDee leva la tête, l'abaissa et projeta ses fesses en l'air pour basculer sur les genoux.

— Bravo, gazouilla Swami. Tu veux marcher à quatre pattes ? Balance-toi, balance-toi.

DeeDee étira sa jambe droite et roula sur le dos. Elle attrapa ses orteils et sourit avant de fourrer son pied dans sa bouche. Swami lui donna sa tétine.

Darren et Dell apparurent sur le seuil en ahanant. Ils tenaient chacun l'extrémité d'une boîte en plastique pleine.

— Dis-moi si tu as besoin d'une pause, gémit Darren, la voix altérée par l'effort.

— Quoi ? demanda Dell.

Elle chancelait derrière lui et son côté de la boîte traînait plus ou moins par terre.

— Dis-moi si tu as besoin d'une pause.

— Par exemple, pour chasser une mèche de mes yeux ?

— Non. (Darren se remit à porter la boîte.) Par exemple, si c'est trop lourd et que tu veux te reposer.

— J'ai besoin d'une pause.

Dell lâcha la boîte et repoussa ses cheveux en arrière. Darren fit de même.

— Maman, quand est-ce qu'on mange ? J'ai super faim.

— Il y a des oranges dans le frigo, répondit Swami en frottant le ventre de DeeDee.

— Des oranges ! s'enthousiasma Dell.

— Encore des oranges ? protesta Darren. On en a mangé au petit déjeuner.

Swami n'était pas d'humeur à supporter des plaintes.

— Hors de question que j'aille au supermarché aujourd'hui, rétorqua-t-elle sur un ton sévère. On est censés débarrasser la cuisine, pas remplir le frigo.

— Mais j'ai faim ! (Darren criait à présent.) On ne va pas manger des oranges jusqu'en Californie, merde !

— Merde ! répéta Dell.

— Darren ! cracha Swami. Dell, ne dis plus jamais ce mot, d'accord ?

— D'accord, maman, répondit-elle d'une voix candide.

Darren s'empourpra.

— Et pourquoi je dois mettre mes trucs les plus chouettes dans le box ? Mon vélo ? On part sans rien emporter ?

— Je veux mes Lego ! cria Dell, en colère à nouveau.

Elle ne savait pas de quel côté se ranger.

La tétine de DeeDee trembla et elle se mit à pleurer. Swami la prit dans ses bras, lui tapota les fesses et se mordilla la lèvre.

— On en a déjà parlé. On ne part pas pour toujours, c'est temporaire. (Sa voix tressaillit et elle prit une profonde inspiration.) On rachètera tout là-bas. Maman a besoin d'aide pour faire des bagages qui tiendront dans la voiture.

— Lego ! hurla Dell sur un ton de défi, le ventre en avant, les mains sur ses petites hanches.

Du coin de l'œil, elle observa son frère, en quête de son approbation.

— Non, Dell ! vociféra Swami.

DeeDee sanglota de plus belle.

— Je veux parler à papa ! vociféra Darren à son tour.

— Vous déforçaient ! hurla Dell, une expression rebelle sur le visage, les poings serrés comme ceux de son frère.

— "V", rectifia Darren. "Vorce". "Di-vor-cer."

— Va dans ta chambre, Darren !

— C'est pas drôle ici ! s'emporta Dell.

— Ella va rien dire à papa, Dell. Elle lui a même pas dit qu'on partait !

Darren s'éloigna de Swami, monta l'escalier en courant et claqua la porte de sa chambre. Le choc résonna bruyamment dans la maison presque vide.

À présent, Dell pleurait aussi. DeeDee était secouée de sanglots. Swami avait besoin de distance et vite. Elle déposa DeeDee sur sa couverture. Écarlate, celle-ci agita frénétiquement les bras et les jambes. Swami se précipita dans la cuisine. D'un geste brusque, elle empoigna le sac d'oranges dans le frigo et jeta une planche à découper sur le comptoir. Lorsqu'elle entreprit de peler les fruits avec ses ongles, le jus dégoulina sur ses doigts et elle mutila les oranges, les déchirant en deux sans retirer l'écorce. Les filles braillaient dans le salon. À l'étage, Darren claqua sa porte de nouveau, deux fois d'affilée. Une odeur d'agrumes flottait dans l'air, brûlant les yeux de Swami. Elle saisit l'orange la plus proche et l'écrasa sur le comptoir, éclaboussant le mur, se blessant la main. Enfin, elle se laissa glisser sur le carrelage en tenant sa main poisseuse, la tête appuyée contre un placard, les yeux emplis de larmes.

— Maman ?

Dell l'observait dans l'embrasure, les sourcils froncés, sa couverture drapée sur l'épaule. Toujours par terre, Swami ouvrit les bras en grand et Dell se jeta dedans. Swami la berça en pleurant, puis elle l'emmena dans le salon et enlaça DeeDee. Agenouillées sur la moquette, elles sanglotèrent ensemble.

— On n'est pas divorcés. (Swami ne s'adressait pas tant à ses enfants qu'à elle-même.) Mais je ne sais pas quoi faire d'autre. Tu peux emporter tes Lego, d'accord ? Je vais les chercher. Et Darren peut prendre son vélo. Viens, on va lui annoncer la bonne nouvelle.

À l'instant où Swami se redressait, la porte d'entrée s'ouvrit et son père fit irruption dans le salon, avec ses Birkenstocks et ses chaussettes blanches, les bras chargés de pizzas, de citronnade et de soda à l'orange.

— Pizza ! lança-t-il à la cantonade. Servez-vous tant que c'est chaud ! N'hésitez pas à… (Sitôt qu'il aperçut sa fille et ses petites-filles, il se tut et balaya la pièce du regard.) Tout va bien ?

Pendant qu'ils attendaient la mère de Swami, Dell et Darren jouaient dans le jardin avec un ballon qui avait échappé aux cartons, sous les yeux de Swami, installée sur la balançoire du porche arrière. Les pizzas étaient au chaud dans le four. La table était dressée sous le chêne décoré d'une guirlande lumineuse. Darren arborait une mine maussade. Swami et son père sirotaient un verre de citronnade glacée qui transpirait dans leurs mains. Le père de Swami avait cueilli des feuilles de basilic afin de les glisser dans sa boisson. La rumeur des cigales enflait et refluait, pareille à un poumon unique et sonore.

Swami sentit son père qui l'observait. Elle reporta son attention sur ses enfants : ils abandonnèrent le ballon et entreprirent de construire une cabane avec les cartons de déménagement. À l'intérieur, Dell, dont seuls dépassaient les yeux et les cheveux blonds, donnait des ordres à son frère, lui indiquant où placer les cartons avec un sceptre en pin. Bientôt, elle serait emmurée, seule dans son château. Alors ils détruiraient leur création pour mieux la rebâtir. Le père de Swami avala une gorgée de citronnade.

— Dis-moi ce que tu as sur le cœur, lâcha Swami.

Son père croisa ses longues jambes, laissant pendouiller une chaussette blanche.

— Je veux que tu saches que je te soutiendrai, quoi qu'il arrive entre toi et Sam. Ta mère et moi, on est de ton côté. On sera toujours de ton côté.

Swami essaya d'expirer.

— Mais ?

— Tu es sûre de toi ? Vraiment sûre ?

— Papa.

Par la fenêtre ouverte de la cuisine, ils entendirent sonner le téléphone fixé au mur.

— Écoute, poursuivit-il. La Californie, c'est très loin, et le fait que presque toutes tes affaires soient emballées ne signifie pas que tu ne peux pas les déballer, si tu changes d'avis.

Un dernier trémolo retentit et le répondeur se déclencha.

— Papa, je t'ai dit que je partais et c'est ce que je vais faire. (Elle posa son verre et s'enlaça le torse.) Pas pour toujours, mais j'ai besoin de passer l'hiver là-bas, au moins.

J'ai besoin de soleil. J'ai besoin de plages, de mouettes et de vagues, des vagues très bruyantes, rien d'autre que les vagues.

Son père acquiesça.

— Je comprends.

— Maman, téléphone ! cria Darren depuis le jardin, les sourcils froncés, un carton à la main.

Swami hocha la tête.

— Je veux juste que tu sois de mon côté.

— C'est le cas.

Son père contempla ses petits-enfants avec une pointe de tristesse dans les yeux, puis il porta son verre à sa bouche.

Le répondeur bipa : "Salut Swami, c'est Sam…"

— Je vais me promener. (Swami bondit de sa chaise.) Tu peux t'occuper des enfants jusqu'à l'arrivée de maman ? Commencez sans moi.

— Pas de problème.

Swami traversait déjà le jardin à grandes enjambées, les pieds nus. Elle poussa le portail repeint, dépassa le barbecue, le tuyau d'arrosage lové et les hortensias pour atteindre l'asphalte tiède et la photo rose de sa mère. Une berline argentée ralentit au moment où Swami bifurquait sur le trottoir.

— Excusez-moi. (Le conducteur se pencha au-dessus du passager pour lui parler.) Cette maison est à vendre ?

Swami ne s'arrêta pas. Elle s'essuya les yeux, montra la pancarte et continua d'avancer, s'efforçant de ne pas croiser les bras sur sa poitrine tandis qu'elle sanglotait, soulagée que le raffut des cigales couvre ses pleurs.

— Oui ! (Son père se leva, les bras grands ouverts, le visage rayonnant.) Uno !

Il tapa dans ses mains et se rassit. La mère de Swami pivota sur sa chaise pour faire signe à Swami.

Le crépuscule était tombé et les guirlandes lumineuses baignaient le jardin d'un éclat tamisé. Sur la table reposaient les assiettes en carton vides, les verres de citronnade et un grand saladier de pop-corn entre lesquels étaient étalées des cartes. Agenouillés sur le plateau, les gosses étaient penchés au-dessus du jeu, l'air concentré. La mère de Swami regarda, pleine de sollicitude, Swami approcher dans l'herbe.

— On t'a gardé une assiette. Le mixeur est rempli de margarita. (Sa mère avait un grand verre au rebord incrusté de sel devant elle.) DeeDee dort dans son berceau. Elle a bu un biberon et goûté de l'avocat.

— Alors, ma grande, lança son père, les yeux sur ses cartes. T'as fait le tour du quartier ?

Dell brandit une carte "marche arrière" en arborant un sourire taquin. Swami posa les mains sur les épaules de son père et remercia sa mère. La chemise de l'un, le parfum de l'autre la ramenèrent à un monde perdu, celui des parties de hockey dans les rues de son enfance, des journaux du dimanche, des placards remplis de courses qu'elle n'avait pas besoin d'acheter. Elle avait envie de s'abandonner dans leurs bras. De sangloter sur la pelouse. Tout était trop dur.

— Maman, j'ai un trois et un quat' ! cria Dell.

Swami fut reconnaissante à sa fille pour l'interruption. Une grosse poignée de cartes à la main, elle perdait avec beaucoup d'enthousiasme.

— Quat-reuh, dit Darren. Reuh.

Sans lancer le moindre regard à Swami, il révéla un cinq rouge, arrachant un gémissement à son grand-père.

— Tu as reçu beaucoup d'appels, dit la mère de Swami, les lèvres pincées.

— Maman.

— On pourrait peut-être juste lui dire où tu es. Histoire qu'il soit au courant. Je vais débarrasser les assiettes.

— Papa dort avec Chip maintenant, annonça Dell, heureuse d'alimenter la conversation alors qu'elle posait une nouvelle carte.

— Papa dort avec qui ? demanda le père de Swami.

Swami ferma les yeux. Sentit le choc des plaques tectoniques. Elle voulait juste s'asseoir et boire un coup. Par pitié, avait-elle seulement le droit de manger une part de pizza en regardant sa famille jouer ?

— Papa dort chez oncle Chip. (À son tour, Darren posa une carte. Un joker.) Rouge.

— Darren, l'implora Swami.

— Papa et maman se sont disputés tout l'été. Parce que papa s'est servi de sa retraite pour acheter un camping-car et il a tué un cerf et après maman voulait plus lui parler, alors papa a commencé à fumer la pipe avec les guides de rivière que maman déteste. Elle veut pas me dire ce qu'il y a dedans, mais je sais que c'est de la marijuana.

— Darren !

— C'est la vérité.

Il se tourna vers elle, contrarié. Avec ses grands-parents pour témoins, il avait le dessus et il le savait. L'impact de tout ce qu'il pouvait dire serait multiplié par deux.

— Chut, dit sa grand-mère, quelque peu décontenancée par ces révélations. Laisse ta mère s'asseoir, mon grand.

Dell se pencha vers son grand-père.

— Et papa, il boit de la bière. Avec Randy.

— Taisez-vous tous les deux, dit Swami.

— Maman, elle nous laisse même plus voir papa, renchérit Darren.

Alors Swami se mit à crier. Pas de manière délibérée. Elle ne se contrôlait plus.

— Arrête, Darren. Arrête !

— Toi, arrête !

Il fit voler ses cartes sur la table et s'enfuit en courant.

— Darren ! cria Swami dans son dos.

Dell se mit debout sur le banc et jeta ses cartes, imitant son frère.

— Et j'ai entendu maman dire merde dans le camping-car. Merde ! Merde ! C'est vrai, maman !

Deidra la prit dans ses bras avant qu'elle ne s'enfuie à son tour. La fillette s'efforça d'arborer un air de défiance malgré l'étreinte de sa grand-mère.

Tout le monde s'absorba dans la contemplation de la pelouse. Le père de Swami avait encore ses cartes à la main. Sa mère faisait rebondir Dell sur ses genoux.

— Excusez-moi.

Sans ajouter un mot, Swami se précipita à la suite de Darren. Avant même de s'en rendre compte, elle sprintait. Sa vision était brouillée par les larmes, alors elle courut plus vite, dans l'espoir de semer les problèmes.

— Darren !

Le souffle court, elle s'immobilisa devant un panneau STOP. Il n'était nulle part en vue. Au bout de la rue, un petit pont enjambait le ruisseau où ils allaient parfois se promener. Une bande de plage rocailleuse s'étirait en dessous.

Ce n'était pas Thunderwater, mais c'était un endroit où se cacher. Les gamins du quartier avaient l'habitude d'y poursuivre les écrevisses.

— Darren !

La douleur enfla dans son corps. L'univers tout entier lui semblait fait de sable brûlant et abrasif, et si elle parvenait seulement à rattraper Darren, à l'enlacer et à le bercer, alors tout irait bien. Avec Darren, Dell et DeeDee, ils se tiendraient la main et oublieraient tout l'espace d'une nuit, ainsi qu'ils l'avaient fait chaque soir dans leur camping-car dans le Nord.

Lorsque Swami atteignit le pont, elle haleta sous les pins et scruta les ombres, les recoins éclaboussés par le clair de lune. Et soudain, elle l'aperçut : le minuscule dos voûté d'un garçon sur la berge, les genoux serrés contre son torse. Swami courut vers lui avant de ralentir et de se frayer un chemin parmi les mauvaises herbes. L'air et le ciel paraissaient immobiles, l'eau était pareille à une plaque de verre. Elle pouvait entendre son fils renifler. Il avait quelque chose de brillant à la main, un éclat de clair de lune. Elle avait beau vouloir se précipiter, elle ne voulait pas qu'il s'enfuie à nouveau, ni qu'il se sente obligé de lui résister. Il était aussi fier qu'elle, le genre de garçon qui pleurait de pleurer.

Swami s'immobilisa à quelques pas de lui. Darren se retourna et reporta son attention sur le ruisseau, essuyant son visage avec la manche de son T-shirt.

Elle attendit un instant et vint s'asseoir à ses côtés sur le sable froid. Il triturait sa boussole. Swami distinguait à peine la faible lueur projetée par l'aiguille argentée. Darren n'esquissa pas un geste et Swami ne dit rien. Elle serra ses jambes dans ses bras, imitant la position de son fils. Chacun reflétait l'autre devant le miroir du ruisseau sombre. La lune, si pleine au-dessus de leur tête, baignait les galets et les buissons décharnés d'une lumière qui semblait étouffer les bruits alentour, un éclat de rire dans un jardin, l'ululement d'un hibou pavillonnaire dans un arbre. "La vieille dame calme, murmurant chut*." Swami se rappelait le livre pour enfants que Darren aimait avant, un livre que Dell aimait encore et que DeeDee aimerait un jour. Elle sentit un amour infini gonfler en elle, une profonde empathie pour son fils. Le miracle de son existence la bouleversait. Et dire qu'il était si petit, si facilement éclipsé par le tourbillon de la vie, alors qu'il était une des rares choses qui comptaient vraiment à ses yeux. Une pensée qui lui donna l'impression d'être complètement incompétente.

— Darren, murmura-t-elle après un temps. Je suis tellement désolée.

Elle s'en voulait d'avoir été accaparée par l'été atroce, elle s'en voulait de ne pas l'avoir vraiment vu, elle s'en voulait de l'avoir oublié. Elle était désolée pour le monde, pour les inondations et la guerre, pour tout ce qui n'était pas lumineux.

— Tu es en colère ? demanda-t-elle.

Darren secoua la tête. Swami vit sa lèvre trembler. Elle s'approcha encore et, sitôt que leurs corps se touchèrent, Darren la laissa l'enlacer et se mit à pleurer. Il se lova contre elle, tout comme elle avait voulu se lover contre son père quelques instants plus tôt. Le plaisir d'être simplement tenu. Swami l'étreignit, humant le parfum de ses cheveux.

— Tu ne passes pas un été très drôle, dit-elle. Et je ne t'ai pas aidé.

* Référence au livre pour enfants, *Bonsoir, Lune*, de Clement Hurd.

— Je suis juste fatigué de jouer avec Dell toute la journée, bredouilla-t-il. Et je n'aime pas être dans la maison.

Swami attendit.

— Je n'aime pas tous les cartons. Et ma boussole est cassée.

— Oh, non, dit Swami. Elle s'est cassée comment ?

— Je l'ai jetée. Quand on s'est disputés, ce matin. L'aiguille ne tourne plus.

Swami sanglota en silence.

— Je veux retourner dans le camping-car, poursuivit Darren. On ne peut pas retourner dans le camping-car ? Pourquoi est-ce que vous ne vous entendez plus, papa et toi ?

— Oh, Darren. Viens là. (Elle l'installa sur ses genoux.) Je vais te racheter une boussole, d'accord ? Une boussole toute neuve.

À cheval sur les jambes de sa mère, il s'enfouit dans sa poitrine, ainsi qu'il le faisait quand il était beaucoup plus petit. Swami serra son corps osseux, le corps d'un garçon de dix ans, et déposa un baiser au sommet de son crâne. Ils restèrent ainsi sur le sable frais, sans parler, à écouter le gargouillis du ruisseau sous le pont.

Darren s'essuya les yeux, puis il laissa reposer sa tête contre Swami.

— Papi m'a laissé conduire son pick-up aujourd'hui. Juste dans l'allée. On allait tout doucement.

— Vraiment ?

Darren opina.

— C'est bien, de conduire.

Elle se dit qu'elle devrait peut-être ajouter un mot sur la vitesse à laquelle il grandissait, mais cela lui semblait un mensonge. Il était minuscule. Ils étaient tous minuscules, et Swami s'en voulait, ainsi qu'à Sam, de ne pas leur avoir prêté plus attention. Une pensée qu'elle rumina tandis que Darren commençait à dodeliner de la tête.

— Tu veux qu'on monte la tente, ce soir ? Ce n'est pas le camping-car, mais on pourrait dormir dedans. Plus de corvées aujourd'hui ni demain.

Elle sentit Darren hausser les épaules.

— D'accord.

Il était de plus en plus lourd dans ses bras. Elle regarda le ruisseau gonflé. Elle pensa à Thunderwater. Elle entendit la gorge dans son esprit.

— Pardonne-nous, s'il te plaît, murmura-t-elle.

Aucune réponse ne vint. Elle baissa les yeux et vit le visage de Darren, la bouche ouverte, les yeux clos, si beau. Elle l'observa un très long moment. Puis elle replia ses jambes, se redressa avec précaution et gagna la rue éclairée. Elle raconterait tout à ses parents demain.

Swami emprunta le chemin le plus long, son fils dans les bras. Prêtes à s'endormir, les cigales étaient beaucoup moins sonores à présent. De la brume s'accumulait sous les arbres.

— Tu as déjà entendu parler d'un bac arrière ? demanda-t-elle à son fils endormi. C'est un coup de pagaie contre-intuitif. Un truc de rafting. Qui sollicite des forces invisibles.

Un souvenir la prit par surprise. Sur le trottoir, elle se rappela les lacets en gravier de la Virginie-Occidentale. Elle se revit telle qu'elle était avant, avec ses couettes blondes et son casque de rafting. Elle adorait la manière dont ses jambes bronzaient durant ces étés, leur aspect musclé lorsqu'elle les calait sous le barrot pour prendre une vague. Elle imagina cette femme en train de tenir Darren et de lui dire combien il deviendrait grand. Elle se rappela Preacher. Laura. Peaches. Goddess. Elle n'était restée en contact avec aucun d'entre eux. Voilà bien longtemps qu'elle ne s'était pas demandé ce qu'ils étaient devenus.

Devant le panneau STOP, elle bifurqua, songeant à la façon dont Sam avait débarqué sur le promontoire ce fameux soir, un sachet de bretzels à la main. À quel point elle était furieuse. À quel point elle était sérieuse. Et elle se rappela les poignets tremblants de Sam dans ses mains. Elle pouvait encore les sentir, aussi nettement que Darren en ce moment même. Darren était un prolongement de cette époque et de son père, de cette nuit sur une falaise, sur une montagne qu'il n'avait jamais connue. Il venait de cette brume et de ces étés. Un jour, Preacher avait expliqué à Sam et Swami que leur nuit avec le serpent était un signe auquel ils devaient prêter attention. Il leur avait raconté l'histoire de Moïse conduisant la guerre entre Josué et les Amalécites avec son bâton. Chaque fois que Moïse baissait les bras, Israël commençait à perdre. Chaque fois qu'il les levait, Israël commençait à gagner. Quand il n'avait plus de forces, quelqu'un l'aidait à garder les bras en l'air. "Ce que tu veux dire, c'est que je devrais m'accrocher à Swami", avait dit Sam, souriant dans l'éclat du feu. À l'époque, Swami et Sam n'étaient pas encore un couple, néanmoins ils étaient de plus en plus proches. "Il faudra que tu m'attrapes avant", avait-elle répondu en baissant les yeux tandis que Preacher poussait Sam du coude pour le taquiner. Il avait baissé les yeux à son tour.

Swami sentit le trottoir tiède sous ses pieds et s'imagina sur le promontoire rocheux. Au même endroit où elle s'était tenue toutes ces années plus tôt. Elle regarda les nuages couleur acier s'écarter, révélant les étoiles et la brume dans le canyon. Elle resserra les doigts autour du corps de Darren, des poignets de Sam. Elle pouvait encore sentir sa peau. Elle pouvait encore percevoir son odeur. Des années plus tard, elle avait lâché ses poignets pour survivre. Il l'avait déçue au-delà de tout. Mais elle l'avait laissé tomber. C'était vrai. Était-elle encore en mesure de l'aider et de le soutenir ? Swami remonta l'allée de sa maison – tenir bon, lâcher prise, tenir bon, comme une respiration, comme un coup de pagaie, un geste contre-intuitif sur l'eau. Elle ignorait ce qu'elle ferait le lendemain ou le surlendemain. Et ce qu'elle serait peut-être obligée de faire l'effrayait. Elle refusait d'y penser une seconde de plus ce soir.

Swami ne monta pas la tente dans le jardin. Au lieu de cela, elle murmura des remerciements honteux à ses parents qui nettoyaient la cuisine et emmena Darren à l'étage. Sa mère avait déjà couché Dell, qui dormait en pyjama. Swami borda Darren à côté de sa sœur et s'allongea près de lui malgré ses pieds sales. Ensuite, elle se releva pour aller chercher DeeDee. Puis elle se leva une dernière fois pour éteindre la VMC et ouvrit toutes les fenêtres afin que l'humidité, le clair de lune et le coassement des grenouilles puissent entrer. Enfin, avec un profond soupir, elle se pelotonna contre ses enfants et ferma les yeux.

AOÛT

15

Des coups et des injures se déversaient de sous le Brave. Les jambes de Randy dépassaient du pare-chocs avant, le talon de son plâtre calé dans l'herbe. Chip et Sam se tenaient près de la table de pique-nique au plateau chargé de pièces et d'outils. Sam prenait appui sur sa jambe intacte ; son autre pied était enveloppé dans une botte. Le plâtre avait été retiré deux jours plus tôt. Les descentes chez Woodchuck étant rares, Sam, Chip et Randy avaient passé les trois derniers jours à travailler sur le Brave. Avec Randy, Sam était allé chercher les pièces manquantes au garage.

— Qu'est-ce qui vous est arrivé ? Vous avez été mêlés à tout ce grabuge autour de la mine ou quoi ?

Smitty avait fait signe à son lycéen de service d'aider les deux hommes en béquilles à charger les cartons.

— Ou quoi, avait répondu Randy.

Smitty avait simplement hoché la tête, les mains fourrées dans les grandes poches de sa salopette.

Tout le mois de juillet, la ville avait été en ébullition. Thunderwater était passée aux actualités. Sam avait vu le reportage. Moon qui agitait les mains, debout sur le capot d'un pick-up ; Debbie qui défonçait la clôture à coups de balles ; les flammes, la pluie et la boue. Rita avait ouvert une cagnotte pour payer la caution de Debbie. Elle était incarcérée dans la prison du comté. Jusqu'ici, Rita avait amassé trois mille dollars sur les cinq mille nécessaires.

— C'est pas la première fois qu'une des nôtres se retrouve en taule, avait-elle déclaré. On va s'occuper d'elle. Personne dira un mot aux flics.

Bruce et Blakely faisaient profil bas, cependant les équipes NorthSky étaient encore présentes. Rita refusait de leur servir à boire. Un gouffre s'était creusé, aussi trouble que la rivière, la majorité des habitants d'un côté, les étrangers de l'autre. Quelques familles souhaitaient encore accueillir la mine et les emplois qu'elle générerait, toutefois ils se gardaient de le crier sur les toits. La plupart des pancartes dans les jardins avaient disparu. Un climat de méfiance régnait. Une charge électrique semblait flotter au-dessus de la ville, comme lorsqu'un orage approchait. Le niveau de la rivière commençait à baisser, mais on craignait une nouvelle inondation.

— T'as des nouvelles de ta mère ? avait demandé Sam à Randy alors qu'ils roulaient lentement en direction du camping.

— Tu sais quoi, sourit Randy en secouant la tête, ça paraît surprenant, mais elle va plutôt bien. Et tout va s'arranger. Pete lui a présenté l'avocat de la tribu. Un vrai pitbull. Je n'ai pas porté plainte contre NorthSky et je n'ai pas parlé aux flics. NorthSky n'a pas porté plainte contre maman. Et ils ne parleront pas aux flics. Tout ce qu'ils ont, c'est une vidéo de la foule et quelques détonations. Selon l'avocat, maintenant que la fièvre est retombée, elle pourra s'en tirer avec le chef d'inculpation : "brandir une arme à feu".

— Elle l'a brandie, aucun doute là-dessus. Comment va Moon ?

— Bien. Je vais chez elle tout à l'heure. On va préparer un de ses plats épicés ce soir.

— Tu passes pas mal de temps là-bas, en ce moment.

Randy avait souri, laissant le gros volant glisser le long de sa paume.

— Elle essaye de me convaincre de faire une formation de chef.

— Sans déconner ? Tu vas y aller ?

Randy avait haussé les épaules.

— Peut-être.

Hormis sa main et son pied plâtrés et une cicatrice à l'endroit où son oreille s'était fendue, Randy était guéri. En pleine forme, même.

— Tu devrais, dit Sam. Ce serait une très bonne chose.

Quand ils avaient pénétré dans le parc, Chip les attendait, son compresseur d'air sanglé à l'arrière de sa moto. Il s'était levé et avait déchargé les cartons devant le camping-car. Déballé les pièces. Randy étant le seul à s'y connaître en moteurs, il avait dû se glisser sous le véhicule. Sam et Chip lui tendaient les outils afin qu'il sollicite ses côtes endolories le moins possible.

Chip semblait maussade, debout sous le soleil brûlant, à chasser les insectes. Les bois étaient marécageux et les moustiques déchaînés, même en plein jour. Chip paraissait particulièrement irritable depuis les derniers événements. Il demandait souvent des nouvelles de Swami. Il mâchonnait sans arrêt des pastilles pour apaiser les maux de ventre.

Plusieurs fois par jour, il allait à sa clôture en secouant le seau de granulés et nourrissait les cerfs à la main. Quand Old Mossy, le vieux mâle, approchait, Sam était quasiment sûr que Chip lui parlait. Il avait cru l'entendre dire quelque chose à propos de tante Mary et de Sam. Après deux semaines de silence de la part de Swami, Chip, assis à la table de cuisine, s'était levé et avait exigé qu'ils se rendent à Chicago en voiture.

— Avec quel véhicule ? demanda Sam. Le bus ?

Chip haussa les épaules.

— Randy nous prêtera son pick-up ou celui de sa mère. Le véhicule n'est pas un problème.

— Écoute, dit Sam. J'ai appelé l'agence immobilière de Deidra. Swami est à Chicago, en sécurité. Sa mère a refusé de m'en dire plus, parce qu'elle lui a promis de ne pas me parler. Swami et les enfants vont bien. Je n'irai pas là-bas tant qu'elle refusera de répondre au téléphone. Je la connais. Toi aussi. C'est une mauvaise idée.

Vaincu, Chip s'affala sur sa chaise.

— Bon, c'est le début des trucs sérieux. Quoi que tu décides après, c'est important. Très important. (Il soupira et à son expression, Sam devina qu'il livrait un combat intérieur.) Parce qu'il y a des limites, tu vois ? Il y a des limites à la souffrance.

Sam fronça les sourcils.

— Fais pas gaffe à ce que je dis. (Chip secoua la tête.) Je suis juste un vieux mec à la masse.

Il boitilla jusqu'à la serre, le poing serré contre sa poitrine, et préleva quelques pastilles dans le flacon qu'il avait pris l'habitude de garder sur lui.

Sam se mit à dormir dans le camping-car. La nuit, il dînait à la table de la cuisine avant de se coucher dans le lit, qui sentait encore sa femme et ses enfants. Tous les deux jours, il appelait chez lui et laissait un message. Il envoya à Swami une carte postale achetée à la boutique du camping. Il prenait un risque mais, parce que c'était un de leurs anciens rituels, il eut l'impression d'avoir plus raison que tort. La journée, il faisait le tour de la grange avec ses béquilles, balayant le sable, le repoussant sur le seuil, à travers le patio taché, enfin sur l'herbe desséchée. Birdy était venu récupérer l'échafaudage. Il semblait plus se préoccuper de faire venir Sam et sa famille au bowling que de se voir rendre son équipement endommagé. Après deux semaines de béquilles, Sam, équipé d'une botte à velcro, pouvait aider Chip avec les remorques, aller remettre de l'essence dans le tracteur de Chip et en profiter pour voir si Smitty avait reçu les pièces manquantes. Avec le vieux véhicule cahotant, il roulait sur le bas-côté en gravier, trouvant l'été poussif, étrange et vide. Le monde avait ralenti. Sam prêtait attention aux détails tels le crissement du gravier sous ses pneus, l'odeur de l'herbe qui pourrissait dans les fossés.

— C'est le mauvais radiateur !

Les pieds de Randy se tordirent et tressautèrent dans l'herbe. Le fracas du marteau sur le métal résonna dans l'air. Randy émergea en grimaçant, veillant à ne pas souiller son plâtre.

— Marché de merde ! (Il se redressa et chassa les gravillons de son jean, calant les béquilles sous ses bras.) Les tuyaux sont nickels, mais les trous de support ne s'alignent pas.

— J'appelle Smitty, dit Sam.

— Nan.

Randy ordonna à Chip de démarrer un petit générateur qu'il conservait sur le plateau de son pick-up. Il jeta une rallonge en direction du camping-car et rampa sous le châssis avec une gigantesque perceuse à percussion jaune, la tenant comme un soldat en partance pour le front. Le Brave tressaillit lorsque Randy enfonça la mèche dans le cadre, jurant si fort que ses cris couvraient le chuintement de l'outil.

Chip s'essuya le front avec un mouchoir et s'éloigna du bruit. Il faisait une chaleur typique d'août. La journée était humide, beaucoup trop lumineuse. Le camping tout entier semblait avoir été cuit à la vapeur. Sam avait vidé la batterie deux fois en s'endormant avec la climatisation allumée.

— On t'a réservé des descentes ?

Chip se dirigeait vers la table de pique-nique. Sam secoua la tête en boitillant à sa suite.

— Mais il y a de l'espoir, dit-il avec ironie. Un jour, Woodchuck me rendra riche.

Chip n'esquissa pas un sourire. Il s'assit à une extrémité de la table, les lattes ployant sous son poids.

— Je vais vendre ma ferme à NorthSky, dit Chip. (Maintenant que toute la ville était au courant, il précisa :) À Blakely.

— T'es pas sérieux.

Chip le regarda, puis il baissa les yeux et hocha la tête.

— C'est bon ! hurla soudain Randy.

Ils entendirent le marteau cogner sur une tête de vis, puis une clé à cliquet, et Randy réapparut, radieux. Chip lui prit la lourde perceuse des mains et Randy récupéra ses béquilles.

— Fais tes bagages. Je te compterai pas les trous en plus. Ça suffira pour les Northwoods*.

* Le terme Northwoods désigne la forêt boréale qui recouvre une partie du Canada et de l'Amérique du Nord.

— Le camping-car peut rouler ?

— Démarre-le sitôt que je te le dirai et allume le radiateur. Je dois le purger.

Sam s'installa sur le siège conducteur et, quand Randy lui fit signe, il tourna la clé. Le moteur crachota, puis trouva son rythme de croisière et se mit à ronronner. En l'espace de quelques minutes, Randy avait purgé le radiateur avant de le remplir à nouveau. Sam alluma la climatisation et laissa tourner le radiateur pendant que Randy se débarbouillait à l'évier.

Quelle sensation incroyable, de voir le camping-car si onéreux revenir à la vie. Les jauges fonctionnaient et les grilles d'aération soufflaient de l'air glacé.

— Je t'en dois une, mec, lâcha Sam.

— Tu me dois précisément vingt-cinq dollars, répondit Randy.

Une fois dehors, Sam lui tendit les billets par la fenêtre de son vieux pick-up bleu.

— Je suis désolé, Randy. Pour Woodchuck et les réservations annulées. J'aurais voulu vous payer plus cet été. J'aimerais qu'on puisse tous gagner plus.

— T'inquiète pas. T'as fait ce que tu pouvais. Je file.

Il afficha un grand sourire, parce qu'il allait voir la femme qu'il aimait et qui, à l'évidence, commençait à l'aimer en retour. Sam asséna une claque au capot et regarda le camping-car, à l'intérieur duquel Chip, sur le siège passager, profitait de l'air frais, pareil à un gros chien. Sam le rejoignit et ils restèrent assis en silence un moment, laissant l'air les envelopper.

Chip garda les yeux clos quand il se mit à parler.

— Blakely est passé me voir. Tout le monde est au courant maintenant, il achète des terrains pour la mine.

Je savais que sa voix me disait quelque chose. C'est lui qui nous a appelés pour faire une offre, au début de l'été. Bref, apparemment, NorthSky veut toujours acquérir ma ferme et exploiter mes terres. Histoire de rendre le marché plus attractif, Blakely va pousser NorthSky à racheter Woodchuck au prix fort. Ils n'exploiteront pas la propriété, mais ils remplaceront la grange par des logements bon marché pour les employés. D'après Blakely, l'argent, c'est l'argent.

— Quoi ?

— Alors je vais vendre. Et tu peux vendre aussi, si tu veux. Je te recommande de le faire. Histoire que Swami et toi sortiez de ce foutoir. Blakely va venir en fin de semaine avec un géomètre et Ranger Bonnie. Elle va nous expliquer quoi faire des cerfs.

— Chip, je ne veux pas que tu vendes ta ferme pour nous. Acheter Woodchuck, c'était notre décision. On s'en sortira seuls. Tu n'as pas à faire ça.

Chip balaya ses paroles d'un geste.

— Ce n'est pas seulement pour toi. C'est aussi pour Randy. J'ai pris la décision quand je l'ai vu à l'hôpital. Pour sa mère, pour Pete, pour la ville entière. Et pour moi. Jamais je n'ai imaginé pouvoir prendre ma retraite. Et aujourd'hui, je peux.

— Chip.

— Je ne veux pas qu'il y ait d'autres blessés. Il y a eu trop de blessés.

— Non.

— Si.

— Et qu'est-ce qu'ils vont faire des cerfs ?

— J'imagine qu'ils vont les abattre. Ils sont domestiques. On ne peut pas les relâcher. (Ses yeux s'emplirent de larmes et il se tourna vers la fenêtre.) Tu as d'autres soucis que de vieux cerfs.

Sam essaya d'imaginer son oncle sans Woodchuck ni sa ferme ni sa cuisine, où il préparait ses œufs dans sa vieille combinaison délavée. Il était pareil à un vieux lion, trop âgé pour se battre, juste assez de forces pour s'éloigner et disparaître ou se faire cueillir par un chasseur en safari.

— Il y a quelque chose que tu dois savoir sur moi. Sur ma vie.

— Chip.

Il ne voulait pas que son oncle se sacrifie. Les derniers jours avaient été suffisamment difficiles. Tout le monde avait besoin d'une pause.

— Tante Mary. (Chip regardait toujours par la fenêtre.) Elle est revenue, une fois. Elle a essayé de revenir après m'avoir quitté et je l'ai repoussée. J'étais incapable d'oublier. L'orgueil a gâché ma vie. (Il pleurait à présent. Sa grosse barbe rousse tressaillait.) Je n'ai pas pu lui pardonner. Tu comprends ?

Il fixa sur son neveu ses yeux rougis et intenses.

— Elle t'a quitté pour un autre, répondit Sam avec autant de douceur que possible. Tu n'y es pour rien.

Chip secoua sa lourde tête.

— Elle a essayé de revenir. Elle était au bout de l'allée, près du portail. Elle a sangloté et supplié, et moi, je l'ai chassée. Ta mère a tout vu, Sam. Ton beau-père aussi. Ils étaient là quand elle est revenue. C'est la raison du silence entre ton beau-père et moi. Il a essayé de me raisonner. J'ai pété un câble et je l'ai chassé, lui aussi. J'ai tourné le dos à tout le monde. Alors je n'ai pas assisté à l'enterrement de ta mère.

Sam n'avait pas parlé à son beau-père depuis l'enterrement. Ils n'avaient jamais été proches. Sa mère était leur seul point commun. Il s'appelait Peter.

— Peter ne m'a rien raconté. Il ne m'en a pas touché un mot. Ma mère non plus.

— Parce que ce sont des gens bien, Sam. Contrairement à moi.

Sam fronça les sourcils, les yeux rivés sur les jauges.

— Il t'aurait laissé venir. Tu aurais pu venir.

— Exactement. Tu comprends ? Il aurait été obligé de tolérer ma présence, ma bêtise. Il aurait pris sur lui. La plupart des gens en sont incapables, même s'ils ont tort, encore moins s'ils ont raison. Voilà pourquoi le monde est à feu et à sang. J'étais trop orgueilleux. Ce soir-là, je suis allé au cimetière pour dire adieu à ma sœur.

Chip porta ses grosses mains calleuses à son visage. Elles tremblaient.

— Je repense souvent à Mary, dans l'allée, ce jour-là. (Sa voix se brisa.) Plus que tout, j'aimerais revenir en arrière et ouvrir ce portail.

Il pressa ses paumes l'une contre l'autre, comme s'il priait, et laissa les sanglots l'envahir. Les doigts plaqués sur la bouche, il se détourna de Sam. C'était terrifiant, de voir pleurer un homme si massif. Sam se détourna à son tour. La solitude de Chip se déversait de lui, pareille à une rivière en crue. Depuis combien d'années regrettait-il ses actes, rejouant la scène dans son esprit la nuit ? Sam posa la main sur l'épaule saccadée de Chip, puis il la retira. Ils restèrent immobiles jusqu'à ce que les pleurs refluent. Après un temps, Sam n'entendit plus que le ronron du climatiseur. Chip sécha son visage sur son T-shirt.

— Voilà, tu connais tous mes secrets.

Sam prit une profonde inspiration. Il ignorait quoi faire de ces informations. Il s'en dégageait un sentiment de trahison, un drame familial auquel il n'avait pas été convié. Il devait reconsidérer sa relation à son beau-père, une chose qu'il ne s'imaginait pas faire à ce stade de son existence. Les confidences qu'il venait de recevoir ne lui inspiraient aucune colère. Simplement, il ne savait pas comment les appréhender.

— D'accord. Maintenant, je sais.

Des mots empreints d'une sorte de grâce. Une manière d'appréhender. Avec simplicité. *Maintenant, je sais.*

Chip accueillit ses paroles dans un silence gêné et reconnaissant.

— Si elle revient, Sam, laisse-la faire. Ne cherche pas à distribuer les bons et les mauvais points. Accepte-la. Et laisse-la t'accepter.

Sam acquiesça. Dehors, les arbres ployaient sous la chaleur de l'après-midi. Les bagages étaient faits et l'emplacement était désert.

— Blakely va passer te voir en fin de semaine ?

— Ouais.

— J'aimerais tellement qu'il y ait un autre moyen. Pour Woodchuck. Ta ferme. Tout.

— Je sais.

— Je tiens à te remercier. De m'avoir appris la rivière cet été. C'était bien. La rivière, c'était vraiment bien.

— Y a toujours un bon côté.

— Chip ?

— Ouais ?

— Tu veux naviguer aujourd'hui ? Tout de suite ? Viens, on met un raft à l'eau, rien que toi et moi. Une descente détente.

Chip l'observa. Ses yeux rougis s'éclairèrent.

— Et ton pied ?

— Je vais l'envelopper dans un sac étanche. On ira doucement. Un raft, de l'amont à l'aval, on se fait toute la gorge sans s'arrêter. T'en dis quoi ?

Chip hocha la tête, un geste long et lent.

— Allez.

— Ouais ?

Sam écarta les bras, prêt à taper dans ses mains.

— Ouais.

Sam applaudit, démarra le camping-car et jeta un œil dans les rétroviseurs, au cas où il aurait oublié une chaise longue.

— Laisse la moto ici, dit-il. On va prendre le Brave.

Sam relâcha la pédale du frein et, pour la première fois depuis ce fameux soir en mai, le véhicule avança propulsé par son propre moteur. Il rugit et bifurqua sur l'asphalte dans le soleil radieux.

— Sus aux rapides !

Sam baissa la vitre et sentit la brise chaude sur sa main tendue.

— Sus aux rapides ! répéta Chip avec un grand sourire.

Sam et Chip ne se contentèrent pas d'un seul raft. Ils en prirent six. Les pieds dans l'eau, ils manœuvraient chacun une embarcation et en traînaient deux autres. Une dérive lente et silencieuse, partagée par deux hommes emplis d'amour pour la rivière et submergés par un profond sentiment d'échec. Ils n'avaient pas besoin d'évoquer les falaises, la chaleur, les pins blancs, la ligne d'eau sur les rochers, une preuve que le niveau baissait, du moins qu'il essayait, environ cent cinquante mètres cubes par seconde. Ils se contentaient de flotter, charriant les remous argentés à coups de pagaie désinvoltes. Sam retira le sac étanche et la botte pour tremper sa cheville. Un aigle à tête blanche les observait, juché au sommet d'un pin.

Un joint à la bouche, Chip agitait les orteils et remuait la tête au rythme d'une chanson imaginaire, maniant sa pagaie comme une guitare. Sam essaya de le visualiser dans quelques années, un retraité menant grand train dans un bar de plage en Floride. Il savait que son oncle ne quitterait jamais la région. Il dépenserait son argent en l'espace d'un an ou deux, ou bien il le donnerait, voire les deux. Chip vieillirait seul près de la rivière, recroquevillé devant son poêle en hiver, lorsque l'eau était gelée. Sam laissa la pensée s'envoler. Il n'y avait presque rien dans son existence qu'il pouvait contrôler. La vie changeait. La rivière enflait et refluait. C'était bien ainsi. C'était ainsi. Sam était si fatigué de lutter contre ce qui était. De toute manière, s'il y avait un homme capable de se satisfaire de venaison séchée, de tomates en conserve et de la chaleur d'un feu de bois, c'était Chip. Il aurait pu s'épanouir en vivant sous une bâche.

Alors qu'ils approchaient de Sand Portage, Chip eut un geste que Sam trouva magnifique, au point d'effacer toute pitié qu'il pouvait ressentir à l'égard de son oncle. Il coiffa son casque délavé, s'enveloppa dans son vieux gilet de sauvetage, cala son pied sous le barrot et se pencha en arrière pour caresser la rivière, comme on caresse le bras d'un ami cher. Flanqué par les pins et les berges, les yeux rivés sur l'horizon sombre et scintillant, Chip était un roi qui baignait dans l'opulence. Chip avait vécu. Quand d'autres passaient leurs meilleures années enchaînés à une machine ou à un bureau dans une pièce aux murs beiges, Chip avait profité de la nature des décennies durant, à respirer le parfum des pins, à goûter la rivière, à secouer sa barbe, à se réchauffer sur des rochers couleur vase, une vie de guide de rivière.

Sam coiffa son casque, remit la botte, le sac étanche, et suivit Chip dans les rapides ; ensemble, ils bondirent et virevoltèrent, chevauchant les courants. Sand Portage était large et lisse, les rochers étaient submergés, les vagues hautes et fluides. Ils s'échouèrent sur le sable près d'une pile de bateaux appartenant à Duncan. Sam secoua la tête. Bien évidemment, Duncan avait programmé des descentes. Il préparait tout pour ses nombreux clients qui, sur liste d'attente, attendaient que la rivière baisse. Peu importe, pensa Sam. Tant mieux pour lui.

Maintenant qu'ils étaient côte à côte, le raft paraissait plus léger, presque joueur. Ils tournoyèrent au-dessus de la chute et se précipitèrent dans la gorge rugissante, les pales enfoncées jusqu'aux poignets. Le rouleau derrière Volkswagen était terrifiant mais navigable. Penché en arrière, Chip se laissa engloutir par la vague, qui le recracha le casque de travers, sa barbe laineuse trempée, le visage fendu d'un grand sourire. En bas, le tourbillon les rejeta dans une grande bassine ombragée. Ils débarquèrent près d'un des rafts de Duncan et rebroussèrent chemin à pied, Sam boitillant sous la canopée, le soleil au zénith.

Ils enchaînèrent les descentes, déposant les rafts en aval, à terre lorsque Duncan était sur l'eau, et vice-versa. Lors de l'avant-dernier passage, Sam se glissa dans l'eau et flotta sur la surface cuivrée, décrivant des boucles paresseuses dans l'eau. Son dos était fatigué et il était agréable de se laisser porter par la rivière. Il songea à sa crainte de perdre son emploi, son entreprise, son épouse et à la manière dont aucune de ces peurs n'avait aidé quiconque. Elles l'avaient poussé à se recroqueviller, elles l'avaient pétrifié, l'empêchant d'aller de l'avant. Sam se rendit alors compte qu'en cet instant, il ne ressentait aucune peur. Il regarda le sommet d'un pin tournoyer dans son champ de vision.

— Merci.

Il ne s'adressait à rien en particulier, ou peut-être s'adressait-il à tout en général, l'espace qui contenait le monde. Sur un banc de sable, il s'assit dans l'eau. Une écrevisse détala. Plus loin, Chip remontait son short. Il venait d'uriner sur les rafts verts de Duncan.

Soudain, un hurlement s'éleva de la rivière, à l'endroit où le courant se précipitait près du bassin.

— Chip, putain !

Pris de panique, Chip s'empressa de nouer le cordon de son short. Sam fit volte-face. Duncan apparut, un raft à l'envers dans son sillage. Aussi vite qu'il le pouvait, il rejoignit la côte à la nage. Il paraissait épuisé.

— Où sont tes employés ? demanda Chip.

Il s'était fait prendre la main dans le sac et, à l'évidence, il avait décidé de ne pas s'en faire. Duncan secoua la tête. Il retira son casque et l'utilisa pour rincer le raft dans lequel Chip venait d'uriner.

— Désolé d'avoir pissé dans ton raft, lâcha Chip. Désolé que tu m'aies vu, en tout cas. Tu sais bien comment c'est.

Hors d'haleine, Duncan pivota, s'assit lourdement sur un boudin et montra le raft de Chip.

— J'ai pissé sur celui-là, donc…

— Ah ! Je préfère ! Tu commences presque à comprendre comment ça marche…

Sam se leva et fit quelques pas, dans l'eau jusqu'à la taille. Duncan afficha un grand sourire.

— Salut, Sam.

— Duncan.

— Je suis seul, aujourd'hui. J'essaye de calculer le débit.

— Pas facile, de pagayer sans équipier, fit remarquer Chip.

Duncan eut l'air embarrassé.

— Oui, mais je n'ai pas le choix. (Il essora son short détrempé.) À vrai dire, je n'ai pas de guide capable de gérer un débit de cent cinquante mètres cubes. (Il regarda Chip droit dans les yeux avec un air de défi.) Et je ne suis pas sûr d'en être capable moi-même. Si Volkswagen ne m'achève pas, les Sisters s'en chargeront. (Il reporta son attention sur la rivière. Son raft retourné tournoyait près de la berge opposée.) Bref, je vais me débrouiller. Comment va Randy ? Et sa mère ?

— Bien. (Chip grimaça.) Et ton oncle ? Paraît que vous êtes en froid.

Le visage de Duncan s'assombrit.

— Plutôt, oui. Là, tout de suite, j'ai pour seules possessions des rafts et un bus. Le terrain et tout ce qui se trouve dessus appartiennent à NorthSky. Blakely est le responsable foncier de la compagnie. Comme il a grandi ici, ils ont pensé qu'il saurait convaincre les habitants. Son boulot consiste à racheter des propriétés, à signer les baux et à s'assurer qu'elles restent profitables jusqu'au début de l'exploitation. Moi qui croyais qu'on montait une entreprise ensemble. En fait, c'était juste une façade pour NorthSky. Le terrain n'était même pas à son nom. Il m'a carrément menti. Je ne suis pas ravi d'être en première ligne à nouveau. Mais j'aime bien la région. Et j'ai mes bateaux.

Chip hocha la tête. Sam le regarda. Il savait que Chip ne mentionnerait pas la vente de la ferme. Tout le monde ici s'efforçait de survivre.

— Tu sais, dit Chip, je t'apprécie beaucoup plus quand tu es contrarié.

Duncan s'esclaffa.

— Heureux de faire ta connaissance, alors. Désolé de t'avoir agacé en début de saison.

Chip secoua sa barbe.

— C'est le jeu.

— Tu manques de rafts, là-haut ?

Duncan hocha la tête.

— C'est mon dernier, là-bas. Celui qui a dessalé. Je devrais aller le chercher, je suppose.

— Tu t'en occuperas plus tard. (Chip jeta un coup d'œil sur Sam, lisant dans ses pensées.) On en a un dernier à descendre. Pagaye avec nous. Je te montrerai les angles à cent cinquante mètres cubes.

— Sérieux ?

— Sérieux.

Sitôt que les rafts furent rangés, Chip s'éloigna sur sa moto. Sam verrouilla la porte d'entrée et laissa un message à Swami. Il parla de la rivière, du camping-car réparé.

— Vous me manquez.

Il appuya son front contre le poteau en bois et raccrocha. Puis il monta l'escalier et s'installa sur un seau retourné entre les battants de la porte arrière. Le soleil était bas, le paysage teinté d'ambre. Les hirondelles étaient de sortie, elles rasaient l'herbe et les champs de luzerne, à jouer, à chasser les insectes. Et soudain, la sonnerie du téléphone retentit. Sam avait du mal à y croire. Il repoussa le seau et descendit l'escalier, boitant aussi vite que possible.

— Allô ! (Hors d'haleine, il fronça les sourcils. Ce n'était pas Swami.) Oui, vous êtes bien chez Woodchuck. (Sam étira le cordon afin d'attraper un stylo et un bloc-notes.) Vous voulez quoi ? Combien de personnes ?

Ses yeux s'écarquillèrent. Il griffonna frénétiquement, remercia son interlocuteur, raccrocha et rappela aussitôt Swami.

— Swami, dit-il lorsque le répondeur se déclencha. (Il avait encore le souffle court.) Swami, on a une descente pour le jamboree. Pas un grand groupe, mais assez pour nous aider. Les réservations sont prises. Reviens, s'il te plaît.

16

— Maman, pourquoi tu roules tout doucement ? demanda Darren.

Il avait insisté pour s'installer à l'avant et Swami avait cédé sitôt qu'ils avaient atteint le côté nord de Green Bay, où la circulation était plus clairsemée. Ravi, il l'interrogeait sur les panneaux et surveillait le compte-tours du vieux van, une carte étalée sur les genoux, une boussole flambant neuve à la main. Contrairement à l'autre boussole, celle-ci n'était pas repliable, mais elle avait un étui, un miroir de signalisation et un sifflet orange fluo. Darren l'adorait.

— On va vers le nord, là, maman.

Swami hocha la tête et arbora un sourire crispé. Elle pouvait le faire, du moins elle l'espérait. Sur une aire de repos à Wausaukee, voyant ses enfants évoquer le marchand de glaces de l'autre côté de la rue avec des airs de conspirateurs, elle les conduisit au comptoir et leur acheta des glaces à l'italienne, savourant leur incrédulité. Dell et Darren s'étourdissaient de crème et de sucre, pareils à des oursons ivres de miel. Olé ! songea-t-elle en regardant les grumiers qui passaient. Alors elle se rappela Birdy. Elle lui téléphonerait pour organiser cette fameuse partie de bowling. Une bonne raison de faire le trajet, de revenir. Le reste lui semblait aussi glissant que le fond d'une rivière. Après des semaines à préparer son déménagement, à planifier sa route jusqu'à l'océan, Swami avait écouté le dernier message de Sam, chargé le van et mit cap au nord, promettant à ses parents qu'elle ne s'absenterait pas plus d'une semaine. Il ne s'agissait pas d'un retour, exactement. Mais, pour une raison ou une autre, aller de l'avant, aller vers l'ouest, incluait une virée dans le Nord. Swami avait besoin de démêler un nœud. C'était du moins ainsi qu'elle se l'expliquait.

— Je roule doucement parce qu'on est presque arrivés.

Darren plissa le front.

— C'est une règle de conduite ?

— Ici, oui.

Elle bifurqua sur une allée en gravier. La ferme de Chip. Le portail entra dans son champ de vision. Et, parmi les mauvaises herbes, le vieux panneau indiquant la ferme aux cerfs. La buse était inondée.

— On est arrivés ! s'exclama Darren.

— Où ça, Darren, où ça ?

Assommée après une montée de sucre, Dell s'était endormie sur la route.

— À la ferme de Chip, répondit Darren. Enfin, je crois. Hein, maman ?

Swami acquiesça. Les enfants poussèrent des cris de joie. Swami ne partageait pas leur enthousiasme. Soudain, elle eut l'impression d'avoir commis une erreur.

— Attendez-moi là.

Elle descendit pour étudier le paysage de plus près. La péninsule s'était muée en île. Le ruisseau en crue recouvrait les cailloux de l'allée. Elle avança dans l'eau froide, sentant la morsure des gravillons. Au centre, le sol demeurait relativement ferme. Swami pataugea ici et là. Les berges aux extrémités de la buse s'effritaient à mesure que le ruisseau enflait et refluait. À l'endroit le plus profond, Swami était immergée jusqu'aux genoux. Elle regarda au loin. Derrière le virage se profilait la cabane marron de Chip, la véranda affaissée et les cerfs. Elle ignorait qui elle allait trouver avec Sam – Chip, Moon, Randy? Elle prit une profonde inspiration. Le soleil était chaud et les pins sentaient bon. Mais la lumière était empreinte d'une qualité étrange. Un voile de nuages approchait. À la radio, le présentateur avait annoncé de la pluie. Swami avait éteint le poste en dépassant les champs détrempés, les flots tumultueux. Elle n'avait pas besoin de l'entendre.

Elle remonta dans le van et démarra le moteur. Le réservoir était presque vide. Swami pouvait sentir l'odeur du vieux moteur exténué en surchauffe. Chip aurait de l'essence dans sa remise. Si elle parvenait à l'atteindre avec le van, elle n'aurait pas à revenir avec un bidon plein. Elle observa la propriété submergée.

— Accrochez-vous.

Darren s'accrocha. Lorsqu'il prit conscience de ce qu'elle faisait, il baissa la vitre. D'abord les roues avant; ensuite, les roues arrière. Quand le pot d'échappement se mit à gargouiller, Swami écrasa l'accélérateur. Le van fit une embardée dans l'eau, projetant une vague à gauche, à droite. Le moteur fumait et rugissait. Les enfants étaient rivés aux fenêtres. Swami parvint à gagner un endroit au sec et le moteur crachota, tirant sa révérence. Le van s'immobilisa, silencieux, dégoulinant, une monture fatiguée. Des gouttes sifflaient dans le compartiment moteur.

— Nous y voilà, dit Swami. On a réussi, je suppose.

— Le van est cassé, maman.

À l'arrière, Dell semblait maussade.

— Oui.

Swami défit sa ceinture et s'agrippa au dossier du siège conducteur afin d'avoir une meilleure vue. Ils pouvaient distinguer la remise à présent. Le Brave était garé devant, avec ses imposantes rayures turquoise.

— Le camping-car est là, dit Darren. Papa l'a réparé.

— Papa l'a réparé, répéta Dell avec un sourire.

— Allez, soupira Swami. Allons voir qui nous attend.

Swami remonta l'allée avec ses trois enfants, portant DeeDee dans son siège-auto. Ils dépassèrent le Brave, avec son pare-chocs et ses phares neufs. Près de la maison, des bois et de la remise où étaient empilés quelques rafts bleus, ils s'arrêtèrent. La cabane et le jardin étaient silencieux. Par-delà la mare noire et luisante, Swami aperçut les cerfs qui somnolaient dans le champ. Dell ne les avait pas encore vus. C'était une des raisons pour lesquelles Swami était venue ici en premier, au lieu de se rendre directement au camping ou à Woodchuck. Elle voulait que Dell voie les cerfs. Il s'agissait d'une petite partie du nœud à démêler.

Chip émergea du hangar à machines, une brassée de plantes drapée sur l'épaule. Il semblait couvert de terre. Le col de sa chemise était maculé de sueur brunâtre. Swami savait qu'il avait une serre. Elle savait aussi ce qu'il y faisait pousser. Sans la remarquer, il se tourna vers une petite remorque à moitié remplie de plantes. Swami retint son souffle et releva le menton.

— Chips ! s'écria Dell.

Chip sursauta et lâcha les plantes. D'abord il vit Dell. Sitôt qu'il remarqua Swami, il fit volte-face pour rebrousser chemin. Puis il pivota en direction des plantes abandonnées, se baissa, pivota dans l'autre sens, et courut se tapir dans la remise.

— Qu'est-ce qu'il fait, maman ?

Swami secoua la tête.

À cet instant Sam apparut sur le seuil de la remise et marcha vers eux, lentement au début, Chip sur les talons. Maintenant, Swami aussi avait envie de se cacher.

— Papa ! s'exclama Darren.

Avec Dell, ils coururent l'enlacer. Swami n'esquissa pas un geste. Sam ébouriffa les cheveux de son fils et tapota le dos de sa fille tandis qu'ils lui étreignaient la taille et la jambe. Il était sale et transpirant. Les enfants semblaient radieux. Quant aux adultes, ils se toisaient les uns les autres.

— Chips, t'es rigolo, dit Dell en lui assénant une légère tape.

Chip lui adressa un sourire inquiet et s'accroupit devant elle pour qu'elle lui raconte le trajet, les glaces, la traversée qui avait eu raison du van.

— J'ai des bagages, dit Swami. Dans le van. Le camping-car est ouvert ?

Sam acquiesça.

— Ouais. Enfin, oui. Il l'est.

Darren les observait.

— On est là.

Swami haussa les épaules. Elle pouvait à peine parler. Sa fille continua de bavarder avec Chip et Swami devina que Darren attendait de voir comment allaient interagir ses parents. Il était assez mature pour comprendre la situation, percevoir la tension, la honte et la difficulté qui y étaient associées. Mais il était aussi encore si innocent. Swami était à deux doigts de pleurer. Incapable de regarder son mari dans les yeux, elle se focalisa sur un point derrière lui. Dans le champ, les cerfs remuaient, stimulés par l'agitation. Un mâle gigantesque se leva.

— La descente, dit Sam. Vous êtes venus pour le jamboree.

Swami hocha la tête et, pour la première fois depuis longtemps, elle le regarda vraiment. Il était bronzé. Ses cheveux étaient trop longs. Il était aussi crasseux que son oncle. Et il paraissait bienveillant. Il irradiait une bienveillance dont elle ne savait que faire.

— Je vais t'aider avec les bagages, dit-il. Je suis content que vous soyez là.

Sans prononcer un mot, Swami hocha la tête. Des petites saccades crispées.

— Regarde, Dell, dit Darren.

— Quoi ? (Elle se retourna.) Oooooh ! s'exclama-t-elle d'une voix émerveillée. (Puis elle reporta son attention sur Chip et lui empoigna la barbe.) Des cerfs !

Chip grimaça de douleur avant d'éclater de rire.

— On peut aller les voir ? demanda-t-elle.

— Maman est d'accord ? demanda Chip.

Il se redressa en gémissant, les mains sur le dos.

— Oui, répondit Swami. Allez-y.

— Tu veux les nourrir ? Ils ont un petit creux, dit Chip à sa petite-nièce.

Ses grands yeux brillants s'écarquillèrent. Dell était près d'imploser.

— Suis-moi, dit Chip. Darren, attrape le seau là-bas, avec le mot LUZERNE écrit dessus.

Darren bondit. Chip ramassa les plantes par terre et les déposa dans la remorque.

— C'est quoi, Chips ? demanda Dell.

Chip glissa un coup d'œil confus à Swami.

— Je désherbais la serre, répondit-il. Viens.

Dell, Chip et Darren se dirigèrent vers le champ. Dell prit l'énorme main de Chip dans la sienne et sauta à cloche-pied. Darren ployait sous le poids du seau. Soudain, Chip se retourna.

— Je suis content de vous voir, Swami.

Elle lui décocha un grand sourire, les encourageant d'un geste. Accroupi près de Dell, Chip lui montra le vieux cerf en murmurant quelque chose.

— Je peux voir DeeDee ? demanda Sam.

— Bien sûr. (Swami avait oublié qu'elle portait l'encombrant siège-auto.) Elle dort.

— Oh, chuchota Sam. (Dans sa voix, Swami reconnut celle de Dell.) Salut, ma petite chérie, murmura-t-il au bébé, remontant la couverture à nœuds que Debbie lui avait confectionnée.

Il leva les yeux sur Swami.

— Beaucoup de choses sont arrivées, dit-il. Et j'ai beaucoup de choses à te raconter.

Swami perçut que, comme elle, il peinait à s'exprimer.

— Moi aussi.

— Je vais m'occuper des bagages. On ira se promener, après ?

Swami opina et ensemble, ils approchèrent du van, la démarche raide. Sam boitait légèrement, le siège-auto à la main.

— Ta jambe. Tu n'as plus de plâtre ?

Sam sourit.

— Presque guérie. Elle est encore un peu fragile. Je porte une botte la plupart du temps.

Il tendit DeeDee à sa mère et s'empara des sacs. Puis il monta dans le van, essaya de le démarrer et finit par y renoncer. Swami l'observait depuis le camping-car qui, bien qu'entièrement nettoyé, renfermait encore les odeurs de leur été, un mélange de lac, de lessive propre et de crème solaire.

— Ce van est un vieux tacot.

Sam monta les marches du Brave et posa les sacs sur le banc de la cuisine. Swami enveloppa DeeDee dans son écharpe. Elle caressa la colonne vertébrale du bébé, tapota ses fesses et baissa les yeux sur sa touffe de cheveux blond roux.

— Chip va vendre sa ferme à NorthSky, annonça Sam.

Swami ajusta les plis autour de DeeDee, qui se rendormit aussitôt.

— Je savais que Blakely lui avait fait une offre.

Elle continua de triturer l'écharpe, plus longtemps que nécessaire. Elle ne voulait pas croiser le regard de Sam dans le silence du camping-car.

— Et je savais que Chip était contre.

— Blakely achète le terrain pour l'exploiter. Blakely, c'est NorthSky. Les terres qu'il prétendait acquérir pour X-treme étaient destinées à la compagnie. Il va passer demain avec un géomètre et Ranger Bonnie. Elle l'accompagne pour déterminer ce que l'État va faire des animaux.

Swami l'étudia. Il avait vraiment beaucoup de choses à lui raconter.

— Viens, reprit-il. Je vais te montrer un truc tant que c'est encore possible.

Ils dépassèrent le hangar à machines et la clôture où Chip et les enfants nourrissaient les cerfs.

— Non, Dell, disait Darren. Garde la main à plat. À plat.

Lorsque Darren prit la main de sa sœur et voulut la guider vers les animaux, celle-ci eut un mouvement de recul.

— Je sais comment faire.

Swami sourit, traversée par une bouffée de fierté. À côté de Sam, elle se fraya un chemin dans les herbes hautes. *Je sais comment faire.*

— Les enfants, on revient tout de suite.

Darren et Dell ne leur prêtèrent pas attention. Quant à Chip, il se retourna, les pouces dressés, un grand sourire sur le visage.

Le vent s'était levé. Le voile qui obstruait le ciel s'était épaissi. Une rafale secoua les pins. Dans le champ, l'herbe de prairie se mouvait tel un souffle vert. Swami respirait au rythme de ses ondulations. Les peupliers projetaient des éclats verts et argent, leurs feuilles tourbillonnant au bout de leurs tiges.

Sam la mit au courant de tout ce qu'elle avait manqué. Les tribulations de Moon, Randy, Pete et Debbie. Ils pénétrèrent dans les bois et enjambèrent la clôture affaissée, que Sam maintint à plat du bout du pied. Puis ils gravirent la colline et s'immobilisèrent dans la clairière plantée de gigantesques feuillus. Swami admira la forêt ancienne. Des vieux monticules couverts de mousse jaillissaient de la terre. On aurait cru des tortues géantes qui déambulaient entre les arbres. Des tertres indiens, pensa-t-elle aussitôt.

— … Et ensuite, j'ai terminé la grange.

— J'ai vu.

— Je n'étais pas saoul. Moon a dit que tu me croyais saoul.

Swami garda les yeux rivés sur les monticules.

— C'est bien ce que je pense, Sam ?

— C'est la raison pour laquelle Chip refusait de vendre. Et aussi parce qu'ici, c'est…

— Chez nous, murmura Swami.

— Pardon ?

Swami secoua la tête. Les pins raclèrent les uns contre les autres, agités par une puissante bourrasque. Leurs troncs grincèrent. Swami les regarda tanguer. Puis elle essaya d'imaginer ce qui se trouvait sous les tertres, mais elle revenait sans cesse à Debbie et son bunker, Moon et Randy, la chute de Sam, ce qu'elle avait dit à Chip, ce que Chip lui avait dit. Elle avait l'impression d'être assaillie par des fantômes, à croire qu'elle les avait tous déterrés en même temps. Elle visualisa les camions NorthSky, les arbres centenaires gisant au sol, les digues de résidus décrits par Moon. Une nouvelle bourrasque remua les cimes. Puis une autre.

— Swami, je suis tellement désolé.

Elle se tourna vers les bois, les champs lumineux, les enfants. De là où elle se trouvait, elle était incapable de les distinguer. Ils nourrissaient les cerfs avec leur grand-oncle, qui avait temporairement abandonné ses plants de marijuana. Sa vieille frustration s'envola, s'en allant rejoindre les digues de résidus.

— Je suis désolé pour Woodchuck. Pour cet été. Je suis désolé de ne pas t'avoir prévenue que je risquais de perdre mon emploi. Je suis désolé de m'être effondré si vite. Je suis désolé de t'avoir blessée.

Swami plissa les yeux.

— Effectivement, tu t'es effondré. Tout s'est effondré. Et j'ai souffert, Sam. Je souffre encore.

Il s'absorba dans la contemplation du sol et des bois. Arracha une brindille à un arbre.

— Et la situation a empiré après ton départ. Mais tout est là. Tout est resté là.

— Sam, j'ai mis la maison en vente.

— Je sais.

Sam brisa la brindille en deux.

— Ah bon ?

— Ta mère.

Swami sentit sa mâchoire se crisper.

— Pour sa défense, je ne lui ai pas laissé le choix. Écoute, Swami, je sais que tu m'en veux, et que tu vas m'en vouloir longtemps. Je voulais juste te dire que j'étais désolé. Sincèrement.

— Je ne sais plus où on en est.

— Je comprends.

— Et j'ignore ce que tout cela signifie. (Elle indiqua les monticules et le champ, où Dell riait avec Chip.) Mais je suis venue. Et je vais rester pour le jamboree. Je n'ai aucune idée de la suite. Je fais de mon mieux.

— D'accord. (Il leva les yeux.) Ce n'est pas grave, de ne pas savoir. Je suis heureux que tu sois là.

Swami se mordit l'intérieur de la joue. Elle contempla son mari. Ses yeux tristes et brillants. Sa tignasse à la con.

— Les enfants vont avoir besoin de dîner bientôt.

— Je pensais faire griller des burgers, répondit Sam. Avec une salade de concombres.

Swami acquiesça.

— Bien.

Elle n'ajouta rien de plus; tout avait été dit.

Ils rebroussèrent chemin et Swami jeta un dernier regard sur les tertres. Fascinants, ils étaient là depuis toujours. Ils avaient été là tout l'été. Ils étaient là quand Swami, âgée de six ans, avait emménagé en Californie. Ils étaient là quand Sam et elle apprenaient à être des guides de rivière. Et bientôt, ils allaient disparaître ? Une réalité trop difficile à imaginer. Sam abaissa le grillage à nouveau et Swami l'enjamba, reconnaissante pour les rayons du soleil, le bruissement du vent dans les herbes pendant qu'ils marchaient. Le vent n'était pas froid. Il venait du sud et réchauffait la journée.

Debout près de la clôture, Dell tendait des granulés aux cerfs. Chip se poussa afin que Swami puisse s'agenouiller à côté d'elle. Sam posa les mains sur les épaules de Darren, l'étreignit et lui tapota le ventre.

— Dell et Darren vont rendre mes cerfs obèses, déclara Chip.

Dell avait déjà nourri quatre faons et trois biches, expliqua Darren.

Dell demeura parfaitement immobile tandis que le cerf le plus gros déambulait vers eux. Tout le monde se tut. Un cerf plus petit s'écarta. Le grand cerf était véritablement impressionnant. Swami admira ses muscles qui roulaient sous sa peau marron gris. L'envergure de ses vieux bois ivoire dépassait celle des bras grands ouverts de Dell.

— Il n'est pas dangereux, chuchota Chip derrière eux. Il est doux.

— Chip, murmura Swami sans réfléchir. (Elle était fascinée par le mâle.) Qu'est-ce qui va arriver aux cerfs ?

— Quoi, Maman, quoi ? chuchota Dell sans détacher ses yeux de l'animal.

Swami regarda Chip. Chip regarda Dell et secoua la tête, un geste qui n'échappa pas à Darren.

— Ils vont devenir obèses, répéta Chip.

Le mâle fourra son museau dans la paume de la fillette. Lorsque ses bois heurtèrent le grillage, il pivota la tête et, du bout de ses lèvres satinées, il aspira les granulés. Il avait le menton grisonnant, des poils argentés, des yeux insondables cerclés de brun. Darren brandit le seau afin que Dell y prélève une nouvelle poignée. Elle tendit le bras et caressa l'animal pendant qu'il mastiquait, les yeux aussi profonds et écarquillés que les siens. Sa queue blanche et marron frétilla. De sa main libre, Dell coinça une mèche derrière son oreille, sourit et lui caressa le museau. Le cerf grognait et soufflait, et Dell continuait d'émettre des bruits rassurants, des petits soupirs exclamatifs. Swami sentit quelque chose se dénouer en son sein.

— Oh, dit Dell. Oooh.

Au lieu du barbecue prévu, Sam dut faire cuire les burgers à la poêle dans la cuisine de Chip. Le temps que les braises chauffent, le vent tiède avait couché les arbres, l'air avait verdi et un amas de nuages sombres s'était approché, piquetant l'allée de grosses gouttes glacées. Lorsque Sam avait levé les yeux sur la masse noire, quelque chose en lui s'était fané. Depuis quelques jours, le présentateur météo sur Channel Six annonçait la plus grosse pluie de l'été, une averse de douze heures. Il y aurait des éclaircies, mais les habitants devaient s'attendre à des inondations près des ruisseaux et des rivières, ainsi qu'à des ravinements. Ils étaient invités à rester à l'abri et à limiter les déplacements dès le lendemain.

Chip était sorti du hangar à machines pour observer le crépuscule vert. Il avait adressé un regard lourd de sous-entendus à Sam.

— La voilà.

Sam avait acquiescé. Adieu le jamboree. La rivière allait déborder à nouveau. Son unique descente serait annulée. Toutes celles de Duncan aussi. Un maigre réconfort qui ne lui procurait aucune joie. Une goutte de pluie replète avait crépité sur les braises, imbibant l'air d'une odeur d'essence. Les yeux sur les nuages, Chip avait secoué la tête et s'était essuyé le front avec son T-shirt imbibé de sueur. Il semblait épuisé. Après avoir nourri les cerfs et aidé Swami à s'installer, il avait insisté pour que Sam profite de sa famille, assurant qu'il s'occuperait du potager seul.

— T'es sûr de ne pas vouloir un coup de main ? avait demandé Sam.

À présent, Chip s'échinait depuis un bon moment. Il sortait de la serre, les bras chargés de ses plantes adorées, puis il conduisait le petit tracteur jusqu'au bois pour les jeter loin des regards indiscrets – Blakely, le géomètre et Ranger Bonnie. Il stockait les têtes dans un grand sac-poubelle industriel. Son trésor sécherait à l'abri des éléments, suspendu dans un ancien affût dressé sur la berge.

Chip avait secoué la tête.

— Presque fini. (Il s'était mis au sec tandis que la pluie forcissait.) Prenez soin des gamins ! s'était-il exclamé avec un sourire.

Sam devina qu'avec l'arrivée de Swami, Chip rejouait une scène cruciale de son passé. Il semblait heureux, malgré son air fatigué. Satisfait, même. Voir Swami remonter l'allée lui avait rappelé son rejet de tante Mary et l'avait autorisé à revisiter l'histoire, au lieu de la subir. Des rires enfantins flottaient dans l'air. Un repas mijotait sur le feu. Elle était revenue. L'air vert était empreint de fatalité et de nostalgie. Bientôt, ces terres, la cabane de Chip, appartiendraient à un homme qui ne les aimerait jamais. Une réalité bien trop triste pour être exprimée.

Sam retourna les burgers dans la poêle et regarda la pluie fouetter le carreau. Swami et les enfants vinrent se réfugier dans le salon. Ils dormiraient dans le camping-car, avait déclaré Swami, mais Chip avait une grande table, de l'eau courante et une cuisinière qui ne manquait pas de gaz. Par ailleurs et contrairement au Brave, la cabane n'était pas secouée par le vent.

La viande grésillait. Coupés en deux, les pains tièdes attendaient. Les concombres et les tomates émincés reposaient sur la table, à côté des assiettes. Sam déposa une noisette de beurre dans la poêle en fonte et jeta un coup d'œil sur sa famille. Assise en tailleur sur le canapé, Swami donnait la tétée à DeeDee, la poitrine dissimulée sous un plaid. Darren lisait une histoire à Dell, *Le Vent dans les saules*. Le livre était déjà bien entamé : le lapin s'exclamait “Sauce à l'oignon !”. Dell éclata de rire. Swami sourit. Sam pouvait à peine en croire ses yeux et ses oreilles. Elle était revenue. Mais cette paix semblait si fragile. Sam ne raconta pas grand-chose alors qu'ils dressaient la table. Swami non plus. Quand les enfants entreprirent de fouiller dans les films et les bouquins de Chip, elle lui demanda ce que deviendraient les cerfs.

— Ils vont les abattre. (Sam parla à voix basse afin que les enfants ne puissent pas l'entendre.) On ne peut pas les libérer parce que la ferme possède une licence d'élevage de gibier. En gros, ce sont des animaux de zoo.

— Quel zoo ? demanda Dell.

Debout près de la table, un livre volumineux à la main, elle les avait tous deux fait sursauter.

— Rien, ma puce, répondit Swami. C'est quoi, ce livre ?

Elle l'accompagna jusqu'au canapé, où Darren observait ses parents.

— Bon.

Sam retourna le dernier burger avant d'éteindre la cuisinière. Il emporta le plat à la table.

— Le dîner est servi.

Les enfants accoururent. Swami termina de donner la tétée à DeeDee et lui tapota le dos.

— Je vais chercher Chip, dit Sam pendant que sa famille s'attaquait au repas.

Il enfila un imper accroché à un clou près de la porte et sortit dans la nuit, sous la pluie féroce. Les bourrasques violentes du front orageux étaient passées ; à présent, la pluie s'abattait en rideaux. Le sol déjà détrempé n'était plus capable d'absorber quoi que ce soit et la pluie s'en irait directement gonfler les ruisseaux et les rivières. Au pied de la véranda, Sam pataugea dans une flaque qui lui arrivait aux chevilles, remonta sa capuche et gagna la remise au pas de course.

Il s'ébroua sous l'ampoule nue et s'avança vers la serre. À l'intérieur, tout était silencieux. Les gouttes martelaient le toit en tôle.

— Sus à la bouffe, Chip ! cria Sam en franchissant le seuil. Laisse tomber pour ce soir. Je me lèverai tôt pour t'aider à terminer.

Il tapa des pieds pour chasser la boue de ses chaussures et leva les yeux.

Le potager baignait dans la lumière de l'éclairage artificiel. Presque toute la parcelle de marijuana avait été récoltée. La terre était ratissée, le sac-poubelle aussi plein qu'une taie d'oreiller. Seuls subsistaient quelques plants courbés sous le plafond, projetant leur ombre sur la bâche du toit.

— Chip ?

Sam contourna les tiges feuillues. Soudain, il vit son oncle. Recroquevillé près du sac, affalé contre les lattes de la parcelle surélevée.

— Chip ! Chip !

Sam se précipita et posa la main sur le large dos humide de son oncle. Sa peau était pâle et grisâtre. Dégoulinant de sueur, les bras repliés sur son torse, il se griffait la poitrine. Il posa ses yeux rougis sur Sam, le regard empli de terreur.

— Mon cœur. Oh là là.

Il grimaça, laissa échapper un cri et s'effondra de nouveau.

— OK, mon oncle. (Sam regarda frénétiquement autour de lui.) Merde.

Il était seul. Au milieu de nulle part. Les parois de la serre claquaient et crépitaient dans l'orage. Sam sentit une angoisse glacée lui nouer les tripes.

— D'accord. (Sa voix tremblait.) D'accord, Chip. On va te trouver un médecin.

Chip hocha la tête.

— Depuis combien de temps tu es là ?

— Pas longtemps.

— Je reviens tout de suite. Je vais chercher Swami et le camping-car.

Chip secoua la tête.

— L'allée, articula-t-il avec difficulté.

Quelque chose de dur s'insinua dans son corps et il cambra le dos sous la douleur en fermant les yeux, incapable de parler.

Sam se leva, dérapa dans le gravier et s'enfonça dans la nuit. Lorsqu'il se rua dans la cabane, Swami était debout, une tranche de concombre à la main.

— Chip, dit Sam. Son cœur.

Swami se précipita dehors avec lui, les pieds nus, sommant Darren de surveiller ses petites sœurs. Dans la serre, Sam et Swami hissèrent Chip debout et le conduisirent au camping-car, où ils l'installèrent sur le lit. Sam trouva un flacon d'aspirine dans la salle de bains et donna deux cachets à Chip, qui secoua la tête mais consentit à les avaler.

— J'allais vous prévenir… L'allée a disparu.

Penché en avant, il haletait en transpirant, les mains sur les genoux.

— Quoi ? demanda Sam.

Une nouvelle vague de douleur submergea Chip, qui se contenta d'opiner.

— Qu'est-ce qu'il a, papa ?

À côté de sa sœur, Darren bouclait sa ceinture. Sam remarqua ses joues cramoisies, la peur et l'inquiétude dans ses yeux. Il lui serra l'épaule.

— C'est son cœur, mon grand. On va lui trouver de l'aide. J'ai besoin que tu t'occupes de Dell, OK ?

Le visage du garçon se crispa. Il acquiesça et prit la main de Dell. Avec douceur, Sam lui caressa la nuque et déposa un baiser sur le crâne de sa fille. Dans le siège passager, Swami appelait une ambulance.

— D'après Chip, l'allée est foutue. (Sam se pencha au-dessus de sa femme et attrapa une lampe torche dans la boîte à gants.) Je vais vérifier.

Swami acquiesça et le regarda descendre sans parler, le portable vissé à l'oreille, dans l'attente que quelqu'un décroche.

Sam aperçut le van à travers les gouttes, mais quelque chose clochait. Il pouvait distinguer le châssis. Il s'immobilisa et orienta son faisceau sur le véhicule. Le ruisseau avait creusé l'allée, emportant la moitié arrière du van avec lui. La buse avait laissé place à une fosse profonde, un canyon miniature de graviers instables au fond duquel coulait un ruisseau, traversant le sous-bois et les broussailles avant de rejoindre la rivière en aval. Le sol meuble où se tenait Sam commençait à s'effriter. Il fit un bond en arrière et tomba, le souffle court, les yeux sur le gouffre qui leur bloquait le passage. Les parois étaient trop raides pour les dévaler. Et Chip serait incapable d'escalader l'autre côté. De plus, si quelqu'un venait à glisser, le ruisseau charriait des arbustes, un amas d'obstacles potentiellement fatals. Le vieux van se tenait là, ses phares avant braqués sur le ciel et ruisselants de pluie, comme s'il pleurait sa propre fin. Impossible de quitter la propriété par voie terrestre. Quelles options restait-il ? La pluie lui pilonnait la nuque. Sam hocha la tête. Il n'avait pas d'autre choix.

Sam se hissa sur le siège conducteur.

— L'ambulance part d'Ironsford, dit Swami.

— Ils seront là dans combien de temps ?

— Ils vont mettre au moins quarante minutes à cause de l'orage. Ils passent par la Highway 2. Je leur ai dit de chercher un camping-car avec ses feux de détresse allumés. Ils transféreront Chip sur le bas-côté.

Sam démarra le moteur et gagna l'allée boueuse dans un rugissement.

— Appelle Randy ou Moon, n'importe qui capable d'être là avant l'ambulance. Dis-leur de se garer devant le pont sous la propriété de Chip. On va les rejoindre en bateau.

— Quoi ?

— L'allée n'existe plus. Elle a disparu. On ne peut ni entrer ni sortir par la route habituelle.

Sam enclencha la marche arrière, braqua le volant, recula jusqu'à la remise et se gara.

— On va passer par où, alors ?

Sam montra le chemin qui menait au bois par-delà le champ.

— La rivière. Ce sera rapide. Essaye de contacter quelqu'un. Dis-lui d'être au pont dans dix minutes. Si tu n'arrives à joindre personne, rappelle l'ambulance et demande aux secouristes de nous retrouver au pont. Quoi qu'il arrive, ce sera plus rapide. Je prépare un raft.

Swami se mit à enfoncer des touches sur son portable, les yeux grands ouverts. Elle arrêta Sam au moment où il s'apprêtait à descendre.

— Attends ! Prends-moi une pagaie. Le vent. Tu n'y arriveras pas tout seul, face au vent. Il souffle droit sur nous, pas vrai ?

— Mais, le courant…

Swami avait raison. Le vent soufflait fort, s'engouffrant en amont. Même si le courant les entraînait en aval, les rafts toucheraient à peine l'eau, poussés ici et là, pareils à des voiles. Sam pourrait y arriver, seul avec Chip, cependant le voyage serait long et pénible.

— Et les enfants ?

— Prends des gilets pour tout le monde. Tout ce que tu trouveras.

Elle reporta son attention sur le téléphone.

Moins d'une minute plus tard, Sam avait attaché à l'arrière du camping-car un raft rempli de pagaies et de gilets de sauvetage. À la dernière seconde, sa lampe torche balaya une bâche qu'il décida d'emporter avec lui.

— Accrochez-vous, dit-il.

Il manœuvra l'imposant volant sous la pluie et cahota sur la piste, tâchant de conserver son élan dans l'herbe mouillée, traînant le raft derrière lui comme s'il s'agissait d'une luge. Les yeux des cerfs brillaient dans les phares pendant que Swami passait un coup de téléphone après l'autre.

— Papa ? (Darren tenait encore la main de Dell.) Pourquoi on va par-là ?

— On va faire un tour en raft, mon grand. Tous ensemble. Ça va bien se passer.

L'espace d'un court instant, il croisa le regard de Darren dans le rétroviseur oscillant. Ses yeux étaient écarquillés.

Sam se gara aussi près de la rivière que possible, là où le chemin sinuait entre les arbres pour rejoindre la berge. La rivière serait haute, mais la rive serait dégagée et le pont constituerait un débarcadère accessible. Il sortit et dévala la pente mouillée avec le raft. Le déposa sur la rive. Prépara les pagaies. Rebroussa chemin et prépara ses enfants. D'abord Darren, sur le plancher, entre les barrots, devant la poupe où Sam et Swami pagaieraient côte à côte. Dell se mit à pleurer dans la pluie, refusant que Sam aille chercher Chip. Il l'installa à côté de son frère et déplia la bâche afin qu'ils puissent l'étaler au-dessus de leur tête. Darren passa le bras autour de sa petite sœur tandis que Sam lui expliquait qu'il revenait tout de suite. Ses yeux étaient brillants, magnifiques et courageux dans l'éclat jaune de la Maglite. Sam leur donna la lampe torche et installa Chip à la proue. DeeDee hurlait dans le siège-auto que Swami calerait entre ses pieds et recouvrirait d'un coin de bâche.

Sam enfila un gilet à Chip.

— Tu tiens le coup ? L'aspirine agit ?

Chip hocha la tête, les yeux clos sous l'effet de la douleur.

— Presque arrivés, dit Sam avant de se sangler à son tour.

Debout près de la poupe, Swami avait enfilé son gilet et tenait sa pagaie.

— Tout le monde est prêt ?

— Prêts ! cria Swami.

— OK, je mets le raft à l'eau.

Sam agrippa la poignée à l'avant. Swami poussa l'arrière. Soudain, le raft se mit à flotter. Swami bondit à l'intérieur tandis que le bateau tournoyait dans la rivière grêlée par les gouttes. L'eau semblait beaucoup plus chaude que l'air. Sam contourna la proue, longea un boudin et se hissa dessus. Il atterrit sur le dos, à côté des enfants. Sous la bâche, Darren tenait la lampe torche. On aurait cru deux enfants occupés à se raconter des histoires dans une tente. Dell regarda son père trempé, l'air surpris.

— Dell, garde un œil sur Chip, lui dit Sam. Et reste accroupie près de Darren. (Elle hocha la tête.) Darren, ne la lâche pas.

Sam gagna la poupe.

Swami multipliait déjà les coups en J pour s'engager dans le courant, loin de la rive. Elle était assise sur le boudin gauche, sa place habituelle. Sur le boudin droit, le pied calé sous le barrot derrière le siège-auto de sa dernière-née, Sam se mit à pagayer, synchrone avec sa femme.

— Tu as réussi à joindre quelqu'un ? cria-t-il sous la pluie.

Heureusement qu'il n'y avait pas de tonnerre. DeeDee et Dell semblaient se calmer. L'averse et l'obscurité étaient déjà suffisamment difficiles à affronter. Par ailleurs, Swami avait vu juste. Une bourrasque de vent et de pluie poussa la proue du raft vers l'amont. Seul, Sam aurait mis une heure à atteindre le pont, à condition d'y arriver, bien sûr.

— Duncan. Je n'ai pu parler à personne d'autre.

Une réponse qui désarçonna Sam, néanmoins il acquiesça, effectuant un appel pour redresser le bateau.

— Bien, dit-il. Merci, Swami.

Il lui était reconnaissant pour le coup de téléphone, mais aussi pour le reste – sa présence, son aide avec Chip, sa venue avec les enfants. Elle avait réuni la famille. Swami exécuta un écart pour accélérer la rotation. Puis, sans échanger un mot, ils pagayèrent sous la pluie battante. Plongeant la pale, la ramenant à l'unisson, ajustant le cap pour rester face au vent, le long des côtes découpées, où le courant était le plus rapide. Ils pagayèrent jusqu'à en avoir mal au dos, le souffle court, et ensuite, ils pagayèrent encore.

À l'horizon, trop loin pour qu'ils puissent entendre l'orage, des éclairs illuminaient les kilomètres de cumulonimbus. Dans la lueur diffuse, la rivière s'étalait devant eux, blanchie par les gouttes ; après un dernier méandre, ils apercevraient le pont. Entre les pieds de Swami, DeeDee était silencieuse. Sam l'imagina à l'abri sous la bâche, les yeux grands ouverts, bercée par le bruit des vagues en dessous et au-dessus, qui éclaboussaient la bâche, et flanquée par les mollets de sa mère. Les grands s'étaient tus aussi et le petit poignet mouillé de Darren agrippait l'avant de la bâche. Plus loin se détachait la silhouette immobile et courbée de Chip, aussi massif qu'un rocher, arrimant la proue à l'eau. Sam regarda Swami à la dérobée. Ses cheveux mouillés étaient rassemblés en une queue-de-cheval drapée sur son épaule. Ses lèvres recrachaient autant d'air que d'eau. Sam se rendit alors compte qu'elle ressemblait encore beaucoup à la femme qu'elle était lors de leur première rencontre, sur les berges inondées de la Virginie-Occidentale. Il prit également conscience que, pour la première fois de l'été, ils étaient ensemble sur un bateau. Toute la famille dans un même raft – le mari, la femme et leurs courageux enfants miracles. Cela ne ressemblait en rien à sa vision. Pourtant ils étaient là. Cerné par la pluie et les problèmes, Sam était soulagé de ne plus être seul.

— Presque arrivés, dit-il.

Swami opina.

Le pont entra dans leur champ de vision et Swami braqua la proue sur la bandelette de sable qui subsistait dessous. Ils s'arrêtèrent. La pluie aussi s'arrêta, s'abattant en rideaux de part et d'autre du pont. La rivière était si haute qu'il suffisait de tendre sa pagaie pour toucher les poutres de la structure métallique.

Sam se laissa glisser du boudin et tira l'embarcation sur la terre ferme.

Duncan dévala la piste sablonneuse en dérapant, une grosse lampe torche à la main.

— Sam ? Swami ?

— On est là !

Duncan les repéra et entreprit d'aider Sam à hisser Chip hors du raft. Swami descendit du bateau pour stabiliser la proue.

— Ça fait combien de temps ? demanda Duncan.

— Vingt minutes, une demi-heure ? répondit Sam. Il a pris trois aspirines.

— L'ambulance va emprunter la Highway 2, intervint Swami. Dès que tu les verras, range-toi sur le bas-côté et allume tes feux de détresse.

— C'est noté. Allez, viens, dit-il à Chip. On va t'amener là-haut.

Le vieux géant hocha la tête.

— Merci.

Chip n'avait pas l'air en forme. Son visage était livide dans le faisceau de la lampe de Duncan. Ce dernier le remarqua.

— Ouais, mec. (Il passa la tête sous le gros bras de Chip.) Pas de problème. L'ambulance arrive. On va s'occuper de toi.

Ils installèrent soigneusement un Chip détrempé sur le siège passager de la Mustang vert vif. Sam boucla sa ceinture. Duncan contourna la voiture en courant et prit place sur le siège conducteur.

— Belle bagnole, dit Chip. J'espère que je ne vais pas me faire dessus quand je mourrai.

Il essaya de sourire mais ne parvint qu'à grimacer, et ses yeux s'agrandirent à nouveau, emplis de peur.

Duncan démarra le moteur et le pot d'échappement rugit.

— Tu viens ?

Sam secoua la tête.

— Ma famille est dans le raft. On va attendre chez Chip.

Duncan hocha la tête. Enclencha une vitesse. L'éclat des freins arrière baigna les graviers d'une lueur rouge. Sam tapota la jambe poilue et mouillée de son oncle.

— On se voit bientôt. (Il ferma la portière.) Merci, Duncan ! cria-t-il à la fenêtre.

La lumière des freins s'assombrit et la Mustang vert vif s'éloigna. Duncan roulait vite, ses feux de détresse allumés, faisant voleter le gravier boueux. Dès que ses roues retrouvèrent l'asphalte, le moteur rugit de plus belle.

Le vent continua de souffler alors qu'ils rentraient, heureusement la pluie faiblit. Cette fois, Sam et Swami étaient assis sur le barrot central, Darren et Dell étaient installés sur le plancher entre eux. Darren accepta de jouer les guetteurs, braquant la lampe torche depuis la proue au cas où des rondins ou des débris flotteraient dans le courant. Le vent dans leur dos les poussait en amont, et le retour se révéla beaucoup moins compliqué que l'aller. Ils accomplirent le trajet presque sans effort, comme si chaque coup de pagaie exploitait une force invisible. Sam et Swami manœuvraient précautionneusement dans la bruine, longeant l'intérieur des méandres cette fois, où les courants étaient les plus faibles. Durant l'accalmie, ils entendirent le tonnerre gronder, loin, très loin derrière eux. Sam prit une profonde inspiration. Après un temps, il expira, conscient qu'il retenait sa respiration. Il entendit Swami faire de même.

Une heure plus tard, Swami se séchait les cheveux avec une serviette blanche dans la chambre de Chip, vêtue d'un bas de jogging et d'un sweat-shirt secs. Sam lui avait indiqué qu'elle trouverait des serviettes propres dans la penderie, et soudain, elle prit conscience de l'étrangeté de la situation. Seule dans la chambre de Chip, elle était libre d'observer son intimité. Elle regrettait ses paroles, le jour où ils s'étaient disputés devant la grange. Chip dormait sur un lit double. Les draps et sa couverture en peau de cerf étaient bien tendus. Le lit était fait. Sur la table de chevet reposaient une bouteille de vodka et un verre. La chambre était propre mais vieillotte, avec sa moquette verte et rêche, plus triste que sale. Un slip gigantesque traînait près de la commode. Swami le ramassa du bout des doigts et le déposa dans le panier à linge, avec le reste de leurs vêtements boueux et détrempés. Tandis qu'elle nouait la serviette autour de son crâne, elle remarqua une photo sur la commode.

— Les enfants sont tombés comme des mouches, dit Sam en franchissant le seuil.

Il avait couché Dell et Darren dans le lit escamotable du salon. Tant que les intempéries sévïraient, ils seraient mieux dans la cabane. Ils avaient passé le pire de l'orage et tout était silencieux, hormis le martèlement des gouttes sur la bâtisse modeste mais robuste. L'arrière-arrière-grand-père de Sam l'avait construite de ses propres mains. Swami en était consciente et elle éprouvait une sensation indéfinissable à se trouver là. Elle s'imagina les fantômes des fermiers d'antan les regardant, aux côtés de ceux des Indiens à l'origine des tertres dans la forêt.

— C'est qui ?

Swami montra la photo sur laquelle un Chip beaucoup plus jeune posait en compagnie d'une très jolie femme blonde. Chip la tenait dans ses bras, debout devant un tas de rafts empilés sur une remorque. Minces et bronzés, ils paraissaient heureux dans leurs minishorts et leurs maxi-chaussettes.

— Tante Mary et Chip. J'ai contacté l'hôpital. Ils s'occupent de lui. Duncan l'a déposé aux urgences. Ils ne m'ont pas encore rappelé.

— Tant mieux. Ils vont pouvoir le soigner.

Sam acquiesça. Au lieu de se regarder l'un l'autre, ils observaient la photo.

Swami étudia la jeune tante Mary. Elle semblait avoir à peu près le même âge qu'elle. Swami se demanda quel genre de femme elle était, si elles auraient pu devenir amies. Elle se demanda pourquoi elle était partie, tout en ayant l'impression que la réponse était évidente. Elle savait. Elle savait la douleur que cette femme avait endurée, et Chip aussi. Il était difficile de regarder le couple heureux sur la photo, sachant ce qu'ils avaient traversé, où les conduirait leur optimisme.

— Chip a eu la vie dure, dit Swami.

Elle parcourut des yeux la chambre solitaire, se baissant pour ramasser le panier de linge sale.

— D'une certaine manière, oui. Mais je crois qu'il a été heureux, aussi.

Swami examina la moquette et la petite horloge Remington au mur. Elle était si fatiguée. Son corps était drainé par l'adrénaline. Elle était prête à se pelotonner contre ses enfants. Demain matin, ils feraient la grasse matinée. Ils n'avaient rien à faire, sinon attendre l'arrivée de Blakely à midi. Swami était en train de changer d'avis à propos des mines, des terres et des rivières. Son esprit était en ébullition. Pour une raison qu'elle ignorait, debout dans la chambre de Chip, elle se rappela son émotion après la naissance de son premier enfant. L'accouchement avait été compliqué, une journée de travail suivie d'une heure et demie de poussées. Après coup, une fois que son bébé était propre et sec, une fois elle-même rhabillée, Swami s'était sentie comme engourdie, vidée par l'impressionnant flux et reflux de son corps.

— C'est drôle, tu sais ?

Elle éteignit la lumière et s'avança dans le couloir, le panier de lessive à la main.

— Quoi ?

Elle posa le panier devant la salle de bains, où étaient la machine à laver et le sèche-linge.

— Tout. Bonne nuit, Sam.

— Bonne nuit.

Swami but un verre d'eau et rejoignit ses enfants sous les couvertures. DeeDee dormait au pied du lit, dans un berceau bricolé par Sam avec un tiroir vide et une courtepointe pliée. Malgré sa fatigue, Swami s'efforça de rester éveillée, à écouter ses enfants respirer. Sam alla chercher son lit de camp dans la véranda. Ainsi, ils avaient beau dormir dans des lits séparés, ils étaient dans la même pièce. Swami pouvait se tourner dans le salon sombre et l'apercevoir, le renflement de son sac de couchage. Elle l'observa, se sentant elle-même observée, et songea aux fantômes. Puis elle pensa à ses parents, à son rôle en tant que mère. Enfin, elle pensa au flot implacable qui reliait chaque génération à la suivante, les enfants qui devenaient des adultes, quittaient le nid et avaient des enfants à leur tour, le lâcher-prise qu'impliquait la vie, l'acceptation et la souffrance.

— Sam.

— Oui.

— J'ai quelque chose à te dire.

— Quoi ?

— Au début de l'été, quand tu as perdu ton emploi, je t'en ai vraiment voulu. Je t'ai détesté. Je sais que ça t'a blessé. Je suis désolée.

— Pas grave.

— Je suis désolée, répéta-t-elle.

— Pas grave.

— Je veux que tu saches que je ne te déteste pas. Je ne suis plus en colère contre toi.

Elle contempla sa forme sombre et inerte. Le sac de couchage bruissa et Sam s'essuya le visage du dos de la main.

— Merci.

Ils restèrent immobiles sous les couvertures, bercés par le vent, les grincements du toit et le roulement distant du tonnerre. Le fracas de la pluie évoquait le bruit de centaines de pieds minuscules, songea Swami dans un demi-sommeil. Chut, murmura le vent.

17

À L'AUBE, lorsque Sam ouvrit l'œil, sa famille somnolait encore, la bouche grande ouverte, les cheveux dans les yeux, la joue pressée contre les oreillers et le matelas bosselé. Les pieds sales de Dell dépassaient de la couverture. DeeDee dormait les fesses en l'air et Sam rabattit délicatement la couverture sur elle. Ensuite, il enfila ses vêtements et sortit. Il consulta sa messagerie : personne ne l'avait appelé. Mais il savait déjà ce qu'il avait le plus besoin de savoir. Au milieu de la nuit, il s'était réveillé pour s'enfermer dans le placard de la cuisine avec le téléphone et contacter l'hôpital. L'état de Chip était stable, lui avaient affirmé les soignants. Un homme prénommé Randy et une femme prénommée Moon lui tenaient compagnie dans sa chambre. Il avait fait une crise cardiaque, mais il avait été pris en charge à temps et il allait bien. L'aspirine lui avait permis de gagner du temps. Ils le surveilleraient un jour de plus, au moins, toutefois il pourrait bientôt rentrer. Sam s'était assis sur le linoléum pour sangloter en silence, le téléphone sur les genoux. En dehors de ses enfants, Chip était la seule famille qu'il lui restait. Sam n'était pas prêt à le perdre. Pas encore.

Pas comme ça. Il pleurait aussi sur les dernières paroles prononcées par Swami. Il se sentait soulagé, mais en relâchant la tension d'un seul coup, il avait désorienté ses nerfs et il tremblait des pieds à la tête, comme un cerf qui s'ébroue pour sécher ses poils. Il était resté dans cette position jusqu'à ce qu'il entende le vent ouvrir la porte moustiquaire. Alors il s'était levé pour la refermer, il avait regardé sa femme et ses enfants, il s'était enfoui sous les couvertures et avait dormi jusqu'au petit jour.

À présent, il était debout sur le seuil de la serre. L'air tiède se déversait par la porte, avec son parfum capiteux. Il devait arracher les derniers plants avant l'arrivée de Ranger Bonnie, sans oublier d'aérer l'espace. La pluie avait cessé de tomber et un brouillard épais recouvrait le paysage, si dense que Sam fut mouillé lorsqu'il le traversa. Les tiges de la dernière rangée étaient assez hautes pour effleurer le plafond en plastique. Des têtes grosses comme des pamplemousses formaient des amas poilus, comme givrés, au parfum entêtant. Sam transféra son poids d'un pied à l'autre sur le gravier boueux.

— Il risque d'avoir des ennuis, à ton avis ?

Sam sursauta. Il n'avait pas entendu Swami approcher dans son dos. Elle portait un poncho de pluie et sirotait une grosse tasse de café. Elle avança et, quand elle vit la taille des plants, ses yeux s'écarquillèrent.

— Possible, répondit Sam, le cœur dans les talons. Je suis désolé, mais je dois m'en occuper avant que Blakely se pointe. Je n'en ai pas pour longtemps.

Debout à ses côtés, Swami lui tendit sa tasse. Sam but une gorgée de café et lui fit part des dernières nouvelles concernant l'état de Chip. Le café était chaud et corsé.

Lorsqu'il rendit la tasse à Swami, elle l'enveloppa de ses deux mains.

— Je peux t'aider.

Sam la regarda. Il craignait d'avoir mal entendu. Devant son expression incrédule, Swami éclata de rire et haussa les épaules.

— Pourquoi pas ? Mais j'aurais préféré qu'il ne vienne pas aujourd'hui. Blakely. Je… Je n'ai envie de voir personne, surtout pas lui. Et j'ai peur de ce qui va arriver aux cerfs.

Sam hocha la tête. À cet instant, un klaxon retentit dans l'allée.

— Oh, non, dit-il. J'espère qu'ils ne sont pas venus en avance.

Le klaxon retentit de nouveau.

— Maman ? lança Darren depuis le seuil de la cabane.

— Je suis là ! répondit Swami. J'arrive dans une seconde. (Elle se tourna vers Sam.) Qu'est-ce qu'on fait, pour la serre ?

— Je vais la fermer à clef et croiser les doigts.

Swami marcha en direction de la cabane, le regard braqué sur l'allée.

Sam trottina dans le brouillard humide. Le soleil à peine perceptible était haut dans le ciel à présent, et une brise commençait à disperser la brume. Le klaxon retentit une troisième fois. Sam distinguait à peine l'autre côté du ravin. Le van était couché sur le côté. Aussi large qu'une petite rivière, le ruisseau coulait à travers. Le courant avait fracassé le pare-brise et enfoncé les portes arrière. Blakely se tenait sur la rive opposée, accompagné de Bonnie et d'un homme équipé d'une boîte à outils et d'un trépied porte-jalon.

— On traverse comment ? demanda-t-il.

Sam boitilla vers lui en frottant ses yeux fatigués. Sa cheville était ankylosée. Il n'avait pas encore bu son café et voilà que ce type lui criait dessus en klaxonnant.

— Bonjour ! Vous êtes en avance !

Ranger Bonnie le salua de la main.

— Tout le monde va bien ? Qu'est-ce qui s'est passé, ici ?

Le vent en provenance des collines commençait à forcir et la brume se fondait à la rivière.

— La buse a lâché.

Impressionnée, Bonnie secoua la tête.

— J'ai appris, pour Chip. J'ai appelé l'hôpital. Il va bien. Terrifiant !

— Merci, répondit Sam.

Terrifiant, en effet.

Blakely semblait impatient. Le géomètre était un petit homme au nez busqué. Voyant la brume se mouvoir, il la suivit, comme s'il flairait quelque chose.

— Bonjour, Darren, Dell et Swami ! s'exclama Bonnie. Ça fait longtemps !

Le brouillard avait reculé jusqu'au hangar à machines. Swami marcha vers eux, DeeDee dans les bras. Dell et Darren avançaient à petits pas pressés. Dell rendit son salut à Bonnie, cependant elle semblait anxieuse.

— Bonjour, Bonnie. (Swami sourit.) Ravie de vous voir.

— Pareil, pareil. (Bonnie arbora un sourire radieux, les mains sur ses hanches généreuses.) Paraît que vous avez eu une drôle d'aventure, hier soir.

— Chips va bien ! dit Dell. On l'a sauvé ! On a fait du bateau dans l'orage et Darren avait la lampe torche et après on est allés au lit et après…

Darren lui fit signe de se taire.

— Écoutez, dit Blakely. Je suis ravi d'apprendre que Chip est tiré d'affaire. Sincèrement. Mais maintenant que les souhaits de chacun sont clairs, je préférerais qu'on en finisse. Chip et moi sommes d'accord. Le géomètre a besoin de prendre des mesures. Bonnie a besoin de voir les cerfs. Après, on vous laisse tranquilles.

Sam était sur le point de parler quand Swami le prit de vitesse.

— Comment va Debbie ?

Une question destinée à Bonnie, mais Swami regarda Blakely droit dans les yeux lorsqu'elle la posa. Bonnie s'absorba dans la contemplation du sol.

— Ah, euh... C'est plus ou moins réglé. Le juge aura le dernier mot. (Elle s'empourpra et coula un regard à Blakely.) Je doute que quiconque soit embêté. On n'a pas besoin d'ennuis en plus. On a mieux à faire.

— Ma patience a des limites... commença Blakely.

— Hé ! rugit Sam, surpris par la violence dans sa voix et ses veines.

Tout le monde sursauta. La nuit avait été longue, l'été aussi et Sam avait retrouvé sa famille, temporairement du moins. Il refusait que quiconque s'adresse à l'un des siens avec irrespect. Blakely marqua une pause, puis il reprit.

— J'aimerais juste savoir si on pourrait franchir le ravin, procéder à l'inspection et partir, dit-il sur un ton mesuré.

À cet instant, une forte bourrasque souffla sur la rivière.

— Le pâturage des cerfs est là-bas, dit Bonnie. Je peux probablement l'inspecter d'ici. Inutile de traverser. Où sont les cerfs ?

Le géomètre renifla de nouveau. Les adultes se tournèrent vers le pâturage. Dell grimpa précipitamment dans les bras de son père. Darren contempla les bois au loin.

— Papa, chuchota Dell à l'oreille de Sam, si proche qu'il sentit son souffle sur sa peau.

Swami se pencha vers eux pour écouter.

— Darren et moi, on a fait une bêtise.

Sam sourit. Il n'y avait aucun cerf en vue. Il suivit la clôture des yeux. Le portail était encore ouvert.

— Qu'est-ce que vous avez fait, ma puce ?

— Dell, siffla Darren.

— Il n'y a pas de cerfs, là-dedans, lança Bonnie dans leur dos.

Swami regarda Sam. Sam regarda Swami. Elle ferma les yeux et se mordilla la lèvre, esquissant un sourire presque imperceptible, le genre que seul Sam était capable de détecter.

— Darren. (Sans le regarder, Swami posa la main sur son épaule.) Ce n'est pas grave.

Elle se baissa et l'embrassa sur le sommet du crâne. Sam pivota de sorte que la brise chasse les cheveux du visage inquiet de Dell.

— Vous avez libéré les cerfs ? chuchota-t-il.

Des larmes plein les yeux, Dell hocha vigoureusement la tête.

— Chips va m'en vouloir ?

Sam l'étreignit.

— Non, Chips sera ravi. Il va être très fier de toi.

— Il faisait super noir, papa. Mais les cerfs sont venus. Ils nous ont suivis. On leur a montré où traverser la rivière.

Sam resserra son étreinte et déposa un baiser sur sa tempe.

— Mes merveilleux enfants si courageux.

Il rendit Dell à Swami, qui enlaça ses deux filles à la fois.

— On ne vous dérange pas trop ? demanda Blakely.

Le visage de Swami se durcit et Sam reconnut l'expression implacable qui lui venait lorsqu'elle s'apprêtait à dicter sa loi. Elle fit volte-face et s'approcha du ravin. Elle en imposait, avec son short, son imper, ses deux filles dans les bras.

— Demi-tour, lâcha-t-elle sur un ton froid.

— Pardon ?

— Demi-tour. Cette propriété n'est pas à vendre aujourd'hui. Ni Woodchuck.

Le cœur de Sam bondit dans sa poitrine. Il pressa les épaules de son fils.

— Regarde ta mère, chuchota-t-il.

Le visage de Darren se fendit d'un grand sourire. Le géomètre haussa les épaules et rebroussa chemin.

— Une seconde, une seconde, dit Blakely. La vente ne concerne que le propriétaire et moi, or vous n'êtes pas les propriétaires.

— On est sa famille, répondit Swami. Et il est à l'hôpital, donc on s'exprime en son nom.

— Ça ne marche pas comme ça.

— Oh que si, rétorqua Swami.

Blakely s'empourpra. Se mit à bredouiller. Regarda alentour. Bonnie fourra ses mains dans ses poches et déambula en direction de la forêt, un léger sourire aux lèvres. Le géomètre avait déjà rangé ses outils sur le plateau du pick-up.

— Et Woodchuck ? demanda Blakely. Vous courez à votre perte, vous n'avez plus de clients et personne à part moi n'en voudra, encore moins au prix que je vous propose.

— Qu'est-ce que vous proposez, exactement ? D'après ce que j'ai compris, vous-même ne proposez rien du tout. L'argent appartient à NorthSky. Vous n'êtes qu'un charlatan dont le seul but est d'acheter un terrain pour votre employeur. Vous touchez un bonus pour chaque propriété que vous engloutissez ?

Blakely était cramoisi à présent. À certains endroits, sa peau était carrément violacée.

— Et vous serez heureux d'apprendre que Woodchuck a une descente programmée après-demain. On sera sur l'eau avec Duncan.

— Ces terres vont être vendues à NorthSky, répondit Blakely. Et vous allez regretter de ne pas vous être débarrassés de votre entreprise merdique tant que c'était encore possible.

Swami releva le menton. Le toisa jusqu'à ce qu'il baisse les yeux. Blakely retourna à sa Jeep, laissant échapper un chapelet de jurons alors qu'il marchait. Il claqua la portière.

— Il a dit des gros mots, maman, dit Dell.

À l'instar de sa mère, elle le fusilla du regard.

— Oui, ma puce.

Blakely démarra dans un nuage de poussière. Le géomètre haussa les épaules, les salua et s'éloigna lentement. Ranger Bonnie revint sur ses pas, les mains dans les poches, l'air radieux.

— Vous avez besoin d'aide ? (Elle observa le ravin.) Les précipitations continuent sur le bassin-versant. Le barrage tourne à fond et c'est pas près de changer.

— On va se débrouiller, Bonnie. On a des rafts.

Elle opina d'un air satisfait et regagna son pick-up. Juste avant de monter à bord, elle se retourna.

— Au fait, je n'ai pas voulu le dire tout à l'heure, mais je connais le juge qui va s'occuper du dossier de Debbie. Un type des Northwoods, un pur et dur. Il a toujours un revolver sur lui. Paraît qu'il va se contenter de coller des délits mineurs à tout le monde, mais c'est pas moi qui vous l'ai dit.

Sam et Swami la regardèrent s'installer derrière le volant en silence. Les enfants ne pipaient mot. Ils sentaient tous qu'une catastrophe venait d'être évitée, et personne ne voulait troubler la fragilité de l'instant. Swami se dirigea vers la maison avec ses filles. Sam et Darren leur emboîtèrent le pas. Sam admira l'arrière des jambes de sa femme tandis qu'elle marchait, ses pieds chaussés de sandales. Il était fasciné par elle. Il éprouva une bouffée d'espoir, de joie et d'émerveillement, des émotions qu'il avait oubliées au fil des semaines, des mois et des années. Son armure était en train de se fendre et ce qu'il découvrait en dessous n'était pas si mal. Sam était en train de tomber amoureux de sa femme.

Au moment où ils allaient monter les marches de la cabane, un klaxon retentit à nouveau. Ils pivotèrent à l'unisson. Le vieux pick-up de Randy approchait. Moon était avec lui. Ainsi qu'une troisième silhouette, qui mit péniblement pied à terre et leva une main grosse comme un battoir.

— Chips !

Dell s'arracha à l'étreinte de sa mère et se rua dans l'allée, remuant ses petites jambes aussi vite que possible ; elle sautillait et criait de joie en agitant les bras.

Le matin du jamboree, avant la descente, Swami se tenait au sommet du promontoire surplombant la rivière avec les guides et sa famille. La rivière bondissait et rugissait, plus haute et boueuse que jamais. Swami était électrisée. Elle était électrisée depuis qu'elle avait descendu la rivière en plein orage avec Sam et Chip et chassé Blakely. Entre-temps, la rivière avait enflé. Moon et Randy avaient traversé le ruisseau avec Chip et dormi dans sa cabane. Franchir l'allée n'était plus dangereux. La rivière était assez haute pour noyer les obstacles ainsi qu'une bonne partie du van. À l'aube, Sam et Randy avaient fait plusieurs allers-retours, nouant des cordes et des sangles autour du véhicule pour le tirer hors de l'eau.

Chip les observait depuis la rive avec Moon et Swami, ses grosses mains enfoncées dans la poche ventrale de son poncho, où cliquetaient ses flacons de médicaments.

— J'ai de la nitroglycérine, des trucs pour le cholestérol, des bêtabloquants et des inhibiteurs de calcium.

Ses yeux étaient encore humides. Il venait de leur expliquer qu'il avait quitté l'hôpital plus tôt que prévu pour parler à Blakely en personne. Il espérait que l'homme changerait d'avis ou que le géomètre déclarerait le terrain sans valeur. Lorsque Swami lui raconta comment elle avait chassé Blakely, il se mit à pleurer en silence avant de pousser un profond soupir tremblotant et de regarder la rivière par-delà la forêt. Swami comprit qu'aux yeux de Chip, sa réaction signifiait qu'il pouvait garder ses terres, qu'il n'aurait jamais à les céder à des personnes souhaitant les creuser, les sonder ou les réduire en poussière, et que ce n'était pas à lui de régler les problèmes que rencontraient Sam et Swami avec Woodchuck.

— Je t'en dois une, Swami. À vous deux. Je ne mérite pas d'avoir des gens comme vous dans ma vie.

Le vieux pick-up se cambra, recrachant du diesel tandis que Randy écrasait l'accélérateur. Le van remonta le long de la berge humide en gémissant et bascula sur le côté. De l'eau se déversa de chacune des ouvertures. Un buisson pourvu d'un amas de racines boueuses était accroché au châssis. Moon les applaudit.

— Personne ne doit rien à personne, Chip, dit Swami. L'argent n'est que l'argent, rien de plus.

— Et je suis désolé pour ce que je t'ai dit devant la grange.

— Moi aussi, je suis désolée pour ce que j'ai dit. J'avais tort.

Chip essuya ses yeux sur le manche de son poncho.

— En grande partie, ajouta Swami avec un petit sourire.

Chip sourit à son tour. Moon, qui jusque-là feignait de ne pas les écouter, arbora une expression radieuse et les étreignit tous les deux.

— Super énergie, les gars.

À vrai dire, Swami se sentait touchée par la grâce. Quelque chose de nouveau imprégnait l'air et les feuilles mouillées des arbres inondés. Le ciel matinal semblait plus bleu que d'habitude, après toute cette pluie. Elle pouvait sentir l'odeur des pins et du patchouli de Moon. Elle lui avait manqué. Sur la rive opposée, Randy descendit de son pick-up et leva un poing victorieux, pareil à un cow-boy venant d'immobiliser un gigantesque taureau. Le sourire de Moon s'élargit.

La rivière montait et montait encore. Ils déjeunèrent tous ensemble. Une grosse carpe pataugeait dans une flaque d'eau près de l'allée. Les enfants firent la sieste. Chip aussi. Sam grimpa dans le Brave, gagna la colline des tertres indiens et se gara sur le point le plus élevé qu'il trouva. Le lendemain, ils seraient absents et Sam ne voulait pas que le véhicule subisse le même sort que le van. Le reste de la journée, tout le monde prit son mal en patience ; ils discutaient à voix basse, observant le champ désert. Ils savaient que la dernière descente de l'été, voire la dernière descente de Woodchuck tout court, approchait. La rivière était hors de contrôle et personne n'osait évoquer la possibilité d'annuler.

À présent, face à la rivière, ils ne pouvaient plus vraiment ignorer la question.

Swami portait DeeDee sur son dos. Debout à ses côtés, Darren et Dell écarquillaient les yeux. Dell agrippait la main de sa mère. Le soleil était levé depuis une heure à peine et la chaleur était déjà étouffante. Les rares précipitations qui se dirigeaient vers le nord avaient laissé derrière elles une poche d'air humide en provenance du sud, ainsi qu'une rivière qui n'en avait plus que le nom. À leurs pieds, elle explosait en se fracassant contre les parois avant de s'enrouler sur elle-même pour revenir caracoler dans ses propres remous blancs.

— Elle est à quel niveau, là ? demanda Swami.

— Je ne l'ai jamais vue si haute, répondit Chip.

— On dirait le tonnerre, maman, dit Dell.

Elle avait raison. Le rugissement s'apparentait à un grondement sans fin. L'entrée de la chute qui menait aux rapides formait une gigantesque bosse brune. Plus vaste que d'habitude, le train de vagues aux crêtes hérissées projetait des gerbes d'écume et d'arcs-en-ciel dans le canyon. Au milieu des remous se dressait Volkswagen Rock, du moins ce qu'il en restait. Le rocher immergé essorait la rivière, la recrachant dans un rouleau gros comme un bus. Swami secoua la tête. Elle n'avait pas vu de rapides aussi déchaînés depuis sa formation en Virginie-Occidentale. Mais en

Virginie-Occidentale, le lit de la rivière était plus large, plus apte à contenir ses eaux. À Thunderwater, la gorge étroite subissait une pression quasi surnaturelle.

— La ville doit son nom à ce bruit, dit Chip. Un vieux terme indien qui désigne la manière dont cette portion de la rivière peut se lever comme un orage. Les colons blancs étaient incapables de le prononcer. Alors ils se sont rabattus sur "Thunderwater".

Il regarda la rivière tel un homme affamé devant un festin. Ses yeux étudiaient les parcours nouveaux empruntés par les vagues.

— Je descends cette rivière depuis des années et c'est aujourd'hui que je ne peux pas la naviguer. Elle est si pure, comme elle devait l'être avant le barrage. Swami, je pourrais peut-être monter dans le raft de Sam pour un petit tour ?

Elle secoua la tête.

— La rivière si pure souhaite que tu te contentes de l'admirer, aujourd'hui.

Chip soupira.

— On va vraiment y aller ? demanda Moon.

Elle se tourna vers Sam et Swami. Sam haussa les épaules. Swami n'avait pas de réponse à lui apporter.

— En tout cas, dit Chip, je vais prendre plaisir à regarder Duncan se faire laminer. (Il décocha un coup d'œil au jeune guide.) Prépare-toi à un vrai carnage, mon pote.

— Il t'a sauvé la vie, lui fit remarquer Swami.

— Et je ferais la même chose pour lui. Et j'ai hâte de le voir se prendre une bonne raclée.

Ils descendirent lentement la piste et s'installèrent sur le plateau du pick-up, hormis les enfants, qui s'assirent dans la cabine avec Moon. Tandis que la voiture fendait la brise tiède, Chip ferma les yeux et passa la tête dehors, un vieux chien difficile et boiteux, mais qui avait bon fond. Swami pouvait sentir le soleil sécher les champs de fourrage.

Lorsqu'il aperçut la grange bleu électrique au centre du champ vert, Randy écrasa la pédale du frein et se rangea sur le bas-côté. Chip, Sam et Swami se tournèrent aussitôt vers la cabine. Alors ils comprirent.

— Qu'est-ce que c'est que ce bordel ?

Le champ était constellé de tentes aux couleurs vives. Des petits feux de camp fumaient ici et là, projetant des colonnes blanches dans le ciel. Des parents et leurs enfants déambulaient dans l'herbe. Les tentes s'étiraient jusqu'à l'orée des bois. Il y en avait des centaines, pareilles aux champignons qui sortent après la pluie, orange, rouges, jaunes et vertes. Ensuite, Swami remarqua le bus de Duncan garé le long de la grange. Debout près du capot, Duncan, muni d'un bloc-notes, gesticulait devant un groupe de pères de famille.

Randy tourna la tête et haussa les sourcils. Quand Swami lui fit signe d'avancer, il s'engagea sur l'allée, sinuant entre les touristes qui se promenaient, maculés de crème solaire, une serviette drapée sur l'épaule. Sur le parking se trouvaient trois remorques chargées de rafts, deux bus et une poignée de voitures mal garées.

Le front plissé, Chip absorba la scène.

Sam se laissa glisser du plateau. Swami prit DeeDee et lui emboîta le pas. Duncan demandait aux pères de famille de patienter, leur assurant que la première descente aurait lieu ce matin, mais d'abord, il avait besoin de leurs noms pour trouver les réservations sur son blocs-notes. Ses guides couraient partout, certains gonflaient des rafts avec une pompe manuelle, d'autres s'efforçaient d'étaler les gilets, les casques et les pagaies de manière plus ou moins ordonnée dans le champ. Sitôt qu'il aperçut Swami, Sam et Chip, Duncan abandonna sa conversation et courut vers eux. Il était hors d'haleine et des mèches blondes s'échappaient de sa queue-de-cheval.

— Je ne savais pas quoi faire ! chuchota-t-il. Je suis désolé, j'ai essayé de vous joindre, mais tout est arrivé si vite. On n'avait nulle part où aller. Chip, tu sembles guéri. Je suis content que tu ailles bien.

Chip hocha la tête et continua de froncer les sourcils.

— Qu'est-ce qui se passe, Duncan ? demanda Swami.

Il prit une profonde inspiration.

— Le jamboree, voilà ce qui se passe. Ah, et je n'ai plus d'entreprise de rafting.

— Quoi ?

Duncan contempla la foule d'un air exaspéré, laissant retomber son bloc-notes le long de sa cuisse.

— J'ai quinze rafts, un bus, des guides incapables d'affronter les rapides et quatre cents scouts à bout de nerfs qui se sont pointés hier soir et ont trouvé le portail fermé.

Swami attendit qu'il reprenne son souffle.

— Mon oncle, poursuivit-il. Il m'a foutu dehors. Le site NorthSky était inondé. Il a déménagé tout l'équipement sur le terrain d'X-treme et fermé le portail à clé. Il était ivre de rage. Il a carrément viré mes guides de leurs cabanes.

— Pourquoi ? demanda Swami.

— Vu qu'il n'a pas réussi à acheter le terrain de Chip, et avec tous les problèmes qu'il y a eu, les manifestations, les inondations, il a décidé de fermer pour la saison. Tout leur appartient, depuis toujours. X-treme n'était qu'une façade. Je possède juste le bus et les rafts.

Randy s'approcha en boitillant, flanqué de Moon et des enfants.

— Blakely a fermé X-treme, annonça Swami.

— Governor's Park était bondé, dit Duncan. Je ne savais pas où les emmener, alors je suis venu ici. Au fait, votre troupe est arrivée il y a vingt minutes, dans la camionnette rouge là-bas. Je leur ai dit d'attendre. Je les fais tous attendre. Quoi, j'en sais foutrement rien. J'arriverai peut-être à me débrouiller dans ces rapides, mais mes guides, non. Ce sont des guides classe 3 et aujourd'hui, la rivière est au moins classe 5.

— On a vu la gorge, dit Sam.

Duncan secoua la tête.

— Autant que je les emmène au sommet des chutes et que je les force à sauter. En installant un filet au fond. Pour être tout à fait honnête, je ne suis même pas sûr d'être encore assuré. J'ignore comment mon oncle a géré les papiers.

Swami regarda le petit groupe rassemblé devant la porte coulissante de la camionnette rouge. Des scouts aigles* hilares enfilaient leurs chaussons en néoprène. Un père de famille ferma les yeux avant d'étaler une noisette de crème solaire sur son visage. Derrière eux, les tentes brillaient dans le soleil. Des plumetis de fumée flottaient dans l'air. Sam aussi contemplait le champ. Il acquiesça, ses cheveux roux trop longs retombant sur sa nuque. Swami n'avait rien remarqué, ou peut-être avait-elle refusé de le remarquer, mais au cours de l'été, Sam avait minci et bronzé, sa musculature s'était développée. Le soleil, les descentes, les petits

* Un scout aigle est un scout ayant atteint le plus haut rang du parcours scout américain.

déjeuners protéinés chez Chip. Il ne ressemblait plus à un professeur d'arts plastiques blafard et enrhumé qui faisait la navette dans les rues jonchées de neige fondue. Il paraissait fort. Duncan avait raison, X-treme ne comptait pas un seul guide capable de naviguer ces rapides. Woodchuck, si.

— Duncan, dit Swami.

— Ouais ?

Atterré, il regarda un de ses employés se prendre les pieds dans les gilets de sauvetage qu'il avait dans les bras. Un scout aigle l'aida à se dépêtrer des sangles.

— J'ai un marché à te proposer.

DeeDee gazouilla en tirant les cheveux de sa mère. Swami lui prit la main et l'embrassa, puis elle la déposa dans les bras de Sam. Ce dernier enlaça sa fille et regarda sa femme. Semblant lire dans ses pensées, il hocha imperceptiblement la tête.

— Woodchuck est ruinée, reprit Swami. Sans la quasi-totalité du jamboree, on est morts. Sans guides compétents, X-treme est mort. Il vous faut des guides, il nous faut des clients.

Swami aimait la manière dont ce dernier mot roula sur sa langue. Tellement plus pertinent que "invités". Elle se rappela un autocollant qu'elle avait retiré du bus au début de l'été : "Les guides de rivières sont là pour vous sauver le cul, pas pour le lécher." La phrase allait parfaitement avec son humeur.

Duncan hocha vigoureusement la tête.

— Tout ce que tu voudras.

— On fait 50-50 pour le jamboree, et les clients naviguent sous l'assurance de Woodchuck ce week-end. Deux guides par raft : un des nôtres et un des tiens. (Elle enfonça le clou.) On reste à 50-50 pour tous les jamborees de toutes les saisons à venir. À condition qu'on se maintienne tous les deux à flot, bien sûr.

Duncan n'avait pas cessé de hocher la tête. Sam et Chip observaient la scène en silence. Avec l'aide du scout aigle, le guide de Duncan avait terminé de ramasser les gilets de sauvetage.

— D'accord.

Duncan soupira. La tension s'envola de son visage et il s'autorisa un sourire. Puis il serra la main de Swami.

— Marché conclu. Un marché équitable. De toute manière, la rivière ne serait pas la même sans vous, bande d'enfoirés.

— Tous à l'eau ! s'écria Moon. Oui ! Mais il nous manque des guides. Randy n'est pas dispo. Chip non plus. Il ne reste que Duncan, Sam et moi pour six rafts. On risque de mettre du temps.

— Huit rafts, intervint Swami. Ajoutes-en deux pour moi.

— Sûre ?

Moon avait les bras grand ouverts, les doigts écartés.

— Mais maman, tu sais naviguer ? demanda Darren.

Swami releva le menton.

— Ta mère est une guide certifiée classe 5 formée en Virginie-Occidentale. Je sais tenir ma ligne, jeune homme.

— Fantastique !

Moon enveloppa Swami dans ses bras. Elle éclata de rire et vit Sam lui sourire. Ensuite, sans se départir de son sourire, il colla son front à celui de DeeDee.

— Qui va nous surveiller ? demanda Dell.

Elle connaissait la règle : si une personne allait sur l'eau, une autre restait à terre pour s'occuper des enfants.

— Tonton Randy sera là, dit Randy.

Moon libéra Swami, déposa un baiser sur la joue de Randy et l'enlaça par la taille. Aussitôt, il s'empourpra.

— Et Chip ? demanda Swami.

— Randy et Chips ! s'exclama Dell.

Chip soupira, ou plutôt il essaya, mais Dell le poussa. Il s'accroupit pour lui sourire.

— Chips le gros patapouf.

Elle le serra dans ses bras.

— C'est moi que tu traites de gros patapouf ?

Dell gloussa.

— Sois polie, Dell, dit Swami. (Ni Chip ni Dell ne lui prêtèrent attention.) Duncan, je peux voir ton bloc-notes ?

— Fais-toi plaisir.

— Je vais ouvrir la grange. (Sam entraîna DeeDee avec lui.) Darren, j'ai besoin d'un coup de main.

Darren emboîta le pas à son père pendant que Swami s'approchait des scouts, qui commençaient à s'impatienter.

— OK, tout le monde.

Elle employa sa voix de rivière. Qu'il était bon de crier, de leur aboyer dessus. Elle leur aboierait dessus toute la journée.

— Moi, c'est Swami et elle, c'est Moon. On sera vos deux guides principales aujourd'hui !

Duncan fit signe à ses guides d'écouter Swami attentivement. D'autres scouts émergèrent des tentes. Swami consulta une feuille sur le bloc-notes.

— Où est Green Bay ? (Ils levèrent la main.) Allez dans le bus bleu. Suivez Moon pour signer vos contrats et récupérer votre équipement. Où est Milwaukee ? Allez dans le bus vert. Oconto ? Bus bleu.

Assis sur le boudin gauche, Sam cala son pied sous le barrot. Son autre pied était encore enveloppé dans la botte. Un guide prénommé Carl à l'air stressé pagayait sur le boudin droit. La mise à l'eau depuis la plage était rapide et profonde. Devant Sam, le raft de Moon flottait sur la rivière scintillante. Derrière, il entendit Swami demander à ses équipiers s'ils étaient prêts. Lorsqu'il se retourna, il la vit pousser son raft et bondir dans l'embarcation avec grâce. Duncan mettait son raft à l'eau. Sam donna un puissant coup de pagaie, planta sa pale dans l'eau et laissa le courant orienter sa proue en aval, décrivant un splendide arc de cercle. Le fond étincelait de galets couleur cuivre. Le soleil était chaud sur sa peau. De l'eau froide clapotait sur les côtés du raft. Plus loin, la gorge rugissait.

— En avant, deux ! cria Swami dans son dos. Et deux de plus !

Elle entendit Sam donner le même ordre et braqua sa proue sur l'aval. Duncan était dans son sillage. Les quatre rafts flottaient en direction des chutes en file indienne. Moon hurla une consigne et disparut hors de vue.

— Complètement dingue, murmura Swami.

— Pardon ? demanda Becky, la guide X-treme qui l'accompagnait.

Elle était blême. Swami secoua la tête.

— Tu te rappelles ce que j'ai dit tout à l'heure ?

Becky opina.

— Bien.

Swami cala son pied sous le barrot. Au sommet du promontoire où elle s'était si souvent tenue, elle aperçut Chip,

Randy et les enfants. Darren tenait DeeDee dans ses bras. Ils lui firent un signe de la main et Swami agita sa pagaie dans le soleil, tout droit sur les pins verts, le ciel bleu azur. Elle avait oublié cette sensation, l'instant qui précédait une grosse descente, quand on était pris dans le courant, qu'on voyait l'horizon exploser et qu'on était déjà trop engagé pour faire demi-tour. Swami n'avait aucune envie de faire demi-tour. Devant elle, Sam beugla un ordre et trancha l'eau avec sa pale. Le raft bascula par-dessus la saillie.

Quand il vit l'étendue blanche s'étaler sous ses yeux, Sam poussa un cri de joie. Le raft dévala la chute. Sam regarda la proue plonger dans le creux et chevaucher une gigantesque vague marron à la crête torsadée qui n'en finissait plus de grimper. Les clients se penchèrent pour éviter de tomber.

— En avant, deux ! (Le rugissement était assourdissant.) Et deux de plus !

À ses côtés, Carl pagayait frénétiquement, presque couché sur le boudin.

Swami n'était plus qu'à un mètre des chutes. Plus qu'à une poignée de centimètres. Le raft bondissait en avant à chaque coup de pagaie. La vue s'ouvrit à eux tandis qu'ils glissaient sur la lèvre, les pics des remous pareils à une forêt de jeunes pins.

— En avant, deux !

Elle chassa des gouttelettes de son visage. Les passagers immergèrent leurs pagaies. La vague culmina, les précipitant dans le creux.

Sam résista au courant et sentit le raft se redresser sur la crête suivante, là où la gravité n'avait plus prise. Il maintint sa pale sous l'eau, aussi droite qu'un gouvernail, et attendit qu'une pression lui souffle la marche à suivre. Une masse blanche et marron roulait par-dessus Volkswagen, disparaissant derrière le rocher.

Swami pagayait de toutes ses forces. Becky tenait le choc, les yeux rivés sur l'aval.

Sam s'élança à l'assaut de Volkswagen, un obstacle aussi large et haut qu'une remorque chargée de rafts. Le reste du monde s'évanouit, plus un bruit, pas de ciel ni de vent, juste un mur blanc et sa pagaie. Au sommet de la falaise, son oncle et ses enfants l'observaient. En amont, Swami affrontait le courant. En aval, Moon. La proue se ficha dans la vague, qui se brisa sur la première rangée d'équipiers. De l'eau fusa sous leurs aisselles et s'abattit sur leur tête, repoussant les sangles noires de leurs gilets de sauvetage. La rivière les engloutit, ainsi que la seconde et la troisième rangée. Enfin, ce fut au tour de Sam.

La pagaie de Swami ploya lorsqu'elle plongea sous la surface. Elle sentit la pale dans l'eau. Goûta la roche, la vase et la rivière. Sentit le raft remonter et, l'espace d'un instant suspendu, commencer à se rétablir. La poupe se cabra tandis qu'elle ramenait Swami à la surface scintillante, au bruit, à l'air, au soleil. Becky apparut en grimaçant, baignée par les rayons. Le raft s'aplatit. De l'eau dégoulinait des boudins et du dos des huit passagers. Les casques de certains étaient renversés en arrière sur leur nuque.

Sam tira Carl, son seul naufragé, hors de la rivière. Quand il leva les yeux, il vit Swami debout sur son raft. La poupe l'avait carrément soulevée. Elle franchissait une grosse vague en aval du rouleau. Swami poussa son cri de guerre. De l'eau de rivière dégoutta de sa bouche et de sa pagaie, qu'elle brandissait en l'air, décrivant un arc de cercle au-dessus de sa tête, le soleil, le grès blanc, les pins noirs.

— En avant, deux!

Elle se laissa retomber sur le boudin. Après quelques coups de pagaie hasardeux, les équipiers trouvèrent leurs marques à nouveau.

— Et deux de plus!

D'un geste de la tête, elle rejeta sa queue-de-cheval en arrière. Becky sourit et planta sa pale, surprise d'avoir franchi une telle vague, surprise qu'une telle vague puisse exister. Derrière eux, Duncan affronta le mur et en ressortit indemne.

Sam donna un coup de pagaie, puis un autre. Après un rapide coup d'œil sur ses passagers, il mit cap sur Island Wave. Swami était un éclair, une déesse de la cascade. Elle avait engendré des enfants aux yeux bleus terrifiants qui l'attendaient sur un promontoire tapissé de forêts émeraude.

La rivière irrépressible les entraîna dans un méandre, vers une succession de grosses vagues bienveillantes. Island Wave. Twin Sisters. Terminal Surfers. Les rafts se cabraient et se cambraient. Sam et Swami poussaient des cris de joie. Ils immergèrent leur pale, s'essuyèrent le visage, pagayèrent et dérivèrent jusqu'à ce que les rafts, tous les rafts, débouchent sur les vaguelettes étincelantes des eaux lisses.

SEPTEMBRE

18

QUELQUES feuilles prématurément jaunies tombaient dans l'eau noire. Les précipitations étaient terminées, mais la reconstruction ne faisait que commencer. Thunderwater avait essuyé sa première inondation en presque deux siècles. Entre les rares descentes de l'arrière-saison, X-treme et Woodchuck proposaient leurs rafts et leur aide. Depuis le jamboree, en tout et pour tout, Sam avait eu trois réservations. Duncan, un peu plus. Ils partageaient les bus chaque fois que nécessaire.

Les médecins annoncèrent à Chip qu'il ne pouvait plus naviguer : une mauvaise chute risquait d'avoir raison de son cœur.

— Bon, répondit Chip. On vit tous entre deux chutes.

Néanmoins, il coopéra. Plus ou moins. Il modifia son alimentation et se mit à faire des promenades quotidiennes. Chaque jour, juché sur sa moto, il se rendait à Piers Gorge avec une salade et une canne à pêche. Parfois, il emportait un des livres qui n'avaient pas été détruits quand l'eau avait ravagé sa cabane. Il randonnait jusqu'aux chutes et s'asseyait à l'ombre pour regarder les rafts glisser sur la rivière. Il faisait les salutations au soleil que Swami lui avaient enseignées. Il mangeait sa salade dans la tiédeur automnale. Il pêchait des perches.

— Y en a des grosses cuivrées derrière chaque rocher, disait-il à Sam ensuite. Et Duncan s'est plutôt bien débrouillé, aujourd'hui. Ça commence à sentir l'automne, là-bas.

Avec les enfants, Swami partageait son temps entre Chicago et Thunderwater. La maison était toujours en vente. Un sujet qu'ils n'avaient évoqué qu'à une occasion, avec un certain flottement. Sam pensait qu'il suffisait d'attendre ; la situation s'était un peu arrangée, même si l'avenir demeurait incertain. Ils s'entendaient mieux, bien que les blessures soient encore fraîches. Quant aux projets de Swami concernant la maison, Sam en avait assez vu pour comprendre qu'il pouvait avoir son mot à dire sur certains sujets, et sur d'autres, pas du tout.

Quand la rivière envahit les rues de Thunderwater, se révélant à la ville, elle leur rappela à qui appartenait la vallée.

— Le réservoir est surchargé, dit Pete. (Il s'essuya le front, un sac de sable à la main.) Toutes les vannes sont ouvertes. On ne peut rien faire de plus. (Il se pencha vers Sam avec un sourire.) Les voies de la rivière sont impénétrables.

Les sacs de sable se révélèrent inutiles. La rivière déborda de ses berges, une marée sombre qui engloutit l'herbe et les rues, emplissant les sous-sols des bâtiments dans la plaine inondable. Une maisonnette en plastique rose flotta à travers la ville, se dirigeant vers le sud. Situé sur les terres basses, le site de NorthSky fut emporté. Les préfabriqués marron posés sur des parpaings flottèrent en aval. Les

W.-C. chimiques basculèrent et se démantelèrent dans l'eau. Un gros concasseur trop lourd pour flotter s'enfonça dans la boue, jusqu'à ce que la rivière en dégage les roues et le charrie le long des rives.

La péninsule de Chip fut presque entièrement submergée. La remise peu solide se pencha puis s'affaissa. La bâche en plastique de la serre dériva dans les feuillus et s'enveloppa autour des troncs. La cabane perdit sa véranda, cependant la charpente en bois épais et les fondations en pierre de son arrière-grand-père restèrent fermement plantées dans le courant. Tous les meubles furent détruits, les lits, les canapés, les placards remplis de vase. Les carreaux se brisèrent. Seuls subsistaient les livres et les comédies romantiques que Chip rangeait sur des étagères en hauteur.

— Je vais devoir tout jeter, dit-il, le jour où la rivière baissa suffisamment pour que Sam puisse l'emmener évaluer les dégâts en raft.

Il secouait la tête, mais son visage s'éclaira lorsqu'il pataugea à l'endroit où s'était trouvé la véranda.

— La maison sera peut-être mieux comme ça. Fidèle à l'originale, une cheminée, un poêle, des livres. Je pourrais m'y habituer. La décroissance, quoi.

Il semblait respirer avec difficulté. Alors qu'il l'observait, Sam se dit qu'il lui conseillerait un rendez-vous de contrôle dès leur retour chez Debbie. Une grosse carpe de rivière foncée remonta l'allée devant eux, sa nageoire dorsale affaissée dans le soleil. Elle nageait en direction du champ des cerfs, où l'eau était à hauteur d'homme depuis plusieurs jours. Si Dell et Darren ne les avaient pas libérés, les animaux se seraient noyés, piégés par la clôture. Sam imaginait souvent Old Mossy traverser la rivière cette fameuse nuit, ses grands bois illuminés par les éclairs, pour finalement poser le sabot sur la berge opposée et découvrir la liberté, les vergers, les champs de maïs.

La seule partie du terrain de Chip encore intacte était le monticule au sommet duquel reposait le camping-car. Sam était soulagé de l'avoir garé à l'abri. Avec ses chênes et ses tertres, la colline lui faisait l'effet d'une île au sein d'une île. Les terres qui n'étaient plus submergées étaient quasiment désertes. Les herbes hautes dans les champs étaient aplaties au sol. Les arbustes et les broussailles n'avaient plus la moindre feuille.

— Bon. (Chip pataugea jusqu'au raft amarré.) Aux deuxièmes chances !

Les eaux de crue rendirent leur dernier souffle dans le lac Michigan. Sam passa plusieurs jours à ramasser des sacs de sable en ville. Malgré la destruction, une ambiance étrangement positive régnait à Thunderwater. Personne n'avait été blessé, le soleil brillait et les habitants travaillaient main dans la main, imaginant ce qu'ils feraient quand l'argent des assurances et les équipes de secours seraient là. Debbie fut relâchée, une bonne nouvelle qui remonta le moral de tout le monde. Avec Blakely et quelques-uns de ses collègues, ils avaient cumulé mille heures de travaux d'intérêt collectif, qu'ils étaient tenus d'effectuer ensemble. Ranger Bonnie avait raison – le juge était à l'ancienne. Randy avait assisté au procès. Après que le vieux magistrat au visage grave eut énoncé une flopée de délits mineurs et un nombre faramineux d'heures de travail d'intérêt collectif, il avait scruté l'assemblée.

— Et si la condamnation vous paraît trop inhabituelle, on peut passer directement aux charges criminelles. Aucun problème.

Personne n'avait pipé mot. Le juge avait cogné sur sa table patinée en chêne avant de partir déjeuner. Deux jours plus tard, Sam et Randy empruntèrent un pont temporaire installé par le service des forêts avec le Brave pour faire le plein en ville et croisèrent Debbie. Vêtue de sa robe ample, elle était occupée à retirer la boue séchée du caniveau avec une bêche. À une vingtaine de mètres, Blakely pelletait de la terre sur le bas-côté, le visage cramoisi, dégoulinant de sueur. Randy se pencha par la fenêtre.

— Je t'aime, maman !

Elle se redressa, plissa les yeux dans le soleil et lui adressa un salut enjoué.

— Coucou, mon chéri ! Moi aussi, je t'aime.

Dans le rétroviseur, Sam vit Blakely lâcher sa pelle le temps de s'étirer. Aussitôt, Debbie lui aboya dessus, braquant sur lui un bras épais. Blakely se remit au travail.

Duncan leur expliqua que NorthSky en avait terminé pour la saison. D'après son oncle, ils envisageaient de rétablir leur QG sur le terrain d'X-treme au printemps prochain. Blakely n'adressait plus la parole à son neveu, qu'il associait dorénavant à la tribu Woodchuck. Avant de se détourner définitivement de lui, il lui avait confié un message : "La seule chose que toi et tes amis hippies ont accomplie, c'est de priver Thunderwater d'emplois stables. Cet hiver, quand vous remarquerez que personne n'a les moyens de se chauffer ou d'acheter des vêtements pour ses enfants ou de se payer une de vos descentes à la con, vous saurez que tout est votre faute."

Vint ensuite le triste matin où, deux jours après Labor Day*, Sam trouva Chip étendu sur la berge, parmi les

* Fête du travail nationale célébrée le premier lundi du mois de septembre.

aiguilles de pin et les fougères brunies. Après avoir nettoyé la grange, il était descendu à la rivière pour se rafraîchir. Quand il aperçut la moto de Chip garée devant la piste, il décida de le rejoindre dans le canyon, histoire de voir si les perches mordaient. Il pouvait le distinguer au loin, couché sur le flanc à son endroit habituel. D'abord, Sam pensa qu'il somnolait à côté de son repas à moitié entamé. Il eut un petit rire tandis qu'il dévalait la pente. Sitôt qu'il fut suffisamment proche, il remarqua son visage, ses grands yeux vitreux, étrangement immobiles, posés sur les flots sombres et scintillants. Sam toucha la peau froide et cireuse de son oncle. S'assit à ses côtés et lui ferma délicatement les yeux. Il resta ainsi un très long moment, à contempler la gorge, le soleil qui glissait vers l'ouest, réchauffant la berge. Une odeur de pin et d'eau flottait dans l'air.

— OK, Chip, murmura-t-il après un temps. Je te ramène chez toi.

Alors même qu'il prononçait ces mots, Sam savait que Chip était déjà chez lui, face à la rivière aux reflets noirs et sépia, étendu sur la terre fragrante entre les troncs épais des pins blancs.

Une semaine plus tard, ils organisèrent la cérémonie. En fin d'après-midi, ses proches se rassemblèrent devant Mishicot Falls. Swami avait fait le trajet depuis Chicago avec les enfants. Elle venait de finaliser la vente de la maison, une nouvelle qu'elle avait annoncée à Sam avant qu'il ne lui annonce la mort de son oncle.

À présent, Swami était sur la rive avec les enfants, qui avaient ramassé des fougères, de la menthe sauvage et des feuilles d'érable sur la piste. La lèvre de Dell trembla lorsque Swami et Darren l'aidèrent à lancer le bouquet dans les remous. Moon avait apporté le poncho préféré de Chip, celui avec la poche ventrale qu'il enfilait pour se réchauffer après les descentes. Randy avait sa pagaie. Pete était là aussi, debout à côté de Debbie sur un rocher large et plat. Ils contemplaient tous deux l'eau avec des yeux tristes et rouges, le menton relevé. Duncan avait annulé ses descentes pour les rejoindre. Il les salua d'un signe de la tête et s'immobilisa près de Randy, sous le pin où Chip était mort.

Tous les yeux se posèrent sur Sam lorsqu'il pataugea entre les rochers, l'urne renfermant les cendres de son oncle à la main. Il jeta un coup d'œil par-dessus son épaule. Moon pleurait en silence, la main plaquée sur la bouche. Debbie fit le signe de la croix sur sa poitrine. Swami gratifia Sam d'un sourire mélancolique et l'encouragea d'un hochement de tête. Les derniers mois avaient été terribles, pour elle. Ainsi qu'une grande partie de leur mariage. Sam lui souhaitait le meilleur, un avenir radieux. Il n'était toujours pas certain qu'elle l'inviterait à en faire partie. Elle était vraiment exceptionnelle, debout sur la rive ; elle avait choisi d'être là, dans la lumière du couchant, leur dernière-née serrée contre sa poitrine.

Sam posa le pied sur la saillie. L'eau rugissante emplissait la gorge de son chant. Le soleil d'or et d'ambre plongeait derrière les cèdres et les érables. Le ciel était encore bleu et, quand il leva les yeux, Sam vit deux hirondelles virevolter au-dessus de la rivière couleur thé, avec leur queue fendue, leur ventre brun clair.

— Bon vent, Chip. On t'aime, mon pote.

Il regarda les cendres dévaler la cascade et s'élever au-dessus des eaux blanches, laissant la brise et l'eau les entraîner en aval. Quand il eut terminé, il rinça l'urne dans la rivière et la vida à nouveau. Il se rappela la texture de la grosse épaule de Chip sous sa paume, son beuglement dans le canyon, la manière dont ses pieds nus se balançaient allègrement à la poupe sur les eaux lisses. Chip serait toujours là, il faisait partie de la gorge et la gorge faisait partie de lui. Sam immergea l'urne dans une crevasse entre les rochers, lava ses mains et ses bras et regagna la rive en pataugeant. Chacun leur tour, ils prononcèrent quelques mots, partageant leurs histoires et leurs secrets avec la rivière. Et ce fut tout.

Après avoir fait leurs adieux, les enfants marchèrent avec Randy et Moon. Swami toucha le bras de Sam et lui demanda s'ils pouvaient parler une seconde.

Il opina et lui emboîta le pas. Elle alla s'installer sur un rocher plat et sec au milieu de l'eau. Le ciel virait à l'indigo. Swami posa ses pieds mouillés sur la pierre tiède et serra ses genoux contre son torse. Sam s'assit à côté d'elle, ni trop près ni trop loin.

— Il commence à faire froid.

Swami remonta le col de sa polaire. Sam hocha la tête. Ils contemplèrent la rivière.

— Je pars mardi. J'emmène les enfants en Californie dans le Brave.

Sam ne répondit rien. C'était précisément le sujet qu'il craignait d'aborder. Swami vivait à Chicago, lui à Thunderwater. Un silence gêné s'était installé entre eux. Même le soir où Swami les avait emmenés faire une partie de bowling avec Birdy, toutes les tentatives de Sam pour engager la conversation étaient tombées à plat. Il s'était senti aussi lourd que les boules qui roulaient dans les gouttières. Au fond de lui, il avait toujours su qu'elle finirait par vendre la maison et partir. Sa décision lui semblait logique. Comment pouvaient-ils revenir à leur vie d'avant ? Ce n'était ni possible ni souhaitable, mais Sam était trop effrayé pour mentionner l'avenir, parce qu'il ignorait de quoi celui-ci serait fait. Il se détourna de sa femme.

— Sam. Ce n'est pas tout.

Il attendit.

— J'emmène les enfants en Californie, mais ça me ferait plaisir que tu nous rejoignes.

Sam l'observa, les yeux humides.

— J'ai juste besoin de temps pour digérer. J'ai envie d'être un peu seule là-bas, rien que moi, les enfants et l'océan.

Swami aussi était au bord des larmes. Ils contemplèrent la rivière à nouveau.

— Quand j'ai navigué sur ces rapides incroyables, la semaine du jamboree, tout ce que j'avais oublié m'est revenu. J'ai enfin pu imaginer un avenir pour cet endroit, pour Woodchuck et pour nous. J'ai eu une nouvelle vision.

Sam regarda Swami regarder la rivière.

— J'ai vu les enfants à la plage, les mouettes, DeeDee qui faisait ses premiers pas sur le sable mouillé. J'ai vu des leçons de surf, de l'air tiède en hiver, des avocats mûrs. Et j'ai vu des étés ici, à enseigner les bases à Darren, à organiser des cours de yoga sous les pins. À condition que tout le monde en ait envie, bien sûr. Plus de yoga obligatoire.

— C'est une très belle vision, Swami. Ne t'arrête pas de rêver, s'il te plaît.

— Mais ce sera difficile. Parce qu'on a déjà plus ou moins essayé, n'est-ce pas ? Et regarde où ça nous a menés.

Sam savait qu'elle faisait référence aux souffrances du passé, à l'incertitude de l'avenir. Mais il comprenait qu'elle avait perçu autre chose. L'été les avait aussi menés sur une pierre tiède près d'une cascade éclatante, dans un canyon rempli d'hirondelles, à guérir, leur famille miraculeusement réunie.

— En tout cas, dit Sam sur un ton mesuré, j'aimerais qu'on réessaye.

Le visage de Swami se crispa. Elle hocha la tête, les yeux rivés sur l'eau, le ciel et les falaises.

— D'accord. (Elle prit une profonde inspiration.) Je suis désolée pour Chip. C'était un homme bien. Je suis contente qu'il reste ici.

— Moi aussi. (Ne sachant comment poser la question qu'il avait sur le bout de la langue, il se jeta à l'eau :) Quand est-ce que tu sauras si je peux te rejoindre ? Tu seras où ?

— Je ne pense pas mettre très longtemps. (Swami sourit.) Je t'enverrai une carte postale.

— Et l'école ? Pour Darren ?

— Son père est prof. Il sera éduqué à la maison.

Sam sourit et acquiesça.

— D'accord, Swami.

— D'accord, Sam.

Ils restèrent silencieux un moment, à regarder le ciel s'assombrir, la grosse lune pommelée s'élever au-dessus des arbres.

— Tu me raccompagnes ? demanda Swami après un temps.

— Oui.

Sam passa la deuxième moitié de septembre dans la cabane ravagée de Chip, à nettoyer la propriété et à préparer les bus et les rafts pour l'hiver avec l'aide de Duncan. Bientôt, ils n'eurent plus rien à faire. La cabane était revenue à son état original, quatre murs en rondins posés sur des pierres des champs, ainsi que le souhaitait Chip. Sam se servit d'une fourche pour ramasser les carpes desséchées sur l'allée, les enterrant dans la parcelle de terre nue où se dressait la serre avant. À Woodchuck, le gravier autour du porche était ratissé, la pelouse tondue. Le bus fraîchement vidangé avait un réservoir plein et une bouteille de stabilisateur d'essence. Les rafts étaient dégonflés, saupoudrés de talc et rangés dans la grange. Sam avait même emmené la moto de Chip chez Smitty pour une révision. Il avait acheté des pneus et des freins neufs, ainsi qu'un porte-bagages commandé dans un catalogue de pièces détachées.

Un jour, au crépuscule, une berline noire se gara devant la cabane. L'homme qui en descendit jeta un œil alentour d'un air circonspect. Quelques semaines plus tôt, Sam avait contacté un avocat pour savoir si Chip avait laissé un testament ou désigné un exécuteur. L'homme lui expliqua être l'avocat en question. Il avait essayé de téléphoner, mais la ligne n'était plus en fonction. Il avait mis au jour des documents, si Sam avait une minute pour les étudier. Sam lui serra la main et l'invita à l'intérieur. La cabane de Chip n'était plus raccordée au réseau, pas de téléphone ni de factures, une grande bouffée d'air frais. Swami avait utilisé l'argent de Chicago pour rembourser intégralement le prêt de Woodchuck. Libres de toute dette, ils avaient cinquante mille dollars en poche, un camping-car et pas grand-chose d'autre. Dans la cuisine, Sam alluma deux lanternes de camping.

— C'est plutôt rustique, ici. (L'avocat sortit un dossier de sa sacoche.) J'aime bien.

Sam hocha la tête.

— En gros, mauvaise nouvelle, poursuivit l'avocat. Votre oncle a bien rédigé un testament, mais ni vous ni votre femme n'y êtes mentionnés.

Sam se repositionna sur sa chaise.

— Qui hérite, du coup ?

L'homme le regarda droit dans les yeux et posa un tas de vieux papiers sur la table.

— Le testament le plus récent signé par Chip date de 1978.

Sam se prépara au pire. Si la cabane finissait aux enchères, personne ne pourrait empêcher Blakely de l'acheter.

— Chip a désigné la tribu Menominee comme seule et unique bénéficiaire de sa propriété, à moins que celle-ci ne soit vendue avant sa mort. Comme ce n'est pas le cas, le terrain et la cabane reviennent désormais à la tribu. Je suis désolé. En tant que parent proche, vous pouvez emporter les possessions de votre oncle. (Il balaya du regard la pièce nue.) Mais peut-être qu'il n'y a pas grand-chose. Si vous souhaitez négocier un rachat, je peux vous aider. La tribu a été mise au courant de la situation.

Sam remercia l'avocat. Après son départ, il resta immobile dans la pénombre un long moment. Il pensa aux tertres dans la forêt, à la terre qui retrouvait les siens après tout ce temps, et une inondation, aussi. Aucune négociation n'aurait lieu, pas avec Sam, et encore moins avec Blakely. Sam savait que la tribu ne se séparerait plus jamais de la péninsule. Celle-ci était en sécurité. Il esquissa un sourire triste. Les criquets de la fin d'été stridulaient au-dehors. Il passerait une dernière nuit sur l'île, qui ne lui appartenait pas, qui ne lui avait jamais appartenu. Et c'était bien ainsi.

Le lendemain, il convia Moon, Randy, Debbie et Pete à la ferme, les invitant à prendre ce qu'ils souhaitaient. Pete ne vint pas tout de suite, mais les autres, si. L'avocat avait raison. Hormis les rondins de la cabane, quelques piquets de clôture et une ou deux boîtes d'objets rangés en hauteur dans un placard, il n'y avait presque rien. Randy trouva quelques outils et des tuyaux encore fonctionnels sur la parcelle de la remise, ainsi qu'un vieux fusil de calibre 22 accroché au-dessus de la cheminée. Debbie emporta plusieurs poêles en fonte. Moon choisit une couverture militaire en laine, pour dormir, expliqua-t-elle, ou s'emmitoufler près du feu. De l'avis de tous, la moto revenait à Sam. Il garda également la photo de Chip et tante Mary à l'époque où ils montaient Woodchuck. Il glissa le cadre à côté du *Vent dans les saules* dans son sac à dos, qu'il sangla à l'arrière de la moto. Ils déposeraient le reste de la vaisselle et des vêtements de Chip à l'église.

Pete finit par remonter l'allée dans son gros pick-up. Il les salua et coupa le moteur, son husky assis sur le siège passager. Après avoir mis pied à terre, il arbora un grand sourire et plongea la main dans le plateau. Avec beaucoup de délicatesse, il retira le couvercle d'un cageot et produisit une boule de poils frétillante à la robe noire et blanche.

— Regardez. (Pete serra le chiot contre sa poitrine.) Des petits huskys !

Moon fondit. Bear se rengorgea près de la fenêtre tandis que Pete leur montrait les autres chiots.

— J'en ai trop. Dans une semaine ou deux, quand ils seront sevrés, ils vont avoir besoin d'un nouveau foyer.

— Tu peux compter sur moi, dit Debbie.

— Nous aussi.

Moon sourit à Randy, qui l'enlaça par la taille. Ils allaient passer l'hiver ensemble. Ils travailleraient dans une ferme de légumes bio en Géorgie, où ils seraient nourris et logés. Ils voulaient s'informer sur un nouveau mouvement appelé "De la ferme à la table" que Randy espérait importer dans les Northwoods sitôt qu'il aurait touché son chèque d'assurance. Ils seraient de retour en été, pour guider les clients de Woodchuck.

Sam tenait un des chiots par les aisselles. Il avait un œil marron et un œil bleu. Plus détendu que ses frères et sœurs, l'animal semblait simplement heureux d'être là, à rendre son regard à Sam. Si seulement Dell était présente. Elle serait dans tous ses états.

— Au fait, dit Pete. Je ne suis pas venu prendre les affaires de Chip, je voulais juste te dire que les anciens se sont réunis. Je leur ai raconté ce que Moon et toi avez fait cet été, et ils ont décidé de vous accorder un genre de droit d'usage permanent.

Sam caressa le chiot.

— Ça veut dire quoi, exactement ?

— La tribu ne touchera pas à ces terres et ne les vendra jamais, mais si Swami et toi avez besoin d'un endroit où garer le Brave ou planter un potager, vous pouvez venir ici. Et loger dans la cabane. Ça vaut pour Moon, aussi.

Sam contempla la péninsule, imagina Dell et Darren courir avec un husky jusqu'à la rivière. Il enfouit son visage dans la fourrure du chiot et hocha la tête.

— Merci, Pete, articula-t-il dès qu'il en fut capable. Merci beaucoup.

Les semaines suivantes, chaque matin, Sam vérifiait la boîte aux lettres et buvait son café en admirant la rivière entre les arbres. Ensuite, il empruntait la piste de Piers Gorge avec le chiot. Ensemble, ils s'entraînaient à rouler. Il avait fixé un cageot tapissé de vieux sweat-shirts sur le réservoir de la moto. Il sanglait le chiot à l'intérieur, de sorte que l'animal soit à l'aise et en sécurité. Ce dernier restait tranquillement assis tandis que Sam parcourait les routes de campagne. Il avait un regard vif, une robe éclatante, un masque de raton laveur sur le visage. Il aimait poser la tête sur le rebord du cageot, les yeux clos, ses oreilles satinées couchées dans l'air odorant de septembre. Si Sam roulait plus de vingt minutes, le chiot se pelotonnait dans le cageot et somnolait, sa queue de renard rabattue sur les yeux.

Sam était heureux d'avoir de la compagnie. Quand Moon et Randy s'étaient éloignés dans la Jeep, Debbie avait pleuré tout en concédant que ce n'était pas trop tôt. Duncan avait vendu sa Mustang et rallié le Colorado avec son bus pour la saison d'hiver. Sam et le chiot étaient seuls. La rivière était silencieuse. Ils attendaient.

Et puis un matin, il reçut du courrier. Trois cartes postales en provenance de Californie. Swami et les enfants avaient dû les acheter durant leur épopée vers l'Ouest. Il les relut alors qu'il regagnait la cabane, le chiot trottinant à ses côtés.

— Dernière randonnée dans la gorge aujourd'hui, mon pote. On part demain à l'aube.

Ce soir-là, Sam et le chiot se rendirent à la cascade et s'assirent sur la berge près de Sand Portage, à regarder la rivière noire se briser dans les rapides, constellée de feuilles jaunes et orange. Le husky pataugeait dans le bassin en amont et bondissait sur les écrevisses. Sam regarda le chiot. Regarda le soleil se coucher. Sortit les cartes de sa poche et les retourna dans ses mains, encore et encore. Sur la première, un cactus solitaire se découpait contre une roche rouge.

> Tu nous manques, papa. (C'était l'écriture de Darren.) Dans le désert, il fait CHAUD. On a vu un serpent à sonnette ! J'aide maman à faire le plein dans les stations-service.
>
> Bisous,
>
> Darren.

La deuxième figurait un chariot à hot-dog décoré de ballons. Au dos, Dell avait tracé *Papa !* de son écriture brouillonne, ajoutant un cœur avec son prénom au centre.

Sur la troisième carte, le mot *Encinitas !* se détachait en lettres bleu vif. Une statue de surfer en bronze se dressait en arrière-plan.

> Cher Sam,
>
> On est arrivés ! Partante si tu l'es aussi. Les couchers de soleil sont splendides et l'air sent les fleurs et l'océan, comme dans mes souvenirs. On va à la plage près de la statue tous les mardis à dix heures. Darren prend des leçons de surf. On te retrouvera là-bas. Rentre à la maison, s'il te plaît.
>
> Tu nous manques.
>
> Je t'embrasse,
>
> Swami.

Sam se leva, tapota sa cuisse et regagna le sentier boisé. Le chiot émergea de la rivière et galopa au-devant lui. Sam courut à sa suite.

Le lendemain, Sam accrocha un mot à la porte bleue de la grange : FERMÉ JUSQU'AU WEEK-END DE MEMORIAL DAY. Il alla à la boîte aux lettres, glissa une enveloppe à l'intérieur et leva le drapeau. Il avait acheté la carte postale à la boutique du camping en passant dire au revoir à Ranger Bonnie. Une peinture du panneau de Thunderwater avec le brochet, derrière lequel se profilaient les pins et les falaises.

Je suis en route. Cette carte vous trouvera avant moi.
Je vous aime. Je suis fier de vous.
Je vous embrasse,

Papa.

Sam enfourcha la moto et installa le chiot dans le cageot. Il vérifia les sangles une dernière fois. Son sac à dos était rempli de vêtements. Il avait également attaché une petite tente, des réserves d'eau et un bidon d'essence au porte-bagages. Sam sortit la boussole de son fils de sous son T-shirt ; le gadget était suspendu à un cordon autour de son cou. Swami l'avait remplacé sitôt que Darren l'avait cassé, et il l'avait donné à Sam avant leur départ, précisant qu'il s'agissait juste d'un prêt, pas d'un cadeau. Sam regarda la boussole en souriant, coiffa son casque orange, ajusta la jugulaire et chaussa ses lunettes de protection. Il se sentait libre. Incroyablement libre. L'année dernière, à la même heure, il corrigeait des rédactions bâclées sur l'histoire de l'art et des dessins pires encore, ou bien il surveillait le réfectoire, ou bien il buvait du café brûlé dans une salle des profs à Chicago. Pas aujourd'hui. Sa famille et lui étaient les propriétaires d'une entreprise de rafting. Il s'apprêtait à traverser le pays à moto, empruntant des routes secondaires jusqu'à l'océan Pacifique. Il allait rejoindre sa femme, surfer avec son fils, offrir un chiot à sa fille et l'inviter à donner un nom à l'animal. Mouette. Océan. Hotdog. Avocat. Tout ce qu'elle voudrait.

Sentant l'importance du moment, le chiot surexcité posa les pattes sur le rebord du cageot. Sam démarra la moto d'un coup de pied. Le moteur gargouilla. Le chien s'assit, prêt à rouler. Sam tourna la poignée et remonta la piste poussiéreuse de Woodchuck. Des tiges de carottes sauvages fanées dépassaient du fossé. Juste avant de s'engager sur la route, il ralentit, laissant la fumée et le gaz d'échappement le rattraper. Il jeta un dernier regard par-dessus son épaule, sur la grange bleue qui l'attendrait tout l'hiver, près des grands cèdres de Swami.

— En avant. Sus à l'océan !

Il fit rugir le moteur et mit cap sur la Californie, vers sa famille. Sam accéléra et passa la cinquième. La moto vibrait et ronronnait, aussi légère qu'une plume sur la voie dégagée. Il tourna la poignée à nouveau, remonta ses lunettes. Le chiot ferma ses yeux étincelants, la truffe dans la brise, pointée tout droit sur l'Ouest.

REMERCIEMENTS

Plein Nord est un roman particulièrement cher à mon cœur. J'ai passé mon enfance à pêcher et à crapahuter sur les berges de Piers Gorge, dans la rivière Menominee, qui forme une partie de la frontière nord du Wisconsin. Après une période de service dans l'USAF*, je suis rentré et j'ai entamé des études financées par l'armée. Durant l'été, j'apprenais à manœuvrer des rafts dans les rapides. Devenir guide de rivière, apprendre à céder à l'eau au lieu de lui résister, est devenue une de mes grandes joies, ainsi qu'un véritable mode de vie. J'adore les eaux vives et j'adore les esprits libres qui les affrontent, les Sam et les Swami, les Chip, les Moon et les Randy qu'on trouve occupés à empiler les rafts ou à raconter des histoires dans toutes les entreprises de rafting du monde. Je tenais vraiment à réussir ce roman, et je n'y serais pas arrivé sans l'appui et les conseils des personnes citées ci-après. Toute ma gratitude à Helen Atsma et aux équipes d'Ecco et de HarperCollins. Helen, vous m'avez aidé à trouver un ton et je ne pourrai jamais vous remercier assez pour la confiance que vous

* United States Air Force.

m'avez témoignée. Je remercie Maggie Cooper de Aetvitas, une lectrice fantastique et un agent incroyable sans qui mes romans seraient encore des manuscrits cachés au fond de mon tiroir à chaussettes. Un grand merci au Conseil des arts de l'Ohio, grâce à qui j'ai pu me libérer deux mois pour me concentrer sur mon livre. Je remercie l'université Wittenberg, dans l'Ohio, où j'ai le plaisir d'écrire et d'enseigner sur un campus magnifique peuplé d'étudiants talentueux et de collègues merveilleusement encourageants. Merci à tous les lecteurs (et à tous les livres) qui défendent la fiction, les bibliothèques, les librairies et les bons moments passés avec un roman captivant. Merci à Piers Gorge pour ses cascades, ses falaises, sa rivière couleur thé. Tout mon amour à ma famille. Je vous suis reconnaissant pour votre beauté et votre soutien, dans les courants les plus féroces – chacun de vous est une rivière scintillante.

JANVIER 1993 11

MAI 13

JUIN 153

JUILLET 251

AOÛT 333

SEPTEMBRE 407

REMERCIEMENTS 427

DERNIÈRES PARUTIONS

Mark Haskell Smith, *Mémoires*
Ferran Gualllar, *La Part sauvage*
Peter Swanson, *Ceux qu'on tue*
Lars Elling, *Les Princes de l'étang aux Finnois*
Lily Brooks-Dalton, *Pirate de lumière*
Elliot Ackerman et James Stavridis, *2054*
Benjamin Whitmer, *Dead Stars*
Piergiorgio Pulixi, *La Septième Lune*
Melinda Moustakis, *La Clairière*
Tiffany McDaniel, *Du côté sauvage*
Keith McCafferty, *Buffalo Blues*
Trevanian, *Nuit torride en ville*
Helene Bukowski, *La Guerrière*
Michael Farris Smith, *Sauver cette terre*
Chris Offutt, *Les Fils de Shifty*
Giulia Caminito, *La Grande A*
Peter Swanson, *Neuf Vies*
John Gierach, *Le Paradis d'un fou*
Craig Johnson, *Le Pays des loups*
James Crumley, *Folie Douce*
Blake Crouch, *Upgrade*
Pekka Juntti, *Chien Sauvage*
David Vann, *La Contrée obscure*
Sarai Walker, *Les Voleurs d'innocence*
Piergiorgio Pulixi, *Le Chant des innocents*
Edward Hoagland, *Journal d'un siècle disparu*
Julia Glass, *En ces temps de tempêtes*
Ted Flanagan, *Tout ce qui est secret*
Corrado Fortuna, *Le Dernier Loup*
Erin Swan, *Parcourir la Terre disparue*
Dennis Lehane, *Le Silence*
Kim Zupan, *Trop loin de Dieu*
Maren Uthaug, *Une fin heureuse*

*Cet ouvrage a été imprimé sur du papier
dont les fibres de bois proviennent
de forêts durablement gérées*

IMPRIM'VERT®

CET OUVRAGE A ÉTÉ COMPOSÉ PAR ATLANT'COMMUNICATION (VENDÉE)

ACHEVÉ D'IMPRIMER SUR ROTO-PAGE
PAR L'IMPRIMERIE FLOCH À MAYENNE
EN MAI 2024
POUR LE COMPTE DES ÉDITIONS GALLMEISTER
13, RUE DE NESLE
75006 PARIS

DÉPÔT LÉGAL : JUIN 2024
1re ÉDITION
N° D'IMPRESSION : 104787
IMPRIMÉ EN FRANCE